LA ESTRELLA MÁS OSCURA

LA
ESTRELLA
MÁS OSCURA

JENNIFER L.
ARMENTROUT

TITANIA

Argentina • Chile • Colombia • España
Estados Unidos • México • Perú • Uruguay

Título original: *The Darkest Star*
Editor original: Tor Teen Books
Traducción: Daniela Rocío Taboada

1ª. edición Octubre 2023

ISBN: 978-84-19131-34-8
E-ISBN: 978-84-19699-74-9
Depósito legal: B-14.090-2023

Fotocomposición: Ediciones Urano, S.A.U.
Impreso por Romanyà Valls, S.A. — Verdaguer, 1 — 08786 Capellades (Barcelona)

Impreso en España — *Printed in Spain*

Para todas las personas a las que os gustaba la saga Lux
y queríais más. Os quiero.

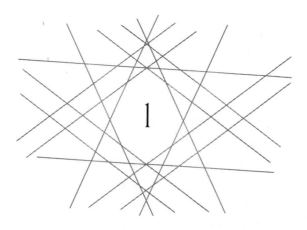

1

Si mi madre descubriera que estaba sentada fuera de Presagio, me mataría. Literalmente, lo haría y ocultaría mi cuerpo en una tumba profunda y oscura. Y mi madre, sin duda, tenía los medios para hacerlo.

Cuando pasó de ser la madre que horneaba *brownies* en la cocina a ser la coronel Sylvia Dasher, me asusté mucho.

Pero saber que tendría graves problemas si me descubrían obviamente no me había detenido, porque allí estaba, sentada en el coche de Heidi, poniéndome otra capa más de pintalabios con pulso tembloroso. Tapé el pintalabios de nuevo y observé que unas gotas enormes impactaban contra el parabrisas.

El corazón me embestía las costillas como si estuviera decidido a salírseme del pecho.

No podía creer que estuviera allí.

Preferiría estar en mi casa, descubriendo objetos al azar para sacarles fotos y publicarlas en Instagram. Como aquellos candelabros *vintage* grises y blancos nuevos que mi madre había comprado. Quedarían increíbles junto a los cojines rosados y azul pálido de mi habitación.

Desde el asiento del conductor, Heidi Stein soltó un fuerte suspiro.

—Estás dudando de haber venido.

—Nah. —Observé mi resultado final en el espejito del parasol. Tenía los labios tan rojos que parecía que hubiera besado una fresa madura.

Qué bien.

Y mis ojos castaños eran demasiado grandes para mi rostro redondo y con pecas. Parecía asustada, como si estuviera a punto de entrar desnuda a clase con veinte minutos de retraso.

—Claro que sí, Evie. Lo veo grabado en las quinientas capas de pintalabios que acabas de ponerte.

Avergonzada, la miré. Heidi parecía muy cómoda con su vestido *sin tirantes* negro y con su maquillaje oscuro. Tenía los ojos delineados al estilo *cat eye*, algo que yo no podría recrear sin parecer un mapache apaleado. De todos modos, Heidi había hecho un trabajo maravilloso maquillándome los ojos antes de que saliéramos de su casa; había difuminado la sombra y les había dado una apariencia misteriosa. Me pareció que estaba bastante guapa. Bueno, excepto por mi cara de susto, pero...

—¿El pintalabios rojo es demasiado? —pregunté—. ¿Estoy mal?

—Me gustarías si me llamasen la atención las rubias. —Sonrió cuando puse los ojos en blanco—. ¿Estás segura de que quieres hacer esto?

Eché un vistazo por la ventanilla hacia el edificio oscuro y sin ventanas, apretujado entre una tienda de moda cerrada y un estanco. La respiración se me quedó atascada en la garganta.

«PRESAGIO» estaba escrito con pintura negra sobre las puertas dobles rojas. Entrecerré los ojos. Pensándolo bien, parecía que habían escrito el nombre de la discoteca con aerosol sobre el cemento gris. Qué elegante.

Todos los que iban al instituto Centennial conocían Presagio, una discoteca que estaba llena de clientes cada noche, incluso los domingos, y que era famosa por permitir que documentos de identidad que era evidente que eran falsos pasaran el control de la entrada.

Y Heidi y yo sin duda teníamos diecisiete años y poseíamos unos permisos de conducir cien por cien falsos que nadie en su sano juicio tomaría por auténticos.

—Porque me preocupa que no vayas a divertirte. —Heidi me dio en el brazo para captar mi atención—. Que se te vaya la olla y llames a Zoe. Y sabes que tampoco puedes llamar a April para que venga a recogerte. Esa chica no tiene permitido acercarse a este lugar en un radio de diez calles.

Inhalé de manera superficial y sentí que el aire no entraba por ninguna parte.

—Me divertiré. Lo juro. Es solo que... nunca he hecho esto antes.

—¿Hacer el qué? ¿Ir a un lugar a donde se supone que no debes ir? Porque sé que no es verdad. —Alzó un dedo y parecía que había sumergido la uña en tinta negra—. No tienes problema alguno en entrar sin permiso cuando se trata de escabullirte en edificios abandonados para sacar fotos.

—Eso es diferente. —Metí el pintalabios dentro de mi bolso de mano—. ¿Estás segura de que estos carnés funcionarán?

Me miró con aburrimiento.

—¿Sabes cuántas veces he venido y he entrado sin problema? Sí, lo sabes. Solo estás haciendo tiempo.

Por supuesto que estaba haciendo tiempo.

Miré de nuevo a través de la ventanilla y apenas pude reprimir el estremecimiento que me recorrió la columna. Los charcos tomaban forma en la calle vacía y no había nadie en las aceras. Era como si una vez que el sol desaparecía y Presagio abría sus puertas, las calles quedaran vacías de cualquiera que exhibiera un gramo de sentido común.

Presagio también tenía una reputación por algo totalmente distinto a aceptar documentación falsificada.

Los alienígenas pasaban el rato allí.

Seres extraterrestres reales que habían venido desde un trillón de años luz de distancia. Se hacían llamar «Luxen» y parecían iguales que nosotros... Bueno, mejor dicho, parecían una versión mejorada de la mayoría de los humanos. Su estructura ósea era perfecta, su piel era suave como el mármol y el color de sus ojos variaba en tonos que los humanos no podíamos tener sin usar lentillas.

Y no todos habían venido en son de paz.

Cuatro años atrás, nos habían invadido (un nivel de invasión digno de una película de Hollywood), y por poco habíamos perdido la guerra..., y todo el planeta, en manos de ellos. Nunca olvidaría el porcentaje de muertes que no paraba de salir en las noticias cuando la televisión comenzó a emitir de nuevo: el tres por ciento de la población mundial. Eso sumaba doscientos veinte millones de personas fallecidas en la guerra, y mi padre había sido una de ellas.

Pero, durante los últimos cuatro años, los Luxen que no habían formado parte del equipo «Matemos a toda la humanidad» y que habían ayudado a combatir a su propia especie poco a poco habían comenzado a integrarse en nuestro mundo: en nuestros colegios y en nuestros trabajos, en nuestro gobierno y en nuestro ejército. Ahora estaban en todas partes. Había conocido a varios de ellos, así que no entendía por qué ir a aquella discoteca me ponía tan nerviosa.

Pero Presagio no era un colegio o un edificio de oficinas donde lo típico era que los humanos superaran en número a los Luxen y que los vigilaran en extremo. Tenía la sospecha apremiante de que los humanos eran la minoría detrás de aquellas puertas rojas.

Heidi me dio en el brazo otra vez.

—Si no quieres, no tenemos que hacerlo.

Me giré en el asiento para mirarla. Un simple vistazo al rostro de Heidi me indicó que estaba siendo sincera. Arrancaría el motor y regresaríamos a su casa si eso era lo que yo quería. Lo más seguro era que termináramos la noche atiborrándonos con aquellos pastelitos que su madre había comprado en la pastelería. Veríamos comedias románticas muy malas hasta quedarnos dormidas por la ingesta ridículamente alta en calorías, y la verdad es que aquel plan sonaba... genial.

Pero no quería fallarle.

Entrar allí significaba mucho para Heidi. Podía ser ella misma sin preocuparse por las personas que se entrometían y opinaban acerca de con quién bailaba o a quién miraba, ya fuera un chico o una chica.

Había un motivo por el que los Luxen estaban cómodos cuando iban allí. Presagio les daba la bienvenida a todos, sin importar su sexualidad, su género, su raza o... su especie. No era un club exclusivo para humanos, lo cual, hoy en día, era raro en negocios privados.

Pero aquella noche era especial. Había una chica con la que Heidi había estado hablando y quería que yo la conociera. Y yo quería hacerlo, así que necesitaba dejar de comportarme como si fuera una tonta que nunca antes había entrado a una discoteca.

Sin duda podía hacerlo.

Le sonreí a Heidi y le di en el brazo.

—No. Estoy bien. Solo estoy comportándome como una estúpida.

Ella me miró un instante, con cautela.

—¿Estás segura?

—Sí —asentí para añadir énfasis—. Hagámoslo.

Pasó otro instante y luego Heidi dibujó una sonrisa amplia en su rostro. Inclinó el cuerpo hacia delante y rodeó el mío con sus brazos.

—Eres la mejor. —Me abrazó fuerte, lo que me hizo reír—. En serio.

—Lo sé. —Le di unas palmaditas en el brazo—. Crearon la palabra *asombrosa* en mi honor.

Se rio con un resoplido en mi oreja.

—Eres tan rara...

—Te dije que lo era. —Dejé de abrazarla y luego extendí la mano hacia la puerta del coche antes de que pudiera acobardarme—. ¿Lista?

—Sí —gorjeó.

Salí del vehículo y, de inmediato, me encogí mientras la lluvia fría me caía sobre los brazos desnudos. Cerré la puerta de un golpe y después corrí a través de la calle oscura, mientras formaba un escudo débil con las manos sobre mi cabeza para protegerme el pelo. Había pasado demasiado tiempo rizándolo en ondas largas para que la lluvia lo estropeara.

El agua me salpicaba los tacones y, cuando subí a la acera, me sorprendió no haberme resbalado ni caído de bruces al asfalto.

Heidi estaba detrás de mí, riendo mientras corría debajo del toldo, quitándose de encima la llovizna que había cubierto su cabello lacio de color carmesí.

—Madre mía, sí que está fría la lluvia —dije. Parecía más una lluvia de octubre que una de principios de septiembre.

—No tengo el maquillaje corrido y chorreándome por la cara como esas chicas que están a punto de morir en una película de terror, ¿verdad? —preguntó mientras se aproximaba a la puerta.

Riendo, tiré del dobladillo de mi vestido azul *sin tirantes* (que solía ponerme con medias). Un movimiento en falso y todos verían el estampado de calaveras de mi ropa interior.

—No. Todo está en su sitio.

—Perfecto. —Empujó la puerta roja inmensa con un gruñido.

La luz violeta nos recibió junto al sonido alto de la música. Apareció una pequeña entrada que llevaba a otra puerta que era de un violeta más oscuro, pero entre aquella puerta y nosotras había un hombre sentado en un taburete.

Un hombre gigante.

Un hombre enorme y calvo que vestía un peto vaquero sin nada debajo. Los *piercings* que tenía en todo el rostro resplandecían: en las cejas, debajo del ojo y en los labios. Un *septum* en forma de rayo le atravesaba el tabique nasal.

Abrí los ojos de par en par. Cielo santo...

—Hola, señor Clyde. —Heidi sonrió, completamente impávida.

—Hola. —Pasó la mirada de ella a mí. Inclinó la cabeza a un lado mientras entrecerraba un poco los ojos. No podía ser una buena señal—. Documentación.

No me atrevía a sonreír mientras alcanzaba el carné del bolsillito en el bolso. Si sonreía, parecería, sin duda, una chica de diecisiete años a punto de mearse encima. Así que ni siquiera parpadeé.

Clyde le echó un vistazo a la documentación y luego señaló con la cabeza la puerta negra. Miré rápido a Heidi y ella me guiñó un ojo.

¿En serio?

¿Eso era lo único que él iba a hacer?

Parte de la tensión me abandonó el cuello y los hombros mientras guardaba el carné de identidad en su lugar. Bueno, había sido sorprendentemente rápido. Debería hacerlo más a menudo.

—¡Gracias! —Heidi le dio una palmada a Clyde en su hombro musculoso y caminó hacia la puerta.

Yo aún continuaba de pie delante de él, como una idiota.

—Gr-gracias.

Clyde alzó una ceja mientras me lanzaba una mirada que hizo que de pronto deseara haber mantenido la boca cerrada.

Heidi regresó, me tomó de la mano y tiró de mí al abrir la segunda puerta. Giré y cada uno de mis sentidos se quedó abrumado de inmediato por, bueno, todo.

El sonido sordo de una batería fuerte salía de los altavoces que había en cada esquina de la gran habitación. El ritmo era ágil, la letra de la canción era borrosa mientras una luz blanca estallaba en el techo e iluminaba la pista de baile durante unos pocos segundos antes de sumergir el espacio en sombras oscuras de nuevo.

Había personas en todas partes, sentadas en mesas redondas y altas, y sobre sillones grandes y sillas en distintos huecos. El centro de la pista era una mezcla de cuerpos retorcidos y revueltos, brazos en alto y melenas voladoras. Frente a la maraña de bailarines había un escenario alto en forma de herradura. Unas lámparas que centelleaban rápido iluminaban el borde del escenario y los bailarines en él alentaban a la multitud de abajo con sus gritos y caderas.

—Es un lugar de locos, ¿verdad? —Heidi entrelazó su brazo con el mío.

Con los ojos abiertos de par en par, miré a cada persona mientras el aroma a perfume y colonia se entremezclaban.

—Sí.

—Tengo muchas ganas de subirme a ese escenario. —Heidi sonrió cuando abrí mucho los ojos—. Ese es mi objetivo esta noche.

—Bueno, siempre está bien tener metas —respondí, cortante—. Pero ¿no puedes subir y ya?

Ella alzó las cejas y se rio.

—No. Tienen que invitarte a subir.

—¿Quién? ¿Dios?

Ella resopló.

—Algo así... —De pronto, emitió un chillido—. Allí está.

—¿Dónde? —Ansiosa por ver a la chica, observé entre la multitud.

Heidi se colocó a mi lado y se giró despacio para que nuestros cuerpos quedaran alineados en el ángulo de una de las zonas de descanso amplias y oscuras detrás de las mesas.

—Allí.

La luz suave de las velas iluminaba la estancia, proyectando un brillo en la zona. Dudaba que las velas fueran seguras en un bar, pero ¿qué sabía yo? Más sillas grandes rodeaban un sofá de terciopelo rojo con el borde dorado que parecía una antigüedad. Dos sillas estaban ocupadas. Veía solo las siluetas. Una pertenecía a un chico rubio que miraba su teléfono. Apretaba la mandíbula como si estuviera intentando romper la cáscara de una nuez con los dientes.

Frente a él, había otro chico con un peinado a lo *mohawk* azul brillante, como un pitufo. Tenía la cabeza reclinada hacia atrás, y a pesar de que no podía oírlo, sabía que estaba lanzando una carcajada de esas que salen de lo más profundo de las entrañas. Mis ojos se posaron a su izquierda.

Y entonces, la vi.

Dios santo, la chica era guapísima.

Era fácilmente una cabeza más alta que Heidi y que yo, y tenía el corte de pelo más maravilloso que hubiera visto jamás. Tenía un lado de la cabeza rapado y, en el otro, el cabello oscuro le caía hasta la altura del hombro, lo que resaltaba los ángulos esculpidos de su rostro. Estaba muy celosa de aquel corte, porque yo no tenía la valentía o el rostro para que me sentara bien. Parecía un poco aburrida mientras miraba la pista de baile. Comencé a girarme hacia Heidi, pero entonces, alguien alto se interpuso frente a la chica y tomó asiento en el sofá.

Era un hombre de pelo rubio muy corto. El corte me recordó al que llevaban los chicos del ejército. Por lo que podía ver por su perfil, parecía mayor que nosotras. ¿Quizás tendría unos veinticinco años? ¿Un poco más? No parecía particularmente contento. Movía la boca a toda velocidad. Posé los ojos en la persona junto a la que él había tomado asiento.

Se me separaron los labios al tomar una leve inhalación.

La reacción fue sorprendente y vergonzosa. Quería golpearme a mí misma, pero en mi defensa diré que el chico era deslumbrante, la clase de belleza que al principio no parece real.

El cabello castaño desordenado le caía sobre la frente en ondas y rizos. Incluso desde donde yo estaba era notorio que su cara no poseía un mal ángulo; era la clase de rostro que no necesitaba filtro alguno. Era increíblemente alto y sus mejillas amplias combinaban con una mandíbula cuadrada bien tallada. Su boca era una verdadera obra de arte, carnosa y torcida hacia un lado, que formaba una sonrisa increíble mientras miraba al hombre que había tomado asiento a su lado. Estaba demasiado lejos para verle los ojos, aunque imaginaba que eran igual de deslumbrantes que el resto.

Pero la atracción trascendía lo físico.

Él irradiaba poder y autoridad, lo que causó que un escalofrío extraño me recorriera la columna. Ninguna de sus prendas era llamativa; solo llevaba unos vaqueros oscuros y una camiseta gris con algo escrito. Quizás era su manera de sentarse, con las piernas abiertas y un brazo sobre el respaldo del sofá. Todo en su postura relajada parecía arrogante y, de algún modo, engañosa. Parecía estar a escasos segundos de echarse una siesta incluso mientras el hombre sentado enfrente parecía más animado, pero la forma en que sus dedos golpeaban el borde dorado del sofá daba la clara impresión de que podía entrar en acción en cualquier instante.

—¿La ves? —preguntó Heidi y me asusté.

Madre mía, ¿acaso había olvidado que Heidi estaba allí? Así había sido, lo cual significaba que necesitaba recobrar la compostura. El tipo estaba como un tren, pero bueno... estaba allí por Heidi.

Aparté la vista del chico y luego asentí. Ninguna de esas personas, excepto el tipo rubio y el que acababa de sentarse, parecía tener la edad suficiente para estar cerca de aquella discoteca. Pero a la vez, nosotras tampoco.

—¿Es esa?

—Sí. Esa es Emery. —Me apretó el brazo—. ¿Qué opinas?

—Es muy guapa. —Miré a Heidi—. ¿Vas a ir a hablarle?

—No lo sé. Creo que esperaré a que ella se acerque a mí.

—¿En serio?

Heidi asintió mientras se mordía el labio inferior.

—Las últimas tres veces, me acerqué yo a ella. Creo que esta vez dejaré que ella me encuentre a mí. Para ver si el interés es mutuo o no, ¿sabes?

Alcé las cejas mientras miraba a mi amiga. Heidi no era tímida o paciente, y tampoco se ponía nerviosa. Aquello solo implicaba una cosa. Junté las manos.

—Estás loca por ella, ¿verdad?

—Me gusta —dijo Heidi después de un minuto. Una sonrisita apareció—. Solo quiero asegurarme de que a ella también le gusto yo. —Alzó un hombro—. Hemos hablado un poco y hemos bailado, pero no me ha pedido mi número ni me ha propuesto quedar fuera de aquí.

—¿Le has pedido tú el de ella?

—No.

—¿Lo vas a hacer?

—Si ella se acerca... —Heidi soltó un fuerte suspiro—. Estoy siendo una tonta. Debería pedírselo y terminar con esto.

—No eres una tonta. Yo haría lo mismo, pero creo que al menos deberías pedirle su número esta noche. Ese debería ser tu objetivo.

—Es cierto —respondió, frunciendo el ceño—. Pero el escenario...

—Basta con el escenario. —Reí.

La verdad es que yo no era la mejor persona para dar consejos sobre relaciones. Solo había tenido una relación supuestamente seria, y Brandon y yo habíamos durado tres largos meses y cortado justo antes del verano.

Sí.

Yo era esa clase de persona.

Aunque admitirlo fuese horrible, solo había salido con Brandon porque todos mis amigos habían tenido parejas y, bueno..., la presión social era lo peor y quería sentir lo que ellos describían sin parar cada vez que publicaban algo en línea o en su Snapchat. Quería... quería saber cómo era. Quería enamorarme.

Y lo único que hice fue aburrirme.

Inspiré mientras mi mirada encontraba el camino de regreso al sofá, en donde estaba el chico de pelo cobrizo desordenado. Parecía de mi edad. Quizás uno o dos años mayor que yo. El instinto me dijo que nada relacionado con él sería aburrido.

—¿Quién... quién es ese?

Heidi pareció saber de quién hablaba sin que lo señalara.

—Se llama Luc.

—¿Solo Luc?

—Sí.

—¿Sin apellido?

Ella rio mientras me daba la vuelta, en sentido opuesto a ellos.

—No me sé su apellido. Es solo Luc, pero ¿ves al rubio que parece tan amable como un puercoespín rabioso?

—¿El que está mirando su teléfono? —Sonreí, porque su descripción del chico parecía acertada.

Comenzó a caminar alrededor de la pista de baile, mientras tiraba de mí.

—Es un Luxen.

—Oh. —Resistí la necesidad de mirar por encima del hombro para ver si llevaba el brazalete metálico en la muñeca. No lo había visto cuando me fijé en el teléfono móvil que tenía entre las manos.

El brazalete era un inhibidor, una clase de tecnología que neutralizaba los poderes sobrenaturales de los Luxen, que derivaban de lo que los Luxen llamaban «la fuente». La fuente. Sonaba a nombre inventado, pero era real, letal y peligrosa. Si ellos intentaban atacar a alguien con sus poderes de Luxen, el inhibidor los detenía lanzando impactos equivalentes a los de una pistola eléctrica. Si bien eso no era agradable para nadie, era particularmente doloroso y debilitante para los Luxen.

Sin mencionar que todos los espacios públicos estaban diseñados para sofocar cualquier incidente que pudiera ocurrir con los Luxen. El metal negro rojizo resplandeciente que estaba sobre cada puerta y las motas en el techo de la mayoría de los edificios eran una clase de armas en forma de aerosol que no afectaban a los humanos.

Pero ¿a los Luxen?

En teoría, el líquido que rociaban les causaba un dolor insoportable. Nunca lo había visto en acción, por suerte, pero mi madre sí que lo había presenciado. Y me aseguró que fue una de las peores cosas que había visto en su vida.

Dudaba de que Presagio tuviera instaladas armas semejantes.

Como era una entrometida, pregunté:

—¿Luc es un Luxen?

—Es probable. Nunca he estado lo bastante cerca como para confirmarlo, pero supongo que lo es. —El color de sus ojos solía ser lo que los delataba por completo, al igual que el inhibidor. Todos los Luxen registrados en el sistema debían llevarlo puesto.

Nos detuvimos cerca del escenario y Heidi me soltó el brazo.

—Pero ¿el chico del pelo azul? Sin duda alguna es humano. Creo que se llama Kent o Ken.

—Genial —susurré y me rodeé el vientre con un brazo. Se me enredó el bolso.

—¿Y Emery?

Heidi miró por encima del hombro a Emery. Las relaciones íntimas y pasionales entre los humanos y los Luxen eran ilegales. Nadie podía evitar que un Luxen y un humano tuvieran un vínculo, pero tenían prohibido contraer matrimonio y debían pagar multas altas si denunciaban su relación.

—Es humana —respondió Heidi.

La verdad, no podía importarme menos si un Luxen y un humano querían tener un poco de acción. No me causaba impacto alguno y no era asunto mío, pero de todos modos el alivio me atravesó el cuerpo. Me alegraba de que Heidi no estuviera intentando involucrarse sentimentalmente con alguien con quien debería ocultar su relación, mientras a su vez corría el riesgo de pagar miles de dólares o de ir a prisión si no podía pagar la multa. Heidi pronto cumpliría dieciocho años. La responsabilidad de pagar aquella multa ridícula no recaería en su familia.

Alcé de nuevo la vista hacia el escenario y miré a la chica que bailaba más cerca de nosotras.

—Guau. Es preciosa.

Heidi siguió mi mirada y asintió. La chica era mayor que nosotras y tenía la cabeza repleta de un pelo rubio resplandeciente. Giraba y se contoneaba, su cuerpo parecía una serpiente por sus movimientos.

Con los brazos en el aire y las manos juntas, la chica daba vueltas y su piel... se desvanecía y los bordes de su silueta se desdibujaban, como si estuviera desapareciendo frente a nosotras.

Luxen.

La chica sin duda pertenecía a aquel grupo. Los Luxen tenían aquella habilidad salvaje de asimilar nuestro ADN y parecer humanos, pero aquella no era su verdadera apariencia. Cuando adoptaban su forma real, resplandecían como una bombilla de alto voltaje. Nunca había visto qué había debajo de aquella luz brillante, pero mi madre me dijo que su piel era prácticamente translúcida. Parecida a la de las medusas.

Heidi me miró y sonrió.

—Voy a bailar. ¿Vienes?

Vacilé mientras observaba la multitud vibrante. Me encantaba bailar... en la privacidad de mi habitación, donde podía parecer una marioneta con articulaciones muy flexibles.

—Primero iré a beber un poco de agua.

Me apuntó con el dedo.

—Más te vale que vengas conmigo.

Quizás lo haría, pero no en aquel instante. Mientras retrocedía, la vi desaparecer entre la masa de cuerpos movedizos, y luego giré y avancé por el borde del escenario. Llegué a la barra y me ubiqué entre dos taburetes ocupados. El camarero estaba en el extremo opuesto de la barra y yo no sabía cómo llamar su atención. ¿Debía alzar la mano y agitarla como si estuviera haciéndole señas a un taxi? No lo creo. Parecería estúpida. ¿Y si hacía el saludo con tres dedos de *Los juegos del hambre*? Había visto la película en la televisión el fin de semana pasado. Habían echado un maratón de las cuatro películas, así que creía que podía hacer el saludo correctamente. «Me ofrezco como tributo por un vaso de agua».

Por suerte, el camarero venía despacio hacia donde yo estaba de pie. Abrí el bolso y toqué la pantalla del móvil. Tenía un mensaje sin leer de Zoe. Una llamada perdida de April y...

Noté una sensación extraña en la nuca. Era como una respiración sin aire. Me recorrió la columna y me erizó todo el vello diminuto del cuerpo. Sentía que...

Sentía que alguien estaba de pie justo detrás de mí.

Cerré mi bolsito y después miré por encima del hombro, esperando a medias toparme con el rostro de otra persona, pero no había nadie. Al menos nadie que estuviera demasiado cerca de un modo espeluznante ni nada parecido. Observé la multitud. Había muchas personas, pero ninguna parecía estar prestándome atención en absoluto. Sin embargo, la sensación no dejó de aumentar.

Tragué con dificultad mientras mis ojos avanzaban hacia el rincón.

El chico que había tomado asiento no estaba, pero el hombre robusto con peto, el señor Clyde, estaba dentro. Estaba reclinado sobre aquel sofá de apariencia antigua, hablando con Luc, y Luc estaba (oh, Dios), estaba mirando directamente hacia mí. La ansiedad estalló en mi cuerpo y se expandió por mi sistema como una hierba nociva.

¿Clyde había descubierto que teníamos carnés falsos?

De acuerdo. Un minuto. Debía de haber sabido que teníamos documentación falsa desde el instante en el que entramos a la discoteca, e incluso si ahora tenía un problema con los carnés, ¿por qué se lo diría a Luc? Estaba poniéndome paranoica...

—Hola. ¿Quieres beber algo?

Giré de nuevo hacia la barra y asentí, nerviosa. El camarero era un Luxen. Aquellos ojos verdes brillantes sin duda no estaban en el espectro de colores humano. Bajé la vista. Llevaba el brazalete plateado ajustado en la muñeca.

—Solo, eh, agua.

—Enseguida. —Agarró un vaso de plástico, lo llenó con agua de una botella y luego colocó una pajita transparente en él—. Es gratis.

—Gracias. —Acepté el vaso y luego me giré despacio. ¿Qué podía hacer? ¿Qué podía hacer?

Mientras bebía sorbos de agua, caminé sin prisa alrededor del escenario y me detuve junto a una columna donde un unicornio parecía haber vomitado purpurina. Me puse de puntillas y observé la multitud hasta que encontré a Heidi.

Una sonrisa amplia me apareció en el rostro. No estaba sola. Emery se había acercado y miraba a Heidi del modo en el que yo miraba los tacos mexicanos la mayoría de los días.

Eso era lo que quería en algún momento de mi vida, que alguien me mirara del modo en el que yo miraba los tacos.

Heidi estaba de espaldas a mí, sus hombros se mecían mientras el brazo de Emery rodeaba la cintura de mi amiga. Ni por asomo interrumpiría su fiesta privada. Esperaría a que hubieran terminado. Mientras tanto, haría mi mayor esfuerzo para no pensar en cómo sería verme merodeando por el borde de la pista de baile. Dado que sabía que era probable que pareciera bastante tonta. Quizás incluso un poco espeluznante. Bebí otro sorbo. Quedarme de pie allí toda la noche no era una opción viable...

—¿Evie?

Me giré al oír una voz vagamente familiar. La sorpresa me atravesó el cuerpo. Una chica del instituto estaba de pie detrás de mí. Habíamos compartido una clase el año pasado. Lengua.

—¿Colleen?

Ella sonrió mientras inclinaba la cabeza. La parte superior de sus mejillas brilló. Tenía los ojos maquillados con un ahumado, como yo.

—¿Qué estás haciendo aquí?

Alcé un hombro.

—Pasando el rato. ¿Y tú?

—He venido con unos amigos. —Frunció el ceño mientras se apartaba varios mechones de pelo rubio detrás de la oreja—. No sabía que venías aquí.

—Mmm, es mi primera vez. —Bebí un poco de agua mientras miraba por encima del hombro. No conocía demasiado a Colleen, así que no tenía ni idea de si ella venía todos los fines de semana o si era también su primera vez allí—. ¿Vienes con frecuencia?

—A veces. —Deslizó una mano sobre la falda de su vestido. Era de un tono azul un poco más claro que el mío y sin tirantes—. No sabía que te gustaba venir... —Inclinó la cabeza hacia la pista de baile y sus mejillas sonrojadas ganaron color. Pensé que quizás alguien la había llamado—. Debo irme. ¿Te quedarás un rato?

Asentí sin tener ni idea de cuánto tiempo estaría allí.

—Genial. —Comenzó a retroceder, sonriendo—. Luego hablamos, ¿vale?

—Vale. —Me despedí moviendo los dedos y observé cómo se daba la vuelta y se deslizaba entre los cuerpos danzantes a lo largo del límite de la pista. Sabía que mucha gente del instituto venía aquí, pero supongo que no esperaba ver a nadie, lo cual era estúpido...

Una mano aterrizó en mi hombro. Sorprendida, salté y el agua me salpicó las manos y la parte delantera del vestido. Con violencia, aparté el hombro de la mano y me volví, preparada para darle un puñetazo a quien fuera que me hubiese sujetado, tal y como mi madre me había enseñado. Me quedé paralizada y me dio un vuelco el estómago cuando vi el rostro lleno de *piercings* del señor Clyde.

Ay, no podía ser nada bueno.

—¿Hola? —dije en voz baja.

—Tienes que venir conmigo. —La presión de la mano en mi hombro se volvió más fuerte—. Ahora.

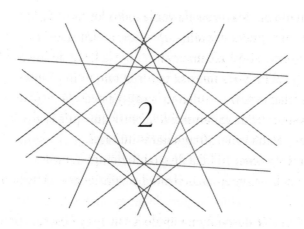

2

Sentía el estómago vacío mientras miraba la columna brillante como si fuera a ayudarme.

—Eh, ¿por qué?

Sus ojos oscuros se clavaron en los míos y lo único en lo que pude centrarme fue en el diamante diminuto que tenía debajo del ojo. Ese *piercing* debió de haberle dolido. No habló mientras me sujetaba el brazo con su mano rechoncha y me hacía girarme. El pánico floreció en mi interior mientras miraba la pista de baile, incapaz de encontrar a Heidi o a Emery en la marea de bailarines.

Con el corazón latiendo desbocado en mi pecho, me aferré a mi agua mientras Clyde me llevaba lejos de mi columna bonita. Me ardieron las mejillas cuando algunas personas en las mesas miraron. Una chica mayor sonrió y movió la cabeza de un lado a otro mientras se llevaba un vaso con un líquido ámbar hacia la boca.

Menuda vergüenza más grande.

Estaban a punto de echarme. Maldita fuera mi suerte. Lo cual implicaba que debería enviarle un mensaje a Zoe o a alguien más para que me recogiera, porque no iba a estropearle la noche a Heidi. No cuando Emery se había acercado a ella. Iba a...

Clyde no me llevaba hacia la entrada de la discoteca.

De pronto, giró hacia la izquierda y me arrastró con él. El corazón me cayó en picado hasta mis pies contraídos cuando noté a dónde me llevaba. Hacia el rincón sumido en las sombras... hacia el sofá.

Sentado en la misma posición relajada y perezosa de antes, aún golpeteando los dedos largos sobre los apoyabrazos, estaba Luc. Alzó las comisuras de los labios.

Me quedé sin aliento por la sorpresa. Por lo general, estaría bastante entusiasmada por charlar con un chico que estaba tan extraordinariamente bueno, en especial con uno que, guau, tenía unas pestañas tupidas y oscuras..., pero todo en aquella situación parecía una equivocación.

No era la clase de chica a quien elegían al azar en una discoteca y a quien luego alguien que parecía un campeón de lucha libre llevaría hasta el chico sexi. No iba a engañarme. Era la personificación de la triple C:

Común por mi vida.

Común por mi cara.

Común por mi cuerpo.

Y lo que estaba ocurriendo en aquel instante no era común en absoluto.

—¿Qué está...? —dejé de hablar cuando Clyde me hizo pasar junto al Luxen rubio, quien aún miraba su teléfono móvil, en un extremo del sofá. La mano soltó mi brazo y luego aterrizó otra vez en mi hombro.

—Siéntate —dijo Luc, y la clase de voz que utilizó para pronunciar aquella única palabra puede que dejase un rastro de decisiones muy malas a su paso.

Tomé asiento.

No tenía demasiadas opciones. Clyde me obligó a hacerlo y después se marchó, tropezando con cuerpos y moviendo a personas del camino como una apisonadora humana.

Con el pulso errático, miré en la dirección hacia donde Clyde se había marchado, pero era totalmente consciente del chico sentado a menos de un metro de mí. Me temblaba la mano, y cuando respiré hondo, inhalé el aroma a pino y jabón por encima del olor fuerte a alcohol. ¿El aroma a pino y jabón provenía de él? Si era así, olía a las mil maravillas.

¿Estaba... estaba oliéndolo de verdad?

¿Cuál era mi problema?

—Puedes mirar en dirección a Clyde todo el tiempo que quieras, pero ningún deseo lo hará regresar —advirtió Luc—. Aunque si deseas que vuelva y funciona, entonces estás hecha de una magia oscura asombrosa.

No tenía idea de cómo responder ante eso. Mi cerebro se había quedado desprovisto de palabras. El vaso de plástico crujió bajo mis dedos mientras la música se detuvo durante un breve instante. Varias personas en la pista de baile se quedaron quietas, sus pechos subían y bajaban deprisa. Luego, el ritmo grave y constante de la batería apareció y los presentes en la pista perdieron el control.

Abrí los ojos de par en par mientras todos lanzaban los puños al aire y los bailarines sobre el escenario caían de rodillas, golpeando las palmas contra el suelo. Los gritos se hacían más y más fuertes, un *crescendo* en alza que acompañaba a la batería. Las voces subieron de volumen, cantando la letra que hizo estallar varios escalofríos a lo largo de mis brazos.

«Safe from pain and truth and choice...».

Un estremecimiento me recorrió la piel. Algo en aquella situación «la canción, los coros y los vítores» me resultaba familiar. La extraña sensación de *déjà vu* me atravesó el cuerpo mientras fruncía el ceño. No reconocía la canción, pero la sensación serpenteante aún me dominaba el cerebro.

—¿Te gusta la canción? —preguntó él.

Despacio, giré la cabeza hacia él. Tenía la sonrisa de un lobo, lo cual me puso realmente nerviosa. Alcé la mirada. Mi respiración parecía golpear mis pulmones al salir.

La sonrisa desapareció de sus labios y me miró como si... No sé. Había una expresión imperceptible, casi de sorpresa, en sus facciones deslumbrantes, pero sus...

Sus ojos.

Nunca había visto unos ojos como los de él. Eran de color amatista, un violeta vibrante y refinado, y las líneas negras alrededor de sus pupilas eran irregulares, incluso borrosas. Eran ojos increíblemente hermosos, aunque...

La sospecha de Heidi era correcta.

—Eres un Luxen.

El rubio que miraba su móvil resopló.

Luc inclinó la cabeza a un lado mientras la expresión extraña desaparecía de su rostro.

—No soy un Luxen.

Eso era una mentira como una catedral. Los humanos no tenían ojos como esos a menos que utilizaran lentes de contacto. Desvié la mirada rápidamente hacia la mano que descansaba sobre su muslo. Había un brazalete de cuero en su muñeca con alguna clase de piedra extraña en el medio. Una gema ovalada que era un caleidoscopio de colores pastel. Lo que llevaba puesto no era un inhibidor utilizado para evitar que un Luxen asesinara a la mitad de los presentes en aquella discoteca en menos de diez segundos.

—Entonces, ¿eres un humano con lentillas peculiares?

—Nop. —Alzó un hombro en un gesto poco entusiasta. ¿Por qué iba a negar que era un Luxen? Antes de que pudiera preguntar, habló de nuevo—. ¿Estás pasándotelo bien esta noche?

—Eh, sí... Eso creo.

Se mordió aquel labio inferior carnoso, lo cual llamó mi atención. Joder, eran labios hechos para besar. No es que estuviera pensando en besarlo ni nada parecido, solo era una mera observación imparcial que cualquiera en mi situación haría.

—No suenas muy convincente. De hecho, parece que preferirías estar en cualquier parte menos aquí —insistió él, sus pestañas tupidas descendieron de nuevo—. Entonces, ¿qué haces aquí?

Su pregunta me sorprendió.

—Tu amiga viene mucho por aquí. Encaja. Se divierte. Tú nunca has venido. —Alzó las pestañas y clavó sus ojos extraños en los míos—. Y te recordaría si hubieras estado aquí antes.

Tensé los músculos. ¿Cómo narices sabía que era la primera vez que iba allí? Debía de haber al menos cien personas en aquel lugar, y todas estaban entremezcladas.

—Permaneces de pie junto a la pista, sola. No te diviertes y... —Bajó la mirada y se detuvo en la parte delantera de mi vestido.

Sin mirar, sabía que estaba observando la mancha de agua—. No encajas aquí.

Bien. Guau. Me había dejado muda, pero, al final, recuperé la voz:

—Es la primera vez que vengo...

—Ya lo sabía. —Hizo una pausa—. Es obvio. Porque acabo de decirlo.

La irritación se abrió paso entre la incomodidad y la confusión. Luxen o no, no sabía quién narices se creía que era. Era desagradable, y no permanecería sentada allí permitiendo que alguien me hablara de aquel modo.

—¿Y quién eres tú?

Aquella media sonrisa se extendió un poco.

—Me llamo Luc.

¿Acaso se suponía que su nombre contenía todas las respuestas del universo?

—¿Y?

—Y quiero saber por qué estás aquí.

La frustración me erizó la piel.

—¿Eres el que da oficialmente la bienvenida en el club o algo así?

—Algo así. —Colocó un pie con una bota sobre la mesa cuadrada de vidrio frente a él mientras se inclinaba hacia mí. La distancia entre nosotros desapareció. Me miró a los ojos y sostuvo la mirada—. Seré directo contigo.

Solté una risa tensa.

—¿No has sido directo ya?

Ignoró el comentario y no apartó la mirada, ni un segundo.

—No deberías estar aquí. Este es el último lugar en el que deberías estar de todos los lugares donde podrías estar. ¿No es así, Grayson?

—Claro que sí —respondió el Luxen rubio.

El calor me estalló en el pecho y me quemó la garganta. Inhalando profundamente obligué a mi rostro a permanecer inexpresivo a pesar de que lo que él había dicho me lastimaba por razones que no debería hacerlo. No tenía importancia si era o no humano, o que nunca lo hubiera visto antes y, probablemente, nunca lo haría de nuevo después de salir de aquella discoteca estúpida. Que alguien dijera que no encajabas no era agradable. Nunca.

Ni por asomo permitiría que lo que dijera él, un completo extraño (un alienígena) me afectara. A fin de cuentas, era un idiota, y yo no iba a permitir que hiriera mis sentimientos. Jamás lo haría.

Le sostuve la mirada e invoqué una parte de mi madre: la parte aterradora.

—No sabía que necesitara tu permiso para estar aquí, Luc.

—Bueno —dijo arrastrando las palabras y tensando los hombros amplios—, ahora ya lo sabes.

Retrocedí.

—¿Hablas en serio? —Una risa atónita se escapó de mis labios—. No eres el dueño de este lugar. Solo eres un... —Me detuve antes de decir algo increíblemente ignorante—. Solo eres un tío cualquiera.

Inclinó la cabeza hacia atrás y rio con voz grave.

—Vamos, sé que no estabas a punto de decir eso y que no es lo que piensas de verdad. —Golpeteó los dedos sobre el respaldo del sofá y quise acercarme y darles un manotazo—. Dime lo que soy en realidad. Me muero de ganas por oírlo.

—Lo que tú digas. —Miré la pista de baile, incapaz de encontrar a Heidi, dado que, de pronto, parecía que la multitud había triplicado su tamaño. Mierda—. He venido a pasar el rato con mi amiga. Eso es lo único que estoy haciendo. No es de tu incumbencia.

—Todo es de mi incumbencia.

Parpadeé una vez y volví a parpadear, esperando que él se riera, pero, cuando no lo hizo, comprendí que había conocido oficialmente al ser más arrogante del planeta.

—Por cierto, no estás pasando el rato con tu amiga. Como señalé antes, estabas de pie junto a la pista..., de pie y quieta, completamente sola. —Sus ojos inquietantes me recorrieron el rostro con tal intensidad que me comenzaron a arder las puntas de las orejas—. ¿Eso es lo que sueles hacer cuando sales de noche con tu amiga? ¿Quedarte plantada ahí sola mientras bebes agua?

Moví la boca, pero no salió palabra alguna de ella. Él era sin lugar a dudas la persona más hostil que había conocido jamás.

Alzó una de las comisuras de los labios todavía más.

—Ni siquiera tienes la edad suficiente para estar aquí.

Estaba dispuesta a apostar que él tampoco.

—Tengo la edad suficiente.

—¿Sí?

—Tu amigote fornido me ha pedido el carné y me ha dejado entrar. Pregúntale a él.

El pecho de Luc se hinchó notoriamente. La amplitud de sus hombros estiraba el algodón gris desgastado. Su camiseta decía: «No DRAMA LLAMA». Esa prenda era una mentira. Aquel chico se desvivía por el drama.

—Déjame ver tu carné.

Lo fulminé con la mirada.

—No.

—¿Por qué no?

—Porque eres un tipo desconocido en una discoteca. No te lo voy a enseñar.

Su mirada regresó a la mía. El desafío impregnaba cada una de sus facciones deslumbrantes.

—O quizás no quieres enseñarme tu carné de identidad porque pone que aún no tienes veintiún años.

No dije nada.

Alzó una ceja.

—¿O es porque crees que soy un Luxen?

—Ese parece que es el verdadero problema —comentó Grayson, y clavé los ojos en él. Por fin había guardado su móvil, por desgracia—. Y es probable que también sea el motivo por el que está incómoda. Apuesto a que eres una de esas personas.

—¿De «esas personas»? —repetí.

Los ojos ultraazules de Grayson se encontraron con los míos.

—De las que les temen a los Luxen.

Moví la cabeza de un lado a otro mientras la música y la discoteca parecían desvanecerse en el fondo. En ese instante comprendí que nadie, ni una sola persona presente, se acercaba a aquel sector. Todas lo evitaban por completo.

Luc hizo un ruido en voz baja.

—¿Te molesta estar cerca de un Luxen en público? ¿Te asusta?

—No, para nada. —Aquello no era precisamente cierto porque, bueno, yo no era parte del club «Odiamos a todos los Luxen» que había en cada ciudad y pueblo, pero sí que me daban bastante miedo. Si no les temías un poco, es que carecías por completo de sentido común. Habían matado a millones de personas. Quizás aquellos dos chicos no, pero tampoco tenían puestos inhibidores. Podían matarme antes de que me lo viera venir siquiera.

Pero la necesidad de probar que no me importaba que fueran o no Luxen se apoderó de mí con ferocidad. Mi carné no era real. No tenía ni mi dirección ni mi verdadero nombre. Enseñárselo no me pondría en peligro. Apoyé mi bebida en la mesa y saqué el carné.

—Aquí tienes —canturreé, obligándome a impregnar mi voz con la mayor ligereza posible.

Luc levantó la mano del respaldo del sofá y agarró el carné. Sus dedos rozaron los míos al hacerlo. La estática chisporroteó y envió una descarga diminuta por mi brazo. Di un grito ahogado y retiré el brazo.

Su sonrisa se amplió un poco, y se me revolvió el estómago. ¿Lo había hecho a propósito? ¿Había enviado él aquella descarga? Bajó las pestañas.

—¿Nola Peters?

—Sí. Así me llamo. —No era mi nombre. Era una combinación de dos ciudades que nunca había visitado: Nueva Orleans y San Petersburgo.

—Dice que tienes veintidós. —Bajó la mano mientras me miraba—. No tienes veintidós: apuesto a que tienes diecisiete años recién cumplidos.

Respiré hondo por la nariz. No tenía diecisiete años recién cumplidos. En seis meses, cumpliría los dieciocho.

—¿Sabes? Tú no parece que tengas veintiuno.

—Las apariencias engañan. —Movió el carné entre los dedos, haciéndolo girar—. Tengo la carita de un bebé.

—Lo dudo.

—Me gusta pensar que envejeceré con gracia. Todos creerán que he hallado la fuente de la eterna juventud.

—Bien —dije, alargando la palabra—. Mira, no ha sido un placer hablar contigo, así que debo irme. Necesito encontrar a mi amiga...

—Tu amiga está ocupada, ya sabes, divirtiéndose. —Ensanchó la sonrisa en una descarada que hubiera sido encantadora si yo no hubiera deseado golpearlo directamente en la cara—. No como tú. Tú no estás divirtiéndote.

—Tienes razón. No estoy divirtiéndome. —Entrecerré los ojos y resistí la necesidad primitiva de agarrar mi vaso de agua y lanzárselo por encima—. De hecho, intentaba ser amable...

—Curioso —susurró.

Dios mío, ese chico iba a hacer que me explotase la cabeza.

—Pero para ser sincera... La verdad es que no quiero pasar ni un minuto más contigo. —Comencé a ponerme de pie—. Eres un imbécil y no te conozco. No quiero conocerte. Hasta la vista, colega.

—Pero yo sí que te conozco. —Hizo una pausa—. Sé quién eres, Evelyn.

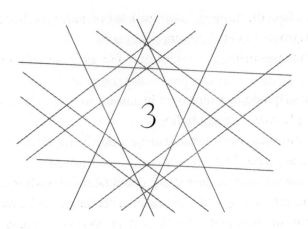

3

Sabía mi nombre. No mi nombre falso del carné, sino mi nombre real.

Sentía que todo el edificio se movía a pesar de que nada había pasado. Mi columna se convirtió en acero mientras una sensación gélida me empapaba la piel. Lo miré varios segundos.

—¿Cómo sabes mi nombre?

Me miró a través de sus pestañas mientras extendía ambos brazos sobre el respaldo del sofá.

—Sé muchas cosas.

—Bien. Acabas de llevar lo perturbador a un nivel de proporciones épicas. —Era hora de encontrar a Heidi y salir de allí de una maldita vez.

Luc se rio de nuevo, y el sonido hubiera sido agradable, incluso atractivo, si hubiera provenido de cualquier otra persona.

—Me han dicho eso algunas veces en mi vida.

—¿Por qué no me sorprende? No respondas —dije cuando abrió la boca—. ¿Me devuelves mi carné?

De pronto, se movió y colocó los pies en el suelo. Sin previo aviso, nuestros rostros quedaron a centímetros de distancia. Tan cerca, era difícil no perderse un poco en la belleza de sus facciones. Y tan cerca, también era difícil no asustarse mucho.

—¿Y si te digo la verdad? ¿Me dirás una verdad a cambio?

Cerré la boca tan fuerte que me dolía la mandíbula.

—Tenías razón antes; no tengo veintiuno —contestó, el resplandor en sus ojos ahora bailaba—. Tengo dieciocho. —Hubo una pausa breve—. Casi diecinueve. Cumplo el veinticuatro de diciembre. Soy un milagro de Navidad. Ahora, es tu turno.

—Eres perturbador —respondí—. Esa es la única verdad que te diré.

Luc se quedó en silencio un instante y luego se rio: se rio largo y tendido, lo cual me sorprendió.

—Vamos, así no es como se juega a este juego, Evie.

Inhalé profundo una vez más.

De pronto, las luces del techo se encendieron e invadieron la discoteca entera con un resplandor blanco intenso. Entrecerré los ojos, confundida por un momento. La música se detuvo y causó gritos de consternación. Los que estaban en el escenario se quedaron paralizados. Las personas en la pista de baile ralentizaron sus pasos y luego se detuvieron, intercambiando miradas desconcertadas mientras jadeaban.

—Joder —suspiró Luc—. Esto va a ser un problema.

Alguien pasó a toda velocidad en dirección a la barra. Olvidando por completo mi estúpido carné, me giré en el asiento y observé al chico desaparecer por un pasillo angosto.

—Mierda. —Luc se puso de repente de pie como un rayo. ¡Madre mía!, era muy alto; si yo hubiera estado de pie, él habría superado mi estatura de un metro sesenta y cinco—. Ya estamos otra vez. —Sonaba aburrido; miró a Grayson—. Ya sabes qué hacer. Sácalos.

Grayson guardó su teléfono en el bolsillo y se incorporó. Luego se fue tan rápido que parecía una mancha borrosa. Si llevase puesto un inhibidor, no habría sido capaz de moverse así.

—Te vas a venir conmigo —anunció Luc.

—¿Qué? —chillé—. No me voy a ir a ninguna parte contigo. Ni siquiera iría hasta la pista de baile contigo.

—Bueno, eso es un poco ofensivo, pero están a punto de hacernos una redada y te aseguro que no es nada divertido.

¿Había una manera divertida de que te hicieran una redada?

Luc extendió la mano y agarró la mía. Una descarga eléctrica me atravesó otra vez el cuerpo, con menor intensidad que antes. Tiró de mí para que me incorporara.

—Y, oye, eres menor de edad. No creo que quieras que te atrapen, ¿verdad?

Claro que no, pero eso no significaba que me fuese a ir a alguna parte con él.

—Necesito encontrar a Heidi. Ella...

—Está con Emery. —Luc me guio alrededor de la mesita baja de cristal—. Estará bien.

—¿Y se supone que debo confiar en ti?

Me miró por encima del hombro.

—No te he pedido que lo hagas.

Aquello me tranquilizaba tanto como un arma cargada apuntándome a la cabeza, pero la puerta principal se abrió con violencia y los drones del CRA (Control Retinal para Alienígenas) entraron en la discoteca.

Un estremecimiento me sacudió el cuerpo.

Odiaba aquellos drones.

Flotaban a un metro y medio del suelo y eran completamente negros, a excepción de una luz blanca en el centro de la parte superior. Los drones del CRA se hicieron populares hace dos años. Había algo en las pupilas de los Luxen que el CRA registraba como no humano. Una vez, mi madre intentó explicármelo de forma científica, pero dejé de escucharla cuando llegó a la parte de unos fotorreceptores que hacían no sé qué con la luz infrarroja. Lo único que sabía es que detectaban ADN alienígena.

Y si los drones estaban allí, significaba que buscaban Luxen no registrados: alienígenas, como Luc y Grayson, que no tenían inhibidores.

Los drones no habían llegado solos. Los agentes del GOCA (Grupo Operativo Contra los Alienígenas) entraron en la discoteca como una horda de insectos blancos e iban vestidos para ocuparse del asunto. Llevaban prendas completamente blancas y protegían sus rostros con cascos brillantes. Dos de ellos tenían rifles de asalto de apariencia normal. Otros dos sujetaban una versión más pesada y grande: un rifle que era un arma de pulso electrónico. Un disparo con ella y cualquier Luxen quedaría liquidado.

Luc me guio entre el sofá y una silla, y tiró de mí hacia la barra. Comencé a arrastrar los pies porque prefería que descubrieran que era una menor en una discoteca a que me encontraran con un potencial extraterrestre no registrado.

Aquello no implicaría una multa.

Aquello sería una condena a prisión inmediata por encubrimiento, complicidad y otra tonelada de palabras criminales rebuscadas. Intenté liberar mi mano mientras Luc comenzaba a arrastrarme con él.

—¡Suéltame!

—¡Todos al suelo! —gritó uno de los agentes.

Estalló el caos.

Las personas corrían en todas las direcciones, dispersándose como cucarachas cuando encendían la luz. Los cuerpos chocaban conmigo. Aullé cuando mis tacones resbalaron en el suelo mojado. Perdí el equilibrio. El miedo explotó como un perdigón, disparando dardos de pánico. Comencé a caer.

—Ah, no, ahora no. —Luc me agarró la mano con más fuerza y tiró de mí. Se me salió un zapato y luego el otro mientras él corría detrás de la barra, arrastrándome.

Pisé con los pies descalzos charcos de líquido en los que ni siquiera quería pensar. Un chico saltó a toda velocidad sobre la barra y aterrizó agazapado. Después llegó otro que resbaló con las bebidas volcadas y cayó contra el suelo; de inmediato, lo siguió otra persona que cayó justo detrás de él.

Todo estaba ocurriendo demasiado rápido.

La ráfaga de disparos *(pum, pum, pum)* comenzó. Los gritos se elevaron por encima de la conmoción, y se me atascó el corazón en la garganta mientras intentaba ver el escenario. ¿Qué estaba pasando? No veía nada y, en medio de aquel desastre, no tenía ni idea de dónde estaba Heidi.

Luc inclinó su cuerpo, se deslizó bajo la barra e impidió que entrasen más personas. Lo imité mientras salían disparadas muchas botellas de la pared. El vidrio y el líquido estallaban, volando por todas partes.

—Menudo desastre —susurró Luc con la mandíbula apretada, indignado.

El desastre era la última de mis preocupaciones mientras corríamos por un pasillo oscuro, dejando atrás a toda velocidad a muchas personas que intentaban apartarse de nuestro camino. Doblamos a la derecha y él abrió una puerta.

Cuando cerró la puerta a mis espaldas, el vacío negro nos envolvió. El terror aumentó mientras extendía la mano que tenía libre.

—No veo... no veo nada.

—No pasa nada.

Luc avanzó y caminó con un paso rápido que me resultó difícil seguir. Percibí un olor familiar, como a detergente para lavar la ropa. Llegó a otra puerta y la atravesamos justo cuando la puerta de detrás de nosotros se abría de pronto.

—¡Alto! —gritó un hombre.

Sentía que el corazón estaba a punto de salírseme del pecho. Corrimos por un pasillo iluminado con luz tenue. De pronto, Luc se giró y me sujetó de la cintura. Grité cuando me levantó.

—Eres demasiado lenta —protestó.

Luc aumentó la velocidad; avanzaba tan rápido que el pasillo no era más que una mancha difusa. Giró bruscamente a la izquierda y luego comencé a escurrirme de sus manos, resbalándome por su costado. Trastabillé mientras él colocaba la mano en lo que parecía ser solo una pared. Un segundo después, apareció una puerta y la abrió, deslizándola.

—¿Qué...? —Miré atónita. ¿Había cuartos ocultos allí? ¿Por qué tendrían habitaciones ocultas? ¡Solo los asesinos en serie tenían habitaciones secretas!

Luc me ordenó que me callase; de hecho, lo hizo mientras se adentraba conmigo hacia delante. Entré en la habitación oscura. Él me soltó, y yo tropecé y me di contra la pared. Me giré sobre mis talones. No era una habitación. ¡Tenía el tamaño de un armario! Apenas había espacio suficiente para una persona, y él deslizó la puerta oculta a la derecha hasta que el haz de luz diminuto desapareció y nos sumió en la oscuridad.

Madre mía.

Presioné el cuerpo contra la pared. Mientras hacía un esfuerzo por ver en aquel espacio reducido, tenía el pulso tan acelerado que parecía un océano rugiendo en mis oídos. Estábamos solos: la oscuridad, Luc y yo.

Y Luc estaba prácticamente sobre mí.

Su espalda estaba contra mi cuerpo, y, por mucho que intentara pegarme a la pared, sería imposible poner distancia entre nosotros. El aroma fresco que percibí antes sin duda provenía de él. Era lo único que llegaba a mis fosas nasales. ¿Cómo había acabado allí? ¿Qué serie de horribles decisiones había tomado hasta llegar a ese preciso instante?

Podría estar en casa, sacando fotos bonitas con mi móvil o separando los calcetines hasta la rodilla de los cortos...

Algo hizo un ruido fuerte en el pasillo. Salté y choqué contra Luc. Extendí las manos y las apoyé sobre su espalda. Sin previo aviso, él se movió y cada músculo de mi cuerpo se tensó. De pronto, mis manos quedaron apoyadas sobre su pecho, y aquel no era un pecho normal. Eran pectorales: pectorales rígidos como la pared que tenía detrás.

Comencé a apartar las manos, pero incluso en aquella oscuridad absoluta, él las sujetó y las mantuvo donde estaban. Comencé a protestar, pero lo que fuera que pretendiese decir murió en la punta de mi lengua cuando sentí su respiración acariciándome la frente.

Estábamos cerca, demasiado cerca.

—Deben estar aquí atrás —exclamó una voz gruñona desde el pasillo. La estática chisporroteó en una radio—. Ya he revisado las demás habitaciones.

Contuve el aliento. ¿Qué ocurriría si entraban aquí? ¿Dispararían primero y harían preguntas después?

Un instante después, el cabello alrededor de mi oreja se movió cuando Luc susurró:

—Espero que no seas claustrofóbica.

Giré la cabeza y me puse tensa cuando le rocé la mejilla con la nariz.

—Es un poco tarde para eso.

—Es cierto. —Movió otra vez su cuerpo y sentí que su pierna rozaba la mía. Me estremecí—. Solo tenemos que quedarnos tranquilos aquí dentro un rato y luego se marcharán.

¿Un rato? Ya habíamos estado allí dentro durante demasiado tiempo, y aún oía al hombre fuera, caminando de un lado a otro.

—¿Esto ocurre con frecuencia?

—Alrededor de una vez a la semana.

—Maravilloso —susurré, y me pareció que quizás él se había reído en voz baja. Heidi se iba a enterar por haberme hecho venir aquí, a un club que tenía una redada una vez a la semana—. ¿Qué tramáis aquí dentro para que haya redadas?

—¿Por qué piensas que tenemos algo que ver con esto?

—Porque estamos en medio de una redada —grité en un susurro.

Luc movió los dedos y sentí su pulgar acariciando el mío, lo cual envió otro escalofrío intenso por mi cuerpo.

—¿De verdad crees que ellos necesitan una razón para venir aquí a registrarnos? ¿A hacernos daño?

Sabía quiénes eran ellos sin necesidad de preguntar. El equipo del GOCA acataba órdenes de nuestro Gobierno.

—¿Estás registrado?

—Ya te lo he dicho. —Ahora su respiración se deslizó sobre mi mejilla—. No soy un Luxen. —Hizo otra pausa—. Tú... hueles.

—¿Disculpa?

—Hueles a... melocotón.

—Es mi crema. —Cerré los puños mientras la frustración se mezclaba con el miedo y con algo... pesado—. Ya no quiero hablar más contigo.

—Bien. —Hubo una pausa—. Se me ocurren muchas cosas más interesantes que hacer en un espacio pequeño y oscuro para pasar el rato.

Tensé los músculos.

—Intenta algo y te arrepentirás.

Ahora lo escuché reírse en voz baja.

—Tranquilízate.

—No me digas que me tranquilice —repliqué, tan furiosa que lo único que quería era gritar—. No soy yo a quien buscan esos hombres. No tengo motivos para permanecer callada.

—Oh, claro que los tienes. —Deslizó el pulgar por mi palma.

—Deja de hacer eso.

—¿De hacer el qué? —Su voz baja estaba impregnada de inocencia mientras deslizaba de nuevo el pulgar sobre el centro de mi mano.

—Eso. —Con el corazón desbocado, intenté otra vez liberar mis manos—. Y, ahora que lo pienso, ¿cómo...?

El chillido intenso de un teléfono me hizo callar.

¿De dónde...? Ay, no.

Era mi móvil, sonándome desde el bolso.

—Vaya, qué interrupción más inconveniente —suspiró Luc, y me soltó las manos.

Busqué a tientas en la oscuridad hasta que logré abrir el bolso y alcanzar el teléfono. Lo silencié rápido, pero era demasiado tarde.

Un grito proveniente del pasillo hizo que un relámpago de miedo me atravesara el cuerpo mientras sentía...

De pronto, la mano fría de Luc me rodeó la nuca. ¿Qué demo...?

Su nariz tocaba la mía, y cuando habló sentí sus palabras sobre mis labios.

—Cuando abra la puerta, correrás hacia la izquierda. Hay un baño. Dentro del baño hay una ventana por la que puedes salir. Hazlo rápido.

Un puño o una bota golpearon la puerta oculta.

—¿Estás de broma? —solté, atónita—. ¿Me estás diciendo que podríamos haber escapado por el baño?

Deslizó la mano lejos de mi nuca.

—Sí, pero entonces no hubiéramos compartido este precioso momento a solas.

Me quedé boquiabierta.

—Eres un...

Luc me besó.

Un segundo antes, estaba a punto de insultarlo con un despliegue impresionante de improperios y ahora su boca estaba allí, sobre la mía. Inclinó un poco la cabeza. Inhalé, sorprendida, y mis dedos sufrieron un espasmo. Se me resbaló el móvil de la mano y se cayó al suelo. Solo la punta de su lengua tocó la mía y envió pequeños escalofríos de placer y de pánico amargo a través de mi cuerpo; luego movió la cabeza y la apartó levemente de la mía.

—No te acaba de besar un Luxen, Evie. —Sus labios rozaron los míos—. Pero tampoco un humano.

—¿Qué? —dije sin aliento, con el corazón alojado en la garganta.

La mano de Luc abandonó mi cuello y me recliné contra la pared. Él se giró.

—Prepárate.

Mis pensamientos estaban completamente dispersos. Oh, Dios, no estaba lista para esto.

—Pero...

Luc abrió la puerta oculta. La luz del exterior era cegadora, y mis ojos necesitaron un segundo para adaptarse. Lo primero que vi fue una de esas armas de pulso electromagnético apuntando directamente hacia Luc. Dio un paso y lanzó su mano hacia delante.

Golpeó al agente en el pecho y sujetó el material blanco de su uniforme. Elevó al hombre del suelo y lo lanzó al otro lado del pasillo. El hombre se estrelló contra la pared y rompió el revestimiento. Cayó de bruces sobre el suelo, inconsciente.

—Mierda. —Miré al hombre tendido en el suelo. Aquella clase de fuerza...

La estática de una radio brotó del pecho del hombre y una voz salió de ella. Los refuerzos estaban en camino.

—Vete —ordenó Luc; sus pupilas se estrecharon, agitadas con una luz interna blanca, una señal clara de que un Luxen estaba a punto de adoptar su verdadera forma—. Te veré luego.

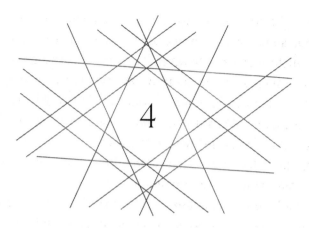

4

Heidi se dejó caer sobre su espalda y extendió las extremidades en el centro de su cama.

—Ha sido una auténtica locura. Tenemos que volver.

Sentada en el suelo de su habitación, alcé la vista hacia ella.

—No. No volveremos. Nunca. Jamás.

Se rio y yo moví la cabeza de un lado a otro mientras deslizaba las manos sobre mi rostro recién limpio. Salir por la ventana del baño con un vestido y caer en un callejón no me había dejado precisamente en muy buen estado. Lo primero que había hecho cuando llegamos a la casa de Heidi fue darme una ducha para quitarme la suciedad de la planta de los pies. También olía como si hubiese robado una licorería y después me hubiese revolcado en todo el alcohol que había saqueado.

Heidi fue quien me había llamado mientras Luc y yo permanecíamos ocultos en nuestra propia Sala de los Menesteres. De algún modo, ella había logrado salir del club y estaba en *shock*, pero había sido inteligente y, nada más salir, se había metido en su coche, donde la encontré esperándome.

—Por poco nos descubren. ¿Te imaginas que mi madre se hubiera enterado? Se pondría como loca —dije, tapándome los ojos con las manos—. Y no solo eso; estaba muy preocupada por ti. No sabía si la multitud te había aplastado o algo así.

—Yo también entré en *shock*. No tenía ni idea de dónde estabas hasta que Emery me dijo que estabas con Luc.

Uf.

Si no volvía a oír su nombre, moriría feliz. No solo era un imbécil integral, sino que me había besado... me había besado de verdad.

«No te acaba de besar un Luxen, Evie. Pero tampoco un humano».

¿Qué significaba eso? Solo existían los Luxen y los humanos. A menos que él se considerara a sí mismo diferente a todos los demás, lo cual no me sorprendería en absoluto. Después de haber pasado poco tiempo con él, sabía que existían muy pocos seres en este universo que poseyesen un ego tan inmenso como el de él.

—No me puedo creer que te metieses con él en un armario —continuó ella. Durante el viaje de vuelta a su casa, le había contado prácticamente todo lo que había ocurrido—. No me puedo creer que no aprovechases la situación.

Hice una mueca tapándome con las manos. No le había dicho a Heidi que Luc me había besado. Era probable que ni siquiera se lo contase a Zoe, porque ella y Heidi me harían preguntas al respecto, cientos de ellas. Preguntas que no podía responder porque cuando él me había besado, yo... Ni siquiera sé qué sentí. ¿Pánico? Sí. ¿Placer? Oh, Dios, sí, también había sentido eso y no sabía por qué. No me atraía ningún chico, sin importar la especie, que fuera tan idiota como para pensar que podía besar a alguien simplemente porque le daba la gana.

Además, ni siquiera me había parecido un beso real, y eso que ya me habían besado de verdad antes. Brandon y yo nos habíamos besado. Mucho. Y lo que había ocurrido en aquella habitación oculta a duras penas había sido un beso...

¿Por qué pensaba tanto en ello? Había muchas otras cuestiones importantes en las que centrar mi atención; por ejemplo, el hecho de que ambas podríamos estar sentadas en prisión en este instante.

—Luc está buenísimo, Evie. —Aparentemente, Heidi no había recibido el mensaje para cambiar el tema de conversación.

—Es un extraterrestre de verdad —susurré.

—¿Y qué? Por lo que sé, tienen todas las partes funcionales necesarias... No es que lo sepa por experiencia propia, pero eso es lo que he oído.

—Me alegra escuchar que tienen todas las partes funcionales necesarias. —Nunca en toda mi vida hubiera pensado que diría esa frase. No quería pensar en Luc y en sus partes funcionales—. Y te recuerdo que, hasta donde yo sé, no sabes nada acerca de partes funcionales.

Se rio.

—Solo porque aún soy parte del equipo de la virginidad no significa que no haya investigado mucho o que no haya usado internet para propósitos perversos.

Sonreí y dejé caer las manos.

—Fue un idiota, Heidi. Si él te hubiera hablado del modo en el que me habló a mí, le habrías dado un puñetazo en la cara.

—¿De verdad fue tan malo? —Alzó las manos y extendió los dedos corazón—. En una escala del uno —movió el dedo medio de su mano izquierda— al diez, ¿cómo fue de malo?

—Cincuenta. —Hice una pausa—. Fue cincuenta veces peor.

Se rio mientras rodaba sobre su estómago.

—Entonces, es probable que le hubiera golpeado en los huevos.

—Exacto.

—Qué pena. —Suspiró—. Odio cuando alguien tiene buen aspecto físico, pero su interior es tan feo como una rata pelona.

¿Una rata pelona? *Puaj.*

—Todo fue muy raro. Fue superdesagradable conmigo. Quería saber a toda costa por qué estaba allí y cómo había entrado a esa estúpida discoteca. —Tenía ganas de romper cosas—. ¿Quién es? A ver, es obvio que es un extraterrestre llamado Luc, pero...

Heidi se incorporó y dejó caer sus piernas en pijama por el borde de la cama. Tenía el pelo recogido en un moño desenfadado que caía hacia un lado.

—Pero ¿qué?

Apreté los labios y moví la cabeza de un lado a otro. Había algo más que no le había contado.

—Él... él sabía mi nombre, Heidi.

Abrió los ojos de par en par.

—¿Qué?

Asentí.

—¿Cómo es posible? Dijo que sabía quién era yo y también sabía que nunca antes había estado allí. —Incómoda, me crucé los brazos sobre la cintura—. Es espeluznante, ¿verdad?

—Sí, lo es. —Abandonó la cama y se puso de rodillas frente a mí—. No sé si le mencioné algo a Emery sobre ti antes. Es posible que le haya comentado tu nombre. A ver, sé que he hablado sobre ti.

—Eso... eso tendría sentido. —El alivio me recorrió el cuerpo. Aquello tenía mucho sentido, pero... ¿por qué Emery hablaría sobre mí con Luc?

—Debe de ser eso. Es imposible que te haya identificado de otra manera. No va a nuestro instituto. No van ninguno de ellos.

Exhalé con brusquedad y asentí otra vez. Ya no quería pensar más en Luc.

—Prométeme que no volverás a esa discoteca.

Posó la mirada en mi hombro.

—Pues...

—¡Heidi! —Incliné el cuerpo hacia delante y le golpeé el brazo—. En ese sitio hay redadas en busca de alienígenas no registrados. Y los agentes del GOCA tienen armas que también matan a los humanos. No es un lugar seguro.

Heidi soltó un suspiro intenso y ruidoso.

—Nunca había sucedido antes.

—Luc dice que ocurre alrededor de una vez a la semana —repliqué—. Y, aunque fuese mentira, con que haya ocurrido una vez es suficiente. Hay miles de cosas malas que podrían haber pasado esta noche.

Se mordió el labio inferior y se volvió a sentar.

—Lo sé. Tienes razón. —Me miró a través de sus pestañas—. Pero adivina qué.

—¿Qué? —No estaba segura de si le creía o no cuando decía que no volvería a aquella discoteca.

Una sonrisita apareció en su rostro.

—Tengo el número de Emery.

—¿De verdad? —Ver el entusiasmo en su bonita cara fue una distracción agradable de lo que había ocurrido—. Bueno, si tienes su número, entonces no hay motivos para que pongas de nuevo un pie en ese club.

—Es cierto. —Su sonrisa se hizo más grande—. Emery estaba muy entusiasmada por conocerte esta noche. Me da mucha pena que no tuvieras oportunidad de hacerlo.

—A mí también, pero has conseguido su número, así que ¿por qué no acordáis una cita en la que yo pueda ser la sujetavelas?

—No hay mejor sujetavelas que tú.

Arrugué la nariz.

—¿Gracias? Supongo.

Heidi se escabulló al piso inferior y robó una caja de pastelitos. Nos zambullimos en aquel paraíso de chocolate y cobertura de mantequilla de cacahuete mientras ella me contaba todos los detalles acerca de Emery. Heidi se quedó dormida bastante rápido, pero yo sentí que pasaron horas antes de que pudiera relajarme lo suficiente para dejar de mirar las estrellas que brillaban en la oscuridad, colgadas en el techo sobre la cama de Heidi.

Esa noche había sido una verdadera locura y podría haber terminado muy mal. Fue difícil apartar de mi mente aquella idea, dejarla a un lado. Heidi podría haber resultado herida. Los peligros que todos habíamos enfrentado después de la invasión no habían desaparecido en realidad. Solo habían cambiado.

En cuanto mis pensamientos comenzaron a ir a la deriva, encontraron el camino hacia Luc. Seguro que Heidi tenía razón. Ella debía de haber mencionado mi nombre antes y, de algún modo, yo había aparecido en una conversación aleatoria con Emery y Luc lo había aprovechado.

Pero aún no podía descubrir por qué mentiría sobre el hecho de ser un Luxen.

De todos modos, no tenía relevancia porque nunca más regresaría a Presagio, y, sin importar lo que me hubiera dicho, nunca lo vería otra vez.

Me incorporé en la cama con los ojos abiertos de par en par mientras maldecía. Mi móvil. ¿Dónde estaba mi móvil? Aparté la manta y salí de la cama. Encontré el bolso cerca de mi mochila. Lo agarré, lo abrí, tanteé dentro y confirmé lo que ya sabía.

Me había dejado el teléfono en aquella maldita discoteca.

Apreté el volante mientras vislumbraba las puertas rojas de Presagio. Parte de mí había esperado encontrarlas con las cintas de la policía, dado que la noche anterior había habido una redada.

Pero no fue así.

—No hace falta que entres conmigo —dije. Treinta minutos antes me había marchado de la casa de Heidi, y los vehículos iban y venían por la calle fuera de la discoteca. A la luz del día no parecía tan intimidante. Quizá solo un poco—. Puedes quedarte aquí y si no salgo en, no sé, diez minutos...

—¿Llamo a la policía? —James Davis se rio mientras lo miraba—. No llamaré a la policía para decirles que mi amiga menor de edad acaba de entrar a una discoteca en busca de su teléfono perdido y que aún no ha salido. Iré contigo.

El alivio me hizo sentir mareada. La verdad es no quería volver allí dentro sola y, sinceramente, debería haber sabido que James no me permitiría hacerlo.

Por muy cursi que sonara, James era el claro ejemplo del chico bueno, y se libraba de mucho debido a ello. Pelo color café, ojos castaños, cálidos, y cuerpo grande y achuchable como el de un oso de peluche. Lo único que debía hacer era exhibir sus hoyuelos y todos los padres del mundo le abrirían las puertas de sus casas. Incluso mi madre. Ella no tenía ningún problema cuando James pasaba el rato en mi habitación con la puerta cerrada.

Así que, dado que era robusto y que solía ser intimidante sin proponérselo, lo recluté esa mañana cuando aparecí en su casa y le prometí comprarle el desayuno después. James siempre se dejaba llevar por la comida.

Empezaban a dolerme los nudillos.

—Necesito recuperar el móvil. Mi madre me matará si lo pierdo. ¿Sabes cuánto cuesta ese trasto?

—Tu madre te matará por estar aquí.

—Es cierto, pero nunca lo sabrá, en especial si recupero el teléfono —razoné—. Si hubieras perdido el tuyo aquí, ¿qué harías?

—No habría venido aquí a perder el teléfono, pero eso no tiene importancia. —Se giró hacia la ventanilla. La gorra de béisbol de los Orioles de Baltimore, que usaba prácticamente siempre, le cubría la mitad superior del rostro—. Sé por qué me has pedido hacer esto a mí y no a Zoe.

—¿Porque me diste un carné de identidad falso que me permitió ser una idiota absoluta y venir aquí?

Resopló.

—Eh, no.

—¿Porque crees que Zoe me hubiera soltado un guantazo si se lo hubiera pedido? —Cuando asintió, sonreí—. Pues sí, tienes razón. Sabía que tú vendrías conmigo y que no me ibas a pegar.

Al menos tenía un plan. No era el mejor de todos, pero alguien tenía que estar allí durante el día. Bueno, a menos que los hubieran arrestado a todos, pero esperaba que alguien estuviera presente, y estaba preparada para rogar y suplicar para que me permitieran revisar la habitación en donde había perdido el móvil.

—¿Crees que alguien responderá? —preguntó.

Exhalé ruidosamente, solté el volante y bajé del coche. No le había contado nada acerca de la redada de anoche, lo que es probable que me convirtiera en una mala persona.

—Ni siquiera sé si hay alguien dentro. —La verdad era que, después de la redada, Luc y todos los demás podrían haberse esfumado—. ¿Estás seguro de que quieres entrar?

Giró despacio la cabeza hacia mí.

—Sé qué clase de lugar es este, así que, si me quedo dentro del coche, estoy bastante seguro de que estaré violando algún código de amistad.

—Es probable —concordé. Extendí la mano y le moví la visera de la gorra.

Abrió la puerta del copiloto.

—¿Qué es lo peor que puede pasar?

Alcé las cejas. Había miles de cosas malas que podían ocurrir, pero no dije nada. Agarré el bolso del asiento trasero y luego me bajé del coche para reunirme con James fuera. Cuando el tránsito se detuvo, cruzamos la calle y a duras penas evitamos que nos atropellara un taxi que pareció salir de la nada a toda velocidad.

Me subí a la acera y pasé junto a un hombre que metía monedas en el parquímetro. Sin previo aviso, mi corazón comenzó a latir con fuerza contra mis costillas mientras caminaba bajo la marquesina.

Un temblor me bajó por el brazo cuando me detuve a medio metro de las puertas, la pintura roja me recordaba a la sangre fresca. Estar allí era... decisivo en cierto modo, como si una vez que cruzara esas puertas de nuevo, no hubiera vuelta atrás. Ni siquiera comprendí por completo aquella sensación o de dónde provenía. Era exagerada, porque lo único que estaba haciendo era volver en busca de mi estúpido teléfono, pero el miedo llenaba mis poros y penetraba mi piel.

Mi instinto salió a la superficie y me obligó a dar un paso atrás, mi hombro chocó contra el pecho de James. Algo primitivo en mi interior exigía que diera la vuelta y que saliera de aquel maldito sitio.

Se me erizó todo el vello del cuerpo. El aire se me quedó atrapado en la garganta, presionándome el pecho. Notaba un cosquilleo en la punta de los dedos.

Miedo.

Sentía miedo.

La clase de miedo oscuro y frío que brotaba de un pozo profundo. Lo saboreaba en la parte posterior de la boca. La última vez que había sentido aquella clase de miedo que calaba los huesos y que rozaba el pánico fue... Debía de haber sido durante la invasión. Aquellos recuerdos eran difusos y borrosos, pero sé que había sentido esa clase de miedo.

El señor Mercier, el excepcional consejero escolar, diría que lo que sentía en aquel instante solo era un síntoma de haber sobrevivido a la invasión. Estrés postraumático. Eso era lo que continuaba repitiendo en mi interior mientras un escalofrío me recorría la columna.

La sensación no desapareció.

«Vete», susurró una voz que sonaba como la mía. Salía de los recovecos de mi mente, una parte inherente y elemental de mí que no estaba ni siquiera segura de reconocer.

No tenía ni idea de por qué me sentía de aquel modo o de por qué, con cada segundo que pasaba, la sensación de estar yendo demasiado lejos aumentaba. Se me disparó el pulso al borde de un ataque cardíaco. Abrí la boca, pero no lograba que mi lengua funcionara.

James extendió la mano detrás de mí hacia el picaporte, pero las puertas se abrieron antes de que él tocara el metal descolorido, y entonces lo supe.

Era demasiado tarde.

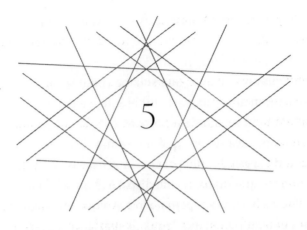

5

El portero, llamado Clyde, bloqueaba la entrada; con un brazo musculoso mantenía la puerta abierta mientras tenía el otro levantado en la parte superior de la puerta, exhibiendo un bíceps del tamaño del tronco de un árbol. Una camiseta gris se extendía sobre su pecho amplio y sus hombros. ¿El unicornio de su camiseta vomitaba... arcoíris por la boca?

Sí.

Sin duda eso era un unicornio que escupía arcoíris por la boca.

El pánico más punzante y el miedo más penetrante cedieron tan deprisa como me habían invadido. Habían desaparecido a tal velocidad que todo parecía haber sido producto de mi imaginación.

—Guau —susurró James y dejó caer la mano a un lado de su cuerpo.

Quizás debería haberle avisado con respecto a Clyde.

El sol resplandecía sobre la gran cantidad de *piercings* en el rostro de Clyde cuando salí de mi estado de *shock*.

—No sé si te acuerdas de mí...

—Me acuerdo —respondió, y estaba segura de que no era algo bueno. Clavó los ojos en James—. Pero de ti no.

Al parecer, James se quedó sin habla.

—No hemos venido a, eh, a bailar ni nada parecido. —Intenté de nuevo—. Vine aquí anoche. —Hice una mueca—. Ya lo sabes. He perdido el móvil.

Clyde giró su enorme cabeza calva hacia mí.

—¿Y hoy estáis aquí porque...?

Pensaba que era bastante evidente, pero procedí a explicarme mejor.

—Perdí el móvil cuando estaba con... Luc.

—¿Luc? —susurró James.

También había omitido la parte acerca de Luc cuando había hablado con James.

Clyde no parpadeó. Ni una sola vez.

—Entonces, ¿estáis aquí para ver a Luc?

—No necesariamente. —No quería verlo. De verdad—. Estuvimos en una habitación anoche, y quiero echarle un vistazo para buscar mi teléfono.

—¿Estuviste en una habitación con un chico llamado Luc? —repitió James. Luego, añadió en voz baja y con una sonrisa—: Traviesa.

Lo ignoré.

Clyde alzó una ceja perforada.

—¿Estáis aquí para ver a Luc o no?

Cada músculo de mi cuerpo se puso tenso. Por algún motivo, no quería decir que sí, pero si aquel era el único modo en el que iba a poder entrar en la discoteca, lo haría. Respondí con los dientes apretados:

—Sí.

Sin hablar, Clyde retrocedió mientras mantenía la puerta abierta. El alivio me inundó el cuerpo. Nos dejaba pasar. Intercambié una mirada rápida con James mientras un coche hacía sonar el claxon al pasar. Avancé. James no lo hizo. Sujeté su brazo y tiré de él para que pasáramos delante de Clyde. La puerta se cerró detrás de nosotros y extinguió la luz solar mientras nos encerraba dentro. Solté el brazo de James.

Ignoré el nerviosismo burbujeante mientras Clyde pasaba junto a nosotros en aquel espacio pequeño. Abrió la puerta de la discoteca. Vacilé un instante y luego lo seguí. Lo que vi no se parecía en nada a la última vez. Las luces sobre la pista de baile estaban encendidas y apartaban las sombras hacia la barra y las mesas. La mayoría de las sillas estaban levantadas del suelo, colocadas boca abajo sobre las mesas redondas. Solo había unas pocas mesas montadas. Había dos personas en la barra, pero estaban en la penumbra, y no pude distinguir quiénes eran.

El aroma a perfume y a licor amargo había desaparecido. Ahora olía como si alguien hubiera limpiado recientemente cada superficie con desinfectante de limón.

No había ni rastro de la redada. Todas las botellas de detrás de la barra habían sido reemplazadas. Era como si nunca hubiera sucedido nada.

—Puedo ir a echar un vistazo a la habitación. Recuerdo...

—Siéntate. —Clyde señaló una de las mesas con las sillas en el suelo y continuó caminando; desapareció detrás de la barra por un pasillo angosto a la derecha, uno que yo no había recorrido antes.

James tomó asiento en un taburete.

—Es el tío más grande que he visto en mi vida.

—¿Verdad? —Estaba demasiado nerviosa para sentarme, así que permanecí de pie detrás del taburete.

James se giró la visera de la gorra hacia atrás y luego bajó la mano hacia la superficie suave de la mesa mientras miraba la discoteca.

—Qué sitio tan interesante.

Me fijé en el pasillo por el que Clyde había desaparecido. ¿Iría en busca de mi móvil o, esperemos que no, en busca de Luc? Sentí un nudo en el estómago. No quería ver a Luc otra vez.

—Así que resulta que viniste aquí anoche con Heidi —dijo James, inclinando la cabeza a un lado—. Pero no me has contado que estuviste en una habitación desconocida con un tipo desconocido.

Me ardieron las mejillas.

—No fue exactamente así. En absoluto. Es, bueno, es una larga historia.

—Tenemos tiempo... Espera. Aguarda. —James se inclinó hacia delante y entrecerró los ojos mientras miraba la discoteca—. ¿No vamos al instituto con ese?

—¿Con quién?

Movió el mentón hacia la barra y me giré. Las dos personas que habían estado de pie allí se habían movido hacia la luz, y, de inmediato, reconocí a una de ellas. El Luxen de pelo oscuro. Se llamaba Connor. No sabía cuál era su apellido. Un destello de sorpresa me atravesó el cuerpo.

—Me pregunto qué hace él aquí.

Antes de que pudiera responder, Grayson apareció desde el otro lado de la discoteca. Salió caminando del lugar donde las sombras cubrían las paredes como si hubiera aparecido de la nada. Me puse rígida, preguntándome si el Luxen poseía aquella habilidad y nosotros no sabíamos nada al respecto.

—Oh —susurró James, dándose cuenta en aquel preciso instante de que Grayson era un Luxen y de que no llevaba puesto un inhibidor.

Una sonrisa de superioridad elevó la comisura de la boca de Grayson cuando se detuvo frente a nuestra mesa. Lanzó una mirada despectiva hacia James, y después sus ojos azules ultrabrillantes aterrizaron sobre mí.

—Me han dicho que estás buscando tu teléfono.

—Sí. Es negro, fino y...

—Sé cómo es un teléfono —replicó—. No lo tengo.

—Vale. —No pensaba que él lo tuviera—. Solo quiero echar un vistazo a una habitación. Lo perdí ahí y...

—No puedes entrar en la habitación.

La irritación en mí aumentó.

—¿Por qué no?

Movió la cabeza de un lado a otro.

—Mira, estoy intentando no molestar, pero, de verdad, necesito encontrar mi móvil. Eso es todo. Así que si no te importa...

—Tu móvil no está en esa habitación —me interrumpió. Fruncí el ceño.

—¿Cómo lo sabes?

—Porque sé a qué habitación te refieres y allí no hay ningún teléfono.

—Pero...

—Sé dónde está. —Grayson centró la atención en James del mismo modo en el que imaginaba que lo haría un león cuando encontraba a una gacela coja de tres patas—. ¿Te gustan las películas de terror? —le preguntó a James mientras se sacaba una piruleta del bolsillo de sus vaqueros.

James me miró, nervioso.

—Sí, eh, ¿supongo?

La sonrisa del Luxen era como una navaja mientras desenvolvía la piruleta. Era verde, de manzana ácida.

—Mi favorita es una película antigua. *Hostel*. En ella, hay un chico joven y estúpido que básicamente se encuentra con un grupo de fenómenos que disfrutan mucho torturando y asesinando. —Se colocó la piruleta en la boca y habló con el palillo blanco y delgado sobresaliendo de ella—. ¿La has visto?

James alzó las cejas.

—La... Sí, la he visto.

—Me recuerdas un poco a ese chico. Al joven estúpido.

Vaya, aquello era superespeluznante.

Grayson posó la mirada en mí.

—Luc tiene tu móvil. Es su nueva posesión más preciada.

Mierda.

—¿Puedes pedírselo a Luc?

—No.

La necesidad de gritar me golpeó con fuerza. No tenía otra opción.

—Entonces, quiero ver a Luc.

Inclinó la cabeza a un lado.

—Luc no está disponible.

—Pues haz que lo esté. —Apreté con más fuerza el borde de la mesa.

La sonrisita de Grayson se convirtió en una amplia sonrisa.

—Es obvio que no conoces a Luc si crees que yo puedo hacer que esté disponible.

—No me importa si lo conozco o no; no me iré de aquí sin mi móvil.

James parecía un poco pálido.

—Tal vez podemos comprarte uno nuevo.

¿Comprarme un móvil nuevo? ¿Con qué? ¿Con dinero del *Monopoly*? Ni siquiera tenía esa clase de billetes.

—Sería prudente... —comentó Grayson.

—No. —Miré hacia el pasillo por el que Clyde había desaparecido—. Si no vas en busca de Luc, entonces lo haré yo.

El Luxen mayor que nosotros inclinó la cabeza a un lado.

—¿Ah, sí?

—Evie —dijo James—, creo que deberíamos irnos. En serio.

La sonrisa de Grayson me recordaba a un alambre de espino.

—Por primera vez estoy de acuerdo con un humano.

Era ridículo. Lo único que pedía era mi teléfono, no los secretos de aquella raza alienígena. Furiosa, me giré hacia James.

—Quédate aquí. Ahora mismo vuelvo.

—Detente —replicó Grayson con voz inexpresiva—. No lo hagas. —Hizo una pausa—. Evita por completo la puerta al final del pasillo a tu derecha, la que lleva a la escalera.

Me detuve.

—Tampoco vayas al segundo piso —prosiguió con la misma voz monótona—. Luc se enfadará mucho si lo haces.

¿Qué estaba pasando? Lo miré por encima del hombro y vi que ahora estaba sentado frente a James, quien parecía muy incómodo. No tenía ni idea de por qué me decía dónde estaba Luc si se suponía que Luc no estaba disponible, pero no me importó.

Avancé rápido por el pasillo mientras pasaba junto a muchas puertas. Dos llevaban a cuartos de baño y otra tenía un cartel que decía «SOLO EMPLEADOS», pero la mitad de las letras estaban tachadas y habían añadido una «e» dejando solo la palabra *pelea*, algo... extraño.

Muy extraño.

Inspeccioné el pasillo angosto y encontré la puerta que llevaba a la escalera. La abrí y comencé a subir los peldaños, sin darme tiempo para pensar en lo que estaba haciendo. Lo que quizás era estúpido.

O quizás era valiente.

Imaginaba a mi madre haciendo algo semejante. Y sin duda también a mi padre, y ellos eran valientes. Obviamente. Así que tal vez a veces era necesario un poco de estupidez para ser audaz.

Me detuve en el rellano del segundo piso y entré en un pasillo iluminado con luz tenue, donde vi varias puertas sin ventanas. Me recordaba un poco a un edificio de apartamentos. Excepto que no había mirillas en las puertas.

Suspirando de frustración, me mordí el labio inferior. Luc podía estar en cualquiera de esas habitaciones, y había muchas. Tendría que revisarlas una por una. O simplemente podía comenzar a gritar su nombre hasta que saliera.

Caminé por el pasillo; reduje la velocidad cuando escuché unos susurros a mi derecha. Me detuve y vi que una de las puertas estaba un poco abierta.

Me acerqué allí y coloqué la mano sobre la superficie fría. Empujé la puerta, entré y no vi nada. El interior de la habitación estaba completamente oscuro, como si hubieran colgado cortinas tupidas que evitaran que la luz traspasase.

—¿Hola? —llamé.

Un ruido sordo.

Me asusté cuando algo se movió o cayó en la habitación. Inspeccioné la oscuridad intentando ver algo, lo que fuera, pero fue inútil. Mis oídos hicieron un esfuerzo por escuchar algo más, pero no había nada. Puede que fuera un buen momento para salir corriendo de aquel sitio.

Retrocedí un paso.

El aire me rodeó el cuerpo y levantó los mechones que me caían alrededor del rostro. Contuve el aliento cuando algo a mi lado cobró vida. No estaba sola en aquel cuarto. Avancé para huir de allí...

Una mano me sujetó el brazo y tiró de mí hacia delante. Hubo un grito que quedó interrumpido cuando me empujaron. Fuerte. Mi espalda golpeó la pared y perdí el aliento mientras un dolor intenso me recorría la columna y estallaba en la base de mi cráneo.

Antes de que pudiera moverme o emitir sonido alguno, la misma mano (una mano fría) se cerró sobre mi garganta con la presión suficiente como para permitir que solo entrase un silbido de aire diminuto hasta mis pulmones. Sacudí las manos hasta que encontré el brazo en la oscuridad. Hundí mis dedos en él e intenté apartar la mano de mi garganta mientras la adrenalina fluía por mis venas. El corazón me retumbaba en el pecho mientras bucles de pánico amargo se zambullían en lo profundo de mi estómago.

Ay, Dios. Ay, Dios...

Sentí que él se acercaba. Sentí su respiración rozarme la mejilla, como un fantasma, mientras me alzaba en el aire y me quedaba de puntillas. Sentí sus palabras calarme hasta la médula.

—No deberías estar aquí.

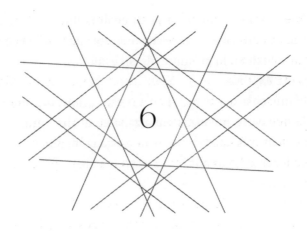

6

—¿Quién eres? —preguntó el hombre.

Abrí la boca para responder, pero, dado que estaba prácticamente estrangulándome, no logré pronunciar ni una sola palabra.

—¿Por qué estás aquí? —indagó, y me sujetó la garganta con más fuerza. Mis pies abandonaron el suelo e hicieron que emitiera un grito ahogado y áspero. El miedo clavó en mí sus garras afiladas como cuchillas.

En la oscuridad, dos puntos de luz blanca brillante aparecieron, emitiendo un resplandor luminoso. Pupilas. Eran pupilas. Aquel hombre no era humano en absoluto. Le arañé la piel con las uñas. Ay, iba a morir asfixiada por culpa de un maldito móvil...

Abrieron la puerta.

—Suéltala ahora mismo.

Al oír aquella voz familiar, la mano que me apretaba la garganta desapareció. Caí hacia delante y lancé los brazos al espacio vacío a mi alrededor. Un grito tomó forma en mi garganta...

Un brazo me rodeó la cintura. Durante un segundo, me quedé suspendida en el aire, los brazos y las piernas me colgaban de un brazo que parecía de acero. Sin previo aviso, de pronto estaba en posición vertical, con los pies en el suelo y la espalda apoyada contra un pecho muy sólido: el pecho de Luc. Inhalé con fuerza, rodeada de aquella fragancia suya con olor a bosque demasiado familiar.

Aquello no era mejor que el estrangulamiento.

Intenté avanzar, pero el brazo alrededor de mi cintura era como una banda de acero. Logré moverme dos centímetros y luego el brazo me obligó a retroceder.

—Quédate quieta —ordenó Luc directamente en mi oído.

Cada músculo de mi cuerpo se tensó. Estaba a punto de informarle de que él no podía decirme qué hacer, pero hice una mueca cuando la luz invadió de repente la habitación. Mis ojos se adaptaron y vi a un hombre mayor, un Luxen mayor, de pie a pocos metros frente a nosotros.

Y después vi qué (quién) estaba detrás de él.

Había una mujer con una niña en brazos, quizás de uno o dos años. La niña con coletas rizadas había hundido el rostro en el hombro de la mujer. Su cuerpo diminuto temblaba tanto que los temblores traspasaban a la mujer que la acunaba. Un miedo real y primitivo empapaba la preciosa cara de la mujer mientras nos miraba con los ojos abiertos como platos y llenos de terror.

Luc estaba quieto como una estatua detrás de mí.

—Explícate.

—Me dijiste que estábamos a salvo aquí —dijo el Luxen, aleteando las fosas nasales—. Lo juraste.

Me sorprendió que aquel Luxen adulto respondiera ante la orden algo arrogante de Luc e incluso que lo escuchara, así que permanecí en silencio.

—Estáis a salvo aquí —respondió Luc.

—Ella ha entrado a esta habitación. Una humana. —Abría y cerraba los puños a los costados de su cuerpo—. ¿Qué se supone que debo pensar?

—Deberías haber pensado: «Guau, es una idiota y, por lo tanto, inofensiva» —replicó Luc, y yo me quedé boquiabierta—. Lanzarla contra una pared no era precisamente necesario.

¿De verdad acababa de llamarme «idiota»?

El Luxen apretó los labios y luego me dejó todavía más perpleja al decir:

—Lo siento. No volverá a suceder.

Sentí que Luc asentía a mis espaldas y después dijo:

—Y esto. —Apretó su brazo contra mi cuerpo con mayor firmeza y un chillido diminuto escapó de mi interior—. Tampoco volverá a ocurrir.

El Luxen no respondió y tampoco apartó la vista de nosotros mientras retrocedía, manteniéndose firmemente plantado entre nosotros y los demás.

Una llamada de comprensión cobró vida y puede que la hubiera visto antes si no hubiera estado tan concentrada en no morir estrangulada.

El Luxen estaba protegiendo a la mujer y a la niña de... mí. Comprenderlo me dejó tan perpleja que no protesté cuando Luc apartó su brazo de mi cintura, rodeó mis dedos con los suyos y me llevó fuera de la habitación. La puerta se cerró detrás de nosotros, pero juraría que nadie la había tocado.

Cuando llegamos al pasillo, intenté liberar mi mano de un tirón.

—Me has llamado idiota allí dentro.

—¿Acaso estoy equivocado? —Continuó caminando, con los músculos de la espalda tensos—. Porque la verdad es que creo que no.

—Sí, estás tan equivocado como...

Luc se giró y, sin previo aviso, me quedé otra vez presionada contra una pared. Parecía una torre sobre mí, manteniendo nuestras manos unidas entre nosotros. Cuando habló, su voz fue increíblemente suave.

—Cuando dije que te vería de nuevo, no me refería a hoy. No me estoy quejando, pero estoy un poco ocupado. Aunque supongo que ya me echabas de menos, ¿no?

¿Echarlo de menos? Ja. No. Sentí la garganta seca mientras miraba aquellos extraños ojos amatista. El color parecía... moverse, inquieto.

—No planeaba volver aquí...

—Pero aquí estás.

—Sí. Tengo un motivo, uno bueno...

—No existe una buena razón para que estés aquí hoy.

—Estoy buscando...

—¿A mí? —Alzó las cejas, que desaparecieron bajo los rizos ondulados de su cabello castaño. Dio un paso adelante e imaginé que podía sentir el calor que su cuerpo emanaba. Quizás no era mi imaginación, porque él estaba lo bastante cerca como para que, si yo me movía en cualquier dirección, mis piernas rozasen las de él.

—¿Es necesario que me hables como si no supieras lo que es el espacio personal? —pregunté—. Y no, no estoy aquí por ti.

—No es necesario que te hable de este modo, pero quiero hacerlo. Me gusta. —Alzó una de las comisuras de los labios cuando entrecerré los ojos—. Y sí, tengo la profunda sospecha de que, de hecho, estás aquí por mí.

Apreté la mandíbula.

—Necesito buscar mi teléfono móvil...

—¿Y te has creído que lo ibas a encontrar en una habitación llena de Luxen?

Si me interrumpía una vez más, iba a gritar hasta quedarme sin voz.

—Me gustaría poder terminar una oración y decirte por qué estoy aquí.

Inclinó la cabeza hacia un lado y me miró como si llevase esperando una hora.

—Estoy esperando.

Intenté apartar mi mano de la suya otra vez. Él la mantuvo agarrada.

—¿Quiénes eran? —pregunté—. Los Luxen de la habitación.

—¿Por eso estás aquí? ¿Para preguntar sobre ellos?

Claro que no, y su presencia no era asunto mío, pero no había que ser un genio para saber que estaban ocultos allí. Pensé en la redada de la noche anterior. Los agentes del GOCA buscaban alienígenas no registrados. Luc los tenía allí.

Joder, estaba claro que él era uno de ellos.

Y, al parecer, los agentes del GOCA no eran muy buenos en su trabajo, porque Luc y lo que suponía que era una familia aún estaban allí.

La mirada de Luc cayó sobre mi boca y respiré de forma regular. Flexionó un músculo a lo largo de su mandíbula.

—¿Cómo has llegado hasta el segundo piso? Le dije a Clyde que no te dejara pasar.

—Grayson... —Me quedé paralizada.

Un momento. ¿Grayson me había tendido una trampa? Él me había dicho que subiera; debía de saber que había una familia escondida en una de las habitaciones.

La mirada de Luc encontró la mía.

—¿Grayson te envió aquí arriba?

—Algo así —contesté con los dientes apretados, sosteniéndole la mirada—. ¿Puedes echarte para atrás?

Hubo un momento de silencio.

—Siento que estamos teniendo un *déjà vu*.

—Puede, porque no respetas en absoluto el espacio personal.

Apretó los labios.

—Tiene sentido.

Lo miré.

Luc me soltó la mano y dio un paso atrás. Me recorrió el rostro con la mirada.

—¿Estás bien? ¿Te ha hecho daño?

Su pregunta me sorprendió un poco.

—No. No me ha hecho ningún daño.

—Estaba estrangulándote.

—Sí, es cierto, pero... estoy bien.

Me observó un instante, movió la cabeza de un lado a otro y luego se giró. Comenzó a caminar por el pasillo y, en ese momento, noté que llevaba algo en la otra mano. Algo hecho de tela: un paño.

Aparté la espalda de la pared y eché a andar a toda prisa.

—Necesito...

—Tu móvil —me interrumpió—. Lo sé.

—Vale. —Me resultaba difícil seguirle el ritmo. Sus pasos largos eran sorprendentes... y molestos—. ¿Me lo das?

—No.

—¿Qué? ¿Por qué no?

—No lo necesitas.

—Claro que sí. Por supuesto que necesito mi móvil. Es mío.

Luc continuó caminando y yo simplemente... perdí la cabeza.

Los restos de adrenalina de haber sido arrojada contra la pared se mezclaron con la frustración que ardía en mi piel como una plaga de hormigas rojas. Avancé, sujeté el brazo de Luc y lo obligué a detenerse. En una parte lejana de mi mente, sabía que él me había permitido hacerlo. Que si hubiera deseado continuar caminando, lo habría hecho y después me habría arrastrado detrás de él sin esfuerzo. Pero no me importó que pudiera lanzarme hasta el extremo del pasillo con un movimiento leve de la muñeca si así lo quisiera.

—No me voy a ir hasta que recupere mi móvil.

Una sonrisa apareció en sus labios mientras me miraba la mano y luego, los ojos.

—¿De verdad?

—¿Por qué eres tan difícil? Dame mi móvil y no tendrás que verme de nuevo.

Bajó sus pestañas espesas, protegiéndose los ojos mientras extendía la mano y quitaba mis dedos de su brazo. Lo hizo con mucha delicadeza, como si fuera consciente de su fuerza y creyera que mis dedos podrían romperse como ramas secas.

—Pero ¿y si quiero verte de nuevo?

Tragué con dificultad mientras entrecerraba los ojos.

—Pero yo no quiero verte la cara otra vez.

La sonrisa casi seductora comenzó a desaparecer.

—Vaya, qué borde.

La irritación se transformó en furia imprudente.

—Si no me devuelves mi puto teléfono ahora mismo, llamaré a la policía. —Bajé la vista hacia la muñequera de cuero que él llevaba puesta antes de mirarlo directamente a los ojos. Odié tener que decir lo que dije a continuación, porque nunca cumpliría mi amenaza, pero estaba dispuesta a decir lo que fuera para poder marcharme y olvidarme de Luc y de aquel maldito sitio—. Dudo que los Luxen de aquella habitación quieran que eso ocurra, ¿verdad?

Luc abrió un poco los ojos mientras me miraba. Una pizca de sorpresa invadió sus facciones deslumbrantes, separando sus labios carnosos.

—¿En serio me estás amenazando?

Tuve el suficiente sentido común como para comprender que estaba andando sobre la cuerda floja con botas de plomo. La cuerda ya comenzaba a romperse bajo mis pies.

—No es una amenaza. —Logré mantener el tono de mi voz constante—. Es una advertencia.

—Es lo mismo, Evie. —Luc dio un paso hacia mí, las pupilas de sus ojos parecían expandirse—. Es una amenaza.

El aire se me quedó atascado en los pulmones y mi cuerpo actuó sin pensar. Di un paso atrás, pero él avanzó de nuevo. Continué retrocediendo hasta que llegué, una vez más, a la maldita pared.

—Nadie se atreve a amenazarme —dijo él, con las pupilas de los ojos comenzando a volverse blancas. Un escalofrío gélido me recorrió la columna—. Porque saben lo que les conviene.

Mi pecho subió abruptamente.

—En especial saben que no les conviene amenazar lo que intento hacer aquí. —Bajó el mentón y, una vez más, estaba invadiendo mi espacio personal, mirándome a los ojos. Pasaron varios segundos, y tuve las ideas más estúpidas y descabelladas. Pensé en aquel beso insignificante que ni siquiera fue un beso..., en la sensación de aquellos labios carnosos sobre los míos.

En cómo eran suaves pero firmes a la vez y...

¿Qué se supone que me estaba sucediendo? ¿Me habría dado un golpe en la cabeza y mi cerebro ya no funcionaba? La respuesta era sí, no cabía ni la menor duda.

—Joder —gruñó él, y luego hizo algo de lo más extraño, más extraño incluso que el hecho de que yo pensara en besarlo, lo cual ya era raro de por sí.

Apoyó su frente contra la mía y respiró hondo.

—Melocotones. Sin duda los melocotones están empezando a gustarme.

Me puse rígida mientras abría los ojos de par en par. ¿Qué estaba ocurriendo? ¿Y por qué estaba allí quieta? En aquel momento, puede que ni siquiera debieran confiar en mí para ser dueña de un teléfono móvil.

—Solo es... crema.

Un estremecimiento recorrió a Luc.

—Se suponía que nunca vendrías aquí. ¿Lo entiendes? Ese era el trato.

El corazón me latía desbocado en el pecho.

—¿De qué estás hablando?

Me rozó la mejilla con la punta de los dedos y sentí electricidad en todo mi cuerpo, como si hubiera tocado un cable con corriente. Él retrocedió. La intensidad pura llenaba sus ojos, y pensé que quizá su mirada se posaría de nuevo en mi boca. Inclinó la cabeza a un lado, como si estuviera alineando su boca con la mía, y susurró:

—El trato era que me mantendría lejos... —hizo una pausa, la luz brillante de sus pupilas aumentó—, si tú te mantenías lejos.

—¿Qué? —dije sin aliento.

La tensión invadió el aire que centellaba y echaba chispas a nuestro alrededor. La estática chisporroteaba y las luces del techo titilaban, haciéndose tenues antes de regresar a la vida y volverse extremadamente brillantes.

Proferí un grito ahogado.

Luc sonrió.

A pocos metros de distancia, la puerta al final del pasillo se abrió. Las luces regresaron a la normalidad. La presión intensa y la ansiedad abandonaron lentamente el pasillo, pero mi pulso estaba tan acelerado que sentía que había subido a toda velocidad una escalera de cinco pisos. Rompí el contacto visual con Luc y vi al chico de cabello azul de pie en la puerta. Se llamaba Ken o Kent.

El chico miró a Luc y después, a mí.

—Me preguntaba por qué estabas tardando tanto.

Luc dio un paso atrás, pero, a pesar de que no estaba mirándolo, sentía la intensidad de sus ojos aún centrados en mí.

—¿Qué sucede, Kent?

—Está empeorando —respondió él.

Luc maldijo en voz baja y se marchó deprisa. Por un instante, no hice ningún movimiento, no pude. Estaba pegada a la pared. ¿Qué acababa de ocurrir? ¿Y de qué trato hablaba Luc? Nada tenía sentido.

Y nada tenía importancia.

Lo único que necesitaba, que quería, era mi móvil; y luego me iría de allí.

Abandoné la pared y me apresuré para alcanzar a Luc mientras Kent se hacía a un lado. Mantuvo la puerta abierta. Esperaba a medias que ambos cerraran la puerta en mi cara, pero Kent solo alzó una ceja de color castaña rojiza hacia mí mientras Luc merodeaba dentro de la habitación.

No estaba vacía.

Había un hombre de pie en una esquina, y tardé un momento en reconocerlo. Lo había visto anoche con Luc. Era el chico del corte de pelo militar que se había sentado a su lado.

Se giró hacia mí y lo primero que noté fueron sus ojos. Eran iguales a los de Luc. De un color violeta extraordinario. Abrió los ojos de par en par.

—¿Qué coj...?

—No —le advirtió Luc.

El hombre lo miró.

—¿No qué?

—Sabes exactamente lo que no quiero que hagas. —Luc continuó dándole la espalda al hombre mientras tomaba asiento en el borde de lo que parecía una cama angosta.

No sabía qué estaba pasando, y el extraño me miró de nuevo.

—Tengo muchas preguntas —dijo él, observándome de un modo que me hizo sentir como si estuviera bajo un microscopio.

Kent resopló.

—¿No las tenemos todos?

—No tienes que preocuparte por ella, Archer.

¿Archer? ¿Qué clase de nombre era ese?

—Mmm... —murmuró Archer, y después movió levemente la cabeza de un lado a otro—. De todos modos, ¿crees que es prudente que ella esté aquí? ¿Ahora?

—No —respondió Luc.

Alcé las cejas y abrí la boca para hablar, pero Luc reclinó el cuerpo hacia atrás y pude ver quién yacía en la cama. Di un grito ahogado y me cubrí la boca con la mano.

—Dios mío...

Un hombre se encontraba tumbado boca arriba. Al menos, suponía que era un hombre. Su cabello castaño estaba apelmazado, cubierto de sudor y... sangre. Tenía la cara hecha un cuadro, llena de magulladuras inflamadas de color púrpura. Tenía los ojos hinchados y cerrados, y los labios abultados y partidos. El pecho del hombre apenas se movía.

—¿Qué...? ¿Qué le ha pasado? —pregunté.

Luc posó la mirada en mí y suspiró. Cuando habló, sonó como si tuviera más de dieciocho años.

—Buena pregunta. No estoy seguro. —Dobló el paño a la mitad—. Estaba a punto de descubrirlo, pero me han interrumpido.

He sido yo. Estaba hablando de mí.

Archer cruzó los brazos.

—Lo encontré así, fuera, en el callejón, junto a los contenedores de basura.

Un escalofrío bailó sobre mis hombros. Sabía a qué contenedores se refería. La ventana por la que escapé anoche daba directamente al callejón donde estaban esos contenedores de basura.

—No sé quién es —prosiguió Archer, mirándome. Una expresión extraña atravesó su rostro apuesto—. O qué estaba haciendo allí fuera.

—Es Chas. —Kent tomó asiento en una silla de metal pequeña—. Él... ayuda aquí.

Era como si Luc se hubiera olvidado de mi existencia mientras se inclinaba sobre el hombre y utilizaba el paño para limpiar con cuidado la frente del convaleciente. El hombre llamado Chas tembló, y los bordes de su cuerpo se hicieron borrosos. Su piel sangrienta perdió algo de color y se volvió... translúcida. Otro grito ahogado separó mis labios mientras bajaba la mano.

El hombre era un Luxen, un Luxen muy malherido.

Vi las venas azuladas en los brazos quietos de Chas durante un breve instante antes de que regresara a su forma humana. No vi ni rastro de un inhibidor. A juzgar solo por las heridas que podía ver, tenía el presentimiento de que si fuera humano, no estaría respirando.

—¿Cuándo fue la última vez que lo viste? —preguntó Luc.

—Anoche. —Kent se frotó la palma contra el pecho—. Después de la redada.

Archer apretó la mandíbula.

—¿Crees que los agentes del GOCA han hecho esto?

Se me revolvió el estómago al pensarlo. El hombre parecía al borde de la muerte. ¿Por qué iban a hacer eso los agentes?

—No —respondió Luc—. Si hubieran sido ellos, se habrían llevado detenido a Chas. No lo habrían dejado tirado en el suelo.

—Tiene que haber sido otro Luxen para sacarle ventaja a Chas. —Kent miró a Archer—. En especial considerando la clase de heridas que tiene. Chas sabe cómo defenderse.

Sentía que no debería estar presenciando aquella conversación y que estaba oyendo cosas que no debía oír, así que comencé a retroceder. Apenas logré moverme medio metro.

—Quédate quieta, Evie —dijo Luc en voz baja, y me detuve, preguntándome si tenía ojos en la espalda—. Solo unos minutos más.

Me detuve, sin saber por qué. Quería mi teléfono móvil, pero podía esperar en el pasillo hasta que él terminara. Miré la habitación.

—¿No...? ¿No debería ir a un hospital?

—Un hospital no lo ayudará —respondió Luc con voz estoica, y me pregunté si sería así porque quizás Chas no estaba registrado.

Archer me miraba de nuevo, con expresión curiosa. Crucé los brazos sobre el pecho y aparté la mirada.

—Bueno, Evie —comentó, y me puse tensa—. ¿Cómo has conocido a Luc?

—No lo conozco —contesté, y los hombros de Luc se pusieron rígidos.

—Interesante —respondió Archer—. Me pregunto si... —Un teléfono sonó en su bolsillo y lo sacó; dibujó una leve sonrisa mientras respondía la llamada—. Hola, bonita. Dame un segundo, ¿vale? —Bajó el teléfono mientras se apartaba de donde estaba de pie y se dirigía a la puerta—. Es Dee —le explicó a la espalda de Luc—. Le diré que le mandas saludos.

Luc no respondió, y aquello pareció normal para Archer, porque él salió de la habitación mirando hacia mí. El hombre en la cama gimió de nuevo mientras un estremecimiento recorría todo su cuerpo.

—Tienes que dejarte llevar —le dijo Luc a Chas mientras este último movía el brazo y se cubría el rostro—. Es la única forma de curarte. Estás a salvo. Solo déjate llevar.

Me mordí el labio mientras Luc reclinaba la espalda y abría el paño. Vi manchas rojas en la tela. Luc estaba... limpiándole la cara, quitándole las manchas de sangre.

El cuerpo del hombre tembló una vez más y luego vi que adoptaba su verdadera forma. Parte de mí creyó que debía apartar la vista, pero no pude hacerlo mientras una luz blanca centelleante rodeaba todo el cuerpo de Chas. En cuestión de segundos, la fachada humana desapareció. Separé los labios, pero no pude decir nada mientras contemplaba la piel luminosa y las venas intrincadas que aparecían debajo de ella. Era la primera vez que veía más allá de la luz de un Luxen y era... de una belleza inimaginable. Mi madre tenía razón en cierto modo. Su piel era parecida a la de las medusas.

Luc se giró y me miró.

—¿Has traído a alguien contigo?

Fruncí el ceño, incapaz de apartar la vista de Chas. Había dejado de gemir y parecía haberse tranquilizado. O quizá se había desmayado.

—Sí. Está abajo.

—¿Es tu novio? —preguntó.

Moví la cabeza de un lado a otro.

—Lo suponía. Si fuera tu novio, tendrías que buscarte uno nuevo. Bueno, es evidente que tampoco es un buen amigo si no ha insistido en subir hasta aquí contigo.

Mi espalda se puso rígida.

—Puedo cuidarme sola, muchas gracias.

—¿Acaso he sugerido lo contrario? —Luc dobló el paño y lo lanzó hacia la izquierda sin mirar. La tela aterrizó en una pequeña papelera mientras él se dirigía hacia Chas—. Ocúpate del amigo que está abajo, Kent —ordenó—. Asegúrate de que llegue a casa a salvo y haz que crea que nunca ha estado aquí.

Por poco me quedo sin respiración.

—Espera. James ha venido conmigo.

Kent se puso de pie y me dedicó una media sonrisa mientras pasaba por mi lado en dirección a la puerta.

Luc dejó caer las manos sobre sus muslos; todavía estaba de espaldas a mí.

—Quizás James ha venido contigo, pero tú no te vas a ir con él. —Hubo una pausa que pareció durar una eternidad—. De hecho, no te vas a ir a ninguna parte.

Cada fracción de mi ser se paralizó. Era imposible que hubiera escuchado bien. Ni de broma.

—No... no estás hablando en serio.

Despacio, Luc se puso de pie y se dirigió hacia mí.

—Oh, sí, estoy hablando muy en serio, tan en serio como que me llamo Luc. Sé que es un cliché decirlo así, pero has venido aquí y has visto cosas que no deberías haber presenciado. Muchas cosas. Cosas que no quiero que digas, en especial a esa madre que tienes.

Di un grito ahogado. ¿Por qué la mencionaba? ¿La conocía?

Aquella sonrisa voraz regresó y convirtió la belleza prácticamente angelical de su rostro en algo más oscuro, más cruel.

—Además, me has amenazado a mí y a lo que hago aquí, y por si aún no te has dado cuenta, eso, francamente, no me sienta bien. Pero ¿sabes qué es lo más importante? —Se mordió el labio inferior y se acercó más—. Has roto el trato. No irás a ninguna parte.

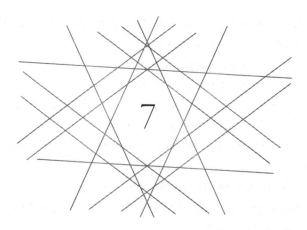

7

Sí, claro. Y una mierda.

El miedo rebotó de un lado a otro en mi interior, pero la furia era como ácido en mis venas. Luc estaba como una cabra.

—Pues claro que sí —respondí, retrocediendo hacia la puerta—. No puedes mantenerme aquí.

—¿De verdad? —Inclinó la cabeza a un lado—. ¿Es un desafío? Porque me encantan los desafíos. Son una forma divertida de pasar el rato.

Encontrar mi móvil era mi prioridad, y haría las mayores estupideces que hiciesen falta para recuperarlo, pero aquello era ir demasiado lejos.

—No es un desafío. —Retrocedí hasta el pasillo y descubrí que estaba vacío. Sin Archer. Sin Kent. La única salida estaba al final del corredor y parecía a kilómetros de distancia—. Es una afirmación.

Luc sonrió y su expresión era muy engañosa. Era la clase de sonrisa que un depredador dibujaba mientras evaluaba su próxima comida.

Sin querer apartar mis ojos de él hasta el último segundo, me dirigí hacia la derecha. Mi plan era básicamente correr; correr más rápido de lo que jamás lo había hecho en mi vida. Perdí de vista a Luc. La presión me aplastaba el pecho.

Me giré y salí disparada, moviendo los brazos a los lados de mi cuerpo mientras mis zapatos planos pisaban el suelo enmoquetado. Ni siquiera llegué a medio camino cuando algo pasó a toda velocidad a mi lado e hizo flotar varios mechones sueltos alrededor de mi rostro. Supe sin duda que era Luc. Los Luxen eran rápidos, realmente veloces.

Y estaba en lo cierto.

Luc apareció frente a mí.

Grité mientras me detenía. Casi pierdo el equilibrio, pero lo recuperé en el último momento. Respirando con dificultad y enderecé la espalda.

—No es justo.

—Nunca dije que lo fuese. —Avanzó hacia mí—. No puedes huir a ningún sitio. Este edificio, todo esto, me pertenece.

—Es imposible. Solo tienes dieciocho años. No puedes ser el dueño de un edificio o de una discoteca.

—Nada es imposible... cuando eres *yo*.

—Guau. Eres muy especial. —La consternación se apoderó de mí cuando miré hacia atrás. Estaba atrapada. No había escaleras a mis espaldas, solo habitaciones, y sabía que Luc no me dejaría pasar.

Caminó hacia delante y el pánico me paralizó. Con el corazón en la garganta, corrí hacia la izquierda y sujeté un picaporte. La puerta se abrió unos pocos centímetros, pero luego se cerró como si una ráfaga de viento fuerte la hubiera empujado. El miedo y la furia se arremolinaron en mi interior mientras me daba la vuelta.

Luc alzó una ceja.

—No estoy seguro de a dónde crees que vas.

Avancé de nuevo hacia la izquierda, un grito de frustración crecía en mi interior.

—Debes dejarme ir.

—Pero creía que no te ibas a ir hasta obtener lo que querías —se burló—. Tu teléfono.

—No me vas a ayudar. —Presioné mi cuerpo contra la pared y avancé un poco de lado hacia la escalera—. Estás... intentando secuestrarme.

—Mmm... —Se giró despacio para quedar frente a mí—. Yo no diría que estoy intentando secuestrarte. Diría que estoy ofreciéndote un lugar donde quedarte por una cantidad indefinida de tiempo.

Me quedé boquiabierta.

—¡Eso es solo una manera muy amable de decir que estás secues-trándome!

—Tú dices «secuestrar»; yo digo que te ofrezco unas vacaciones con todo incluido.

—¡No quiero unas vacaciones con todo incluido!

—Bueno, todo se resume en la cuestión de que si lo rompes, lo pagas.

—No he roto nada —repliqué, furiosa, poniendo una distancia decente entre nosotros—. Si no regreso a casa...

—Vendrán a buscarte. —Puso los ojos en blanco—. Bla, bla, bla. Suena como una versión aburrida de *Venganza*. ¿Y qué vas a hacer...?

Salté de la pared y comencé a correr. Parte de mí sabía que era inútil, y así fue. Un grito lleno de furia brotó de mí cuando Luc apareció de pronto delante de mí.

No tuve oportunidad de escapar. Avanzó a toda velocidad y se agazapó. Grité mientras me elevaba en el aire y me colocaba sobre su hombro como si no fuera más que un saco de patatas.

—¡Suéltame! —grité, mi pecho golpeaba su espalda cuando él se dio la vuelta.

—De verdad, no tengo ganas de perseguirte, así que lo siento, no sucederá.

—Mierda. —Olvidando por completo qué era él, le golpeé la espalda con los puños—. Suéltame, hijo de...

—Ay. —Saltó, lo cual hizo que mi estómago quedara a la altura de su hombro—. No está bien dar golpes.

Supuse que también le molestaría que le golpeara mientras hundía mi rodilla en su estómago.

—Para —gruñó apretando el brazo contra la parte trasera de mis piernas—. Eres consciente de que podría lanzarte por una ventana con facilidad, ¿verdad?

—Entonces hazlo —repliqué, hundiendo el codo en su cuerpo—. Me gustaría verte intentando explicarles a las autoridades por qué mi cuerpo está destrozado en la acera.

Luc resopló.

—Eso acaba de sonar muy dramático.

La furia me ardía en la piel mientras él avanzaba por el pasillo.

—Mi madre...

—Tu madre no hará nada. ¿Sabes por qué? —Luc se movió con agilidad y, durante un segundo, creí que me caería de su hombro—. Porque tu madre sabe lo que le conviene.

Lo golpeé de nuevo.

—Suéltame, Luc.

Se detuvo y sentí su mejilla presionándome la cadera.

—Si lo hago, ¿prometes no huir?

Fruncí el ceño.

—Sí.

—Menuda mentirosa. —La puerta que estaba delante de él se abrió—. En cuanto te suelte, correrás. Y probablemente acabarás haciéndote daño.

Mientras gemía, le clavé el puño en la cintura y recibí otro gruñido como recompensa.

—¡A ti es a quien haré daño!

Luc se rio.

Se rio con ganas mientras entraba a una habitación.

Juré que me iba a poner a darle patadas en la cara como si fuera un ninja.

Luc detuvo el paso dentro de la habitación oscura y de pronto comencé a deslizarme hacia abajo contra la parte frontal de su cuerpo. El contacto era como una quemadura que incineraba mis terminaciones nerviosas. En cuanto mis pies tocaron el suelo, balanceé el cuerpo con inestabilidad mientras extendía el brazo para sujetarme de donde pudiese; lo único que encontré cerca fue a él. Continué moviéndome hasta que la parte trasera de mis muslos golpearon algo suave y caí.

La luz del techo se encendió y mi mirada desconcertada recorrió la habitación. Era un cuarto pequeño, sin ventanas y con camas angostas contra la pared. Me recordó a una celda. El pánico echó raíces en mi pecho y floreció.

Eso no podía estar sucediendo.

Su expresión era rígida y fría como una capa de hielo.

—Quieta —ordenó Luc y retrocedió.

¿Quieta? ¿Como si fuera un perro?

Abandoné la cama angosta y corrí hacia un lado. El suspiro de Luc podría haber movido las paredes mientras me sujetaba con un solo brazo como si yo fuera una niña errante que corría frenética en la sección de congelados de una tienda.

Me colocó a su lado, me llevó hasta la cama y me dejó allí.

—Podemos continuar con esto todo el día si quieres. —Me soltó y se cruzó los brazos sobre el pecho—. Pero, de verdad, espero que no sea así, porque tengo muchas cosas que hacer. Podría decirse que soy un chico ocupado.

—Entonces deja que me marche —razoné, apretando el borde del colchón—. Y así podrás ser de nuevo el chico más ocupado del mundo.

Enarcó una ceja.

—Tengo el presentimiento de que si dejo que te marches, estaré todavía más ocupado.

Comencé a incorporarme, pero Luc levantó el brazo. Mi pelo voló hacia atrás. Di un grito ahogado mientras intentaba enderezarme, pero era como si tuviera unas manos sobre los hombros que me empujaban de nuevo hacia abajo. En un segundo, me caí hacia atrás quedándome sentada en el suelo y no podía ponerme de pie.

Luc ni siquiera me estaba tocando.

Nadie lo estaba haciendo.

Él estaba allí de pie, mirándome con una ceja en alto. Incluso bajó la mano, pero no podía..., no podía ponerme de pie. Un escalofrío me recorrió el cuerpo mientras me palpitaba el corazón.

Mierda.

Lo miré con los ojos abiertos de par en par. Aquello era una muestra de lo poderoso que era, y eso era aterrador.

Y también exasperante.

No me gustaba que me dijeran lo que tenía que hacer o que me obligaran a hacer algo, y, sin duda, odiaba tener miedo.

El sudor apareció en mi frente mientras luchaba contra el peso invisible que me aplastaba el cuerpo. Con los brazos temblorosos, logré sacar las manos del colchón mientras la furia brotaba de mi cuerpo.

Luc cerró los ojos y frunció el ceño mientras tensaba los hombros. Era prácticamente como si él sintiera dolor, como si estuviera luchando por ponerse de pie.

—Sigues siendo increíblemente testaruda.

—No... no me conoces —dije con los dientes apretados.

No respondió y, la verdad, tampoco me importaba lo que dijera en ese instante. No podía moverme por culpa de la fuerza que me empujaba. La desesperación atacó. Me quedaría exhausta en cuestión de minutos, sin lograr nada, mientras que él continuaría allí de pie y después, ¿qué? ¿Me mantendría encerrada contra mi voluntad?

—¡Estás haciéndome daño! —grité, aunque era mentira. No sentía dolor.

Luc se movió tan rápido que lo perdí de vista. En un segundo, apareció agazapado frente a mí, a mi altura. La presión desapareció, pero antes de que pudiera moverme, me acunó las mejillas con una delicadeza extraña.

Su mirada encontró la mía y permaneció clavada en mis ojos. Sus pupilas eran negras en contraste con sus iris violetas y borrosos.

—Podría hacer muchas cosas. He hecho muchas cosas y, a veces, hago daño a las personas —dijo en voz baja y tranquila—. Pero nunca podría hacértelo a ti.

No quería creerle porque no tenía sentido. Podía herirme con facilidad, pero sonaba tan increíblemente sincero... Como si estuviera diciendo la única verdad que conocía. No pude apartar la vista a pesar de desearlo. Una sensación extraña me atravesó el cuerpo. La sensación de... consciencia se filtró en mí. Luc inhaló con brusquedad mientras entrecerraba los ojos, como si de pronto estuviera somnoliento. Mi corazón vaciló y luego aceleró la velocidad.

—Luc —llamó una voz masculina desde la puerta. Un músculo de la mandíbula se le puso tenso a Luc.

—Siempre eliges el momento menos oportuno.

—Me gusta pensar que es al revés —respondió la voz—. Pero es evidente que estoy interrumpiendo algo.

—¿Y sigues ahí de pie porque...? —Luc cerró los ojos.

—Porque soy un cotilla. —Hubo una pausa—. Y no tengo nada mejor que hacer por ahora.

Luc maldijo en voz baja y sus manos abandonaron mis mejillas de un modo lento y perezoso que hizo que la piel me cosquilleara. Se levantó y entonces vi al hombre alto que estaba de pie en la entrada.

Era... Vaya, era guapísimo.

El cabello del extraño era oscuro y ondulado y le rozaba la sien. Tenía los ojos del color de las esmeraldas pulidas, luminosos y resplandecientes. Sus ojos eran un indicio absoluto. Luxen. Pero también lo delataba su rostro cincelado y esculpido, porque era demasiado perfecto, como el de Luc. Como si fuera imposible encontrar errores en la composición de sus facciones, mientras que todos los humanos poseían fallos.

Parecía universitario, o quizás tenía algunos años más, y me resultaba familiar, pero no lograba recordarlo. Y sé que lo recordaría. Nadie olvidaría el nombre de semejante cara.

—¿Qué se supone que estás haciendo aquí? Archer y yo... —Las cejas oscuras del hombre bajaron y luego abrió los ojos de par en par—. Mier...

—No. —Luc se volvió—. No digas lo que sé que vas a decir.

Las comisuras de mis labios se doblaron hacia abajo. Archer había tenido la misma reacción ante mí. ¿Tan impactante era que fuera humana?

El Luxen cerró la boca y parpadeó.

—Ahora sé por qué ya no nos visitas. O por qué nunca nos llamas para charlar. Has estado guardando secretos, Luc.

—Ya sabes por qué no voy, Daemon.

Una sombra atravesó el rostro del hombre y después se suavizó, desapareciendo.

—Es cierto.

—¿No hay algo que deberías estar haciendo en este instante? —Luc suspiró con intensidad.

—Sí —respondió Daemon—. He venido por... —Aquellos ojos increíbles se apartaron de mí—. Solo estoy preparándolo todo para... el paquete, pero he oído un alboroto. He venido a ver qué estaba ocurriendo.

—¿Un alboroto? —repitió Luc—. ¿Has estado viendo series de los años cincuenta?

—Bueno, ya sabes lo anticuado que es Archer. Ahora está enganchado a la serie *Días felices*. Es un puto aburrimiento. Cada vez que salimos de la ciudad, se pone un episodio en esa *tablet* de mierda. Luego volvemos y Kat quiere un maldito resumen de cada capítulo. Estoy volviéndome loco.

—Está bien saberlo. —Luc sonaba impaciente—. Me encantaría saber más sobre las obsesiones televisivas de Archer, pero estoy un poco ocupado ahora mismo.

—Sí, ¿estás ocupado con...?

—Evie —dijo Luc—. Ella es Evie.

Daemon alzó las cejas.

—Evie. —Aquella mirada inquietante cayó de nuevo sobre mí—. Hola, Evie.

No entendía nada de lo que estaba ocurriendo, pero ya no estaba paralizada por un poder Luxen especial o por mi propia estupidez. Me puse de pie a toda velocidad y exclamé:

—¡Está intentando secuestrarme!

—¿Ah, sí? —La mirada verde brillante se posó en Luc—. No sabía que te gustasen esa clase de cosas. Rarito.

Luc puso los ojos en blanco.

—Hablo en serio. —Di un paso al frente y luego me detuve cuando Luc se movió hacia mí—. ¿Ves? Si camino hacia aquella puerta, él no permitirá que me marche.

—Bueno, Luc, sabes que eso es ilegal, ¿no?

—No me digas.

—Es completamente ilegal, pero él intenta decir que me ofrece unas vacaciones: ¡unas vacaciones con todo incluido! En otras palabras, está intentando secuestrarme.

Daemon caminó por la habitación.

—¿Y por qué lo hace?

—En serio, Daemon. Tienes cosas que hacer. Ve a hacerlas.

El hombre hizo un puchero. Un puchero de verdad. Infló sus labios e hizo un puchero.

—Pero esto es mucho más interesante.

—Me ha robado mi móvil y no quiere devolvérmelo.

Daemon inclinó la cabeza a un lado.

—Eso no me lo esperaba.

—No. No lo entiendes. Me dejé el teléfono aquí anoche y hoy he vuelto a buscarlo, porque ya sabes lo caros que son —intenté explicar de nuevo mientras me latía rápido el corazón.

—Ajá —susurró Daemon.

—Eso es lo que ha pasado y ahora todo está fuera de control. Luc ha enviado al amigo que me acompañaba de vuelta a casa junto a un tipo de pelo azul que tiene un aire de asesino en serie. Antes he visto a un chico que está medio muerto —dije a toda velocidad—. Me han levantado en el aire, me han llevado a hombros y me han estrangulado. Y lo único que quiero es mi maldito teléfono y todavía no sé dónde...

—Yo tengo tu teléfono. —Luc se llevó la mano hacia el bolsillo trasero—. Pensaba devolvértelo.

Despacio, me giré hacia él. No podía pensar en nada. Lo miré durante lo que me pareció una eternidad.

—¿Has tenido mi móvil en tu bolsillo todo este tiempo?

Luc levantó una mano y se apartó un mechón ondulado que le caía sobre la frente. Un segundo después, el rizo cayó de nuevo en el mismo lugar.

—Pues sí.

—¿En el bolsillo trasero?

—Sí.

Me quedé boquiabierta.

—¿Y por qué no me lo has dado?

Frunció los labios.

—Planeaba hacerlo, pero luego me he distraído cuando casi mueres estrangulada.

—¡No ha sido culpa mía! —grité.

—No estamos de acuerdo.

—Entonces, ¿por qué no me lo has dado después? —pregunté. Dibujó una sonrisa.

—Bueno, después quería chincharte un poco.

—Madre mía. —Moví la cabeza de un lado a otro y miré a Daemon—. ¿Tú lo estás escuchando?

—Soy un simple testigo inocente fascinado con la conversación —dijo, levantando la mano.

Pues sí que era de ayuda.

—Pero luego me has amenazado con llamar a la policía y has hablado más de la cuenta —añadió Luc, mientras su sonrisa desaparecía. La mirada de Daemon pareció aguzarse—. Y eso lo ha cambiado todo.

Avancé hacia él, con las manos temblorosas.

—¡No te hubiera amenazado si me hubieras dado mi estúpido móvil!

—Debo admitir que eso suena lógico, Luc. —Daemon apoyó la espalda contra la pared y cruzó los brazos con pereza—. Podrías...

—No he pedido tu opinión. —Luc lo miró—. ¿Por qué estás aquí todavía?

Daemon levantó un hombro.

—Esto es mucho más entretenido que estar con Archer y Grayson.

Luc entrecerró sus ojos violetas.

—Daemon, si no te marchas, yo mismo te ayudaré a hacerlo.

—Vaya —dijo el muchacho arrastrando las palabras—. Alguien está de mal humor. —Retrocedió con una expresión divertida en sus facciones—. Luego nos vemos, Evie.

Un segundo. ¿Iba a dejarme aquí? ¿Con un chico al que acababa de acusar de intento de secuestro? ¿Qué les pasaba a estos tipos?

—Pero... —Daemon se dio media vuelta y desapareció en un abrir y cerrar de ojos. Me quedé allí, con Luc. Respiré hondo y volví a enfrentarme a él—. No voy a llamar a la policía. De verdad. Nunca haría eso.

Luc apartó su mirada de la entrada, ahora vacía.

—Entonces, ¿por qué me has amenazado con hacerlo? —Avanzó hacia mí y se detuvo cuando me puse rígida—. ¿Sabes lo grave que es eso?

—Solo quiero recuperar mi móvil. Eso es todo. No le diré a nadie una palabra sobre esto. Lo juro.

Apretó la mandíbula mientras me miraba. Pasaron unos minutos.

—¿Sabes cuál es el gran problema aquí?

Miré alrededor hacia la habitación vacía.

—¿Que intentas secuestrarme?

—No —respondió—. Que no sabes nada de nosotros y eso te hace increíblemente peligrosa.

Lo fulminé con la mirada.

—Lo que acabas de decir no tiene sentido.

—Tiene mucho sentido. —Apoyó la espalda contra la pared blanca pelada—. Hay cosas sobre las que no tienes ni idea, secretos por los que muchos han muerto. ¿Qué te impide volver con tus amigos, con el chico que te acompañaba, y contarlo todo?

—¿Qué se supone que les iba a contar? —Alcé las manos, exasperada con él..., con todo—. No le diré nada a nadie acerca de..., de esos Luxen. Así que, por favor, dame mi móvil y desapareceré de tu vida. Para siempre.

Una mirada extraña centelleó en el rostro de Luc, y luego extendió la mano y tomó algo del bolsillo. Abrió la mano y en su palma estaba mi móvil.

—¡Mi teléfono!

—Aquí lo tienes.

Tenía tanta prisa por tomarlo que casi me caigo al suelo, pero me contuve y lo miré con desconfianza.

—Entonces, puedo... ¿puedo coger mi móvil y marcharme?

Luc asintió.

Respirando de manera superficial, extendí la mano y él colocó el aparato en ella. Comencé a retirar la mano, pero la rodeó con los dedos.

Una descarga eléctrica leve viajó desde su mano a mi brazo mientras tiraba de mí para acercarme a su lado. Luc inclinó la cabeza junto a mi oído.

—Si le dices una sola palabra a alguien acerca de lo que has visto hoy, pondrás en peligro a personas inocentes: amigos, familiares, extraños —susurró—. A ti no te haré daño. Nunca. Pero el resto no tendrá tanta suerte.

Continuaba en estado de *shock* mientras conducía de vuelta a casa. Parte de mí no se podía creer que hubiese sido capaz de salir de aquella discoteca y de meterme en mi coche sana y salva, pero Luc me había devuelto el móvil y no había impedido que me marchase.

Lo primero que hice cuando subí al coche fue llamar a James. Estaba bien y acababan de dejarlo en su casa. Por supuesto, tenía miles de preguntas, pero le hice prometer que no le contaría nada a nadie sobre la visita a Presagio.

Sabía que nunca vería de nuevo a Luc, pero no quería tentar a la suerte si uno de los dos hablaba de más.

¿A qué se refería Luc cuando mencionó el trato? ¿Mantendría él la distancia si yo lo hacía? Aquello no tenía ningún sentido. No lo conocía. Anoche había sido la primera vez que lo había visto en mi vida.

—No tiene importancia —dije en voz alta.

Y así era, porque era obvio que sucedía algo muy extraño y complicado con Luc, y lo que fuera que él hubiera querido decir con aquel trato era irrelevante.

Solo quería olvidar aquel fin de semana y así lo haría. Heidi me había asegurado que ella no pondría un pie en Presagio de nuevo, y yo estaba convencida de que no iba a ir a contarle corriendo a mi madre la verdad de lo ocurrido la noche anterior, y tampoco aquella mañana, en cuanto la viera y ella me lanzara aquella mirada suya.

Aquella mirada de la coronel Sylvia Dasher.

Por suerte, sabía que mi madre estaría en el trabajo y que, probablemente, no volvería a casa hasta la noche. Tenía todo el día para no sucumbir ante aquella mirada y confesar todas las estupideces que había hecho en las últimas veinticuatro horas.

No recordaba si mi padre había logrado dominar aquella mirada alguna vez. Mi madre siempre era la encargada de la disciplina y él era el poli bueno. Aunque, a decir verdad, tampoco recordaba demasiado a mi padre, lo cual era triste.

Apreté el volante con las manos. A veces sentía que aquel coche, un Lexus viejo, era lo único que me quedaba de mi padre. No me parecía a él. Físicamente, había salido a mi madre. Así que cuando me miraba en el espejo, no lo veía a él, y con cada año que pasaba, era más difícil recordar su aspecto.

Mi padre, el sargento Jason Dasher, había muerto en la guerra contra los Luxen. Su servicio al país y a la humanidad había recibido una recompensa póstuma.

Le habían otorgado la Medalla de Honor.

La cuestión era que, cuando pensaba en mi padre, no me resultaba solo difícil verlo, sino también escucharlo. Antes de la guerra, él no había estado demasiado en casa. Su trabajo lo obligaba a viajar alrededor de todos los Estados, y ahora desearía que hubiéramos tenido más tiempo, más recuerdos a los que recurrir. El Lexus era algo más que un coche, porque, cuando pensaba en mi padre, me resultaba difícil dibujar su rostro en mis recuerdos y no había fotografías de él. Todo eso se había quedado en la casa que abandonamos durante la invasión.

Pero, por suerte, aún tenía a mi madre. No muchos podían decir lo mismo después de la guerra, y ella era una madre excelente.

Muchas zonas habían quedado devastadas por completo después de la guerra, pero Columbia era una de esas ciudades que había tenido suerte. En su mayoría, había quedado prácticamente intacta después de la invasión. Solo algunos edificios habían sufrido daños, en general debido a los incendios aislados que tuvieron lugar, y, a pesar de las numerosas revueltas, los múltiples disturbios habían logrado que la sangre no llegase al río.

Por desgracia, mi madre y yo no habíamos tenido tanta suerte. Al principio, habíamos vivido en las afueras de Hagerstown, otra ciudad de Maryland, y prácticamente todas las ciudades a lo largo de la Interestatal 81 habían sido destruidas durante el combate. La guerra se había extendido por tierra y por aire.

Y había otras ciudades que lo habían pasado mucho peor.

Algunas habían sido invadidas por completo por los Luxen, y otras, donde los alienígenas habían asimilado rápido el ADN de los humanos y básicamente los habían reemplazado por completo, habían desaparecido. Alexandria. Houston. Los Ángeles y Chicago. Habían lanzado bombas no nucleares de pulso electromagnético en aquellas poblaciones, lo que mató de forma efectiva a cada uno de los Luxen y, a su vez, inutilizó toda tecnología.

El Departamento de Restauración recién conformado afirmó que llevaría décadas reparar aquellas ciudades, a las que ahora llamaban «zonas». Eran páramos amurallados, carentes de vida y poder. Nadie vivía allí. Nadie iba allí.

Era difícil no pensar en ellos cuando miraba el espejo retrovisor y veía los rascacielos alzándose hacia el firmamento como dedos metálicos. Era difícil no pensar en aquellos días y semanas después de la invasión.

Era incluso más difícil para mí procesar que solo habían pasado cuatro años y que todo era prácticamente normal. Mi madre había vuelto a trabajar en el Comando de Material e Investigación Médica del Ejército de Estados Unidos en Fort Detrick, Frederick, en cuanto fue seguro regresar al área. Dos años atrás, habían comenzado a rodar películas de nuevo y los canales de televisión habían dejado de poner repeticiones para emitir material inédito. Comenzaron a salir episodios de mis series favoritas con nuevos actores, y, un día, la vida volvió a ser como antes.

Era martes, acabábamos de reunirnos con los consejeros universitarios en el instituto. Yo deseaba entrar en la Universidad de Maryland el próximo otoño, y, con suerte, me aceptarían en su programa de Enfermería, porque, aunque mi pasión era la fotografía, sabía que no era lo bastante buena como para hacer de ello una carrera. Sin embargo, después de mi reacción al ver al hombre moribundo al que Luc trataba de ayudar, me preguntaba si la enfermería era en realidad lo mío.

De todos modos, la vida continuaba.

Algunos días era como si todos hubieran tomado la decisión consciente de dejar atrás la guerra, la muerte y el conocimiento de que no estábamos solos en este universo o en este planeta. El mundo se había quedado exhausto de sentir miedo y había dicho: «Ya basta».

Quizás era para bien, porque ¿cómo era posible continuar viviendo si todo lo que temíamos podría suceder en el próximo segundo o minuto?

No tenía respuesta para ello.

Me sonó el móvil y abandoné mis pensamientos. Miré la pantalla y vi el nombre de April. ¿Quería responder a la llamada? Sentía que era demasiado temprano para lidiar con ella. De inmediato, la culpa surgió. Presioné el botón para «RESPONDER LA LLAMADA» en el volante.

—¡Hola!

—¿Qué estás haciendo ahora mismo? —preguntó ella. Su voz atravesó los altavoces.

—Mmm... conduciendo. Acabo de pasar por delante de Walkers. —Me rugió el estómago. Casi podía saborear esa grasa maravillosa que vendían—. Me encantaría comerme una hamburguesa en este instante.

—Son las once de la mañana.

—¿Y? Nunca es un mal momento para comerse una hamburguesa.

—Bueno, quizá si le echas un poco de beicon y huevos, puedes llamarlo *desayuno*.

Me rugió aún más fuerte el estómago.

—Socorro, ahora me muero de hambre.

—Siempre te mueres de hambre —comentó ella—. Será mejor que tengas cuidado con eso. El metabolismo funciona más lento a medida que envejeces.

Puse los ojos en blanco y luego fruncí el ceño.

—Gracias por la información, doctora April.

—De nada —respondió con un gorjeo.

Detuve el coche en el semáforo en rojo.

—¿Qué estás haciendo tú?

—Nada, pero ¿te has conectado hoy?

—No. —Golpeteé los dedos sobre el volante—. ¿Estoy perdiéndome algún drama?

—Siempre hay drama en internet, sin importar la hora o el día, o si es festivo o el apocalipsis —respondió con indiferencia—. Pero sí, hay drama en internet. Es algo serio. Ah, espera. ¿Está Heidi contigo?

—No. Estoy yendo a mi casa. ¿Tiene que ver con ella? —Conociendo a April, si algo horrible acerca de Heidi circulaba, su primera llamada sería a todos los que no fueran Heidi. No era algo personal. Le haría lo mismo a cualquiera de nosotros.

A veces me preguntaba por qué era amiga de April, porque parecía tener doble personalidad dependiendo de la situación. En ocasiones era la persona más considerada de todas, pero también tenía otro lado que era verdaderamente despreciable. De todos modos, no éramos amigas íntimas. Solía llamarme solo cuando tenía algún rumor que comentar o si necesitaba un favor. Como ahora.

—No se trata en absoluto de Heidi —respondió.

El semáforo se puso en verde y pisé el acelerador.

—¿Qué ocurre?

—Conoces a Colleen Shultz, ¿verdad? Estuvo en nuestra clase de Lengua el año pasado.

Mientras reducía la velocidad a medida que me acercaba a otro semáforo en rojo, me dio un vuelco el estómago. Mierda, había olvidado por completo que había visto a Colleen anoche en la discoteca.

—Sí. ¿Qué pasa con ella?

—Ha desaparecido.

—¿Qué? —Pisé el freno y el cinturón de seguridad casi me estrangula. Posé los ojos en el espejo retrovisor. Por suerte, no había nadie detrás de mí—. ¿Qué quieres decir?

—Al parecer, salió anoche con algunos amigos y se separaron. Hasta aquí todo normal, ¿verdad?

Apreté el volante con más fuerza.

—Verdad.

—Pero después todos se reunieron de nuevo y Colleen no apareció. Fueron a buscarla y encontraron su bolso y sus zapatos en un callejón. Como ambas sabemos, esa no es una buena señal. —April agudizó la voz por el entusiasmo, porque, por lo visto, no había nada más *emocionante* que una compañera desaparecida—. Además, aquí viene lo fuerte. Colleen estaba en esa discoteca anoche. Ya sabes, ese sitio a donde se supone que van los alienígenas. Estuvo en Presagio.

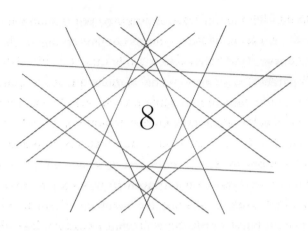

8

La desaparición de Colleen fue en lo único que pude pensar durante el resto del día, lo cual desplazó todo lo que había ocurrido con Luc y con mi estúpido teléfono móvil.

Sabía por qué Colleen se había separado de sus amigos. Era obvio. Debía de haber sucedido durante la redada y estaba bastante segura de que sabía cuál era el callejón del que April hablaba. Era el mismo en el que casi me caí de bruces después de escapar saltando por la ventana. No había visto un bolso o unos zapatos, pero tampoco había prestado demasiada atención a nada que no fuera huir de aquella discoteca y encontrar a Heidi.

April había insistido en que los amigos de Colleen habían ido a su casa y que sus padres tampoco la habían visto ni habían oído nada sobre ella. Quizás era demasiado pronto para decir que había desaparecido, pero nadie conocía su paradero y April tenía razón en algo: ¿un bolso y unos zapatos abandonados en un callejón? Eran una mala señal.

Cuando las personas desaparecían bajo aquellas circunstancias, sus historias rara vez tenían un final feliz.

Pero ¿no habían hallado en el mismo callejón a aquel Luxen? ¿Al que le habían dado una paliza? Eso había dicho Archer. Que había encontrado a Chas junto al contenedor de basura. ¿Sería una coincidencia que las pertenencias de Colleen hubieran aparecido en el mismo callejón en el que habían golpeado a Chas casi hasta matarlo?

Aquella idea me despertó el domingo por la mañana e impidió que me durmiera de nuevo. ¿Colleen había visto algo en la discoteca ese viernes por la noche? ¿Algo como lo que yo había visto? Luc había dicho... Mierda, ¿acaso él no había dicho que le haría daño a todo aquel que viese algo que no debía presenciar? Quizás no lo expresó con aquellas palabras exactamente, pero aquel había sido el mensaje recibido. Y, sin duda, estaba ocultando a varios Luxen en Presagio: Luxen no registrados.

¿Le habría ocurrido eso a Colleen? ¿Los habría visto o algo así y ahora había desaparecido sin más? ¿Estaba su desaparición relacionada de algún modo con lo que le había sucedido a Chas? Puede que él supiera algo, y cuando despertara, si es que lo hacía, podría contárselo a alguien.

Pero Chas no estaba registrado. ¿A qué persona que no pusiera en riesgo su propia seguridad podría darle información?

Un escalofrío me recorrió el cuerpo cuando me coloqué de lado No era muy amiga de Colleen. Exceptuando la conversación breve del viernes por la noche, solo habíamos intercambiado algunas frases sueltas antes. A pesar de eso y dada la gravedad de la situación, deseaba de verdad que apareciera.

Mientras me incorporaba y bajaba las piernas de la cama, no pude evitar que acudiese a mi mente un pensamiento horrible. Si algo le había ocurrido a Colleen, significaba que podría... podría habernos sucedido lo mismo a Heidi o a mí. Yo misma había estado en aquel callejón frío, húmedo y oscuro el viernes por la noche.

De hecho, había caído justo allí al saltar por la ventana.

Podría haberme sucedido cuando volví a la discoteca para recuperar el teléfono móvil. Sentía que había tentado al destino dos veces.

Y ¿quién sabe dónde había estado Heidi hasta que llegó al coche para esperarme? Otro escalofrío apareció. Daba miedo pensar en ello.

—Aquella discoteca no es un lugar seguro —susurré mientras caminaba hacia el baño.

Era probable que Colleen apareciese en el instituto el lunes por la mañana. Ya habían acabado hacía tiempo los días en que las personas desaparecían sin dejar rastro. Nadie se desvanecía así como así. Ya no.

Continué repitiéndome esa idea en el baño y mientras me vestía con un par de *leggins* y una camiseta larga. Con suerte, el poder del pensamiento positivo sería real.

Tomé mi pobre móvil de la mesita de noche y luego bajé las escaleras. Mi madre ya estaba despierta, en la cocina, vestida con una bata de color crema y unas pantuflas peludas de gatitos que juraría que eran del mismo tamaño que su cabeza.

A pesar de sus malas decisiones al vestir, mi madre era preciosa. Su pelo lacio, corto y rubio nunca se erizaba como el mío. Era alta y esbelta, y poseía una elegancia innata incluso cuando usaba pantuflas de cabezas de gatos gigantes que supuse que aún no me había dejado en herencia.

Tenía el mal hábito de compararme con mi madre.

Ella era un vino añejo y elegante, y yo era la marca blanca que vendían en cartones en los supermercados.

—Aquí estás. —Sostenía una taza de café de tamaño monstruoso entre las manos mientras apoyaba el cuerpo sobre la isla de la cocina—. Me preguntaba si ibas a despertarte de una vez.

Sonriendo, entré en la cocina.

—No es tan tarde.

—Me sentía sola.

—Ajá. —Caminé hacia ella, me detuve, me estiré y le di un beso en la mejilla—. ¿Cuánto tiempo llevas despierta?

—Llevo despierta desde las siete. —Se dio media vuelta mientras me observaba caminar hasta el frigorífico—. He decidido que voy a pasar el domingo en pijama. Ya sabes, sin ducharme ni lavarme los dientes.

Riendo, saqué del frigorífico una botella de zumo de manzana.

—Qué sexi, mamá. Sobre todo la parte de no lavarte los dientes.

—Eso he pensado —respondió—. Anoche no pudimos hablar. Ya estabas dormida cuando llegué a casa. ¿Hicisteis algo divertido el viernes por la noche?

Hice una mueca. Le di la espalda mientras alcanzaba un vaso.

—No mucho. Vimos películas y comimos pastelitos. Muchos pastelitos.

—Suena como mi plan de viernes por la noche favorito.

Mientras vertía el zumo de manzana en el vaso, suavicé mi expresión antes de girarme hacia ella.

—Comí muchísimos pastelitos. —Lo cual era completamente cierto. Puede que hubiera ganado tres kilos el viernes. Caminé hacia el salón y me dejé caer en el sofá. Apoyé el vaso sobre un posavasos que estaba en la mesita. Después le eché un vistazo al móvil. Zoe y James me habían enviado mensajes. Querían quedar para comer, pero, después de la noche del viernes y de la mañana del sábado, solo quería quedarme hibernando a salvo en mi casa.

Durante un mes.

—Vas a ir a Frederick hoy, ¿verdad? —pregunté mientras entraba en la sala de estar. A pesar de que era domingo, mi madre trabajaba mucho. Había días en los que ni siquiera la veía, pero antes de contraer matrimonio y decidir convertirse en madre, viajó por todo el mundo investigando brotes de distintas enfermedades. Ahora trabajaba también en investigación y supervisaba a un grupo de investigadores médicos en el área de enfermedades infecciosas del complejo médico.

Su trabajo era algo asqueroso.

A veces la oía hablar de cosas que me causaban pesadillas. Forúnculos y pústulas. Vasos sanguíneos cuyas hemorragias salpicaban todo, ojos que sangraban y estallaban. Fiebres intensas que mataban a la gente en cuestión de horas.

Puaj.

—Me he traído algo de papeleo a casa para ponerme al día, pero no planeo salir hoy.

—Oh, vaya —dije; agarré el mando y encendí la tele—. Planeaba hacer una fiesta. Inmensa. Con drogas. Muchas drogas.

Mi madre resopló mientras tomaba asiento al borde de la silla y colocaba su taza sobre otro posavasos. Adoraba los posavasos. Teníamos un montón por toda la casa.

Me preguntó qué tal me iba en el instituto mientras yo cambiaba de canal. No tenía mucho que contarle. Continué haciendo *zapping* sin prestar atención; me detuve cuando vi al presidente en uno de los canales de noticias.

—¿Qué hace en la televisión? Es domingo. —Fue una pregunta estúpida. El presidente, un hombre rubio bastante joven, al menos en comparación con sus predecesores, siempre parecía estar en la televisión dando una conferencia de prensa tras otra o dirigiéndose al pueblo.

—Creo que es un discurso repetido del viernes.

—Ah. —Comencé a cambiar de canal, pero me fijé en el faldón de la parte inferior de la pantalla: «EL PRESIDENTE MCHUGH REVISA LA LEY PARA CAMBIAR LA POLÍTICA DEL PRA».

PRA eran las siglas del Programa de Registro Alienígena, un sistema que obligaba a todos los Luxen que sobrevivieron a la guerra a identificarse y a ser monitorizados. Incluso había páginas web dedicadas a informar a los humanos de si un Luxen estaba registrado como vecino de un barrio o de si trabajaba en cierto negocio.

Nunca había visitado ninguno de esos sitios web.

—¿Qué pasa?

—Dicen que van a cambiar algunas leyes relacionadas con el registro. —Mi madre alzó un hombro al responder.

—Lo suponía —contesté, inexpresiva.

Cuando el presidente McHugh habló, lo hizo mirando directamente a la cámara y, sin importar lo que dijera, siempre había cierta tensión en sus labios, como si estuviera a punto de sonreír, pero sin llegar a hacerlo por completo. Aquello siempre me resultó un poco molesto, pero todos lo adoraban. Imaginaba que su edad ayudaba, al igual que su apariencia. Suponía que era apuesto de una manera ruda. Al venir de un pasado militar, su triunfo electoral había sido aplastante el año anterior, ya que, en su campaña, prometía hacer del país un lugar seguro para todos los estadounidenses.

Tenía la sensación de que él no incluía a los Luxen al hablar de «todos los estadounidenses».

Jugué con el mando en mi mano y pregunté:

—¿Conoces los detalles respecto a los cambios que quieren implementar?

—Están haciendo presión para conseguir más separación, para trasladar a los Luxen a comunidades donde estarán más seguros, lo cual, por supuesto, será a su vez más seguro para nosotros —suspiró e hizo una pausa—. También quieren tomar medidas contra los Luxen no registrados. Tienen que aprobar los cambios de las leyes existentes para implementar algunos de los programas que él desea llevar a cabo.

Pensé en la redada de la discoteca y en los Luxen ocultos en la habitación, los que se habían aterrorizado al verme. Cambié de canal de inmediato y dejé puesto un programa sobre personas que acumulan toda clase de cosas en su casa.

—No puedo ver esto. —Mi madre movió la cabeza de un lado a otro—. Hace que me entren ganas de ponerme a ordenar.

Puse los ojos en blanco y me fijé en el salón a nuestro alrededor, que estaba minuciosamente organizado. Todo tenía su sitio, lo cual, en general, incluía una cesta blanca o gris. Toda la casa era igual, así que ¿cómo era posible que mi madre la ordenara aún más? ¿Iba a separar las cestas por tamaño? ¿Por color?

Mi madre, sin duda, vería aquel programa. Igual que yo. No podíamos evitarlo. Aquella clase de programas eran como una droga para nosotras.

Sujeté una bebida y me detuve cuando oí un sonido extraño, algo que no lograba identificar. Apoyé el vaso y miré por encima del hombro hacia el vestíbulo. Todas las puertas de la planta inferior estaban abiertas, cada habitación llevaba a la otra excepto la oficina de mi madre que estaba cerrada con llave y tenía acceso por el recibidor. La luz del sol entraba a través de los cristales de las ventanas a cada lado de la puerta principal.

Sin ver nada, volví a mirar de nuevo hacia la televisión, pero creí vislumbrar una sombra que se movía frente a una ventana. Fruncí el ceño.

—Mamá.

—¿Qué, cariño?

La sombra en la ventana apareció de nuevo.

—Creo... que hay alguien en la puerta.

—Mmm. —Se puso de pie—. No esperamos a nadie... —Dejó de hablar cuando el picaporte se movió hacia la izquierda y luego hacia la derecha, como si alguien estuviera intentando abrir la puerta.

—¿Qué coj...?

Clavé la mirada en el teclado de seguridad que estaba en la pared del vestíbulo y confirmé lo que ya sabía. La alarma no estaba activada. Rara vez lo estaba durante el día, pero la puerta estaba cerrada con llave...

La cerradura inferior giró y se abrió, como si alguien hubiera utilizado una llave.

—¿Mamá? —susurré. No estaba segura de ver lo que veía.

—Evie, necesito que te levantes. —Su voz era sorprendentemente inexpresiva y tranquila—. Ahora.

Nunca en mi vida me había movido tan rápido. Retrocedí y me topé con el sofá otomano gris mientras mi madre pasaba a toda velocidad junto a mí. Esperaba que fuera hacia la puerta, pero caminó hacia el lugar donde yo había estado sentada. Quitó uno de los cojines del respaldo del sofá y luego levantó otro.

Sacó un arma, una maldita escopeta, que estaba debajo del cojín del sofá. Me quedé boquiabierta. Sabía que teníamos armas en casa, mi madre estaba en el Ejército. Era obvio. Pero ¿ocultas dentro del sofá donde yo solía sentarme, dormir la siesta y comer patatas con sabor a queso?

—Quédate detrás de mí —ordenó.

—¡Dios mío, mamá! —La miré—. ¿He estado sentada sobre una escopeta todo este tiempo? ¿Sabes lo peligroso que es? No puedo...

El pestillo de seguridad se abrió, el *clic* resonó como un trueno. Di otro paso atrás. ¿Cómo...? ¿Cómo era posible? Nadie podía abrir el pestillo desde fuera. Solo podía abrirse desde dentro.

Mi madre levantó la escopeta y apuntó directamente a la puerta.

—¡Evelyn! —exclamó—. Ponte detrás de mí ahora mismo.

Corrí hacia el sofá y permanecí detrás de ella. Al pensarlo mejor, me di la vuelta y sujeté un candelabro, el nuevo de madera gris y blanca al que tenía planeado sacarle un par de fotos después. No estaba precisamente segura de qué iba a hacer con un candelabro, pero sujetarlo como si fuera un bate de béisbol, sin duda, me hacía sentir mejor.

—Si alguien está entrando, ¿no deberíamos llamar a la policía? A ver, esa parece la forma más pacífica de lidiar con esto, y la policía puede ayudar...

Se abrió la puerta principal y alguien alto y robusto entró. Sus facciones y su silueta se desdibujaron durante un instante debido al sol. Luego, la puerta se cerró de un golpe sin que nadie la tocara y el resplandor del sol desapareció.

Estuve a punto de soltar el candelabro.

Era él.

Luc estaba de pie en mi vestíbulo, sonriendo como si mi madre no estuviera apuntándole con una escopeta a su bonita cara. Él no me miró. Ni una sola vez. Inclinó la cabeza.

—Hola, Sylvia. Hacía mucho tiempo que no nos veíamos.

Me latió el corazón de forma errática mientras alternaba los ojos del uno al otro. ¿Conocía a mi madre? ¿Sabía dónde vivía?

Mi madre levantó el mentón.

—Hola, Luc.

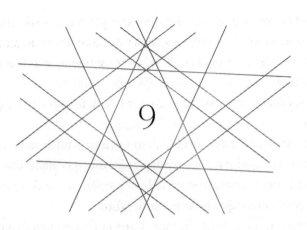

9

Me quedé totalmente petrificada por un instante mientras miraba a mi madre, vestida con una bata y pantuflas de gatitos peludos, sujetando una maldita escopeta; y a Luc, vestido con una camiseta que decía «Ajo y agua» y que tenía un ajo debajo de las letras que estaba... ¿Mojado?

Sí. Mojado.

Todavía sostenía mi candelabro.

—¿Lo conoces, mamá?

Aquella media sonrisa apareció en el rostro de Luc.

—Sylvia y yo nos conocemos desde hace tiempo, ¿verdad?

¿Qué?

La escopeta en manos de mi madre no tembló ni una sola vez.

—¿Qué estás haciendo aquí?

—Estaba por el vecindario. Pensé en pasarme por aquí para comer. —Dio un paso al frente—. Esperaba compartir una comida casera con vosotras.

¿Qué estaba diciendo?

—Da un paso más y descubriremos qué clase de daño permanente le hace un cartucho calibre doce a tu cabeza —le advirtió mi madre.

Abrí los ojos de par en par. ¡Qué barbaridad! Mi madre era una mujer de armas tomar, una que daba miedo.

Sin embargo, parecía que Luc aún no lo comprendía del todo.

—Esa no es una actitud muy amable. De hecho, es bastante desagradable. ¿Sueles recibir así a tus invitados?

—Sabes que no te conviene venir aquí, Luc. —Mi madre había dicho su nombre de nuevo, confirmando que antes no había imaginado cosas. Ella lo conocía—. Y sabes muy bien que no eres un invitado en esta casa.

En especial considerando que los invitados no suelen entrar sin permiso.

Miré por encima del hombro de mi madre y mi mirada se encontró con la de Luc. Se me cortó la respiración cuando el chico amplió la sonrisa. Había cierta... picardía en aquella expresión, como si ocultara algo.

No podía creer que lo hubiese besado.

Bueno, yo no lo había besado. Carecía de responsabilidad al respecto. Él me había besado a mí, y también había intentado secuestrarme. Sujeté el candelabro con más fuerza.

—Sabes lo que pienso sobre seguir las reglas —respondió Luc—. Y también deberías saber mi opinión sobre que me apunten con un arma en la cabeza.

—No me importa lo que pienses al respecto —replicó mi madre.

—¿De verdad? —Luc levantó una mano y separó los dedos. Mi madre dio un grito ahogado mientras tensaba los hombros. La escopeta abandonó sus manos y voló hacia el extremo opuesto de la habitación. Luc la sujetó en el aire.

—Mierda —susurré.

Todavía sonriendo, como si estuviera más que satisfecho, rodeó el cañón de la escopeta con la otra mano.

—¿Sabes cuántas personas mueren por culpa de las armas de fuego? —Hizo una pausa y alzó las cejas. El olor a metal quemado invadió el aire—. No es una pregunta retórica. En serio, siento curiosidad.

Mi madre bajó los brazos y cerró los puños.

—Menos de las que me gustaría.

—Personalmente, no tengo problema con las armas. —Luc sonrió con suficiencia—. No tienen utilidad para mí. Es solo que odio que me apunten con ellas.

El olor penetrante a metal quemado hizo que se me humedecieran los ojos. Luc abrió las manos y la escopeta deformada cayó al suelo con un ruido metálico.

El cañón estaba derretido en el centro.

—Mierda —repetí, y retrocedí un paso más.

Luc se inclinó hacia un lado y miró al sitio en el que yo estaba de pie detrás de mi madre.

—¿Un... candelabro? —Se rio, y su risa sonó genuina—. ¿De verdad?

Mi madre avanzó hacia un lado y se interpuso entre su mirada y yo.

—No te acerques a ella. Ni siquiera la mires.

—Pues es demasiado tarde para eso —respondió Luc inexpresivo, y me dio un vuelco el estómago. No sería capaz de hacerlo—. Ya la he mirado. —Otra pausa—. Ya he estado cerca de ella. Mejor dicho, muy cerca. Podría decirse que estábamos tan cerca que no había espacio entre nosotros.

¡Mierda!

No me detuve a pensar en lo que estaba haciendo. Moví el brazo hacia atrás y lancé el candelabro como si fuera un puñal. Voló a través del salón, directo hacia su cabeza.

Luc atrapó el candelabro mientras una expresión de sorpresa aparecía en su rostro.

Mi madre dio un grito ahogado mientras se giraba para mirarme.

—Evie, ¡no!

Me quedé paralizada con las manos a los lados de mi cuerpo. Considerando que mi madre le había apuntado con una escopeta, supuse que estaría orgullosa de mí por canalizar mi soldado interno y lanzarle el candelabro.

Al parecer, no fue así.

—¿Acabas de hacer eso de verdad? —preguntó Luc, mirando el candelabro un instante; luego lo lanzó sobre el sofá, donde rebotó, inofensivo, y después cayó al suelo. Clavó su mirada sombría en mí—. Conseguirás que te maten si haces esa clase de cosas.

La bata se arremolinó alrededor de las piernas de mi madre mientras se daba media vuelta sobre una de sus zapatillas de gatitos. Extendió un brazo como si pudiera repeler a Luc solo con su mano.

Luc endureció las facciones mientras su mirada violeta caía sobre mi madre. Algo en él parecía primitivo, casi animal. El poder en estado puro brotaba de él y llenaba cada rincón y hueco de la sala. La estática invadió el aire y me erizó el vello de los brazos.

¿Se convertiría por completo en un Luxen? Nunca lo había presenciado en persona, solo lo he visto en la televisión. Una fascinación mórbida se apoderó de mí.

—¿De verdad? —dijo Luc. Su voz baja estaba cargada de una advertencia letal.

El corazón me dio tumbos en el pecho, y después mi madre bajó la mano. Pareció respirar hondo. Pasó un segundo tenso.

—¿Qué quieres, Luc?

No esperaba que él respondiera. Sinceramente, esperaba que tuviera una reacción nuclear como cualquier Luxen, pero pareció canalizar aquel poder extensivo dentro de sí mismo, lo guardó y lo encerró en su ser.

—Estoy aquí para hacerte un favor, Sylvia, porque soy así de generoso.

Mi madre esperó. Cada parte de su cuerpo dejaba entrever que estaba en un completo estado de alerta.

Él introdujo la mano en su bolsillo y extrajo algo delgado y rectangular. No tenía ni idea de qué era, y, probablemente, estaba a punto de desmayarme porque mi corazón latía tan rápido que sentía mareos. Lanzó el objeto al aire.

Dotada de unos reflejos impresionantes, mi madre atrapó el objeto. Bajó el mentón. Un segundo más tarde, se volvió hacia mí.

—¿Qué es esto, Evelyn?

—Oh, no —susurró Luc—. Acaba de usar tu nombre completo. Alguien está en problemas...

—¿Qué? —pregunté, mirando a Luc mientras deseaba tener otra arma que lanzarle. Quizás un misil. Eso sería perfecto.

—Esto —replicó ella, alzando mi... carné de identidad falso.

Abrí la boca, incrédula. Estaba sujetando el carné falso que Luc me había quitado el viernes por la noche. Había olvidado que aún estaba en su poder.

Luc me guiñó un ojo cuando lo miré.

Me quedé sin habla. Literalmente. Sin palabras. ¿Ha venido aquí, a pesar de que por poco le disparamos y le golpeamos en la cabeza con un candelabro, solo para delatarme? Cuando podría haberme devuelto el carné ayer.

Entonces, recordé sus palabras. «Cuando dije que te vería de nuevo, no me refería a hoy».

Tenía mi carné falso y no me lo había devuelto.

No me lo podía creer.

Aquello no me podía estar pasando. Lo único que quería hacer era beber zumo de manzana, ver *Acumuladores compulsivos* y disfrutar de mi domingo. Nada más.

Aquella expresión tan característica surcó el rostro de mi madre, esa que indicaba que faltaban pocos segundos para que me enterrara en el patio trasero y para que ella fuese protagonista de un programa sobre madres que asesinaban a sus hijos.

—Yo...

Ella inclinó la cabeza a un lado, esperando.

Luc fue quien habló, por supuesto:

—Tu hija se olvidó su carné en Presagio el viernes por la noche.

Se me cayó la mandíbula al suelo.

La sonrisa de Luc creció tanto que tuve que hacer un enorme esfuerzo por no saltar sobre él como un ornitorrinco rabioso, y eso sería malo, porque un ornitorrinco era venenoso. Lo sabía porque, bueno, tenía internet.

—Pensé que te gustaría saber que ha estado allí. Más de una vez, debo añadir.

Los ojos estaban a punto de salírseme de las órbitas. No me podía creer que estuviera diciendo aquello, en especial después de haberme dejado bien claro que sería mejor que no dijera ni una sola palabra sobre lo que había visto en la discoteca. Luc aún no había terminado:

—Se olvidó el móvil allí el viernes por la noche y volvió a buscarlo ayer por la mañana. Tuve la amabilidad suficiente como para conservarlo y devolvérselo.

—¿La amabilidad suficiente? —grité—. Intentaste... —Me detuve en el último segundo. Si decía que intentó secuestrarme, entonces tendría que explicar por qué, lo cual implicaba una horda de Luxen ilegales. Por mucho que desease ver a mi madre enfrentarse a él de nuevo, no pondría en riesgo a aquellos Luxen. O a ella. Él alzó una ceja, y terminé mi oración con un simple—: No eres amable.

Apretó los labios como si estuviera reprimiendo una sonrisa.

Mi madre no respondió. No necesitaba hacerlo. Estaba muerta, verdaderamente muerta, y volvería como un fantasma solo para acosar a Luc el resto de su infernal vida.

Luego, mi madre habló por fin:

—¿Eso es todo, Luc?

—¿Estás preparando la comida? —preguntó él—. Vendería mi alma por un sándwich casero de queso fundido.

Lo miré, boquiabierta.

—Y por una sopa de tomate. Sería la combinación perfecta —añadió después de un instante.

—No —replicó mi madre—. No estoy preparando la comida, Luc.

Este suspiró con intensidad.

—Vaya, qué decepción.

—¿Eso es todo? —repitió ella.

—Supongo —suspiró, sonaba aburrido. Se dio la vuelta, pero se detuvo. Miró a mi madre de nuevo—. Ah, sí, hay algo más. A partir de ahora cualquier cosa puede pasar. ¿Entiendes?

Mi madre se puso tensa.

—Luc...

—No, no. —Chasqueó la lengua despacio—. No creo que quieras entrar en detalles ahora mismo. Así que solo quiero oírte decir una cosa, o todos tendremos una conversación muy interesante que incluirá queso fundido y sopa de tomate.

¿De qué se supone que estaban hablando?

Mi madre frunció los labios.

—Entiendo.

—Perfecto. —Luc posó sus ojos en los míos y sostuvo la mirada un instante demasiado largo. Un escalofrío me recorrió los brazos y me sacudió los huesos. Se giró y caminó relajado hacia la puerta—. Hasta luego.

Luc salió de nuestra casa como si nada hubiera sucedido y cerró la puerta despacio detrás de él.

Y yo seguía allí de pie, con miedo de mirar a mi madre. Mis pensamientos se dispersaban en todas las direcciones mientras avanzaba despacio hacia mi derecha y tomaba mi zumo de manzana. Me bebí medio vaso y luego lo apoyé sobre el posavasos.

Mi madre aún no había hablado.

—Mmm, no sabía que los Luxen podían abrir puertas cerradas con llave. —Di un paso hacia atrás—. De hecho, da mucho miedo y... —Mi madre me fulminó con la mirada—. Y... mmm, todos deberían saberlo —concluí tontamente mientras caminaba hacia una silla y me sentaba en el borde. El corazón aún me latía desbocado.

Inhaló ruidosamente por la nariz mientras un mechón lacio de cabello rubio le caía sobre la mejilla.

—¿Qué hacías en Presagio? —Hizo una pausa—. La primera vez.

—Vale. —Tragué con dificultad—. Sé que estás enfadada, pero yo también tengo preguntas. Como ¿por qué había una escopeta oculta debajo de los cojines del sofá?

Mi madre enarcó las cejas.

Bueno, quizás aquella no había sido la mejor pregunta, pero era válida y, además, tenía otra muy seria.

—¿Y cómo es que lo conoces?

Abrió los ojos muchísimo, de un modo que sugería que yo me había vuelto loca.

—Yo soy quien está en posición de hacer preguntas, Evelyn Lee. No tú.

Oh, no, ahora había dicho también mi segundo nombre.

—Así que permíteme repetir la pregunta, y será mejor que sea la última vez que te la haga: ¿qué hacías en Presagio?

—Solo queríamos salir —respondí, mientras me apartaba los mechones que caían sobre mi rostro y miraba la puerta que Luc había abierto con su estúpida mente. ¿Cómo es posible que no supiera que ellos podían hacer eso? Bueno, la mayoría de los Luxen usaban el inhibidor, así que nunca los había visto hacer nada semejante—. Sé que no debería haber ido, pero... no tengo una razón lo bastante buena para justificarme.

—Por supuesto que no tienes una buena razón, maldita sea. —Mi madre se inclinó y agarró la escopeta destrozada—. ¿Dónde has conseguido ese carné falso?

Me encogí de hombros.

—Evelyn —dijo ella.

—No lo sé. De alguien del instituto. —Por supuesto que no echaría a James a los leones—. No es para tanto.

—Claro que lo es. —Mi madre tiró la escopeta sobre otra silla—. No solo es una discoteca para mayores de veintiún años, como estoy segura de que sabes, sino que no es un lugar seguro.

Hice una mueca de dolor. Doblé los brazos sobre mi regazo e incliné el torso hacia delante.

—Sé que me he equivocado.

—Me has mentido. —Recogió el cojín del sofá y luego lo colocó en su lugar con un golpe—. Eso no está bien.

Sintiendo que me hacía pequeña, observé cómo ella enderezaba la espalda en el sofá.

—Lo siento.

Mi madre agarró el candelabro y me miró.

—¿Lo viste el viernes por la noche? A Luc.

Sabía que mentirle de nuevo no sería inteligente, pero decirle toda la verdad sería incluso peor, así que elegí mis palabras con mucho cuidado.

—Sí.

Cerró los ojos mientras le sobresalía la mandíbula. Sabía que buscaba en sí misma un lugar tranquilo y feliz.

—No estuve demasiado tiempo con él, mamá. Solo... hablamos.

Pasó un minuto y luego abrió los ojos de nuevo. Sentada en el sofá, cerca de mí, sostuvo el candelabro.

—¿Qué te dijo? —preguntó.

Moví la cabeza de un lado a otro, un poco confundida.

—Nada, en realidad. Solo dijo que quería saber por qué estaba allí y después me soltó que no debería haber ido. —Vi que relajaba un poco los hombros—. Mamá, ¿por qué lo conoces? ¿Cómo sabe dónde vivimos?

No respondió mientras bajaba la mirada. Pasaron varios minutos mientras esperaba. Mi madre siempre parecía más joven. Tenía cerca de cincuenta años, pero siempre creí que podría haber pasado por alguien de treinta y tantos.

Hasta aquel instante.

Unas líneas tenues se le dibujaban sobre la piel en las esquinas de los ojos, y parecía cansada. Quizás aquellas líneas siempre habían estado allí, y ahora, con el agotamiento aferrado a su piel y a sus huesos, podía verlas.

—Luc conocía a tu padre —dijo al fin.

Aquello era lo último que esperaba que dijera.

—¿Cómo? ¿Cómo es posible? Luc tiene más o menos mi edad, ¿verdad? ¿Papá lo conoció cuando Luc llegó aquí por primera vez?

Mi madre frunció los labios.

—Cielo, no sé... cómo decirte todo esto. Esperaba no tener que hacerlo nunca, pero supongo que he sido demasiado ilusa. Debería haber sabido que este día llegaría.

Un escalofrío me recorrió la columna.

—¿De qué hablas?

Permaneció en silencio tanto tiempo que comencé a asustarme de verdad, lo cual era mucho decir, considerando que había escopetas ocultas debajo de los cojines y que un Luxen había entrado en nuestra casa abriendo el pestillo desde fuera.

—Hay cosas que no sabes... Cosas que la gente no conoce en absoluto.

—¿Como que los Luxen pueden abrir cerraduras con la mente?

—Más impactante que eso, cielo.

Creía que aquello ya era lo bastante impactante.

Después de colocar el candelabro en el sofá, se giró hacia mí.

—Hay momentos en los que se toman decisiones por el bien mayor y, a veces, hacerlo implica omitir ciertos detalles...

—¿Quieres decir *mentir*? —sugerí. Ella frunció los labios.

—Sé a dónde quieres llegar con esa pregunta, pero mentir sobre ir a una discoteca no es lo mismo que mentir para proteger a alguien, que, en este caso, es el mundo entero.

Alcé las cejas. Una mentira era una mentira, pero discutir sobre aquello ahora mismo no era importante.

—Suena... serio.

—Lo es. Es tan serio que varios han muerto para mantener ocultos ciertos detalles. —Extendió el cuerpo hacia delante y me colocó una mano sobre la rodilla—. Hay cosas que no tengo permitidas decir por mi trabajo, por lo que Jason solía hacer y de lo que él formaba parte, pero... —Exhaló con fuerza—. Pero si no te cuento nada de esto, sé que él lo hará... y preferiría que lo escuchases de mí.

—¿Él? —Erguí la espalda—. ¿Te refieres a Luc? No tengo intención de volver a verlo. Nunca. Jamás en mi vida.

Mi madre retiró la mano y parecía como si hubiera estado a punto de decir algo, pero hubiera cambiado de idea. Pasó un instante y luego dijo:

—Los Luxen han estado aquí desde hace mucho tiempo. Desde hace décadas.

Parpadeé una vez y después lo hice de nuevo.

—¿Qué?

Asintió.

—Como sabes, su mundo fue destruido. Aquella parte fue verdad, pero no vinieron aquí hace décadas para invadirnos. Vinieron básicamente para recolonizar, para vivir en paz entre nosotros. Los gobiernos de todo el mundo sabían de su existencia e hicieron un gran esfuerzo por asimilarlos, por hacerlos pasar por humanos, y funcionó. Funcionó bastante bien hasta la invasión.

—Espera. Estoy muy confundida. —Abandoné la silla y me puse de pie—. ¿Dices que los Luxen han estado aquí desde siempre y nadie lo sabía?

—Eso mismo —respondió.

—¿Cómo se supone que lo han mantenido en secreto?

Enarcó una ceja clara.

—Cielo, te sorprendería todo lo que han guardado en secreto y que no está para nada relacionado con alienígenas del espacio exterior.

—¿Como qué? —pregunté de inmediato—. ¿Qué hay del asesinato de J. F. K.? O... ¿qué hay de Roswell? ¿En realidad fue...?

—Centrémonos en esto, ¿vale?

Suspiré, pero centré de nuevo mi atención en el asunto.

—Es que no comprendo cómo han podido mantener en secreto algo así durante tanto tiempo. Parece imposible.

—No siempre funcionó. Hubo personas que lo descubrieron. Estoy segura de que hubo problemas —dijo ella, apoyando las manos sobre las rodillas—. El conocimiento de que hay otras formas de vida inteligente fue, y aún es, poderoso y peligroso. Cuando supieron por primera vez que estaban aquí, decidieron mantener el secreto hasta que consideraron que la sociedad podría manejar semejante conocimiento. Por desgracia, el tiempo no estuvo de parte de nadie. Los Luxen invasores llegaron antes de que cualquiera confiara en que la sociedad podía manejar la noticia de que, en efecto, no estábamos solos en el universo.

Aquello era completamente inverosímil.

—Muchos de los Luxen que están aquí, los que se registraron y cumplen nuestras leyes, son los que no formaron parte de la invasión. Muy pocos de los Luxen invasores sobrevivieron. Los que lo hicieron abandonaron nuestro planeta, y se especula que solo muy pocos permanecieron aquí después de la invasión fallida.

La confusión me invadió el cuerpo mientras comenzaba a caminar delante del sofá.

—Si algunos Luxen habían estado aquí llevando vidas normales y tranquilas, entonces, ¿por qué los otros nos invadieron? Podrían haber sido... ¿qué palabra has usado antes?

—Asimilados.

—Sí, eso. Podrían haber sido asimilados junto a los demás. ¿Por qué hicieron lo que hicieron?

Mi madre se apartó un mechón de pelo.

—Porque algunos Luxen querían hacerse con el control. Querían este mundo para los suyos. Aquellos Luxen no habían tenido contacto con los humanos hasta que llegaron aquí y veían a los humanos como algo inferior.

Entonces, ¿aquello significaba que Luc había sido parte de los Luxen invasores? Porque, sin duda, no estaba registrado. Pero eso no era lo importante. La furia apareció en mí y ocupó el lugar de la confusión.

—No tiene sentido. —Levanté las manos—. Si las personas estaban al tanto de la presencia de los Luxen, podrían haberse preparado para una invasión. Toda la tecnología que ahora poseemos... ¿los inhibidores, las armas? Ya podríamos haber tenido todo eso. Hubieran muerto menos humanos.

—En retrospectiva, todo suele ser evidente.

La miré boquiabierta.

—¿Esa es tu respuesta?

Inclinó hacia abajo la comisura de los labios.

—Cielo, yo no fui quien tomó aquellas decisiones.

Seguía yendo de un lado a otro en la alfombra mullida frente al sofá mientras cruzaba los brazos.

—Pero ¿estabas al tanto?

—Sí.

¿Y no le había alertado al mundo de que unos alienígenas pirados y poderosos ya vivían entre nosotros? Me detuve y la miré.

—Pero ¿cómo lo sabías? Trabajas con virus asquerosos y...

—Solía trabajar para Dédalo. Era un grupo especializado dentro del Ejército, creado por el Gobierno, que trabajaba... asimilando a los Luxen. El Departamento..., bueno, ya no existe.

Intenté pronunciar la palabra.

—¿Déda... qué?

Una sonrisa sutil apareció en el rostro de mi madre.

—Dédalo. Es de la mitología griega. Era inventor y el padre de Ícaro.

—¿Ícaro? —A duras penas recordaba aquel nombre—. ¿Ese no fue el que voló demasiado cerca del Sol y sus alas se derritieron o algo así?

—Dédalo había construido aquellas alas para su hijo —respondió, asintiendo.

—Es un nombre extraño para un departamento del Gobierno.

—Era más bien un nombre en clave. Así fue como conocí a Jason. Él también trabajaba allí.

Volví a la silla, me senté y escuché con atención lo que tenía que decirme, porque mi madre rara vez hablaba de mi padre.

Mi madre apartó la vista y la posó sobre la televisión.

—Así fue como tu padre conoció a Luc. Así fue como yo lo conocí, cuando Luc era más joven.

—Entonces..., ¿él no era parte de los Luxen invasores? ¿Ya estaba aquí antes? —Por algún motivo, esperaba que ese fuera el caso. No quería pensar en Luc como en un extraterrestre homicida decidido a matarnos, a pesar de que daba la impresión de ser así al conocerlo por primera vez.

La expresión de mi madre se tensó y luego se suavizó.

—Él no formó parte de la invasión.

Me hizo sentir un poco mejor saber que no me había besado un alienígena asesino del espacio exterior. Las pequeñas cosas eran las que hacían que fuera más sencillo lidiar con las malas decisiones que uno tomaba en la vida. Moví la cabeza de un lado a otro.

—Entonces, ¿vosotros tratasteis de asimilar a Luc? ¿O a sus padres?

Mi madre no respondió durante un rato.

—Algo así.

Aquello no era una buena respuesta. De hecho, era una evasiva tan evidente que sabía que aún quedaba más por descubrir.

Inclinó la cabeza hacia atrás mientras se le ponían rígidos los hombros.

—Jason... —Se humedeció los labios—. Jason no era un buen hombre.

Me quedé sin aliento.

—No lo entiendo. Papá era... un héroe. —¡De hecho, había una estatua de él en la capital! Bueno, en realidad no era una figura de él. Era un monolito de aspecto extraño, pero, de todos modos, contaba—. Le otorgaron la Medalla de Honor.

Cerró los ojos.

—Cielo, los premios no son el verdadero reflejo de una persona. Han existido algunas muy premiadas y aclamadas a lo largo de la historia que, al final, resultaron ser muy malas. Muchas veces las personas estaban tan convencidas de que hacían lo correcto que eran capaces de desestimar todos los actos terribles que cometían en nombre del bien mayor.

—Pero... —Dejé de hablar mientras el corazón me latía desbocado en el pecho. No sabía qué hacer con aquella información. Nunca había tenido en realidad una relación cercana con mi padre. No de verdad. Él nunca había estado en casa, aunque...—. Pero me has dicho que era un buen hombre. Me dijiste todo lo importante que...

—Mentí —me interrumpió. Abrió los ojos de nuevo y se fijó en mis ojos abiertos de par en par—. Mentí porque no quería que supieras la verdad sobre él. Y sí, fue una mentira necesaria, una que esperaba que nunca tuvieras que descubrir, pero, con Luc aquí, prefiero que te enteres por mí y no por él.

—Qué... ¿qué relación había entre papá y él?

Mi madre se frotó la cara con las manos.

—Jason no era muy amable con los Luxen con los que trabajaba. Solía... ser muy cruel con ellos. —Hizo una pausa y pensé que quizás estaba diciendo mucho con pocas palabras—. Él y Luc tienen un pasado en común. Uno que no es nada bueno.

Lo que Luc me había dicho en la discoteca apareció en mi mente. Me había soltado que yo no pertenecía a aquel lugar. Creí que tal vez estaba comportándose como un idiota, pero ¿y si se trataba de algo más grande que eso? ¿Y si quería decir que no debía estar cerca de él por lo que fuera que mi padre le había hecho a él o a su familia?

Pero si ese era el caso, entonces ¿por qué me había besado?

Me arrimé al borde de la silla.

—Mamá, ¿qué hizo papá?

—Se aseguró de que Luc perdiera a alguien muy querido —respondió mi madre, y me sobresalté ante la respuesta inesperada—. Y eso es algo que Luc nunca olvidará ni perdonará. Por ese motivo Luc puede ser muy peligroso.

Se me aceleró el corazón otra vez.

—¿Porque obviamente es un Luxen no registrado?

—Porque solía temer que Luc buscara venganza por lo que Jason le había hecho.

Abrí mucho los ojos.

—¿Venganza? Papá está... muerto. ¿Qué le hizo a Luc para que...?

—Jason fue responsable de muchas cosas e hizo muchos enemigos, y... tomó muchas malas decisiones —dijo ella en voz baja, casi como si tuviera miedo de que la oyeran. Si mi padre tenía enemigos, entonces supuse que por ese motivo teníamos escopetas ocultas debajo de los cojines del sofá, ¿no?—. Nada de eso importa. No quería que supieras por otro que el hombre admirado por tantos no era muy buena persona que digamos.

Sentía que la cabeza estaba a punto de estallarme.

—¿Deberíamos preocuparnos porque... Luc venga a atacarnos?

Me sostuvo la mirada.

—He dicho que solía temer que eso ocurriera. La verdad es que si él hubiera querido hacernos daño, ya lo hubiera hecho.

—Guau. Qué reconfortante...

—No tiene por qué serlo —contestó—. Solo es la verdad. Si él quisiera usarme para llevar a cabo alguna clase de venganza, ya lo hubiera hecho. —Se puso de pie y jugueteó con el lazo de su bata—. Luc nunca te haría daño.

Abrí la boca, pero tenía un nudo en la garganta. Aquello no tenía sentido. Luc no me conocía, y si mi padre había hecho cosas terribles que provocaron que Luc perdiese a alguien, dudaba que él quisiera ser mi mejor amigo para siempre. No era necesario tener un doctorado en Lógica para asumir que «perder a alguien» significaba que ese alguien había muerto.

—¿Estás segura de que estamos a salvo?

Mi madre se deslizó una mano sobre la frente.

—Claro que sí, cielo —aseguró con rapidez—. Solo que siempre es bueno estar preparado.

No estaba convencida de si le creía.

—¿Hay otros métodos de preparación escondidos en esta casa?

Otra sonrisa le apareció en el rostro mientras colocaba una mano sobre mi rodilla.

—No tocaría demasiado los cojines junto a la ventana de la planta de arriba.

—Mamá... —Respiré hondo—. ¿Hay más personas que aún quieran rendirle cuentas a papá y de las que tengamos que preocuparnos?

—Estamos a salvo, pero, al igual que cualquier otra persona, debemos tener cuidado. Ahí fuera hay personas malas, Luxen y humanos, de quienes no quieres llamar la atención. Se aplican el mismo tipo de reglas que antes de la invasión, ¿sabes?

Asentí despacio.

—¿Algo así como el peligro de hablar con extraños?

—Sí. —Se acercó y tomó asiento al borde del sofá, quedándose frente a mí. Me tomó de las manos—. ¿En qué piensas?

En miles de cosas.

—Nunca debería haber ido a esa discoteca.

—Me alegra que estemos de acuerdo. —Me apretó con afecto las manos—. En este momento me preocupa más lo que te he contado sobre Jason. Sé que es mucho que digerir.

Lo era.

Levantó mis manos.

—Voy a ser muy sincera contigo, ¿de acuerdo?

—De acuerdo —susurré.

—No me arrepiento de haber mentido sobre la clase de persona que era Jason. Mereces creer lo mismo que todos los demás —confesó ella, con sus ojos buscando los míos—. A veces la verdad es peor que una mentira.

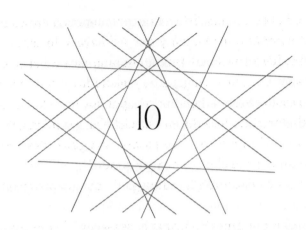

10

—Te juro que mi madre casi me mata —dije, arrastrando mi tenedor a través de lo que yo pensaba que era un plato de espaguetis, pero que tenía consistencia de sopa—. De verdad.

El mediodía del lunes acababa de empezar, y Heidi estaba sentada frente a mí, junto a James, quien se había traído su propia comida en una bolsa de papel marrón porque, evidentemente, era más inteligente que los demás.

Estábamos esperando que Zoe llegara, pero todavía seguía en la fila del comedor esperando por su comida, y parecía como si prefiriera saltar por la ventana más cercana.

Heidi me devolvió la cámara. Había estado mirando mis fotos.

—Lo siento mucho.

—No es tu culpa —le dije, y coloqué la cámara junto a mi bandeja—. Tú no hiciste que Luc apareciera en mi casa.

Les había contado lo ocurrido, omitiendo la parte en la que mi madre agarró una escopeta y yo lancé un candelabro. Tampoco les conté todos los secretos que mi madre compartió conmigo. No era necesario ser una experta para saber que debía guardar aquellos secretos. James tampoco dijo nada respecto a la mañana del sábado, lo cual agradecí.

Para no seguir hablando más del tema, mi madre me había enviado directamente a mi habitación tras el incidente, donde permanecí durante el resto del domingo.

Que mi madre no me diese más explicaciones era un asco, porque aún tenía muchas preguntas. Por ejemplo, ¿cómo era posible que mi madre hubiera trabajado una vez para una organización responsable de asimilar a los Luxen y que así haya sido como ella y mi padre, el exhéroe nacional, quien ahora al parecer era un villano, conocieron a Luc, un alienígena no registrado? Y si mi madre sabía que él no estaba registrado, entonces ¿por qué no lo había denunciado? Todos debíamos hacerlo, en especial ella, considerando que aún trabajaba para el Ejército. ¿Qué pasaría si alguien descubriese que ella lo conocía y que él no estaba registrado?

¿Me invadía la culpa? ¿La culpa por lo que mi padre le había hecho a Luc?

No podía quitarme de encima la sensación de que aún me quedaba mucho más por saber de lo que mi madre me había contado.

James sujetó su sándwich de mantequilla de cacahuete y la envidia me corroyó. Tenía mucha mejor pinta que lo que yo tenía en el plato.

—No me puedo creer que él apareciese en tu casa. Madre mía, mi padre habría llamado a la policía en un segundo.

Esa reacción sonaba de lo más razonable.

—¿Cómo supo dónde vivías? —preguntó Heidi, jugueteando con el cuello de encaje de su blusa—. Porque yo no se lo he contado a Emery.

Sin saber cómo responder a su pregunta, moví el cuerpo en la incómoda silla de plástico.

—La verdad es que no lo sé.

Enarcó las cejas.

—Da bastante miedo.

—¿Cuánto tiempo estarás castigada? —James quitó la corteza de su sándwich y colocó la parte oscura del pan dentro de la bolsa de papel.

Suspiré mientras fantaseaba con tirar a James de su asiento y robarle la comida, pero hacerlo sería de mala persona.

—Eso es lo curioso: no lo estoy.

—¿Que no estás qué? —Zoe se sentó en la silla que estaba libre a mi lado mientras una profesora le gritaba a alguien en la parte trasera de la cafetería. Llevaba una porción de pizza en la bandeja. Me estremecí. Odiaba la pizza. James decía que eso significaba que no tenía alma. Fuera como fuese, me daba igual. Me daba asco.

—Por algún motivo, Evie no está castigada —respondió James, ahora diseccionando su sándwich en trozos diminutos. Tenía los hábitos alimenticios de un niño de tres años.

La melena oscura de Zoe, con sus rizos naturales, estaba recogida en una coleta alta, lo que le realzaba los pómulos. Aquellos pómulos pronunciados y esculpidos.

—¿Que no estás castigada? —Sonaba confundida—. ¿Eso es un problema?

Por fin James se metió un trozo de sándwich dentro de la boca.

—Me pregunto lo mismo.

—No lo es. Pero es extraño. —La verdad, creía que mi madre se sentía tan mal por el discurso de «Papá es un monstruo» que decidió no castigarme después de mandarme a mi habitación. O quizás había olvidado hacerlo, y, por supuesto, yo no se lo iba a recordar. Miré a Heidi. Estaba escribiendo en su móvil y a mí me gustaba cotillear—. ¿Estás enviando un mensaje?

—Sí. —Levantó la vista y sonrió un poco—. Emery quiere salir esta noche.

—¿Es una cita? —pregunté, entusiasmada y esperanzada—. ¿Vais a ir a cenar juntas?

Heidi asintió, y juraría que sus mejillas empezaron a ponerse coloradas.

—Sí. Quiere cenar en ese restaurante tailandés nuevo del centro. —Hizo una pausa—. Y no, no iremos a Presagio.

Solté el tenedor y aplaudí como una foca emocionada mientras veía que April caminaba hacia nosotros, con su pelo rubio bailándole sobre los hombros.

—Espero actualizaciones minuto a minuto.

Heidi se rio mientras April tomaba asiento enfrente de Zoe.

—No sé si será minuto a minuto, pero te mantendré informada.

—Maravilloso. La verdad es que me hubiera gustado tener la oportunidad de conocerla la noche del viernes. —Mientras tomaba mi tenedor, escuché vagamente a April hablándole mal a Zoe.

—A mí también —respondió Heidi—. Pero ahora tendrás la oportunidad. En especial ya que tu madre no te ha matado y que no estás castigada.

—Esperad. —James había comenzado a comer patatas fritas de una bolsita—. ¿Quién es Emery? ¿Viene a este instituto?

Heidi movió la cabeza de un lado a otro.

—No, terminó la secundaria el año pasado, pero es de Pensilvania.

Él se metió una patata en la boca.

—¿Es guapa?

Le lancé una mirada aburrida.

—¿En serio?

—Es una pregunta como cualquier otra. —Me ofreció la bolsa de patatas y tomé una (o cinco) unidades.

—Es guapa —respondió Heidi, mirando su teléfono móvil—. E inteligente. Y graciosa. Y le gustan los pastelitos y la comida tailandesa.

«Y se junta con un completo imbécil», pero no lo dije en voz alta. No iba a estropear la alegría de Heidi. Además, quizás debía dejar en paz a Luc, considerando lo que mi madre me había contado.

Aunque no tuviese precisamente demasiada información.

—Bueno... —April dijo la palabra y esperó a que todos hubiéramos centrado la atención en ella—. Solo quería haceros un recordatorio amistoso de que una de nuestras compañeras sigue desaparecida.

Mierda, lo había olvidado por completo con todo mi drama personal. Aquello implicaba que era oficial. Era una persona horrible. Tampoco había pensado en aquel pobre Luxen a quien habían molido a golpes.

—Pero ¿habrá desaparecido de verdad? —preguntó Zoe, mirando a los presentes en la mesa—. A ver, puede que haya huido.

—¿A dónde? —replicó April—. ¿Para unirse a un circo?

Zoe puso los ojos en blanco.

—¿Acaso Colleen no salía con un chico que el año pasado estaba en último curso? ¿Y que fue a una universidad de otro estado?

—Salía con Tony Hickles —respondió James—. Él acabó en la Universidad de Míchigan.

—Entonces quizá se haya escapado para verlo o algo así —sugirió Zoe.

April frunció el ceño. Supuse que a ella aquella opción no la entusiasmaba tanto como que alguien desapareciera por motivos nefastos.

—Bah, qué estupidez.

James intentó cambiar el tema de conversación pidiéndole a Heidi que le enseñase una foto de Emery, pero no funcionó.

—Eres tan ridícula... —Oí que decía April, y comencé a rogarle a los dioses de la cafetería que April no estuviera a punto de arrastrarme a la discusión número ciento cuarenta mil con Zoe. Por alguna razón, siempre lo hacía. No sabía de qué estaban hablando.

Alcancé mi cámara y fingí concentrarme en ella a pesar de que no estaba mirando nada en especial. Quizás tendría suerte y un vórtice aleatorio me tragaría antes de que...

—¿Qué opinas, Evie? —preguntó April.

Mierda.

Los dioses de la cafetería me habían decepcionado de nuevo.

James inclinó el mentón para ocultar su sonrisa y luego giró el cuerpo para centrarse por completo en Heidi mientras ella le mostraba una foto de Emery que había sacado con su móvil en la discoteca el viernes por la noche.

—Sí, Evie, ¿qué opinas? —repitió Zoe.

Preferiría raparme la cabeza antes que responder cualquier pregunta hecha de ese modo. Sabiendo que April odiaba que le sacara fotos sin que hubiera podido comprobar su maquillaje y su peinado antes, agarré la cámara y la apunté con ella.

—Si me sacas una foto, lanzaré tu cámara por la ventana —advirtió.

Suspiré y bajé el aparato.

—No te pases.

—Y te he pedido tu opinión.

Agarré el tenedor y apuñalé mis *noodles*, fingiendo que, básicamente, no tenía idea de quiénes eran las personas sentadas a mi alrededor.

—¿Eh?

No funcionó.

April me miró con sus ojos azules mientras levantaba las manos, y por poco golpeaba a un chico que estaba apretujado en un asiento detrás de ella. April ni siquiera notó su presencia, lo cual era típico de ella. Era buena, pero no prestaba atención a nada que no creyera que fuera con ella.

—¿No has oído nada de lo que he dicho? —preguntó.

—Seguro que ha hecho oídos sordos. —Zoe apoyó la mejilla sobre el brazo y suspiró—. Desearía tener ese talento.

Mientras James estaba distraído, hurgué en su bolsita y le robé otra patata.

—¿Sabes qué desearía yo, señorita Zoe Callahan? —April inclinó la cabeza a un lado—. Desearía que no vistieras como un niño al que le han dejado elegir su propia ropa por primera vez.

Se me cayó un *noodle* del tenedor.

—Vaya.

Heidi se quedó en silencio.

De pronto, James decidió que las personas sentadas detrás de nosotros eran más interesantes y se giró por completo en su asiento. Mierda, ahora estaba prácticamente sentado con ellos, lo cual significaba que ya no podría meter con disimulo la mano en su bolsita de patatas.

Zoe reclinó el cuerpo hacia atrás y entrecerró los ojos oscuros.

—¿Qué tiene de malo la forma en la que me visto?

—Llevas puesto un esquijama —afirmó April con frialdad.

Zoe, sin duda, llevaba puesto un pijama de una pieza.

—Estás superadorable —le dije, y era la verdad. Yo, en cambio, no permitiría que me encontraran muerta llevando un esquijama. Parecería alguien que necesitaba ayuda del Servicio de Protección al Menor si saliese en público con eso puesto. Pero al tono oscuro de la piel de Zoe le sentaba de maravilla aquella prenda rosa.

—Gracias. —Zoe dibujó una sonrisa amplia en dirección a mí y luego lanzó una mirada más poderosa que la Estrella de la Muerte hacia April—. Ya sé que estoy adorable.

April enarcó las cejas.

—Quizás deberías pensar de nuevo esa afirmación.

Sinceramente, no sabía cómo Zoe y April eran amigas. Juraría que discutían más de lo que se decían cosas bonitas. La única vez que las vi hacer algo amable la una por la otra fue el año anterior. Un chico se había tropezado con April en el pasillo, haciéndola chocar contra una taquilla. Zoe asustó al chico hasta ponerle los pelos como escarpias en menos de cinco segundos.

Zoe le respondió a April con algo que era igual de amistoso que un puñetazo en la cara. Decidí intervenir, porque ambas podían empezar a gritar y la verdad es no quería que nuestra mesa fuera el centro de atención de nuevo. Justo entonces una bandeja de una mesa cercana cayó al suelo y me dio un vuelco el estómago.

Los alumnos paseaban de mesa en mesa. Detrás de mí, podía oírlos hablar sobre una fiesta el sábado por la noche. La comida quemada mezclada con el aroma a desinfectante de limón llenaba el aire. Había profesores junto a las puertas y en la parte posterior de la cafetería, junto a las siglas del instituto pintadas en la pared. Fuera de las ventanas que iban desde el suelo al techo, había personas sentadas encima de bloques de piedra gris, riendo y hablando, y el cielo... era el cielo de septiembre. Azul e infinito.

Mi mirada aterrizó en la mesa más cercana a la puerta. Allí era donde ellos se sentaban. Todos los Luxen que asistían a nuestro instituto. Eran diez. Todos eran guapos. Era difícil no desconcentrarse al mirarlos, en especial cuando estaban todos juntos. Estaba segura de que yo no era la única que los miraba boquiabierta. Sabía que no era muy educado por mi parte, pero me preguntaba por qué no se sentaban nunca con otras personas.

Los hermanos Luxen siempre venían de tres en tres. Dos chicos y una chica. O, al menos, eso era lo que decían, pero nunca había visto un grupo de trillizos Luxen en mi vida. Sabíamos cuántos humanos habían muerto, pero nadie conocía la cifra de los Luxen fallecidos. Imaginaba que por ese motivo nunca había visto un grupo de trillizos.

Siempre creí, al igual que los demás, que habían sido parte de la invasión, pero ahora sabía que no era cierto. Puede que todos los de la mesa hubieran vivido aquí desde su nacimiento, sin haber herido jamás a un humano, pero todos... les teníamos miedo porque la verdad había permanecido oculta.

No era justo ni tampoco correcto.

Por algún motivo desconocido, mientras los miraba, la imagen de Luc apareció en mi mente. Podía imaginármelo fácilmente sentado con ellos. Bueno, podía imaginármelo fácilmente sentado en la cabecera de la mesa como si fuera el líder de los otros.

¿Alguno de sus hermanos habría sobrevivido a la invasión? ¿Habría tres Luc?

Ay, mi madre.

—Deja de mirarlos —siseó April.

Sentí que me ardían las mejillas y posé mis ojos en ella.

—¿Qué?

—A ellos, a los Luxen.

—No estoy mirándolos.

—Claro que sí. —Alzó las cejas mientras miraba por encima del hombro—. *Uf*. Lo que tú digas. No me molesta tanto que estén aquí, pero ¿de verdad es necesario que lo estén? ¿No pueden tener sus propios institutos? ¿Es tanto pedir?

Apreté el tenedor con más fuerza.

—April...

Zoe cerró los ojos mientras se frotaba las sienes como si estuviera a punto de estallarle la cabeza.

—Ya empieza...

—¿Qué? —dijo April, mirando a la mesa junto a la puerta—. Me hacen sentir incómoda.

—Vienen a nuestro instituto desde hace casi tres años. ¿Alguna vez te han hecho algo? —preguntó Zoe.

—Podrían haberme hecho algo antes de empezar a venir. Sabes que cuando muestran su verdadera piel, o como sea que quieras llamarlo, todos son iguales.

—Madre mía —gruñí mientras colocaba el tenedor en el plato para no convertirlo en un proyectil. Ahora sabía la respuesta a mi pregunta de por qué los Luxen se sentaban juntos y no se mezclaban con el resto de nosotros.

Por personas como April.

—Me voy. —Heidi tomó su mochila del suelo mientras se ponía de pie y me lanzaba una mirada de pena. Sabía que no iba a dejar a Zoe defendiéndose sola. Era muy probable que uno de esos días, Zoe perdiera el control y enviara a April a la luna de un golpe—. Tengo que irme corriendo a la biblioteca.

—Adiós. —Moví los dedos a modo de saludo y observé cómo rodeaba la mesa y tiraba sus restos a la basura.

April estaba totalmente impávida.

—Es la verdad. Es imposible diferenciarlos. Todos parecen unas manchas brillantes con forma humana. Así que quizás uno de ellos hizo algo cuando llegaron a nuestro planeta. ¿Cómo podemos saberlo?

—Amiga... —Zoe movió la cabeza de un lado a otro—. No les importas en absoluto. Solo intentan recibir una educación y vivir sus vidas. Y, de todas formas, ¿qué pueden hacerte? Nada.

—¿Que qué pueden hacerme? Por Dios, Zoe. Son como armas andantes. Pueden disparar rayos eléctricos con los dedos y tienen una fuerza extrema, como los *X-Men*. —El centro de las mejillas de April empezó a enrojecerse—. ¿O te has olvidado de cómo mataron a millones de personas?

—No lo he olvidado —replicó Zoe.

—Ya no pueden hacerlo —le recordé a April, a pesar de que en lo único en lo que podía pensar era en Luc y en los otros Luxen que había visto en la discoteca. No llevaban sus inhibidores puestos.

April empezó a mover el pie debajo de la mesa, y aquella era la primera señal de que estaba a segundos de estallar.

—Espero que aprueben los cambios del PRA. De verdad.

—April cree que está bien acorralar a personas y reubicarlas en contra de su voluntad. Esos son los cambios propuestos por el PRA. —Zoe reclinó la espalda hacia atrás y cruzó los brazos sobre el pecho—. Registrarlos ya no es suficiente. Quieren enviarlos a Dios sabe dónde, supuestamente a unas comunidades nuevas diseñadas para ellos. ¿Cómo puedes estar de acuerdo con eso?

Miré hacia James, pero su asiento estaba vacío. Levanté la vista y no lo vi por ninguna parte. Chico listo. Había huido a toda velocidad.

—En primer lugar, no son personas, son alienígenas. —April la corrigió mientras ponía los ojos en blanco de un modo deslumbrante—. Segundo, hasta donde yo sé, la Tierra les pertenecía a los humanos y no a extraterrestres resplandecientes que han matado a millones de personas. No tienen derecho a vivir aquí. Son invitados. Indeseables, claro.

—¡Así es! —gritó un chico desde una mesa detrás de ella. Era probable que fuera el mismo al que April por poco había golpeado en el estómago con el codo—. ¡Díselo!

En ese momento, el calor me bajó por la garganta mientras me hundía un poco en el asiento. April estaba hablando muy fuerte. Demasiado fuerte.

—Y en tercer y último lugar, esas comunidades no son solo para mantenernos a salvo a nosotros. —April cruzó sus brazos en la mesa e inclinó el torso hacia delante—. También son para mantenerlos a salvo a ellos. ¿Sabes que los han atacado? A veces, estar separados es lo mejor. Y ya casi lo estamos. Mira el caso de Breaker Subdivision. Les gusta estar cerca de los de su clase.

Breaker Subdivision era un vecindario como cualquier comunidad de casas idénticas entre sí. El único factor que lo diferenciaba del resto era que allí solo vivían Luxen.

—Suenas como un político —le dije—. Como uno de esos políticos espeluznantes que no parpadean cuando hablan a cámara.

—Yo he parpadeado unas cinco veces durante el increíble discurso que acabo de dar.

Alcé una ceja. Zoe frunció los labios.

—Los Luxen no quieren hacernos daño.

—¿Cómo lo sabes? —replicó April.

—¿Quizás porque no ha habido un ataque en tres años? —sugirió Zoe. Su tono se hizo más agudo, como si estuviera explicándole algo a un niño con mal comportamiento—. Esa es una buena evidencia.

—¿Como tampoco hubo ataques que los llevaran a la invasión la noche en la que convirtieron a nuestro planeta en su campo de batalla? —April abrió los ojos de par en par—. No sabíamos que existían hasta que aparecieron en el cielo y empezaron a matarnos a todos, pero eso no cambió nada.

Sentí un latido leve en la sien. Me aparté el pelo de la cara y posé la mirada de nuevo en la mesa llena de alienígenas. ¿Podrían oír a April? Aparté la vista; quería esconderme debajo de la mesa.

—Estoy bastante segura de que solo quieren que los dejen en paz.

La frustración resaltó el color de las mejillas de April.

—Sé que es imposible que te caigan bien, Evie.

Mis manos cayeron sobre mi regazo mientras la miraba, y supe lo que iba a hacer. Era obvio que iba a mencionarlo.

—Tu padre murió por culpa de ellos. —La voz de April era alta y alarmante, como si yo no tuviera ni idea de lo que había ocurrido—. No puede parecerte bien que ellos vivan a tu lado o que vengan al instituto con nosotros.

—No puedo creer que acabes de mencionar a su padre. —Zoe sujetó los bordes de su bandeja y, por un segundo, creí que iba a golpear a April en la cabeza con ella—. ¿Sabes? Eres como un hijo que no para de decepcionarte.

La expresión de April era la definición de falta de arrepentimiento.

—Nada de esto está relacionado en absoluto con lo que ocurrió con mi padre. —Respiré con dificultad—. Y sí, algunos de ellos son aterradores, pero...

—Pero ¿qué? —preguntó Zoe con calma, su mirada clavada en la mía.

Deslicé una mano por mi melena y luego alcé un hombro. Tenía la lengua trabada. Era difícil encontrar las palabras que quería decir. No sabía cómo sentirme respecto a los Luxen, en especial después de todo lo que mi madre me había contado. Sin importar lo que mi padre hiciese o no, él murió luchando contra ellos. Y sin importar si algunos habían estado de parte de los humanos durante años, todavía me asustaban. ¿Qué humano en su sano juicio no les temería?

No lo sabía, la verdad.

Y tampoco sabía si aquello era, de hecho, peor que tener una opinión formada.

April se encogió de hombros mientras llenaba un tenedor de espaguetis.

—Quizás esta discusión sea inútil. Tal vez nada de esto importe.

La miré.

—¿Qué se supone que significa eso?

Una sonrisita curvó la comisura de sus labios.

—No lo sé. Tal vez ellos se despierten un buen día y decidan que hay otro planeta allí fuera más... acogedor que el nuestro.

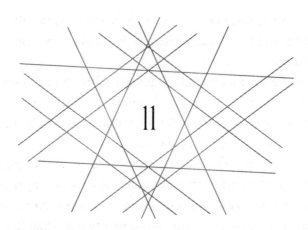

11

Al acabar las clases, Zoe esperó junto a mi taquilla a que dejara mis libros y me llevara el de Biología para preparar el examen del día siguiente.

—¿Vas directamente a tu casa? —preguntó, apoyando la cabeza contra la taquilla que estaba al lado de la mía.

—Debería. —Sonreí cuando Zoe enarcó las cejas—. Pero hace un día tan bueno que estaba pensando en ir al parque.

—¿A sacar fotos?

Asentí. El clima era perfecto para sacar fotos. Ya empezaba a hacer más fresco y las hojas comenzaban a cambiar de color. Las sesiones fotográficas improvisadas eran la razón por la cual siempre llevaba encima mi Nikon, desde que mi madre me había sorprendido regalándomela las Navidades pasadas.

—Mi madre no me ha castigado.

—Sí, claro —dijo Zoe, arrastrando las palabras—. Pues que tengas suerte.

Cerré la taquilla y me colgué la mochila en el hombro.

—¿Tú qué vas a hacer?

Alzó un hombro.

—Tengo que estudiar, pero, probablemente, me tiraré en el sofá y haré un maratón de capítulos antiguos de *Padre de familia*.

Reí mientras caminábamos por el pasillo hacia el aparcamiento. Los padres de Zoe, los dos, habían muerto antes de la invasión en un horrible accidente aéreo, así que la habían enviado a vivir con su tío, que no estaba nunca en casa. Yo lo había visto una sola vez desde lejos. Solían vivir más cerca de D. C., pero habían acabado aquí después de todo lo ocurrido.

—Solo he oído algunos fragmentos sobre tu salida con Heidi a aquella discoteca. —Zoe sostuvo la puerta abierta mientras salíamos al brillante sol de la tarde—. Me ha contado que hubo una redada mientras estabais dentro, ¿es cierto?

Saqué las gafas de sol de la mochila y me las coloqué mientras seguíamos a la masa humana que caminaba hacia el aparcamiento.

—Sí, fue una locura. Nunca había visto algo parecido. Nunca.

—Hay una razón por la que Heidi no me pidió que fuera con vosotras. Le hubiera dicho que no.

—Yo no pude decirle que no. Ha estado yendo a esa discoteca sola desde hace un tiempo, y quería, ya sabes, que no fuera sola otra vez. —Pasé junto a una pareja que parecía a punto de besarse o de empezar a discutir—. Ni siquiera tuve la oportunidad de conocer a Emery.

Zoe se quedó en silencio un instante y luego me empujó suavemente con el codo.

—Me he enterado de que has conocido a un chico allí...

Gruñendo, puse los ojos en blanco mientras subíamos por la pequeña colina. ¿Heidi se lo había contado todo?

—He conocido a un Luxen que era un completo idiota. ¿Te refieres a él?

—¿Es el chico que apareció en tu casa? —Cuando asentí, ella emitió un silbido bajo—. Seguro que a tu madre le dio algo.

—Ni te lo imaginas —susurré inexpresiva. De todos mis amigos, Zoe era la más... lógica, la más tranquila. Había muy pocas cosas que no nos contásemos, así que guardar un secreto me hacía sentir mal.

Sinceramente, ella debería haber estado en la discoteca el viernes por la noche. Se habría asegurado de que no terminara escondida en un rincón con Luc.

—No le he contado esto a nadie, pero cuando él apareció en mi casa, mi madre lo apuntó con un arma.

—¿Qué? —Emitió una risa atónita.

—Como te lo digo. —Mantuve la voz baja mientras nos acercábamos al coche de Zoe. Dado que no había llegado al instituto muy temprano esa mañana, tuve que caminar todo el trayecto hasta la parte trasera del aparcamiento, cerca del campo de fútbol.

—Vaya —dijo ella, riendo de nuevo. Desde el campo, se oyó un silbido—. ¿Y qué hizo él?

—Derritió el cañón. —Temblé al recordarlo. Poseer aquella clase de poder sobrenatural era increíble.

—¿Eso fue... todo lo que hizo? —Zoe abrió la puerta de su coche.

—Creo que fue suficiente. —Por supuesto que eso no había sido lo único que Luc había hecho—. En realidad, él...

—¿Qué?

Me comenzaron a arder las mejillas. Quería contárselo, contárselo a alguien, pero, al mismo tiempo, contarlo significaba que estaba pensando en ello. Que me importaba.

No estaba pensando en el «no beso». Bueno, excepto anoche, cuando no podía dormir, y la noche anterior a esa.

Zoe me dio un golpecito en el brazo.

—No llevaba puesto un inhibidor —concluí, apartando el recuerdo del beso—. Creo que no está registrado.

Reclinada contra la puerta trasera del coche, Zoe cruzó los brazos.

—Creo que es probable que haya muchos no registrados.

—Sí.

Permaneció en silencio un momento.

—De todos modos, lo que April ha dicho en el almuerzo ha estado muy mal.

—¿Qué parte?

Puso los ojos en blanco.

—Toda, pero, en especial, cuando ha mencionado a tu padre. No ha venido para nada a cuento.

—Sí. —Tomé una horquilla gruesa del bolsillo de mis vaqueros, incliné el cuerpo hacia delante y me recogí el pelo—. Pero así es April.

—Supongo. —Zoe entrecerró los ojos mientras miraba el campo de fútbol—. A veces me preocupa.

Retorcí mi melena en un moño y logré mantener las gafas de sol puestas mientras colocaba la horquilla dentro de la masa espesa de pelo.

—A mí me preocupa siempre. —Enderecé la espalda—. Hay días en los que ni siquiera sé por qué soy su amiga.

—Hay días en los que me pregunto cómo es posible que aún no la haya empujado contra un autobús en marcha —admitió Zoe.

Mi sonrisa desapareció al pensar en la conversación que tuve con mi madre. Si April hubiera sabido que mi padre había hecho cosas malas, probablemente no habría cambiado nada en su discurso, porque la muerte de mi padre encajaba en su versión de los hechos, en su postura cuando hablaba sobre los Luxen.

—¿Estás bien? —Se apartó varios rizos de la cara.

—Sí. —Sonreí—. ¿Por qué?

—Has tenido un fin de semana bastante interesante —dijo, alzando las cejas.

Y ni siquiera sabía todo lo que había ocurrido.

—Sí, así es, pero estoy bien. Te lo aseguro.

Me observó un instante más y después se apartó del coche.

—Muy bien, tengo que irme. ¿Me escribes luego?

—Sí. —Me despedí de ella con la mano, me coloqué detrás de su coche y me puse a buscar las llaves. Me prometí a mí misma que llegaría más temprano al instituto de ahora en adelante, porque aquella caminata eterna era horrible. Encontré las llaves justo cuando vi mi coche. La metí en la cerradura, abrí la puerta trasera y lancé la mochila en el asiento.

Ni siquiera sé cómo ocurrió.

Debía de haberme dejado la mochila a medio cerrar, porque, un segundo después, un arcoíris de cuadernos cayó de ella sobre la grava. Mi cámara se deslizó a continuación. Di un grito ahogado, solté las llaves, me lancé hacia delante y atrapé la cámara antes de que cayera al suelo.

Cerré los ojos y suspiré, agitada.

—Ah, gracias, menos mal.

—Aquí tienes.

Sobresaltada por aquella voz grave, perdí mi equilibrio precario y me caí de culo. Subí la cabeza mientras aferraba la cámara contra el pecho. Un chico estaba de pie junto a mi coche, con cabello castaño y gafas de sol oscuras. Una sonrisa cálida curvó sus labios mientras recogía mis cuadernos. Posé los ojos en su rostro.

—Son tuyos, ¿verdad? —preguntó. Miré los cuadernos.

—Sí. Son míos.

Inclinó la cabeza a un lado.

—¿Los... quieres?

Por un instante no hice ningún movimiento y después me incorporé sobre mis rodillas. Sujeté los cuadernos.

—Gracias.

—No hay de qué. —Retrocedió mientras me ponía de pie. Un hoyuelo apareció en su mejilla derecha—. Hasta luego.

Sujetando mis cuadernos, observé cómo se marchaba. Una especie de bandolera de cuero le rebotaba contra el muslo mientras rodeaba mi coche y caminaba hacia otra hilera de vehículos.

—Vaya —susurré. No reconocí al chico. Bueno, las gafas de sol le cubrían la mitad de la cara, pero debía de ser un alumno. Por lo poco que vi de su cara, parecía bastante guapo. Tenía que empezar a prestar más atención a los chicos que iban a clase conmigo.

Moviendo la cabeza de un lado a otro, coloqué los cuadernos dentro de la mochila, cerré la cremallera y luego la puerta. Me incliné y recogí las llaves. Aún sujetando la cámara, abrí la puerta del conductor y después me detuve en seco. Una sensación extraña me invadió. Se me erizó el vello de la nuca.

Sentía que... alguien me observaba.

Quizás era solo una paranoia, pero eché un vistazo al aparcamiento. Había personas, muchas, y ninguna tenía la atención puesta en mí, pero la sensación no desapareció. Incluso cuando subí a mi coche y encendí el motor, la sensación impregnó mi cuerpo como el calor del verano.

Mientras caminaba por el sendero junto a las aguas calmas de Centennial Lake, alcé la cámara y retrocedí. La composición de una fotografía se regía principalmente por la regla de los tercios. Por supuesto, no funcionaba para todas las imágenes y tampoco para las fotos en exteriores. Siempre me gustaron las fotografías en las que el objeto estaba un poco descentrado.

Saqué una foto de uno de los árboles más grandes; me encantó el contraste de sus hojas contra el azul intenso del cielo. Luego, hice *zoom* en las hojas oscuras doradas y rojas.

No me gustaba revisar mis fotos hasta llegar a casa, donde las descargaba en el ordenador. Si me centraba en mirarlas, terminaría enfocándome en una sola imagen y me perdería todo lo demás que se encontraba a mi alrededor.

Me mantuve al límite del sendero, con cuidado de no molestar a los corredores y a las personas que paseaban a sus perros. Había muchas personas por allí y, a medida que el día avanzase, el parque estaría cada vez más lleno. Ya podía oír gritos infantiles y risas provenientes de la zona de juegos.

Solía ir con frecuencia a Centennial Lake, al menos una vez a la semana durante el último año. Me encantaba estar al aire libre sacando fotos, a pesar de que sabía que probablemente no fuera buena fotógrafa. Mi madre decía que mis tomas eran muy buenas y que tenía talento. Zoe y Heidi también. A James no le interesaba las fotografías, a menos que fueran de chicas guapas en bikini. April, en general, se reía de mis dotes como fotógrafa. Y eso si es que prestaba atención cuando enseñaba mis fotos.

Dudaba que mi madre y Zoe se atrevieran a decirme que era malísima aunque lo pensasen. Sin embargo, no me importaba. No era el motivo por el cual sacaba fotos. Lo hacía por la manera en la que me hacía sentir.

O por lo que no me hacía sentir.

Mi cerebro se vaciaba cuando tenía la cámara en la mano. No pensaba en nada... Ni en lo aterradora que había sido la invasión. No pensaba en lo surrealista de los últimos cuatro años o en lo que había ocurrido aquella noche en la discoteca. Y, por supuesto, no pensaba en el beso que ni siquiera contaba como un beso real. O en todo lo que mi madre me había dicho.

La cámara creaba un muro entre el mundo y mi persona, y era una vía de escape, una muy deseada. Para acortar camino, subí por una colina pequeña con vistas a la zona de juegos y me senté. Las risas y los chillidos me llamaron la atención y preparé la cámara. Capturé la imagen de una niña que corría de los toboganes hasta los columpios mientras sus coletas rebotaban. La de otro niño que por poco se cae al suelo desde el columpio dejando el asiento vacío en movimiento. Le saqué una foto al asiento vacío balanceándose, flotando en el aire.

Inspiré rápido, sintiendo una quemazón repentina en la parte posterior de la garganta.

Bajé poco a poco la cámara y observé a los niños corriendo de un columpio a otro. Todo en ellos era despreocupado y feliz. Inocente. Tenían suerte. Ninguno de ellos recordaba aquel miedo que lo consumía todo. Ninguno recordaba cómo era irse a la cama preguntándose qué clase de mundo encontraríamos al despertar, si habría un mundo. Tenían la libertad que el resto de nosotros había poseído hasta el segundo antes de que nuestras vidas se hubieran destruido.

La invasión había sido tan traumática que me resultaba difícil recordar algo previo a ella. Podía recordar algunas cosas, pero aquellos recuerdos eran borrosos y débiles en comparación con la noche en la que los Luxen llegaron y con los días siguientes. Una vez había buscado en internet si era normal experimentar aquello, y lo era. En cambio, esos niños nunca tendrían que...

«Basta».

Cerré los ojos y me obligué a exhalar profundamente. Cuando sostenía la cámara, no pensaba. Cuando sacaba una fotografía, no sentía.

Hoy no cambiaría ni estropearía eso.

Presioné los labios y sacudí esa sensación: sacudí los hombros, los brazos y todo el cuerpo, hasta mi culo aplastado contra el césped. Era extraño, pero imaginé que todos los miedos y las preocupaciones salían de mí, y funcionó. Abrí los ojos otra vez, y el nudo de emociones indeseables desapareció.

Cuando recobré el control, levanté la cámara de nuevo, y me aparté de la zona de juegos hacia el sendero. Comencé a capturar una imagen del lago, pero algo me llamó la atención. Mi dedo se deslizó sobre el *zoom* antes siquiera de que supiera lo que hacía.

¿Un *mohawk* azul?

¿Qué narices?

Era el chico de la discoteca. No había duda de que era él el que estaba de pie al borde del sendero, con las manos en los bolsillos. Bajo la luz del día, su cabello azul era incluso más llamativo en contraste con su piel pálida. Estaba segura de que en realidad era pelirrojo. Llevaba puesta una camisa negra con un símbolo estampado. Dos largas serpientes.

¿Cómo se llamaba? Kent. Sí, ese era su nombre.

Se giró hacia la colina donde yo estaba sentada. Inhalé abruptamente y me aparté la cámara del rostro. Era imposible que me hubiera visto. Era humano, pero... era como si me hubiera visto.

Pensé en la sensación que había tenido en el aparcamiento del instituto.

Bueno, ahora estaba poniéndome paranoica, porque aquellas dos cosas no estaban en absoluto relacionadas entre sí.

Moví la cabeza de un lado a otro y luego observé el sendero que estaba debajo de la colina. Kent ya no estaba. Frunciendo el ceño, giré el cuello para ver si había avanzado por la curva. No debería ser difícil de ver. Llamaba bastante la atención. ¿Y qué hacía allí? Sí, era un parque público, pero ¿cuáles eran las probabilidades de verlo en el lago, en especial cuando nunca antes lo había visto allí, y justo después de...?

—Qué curioso verte por aquí.

De inmediato, reconocí la voz grave que provenía de detrás de mí. Me dio un vuelco el estómago al mismo tiempo que se me aceleraba el corazón. Girándome, levanté la vista... y estiré el cuello un poco más. Por poco suelto mi pobre cámara.

«Luc».

Se agachó para que estuviéramos cara a cara. De algún modo había olvidado lo deslumbrantes que eran sus ojos de cerca. De un violeta tan intenso que me recordaba al más vibrante de los acónitos.

—¿Sorprendida de verme?

—Sí —dije, mirando su muñeca. Seguía sin llevar un inhibidor. Solo esa muñequera de cuero con la piedra extraña—. Un poco.

Enarcó una ceja oscura.

—Seguro que creías que nunca me verías de nuevo. Seguro que incluso deseabas que así fuera.

Apoyé la cámara en el césped; supuse que era mejor tener las manos libres en ese momento.

—¿Te soy sincera? Después de que mi madre te apuntase con una escopeta, supuse que nunca volvería a verte.

Se rio, pero el sonido hizo que tensara cada músculo de mi cuerpo.

—Sí, en general eso desalentaría a las personas, pero yo no soy como la mayoría.

—Eso es quedarse corto.

Dejó caer las manos entre sus rodillas y asintió despacio.

—Es cierto.

Con la boca seca, miré a mi alrededor, pero no vi a Kent por ninguna parte. De hecho, parecía que no había nadie cerca de nosotros. Luc emitía cierta energía, como una barrera invisible que mantenía a las personas lejos de él.

—No le he contado a nadie lo que vi el sábado.

—Lo sé. —Me recorrió el rostro con la mirada—. Te pongo muy nerviosa, ¿verdad?

El calor me subió a las mejillas. Era verdad. Me ponía nerviosa en todos los aspectos, incluso en algunos que no comprendía del todo, y el hecho de que él fuera consciente de ello me molestaba infinitamente.

Me puse de rodillas y lo miré a los ojos.

—Sí, me pones nerviosa.

—¿Porque piensas que soy un Luxen?

—No tiene nada que ver con lo que seas. —Presioné las palmas sobre mis muslos—. Me pones nerviosa porque la última vez que te vi, abriste la cerradura y entraste en mi casa sin permiso, y, antes de eso, intentaste secuestrarme.

—Veo que todavía no estamos de acuerdo en lo que implica un secuestro.

—Intentaste secuestrarme, Luc.

—Mmm... —susurró él—. Eso significa que me gustas.

Alcé una ceja.

—De acuerdo. Eso está mal en miles de niveles diferentes.

—Quizás. No soy bueno actuando como humano.

—No me digas... —respondí, irónica.

Pareció reflexionar un instante y luego dijo:

—Tengo buenos motivos para pensar que era mejor que te quedases allí.

Subí ambas cejas.

—Y estoy segura de que la mayoría de los asesinos en serie también tienen «buenos motivos» para despedazar a sus víctimas y comérselas.

Luc frunció los labios.

—Eso es un poco extremista.

—Tú eres un poco extremista.

Bajó la mirada, sus pestañas frondosas protegían sus ojos.

—Eres una chica inteligente. Lo sé. Viste a más de un Luxen sin inhibidor. También viste a un Luxen asustado y oculto. Estuviste allí durante la redada. Sé que puedes llegar a tus propias conclusiones. —Me miró—. Obviamente, la información que posees es peligrosa, y requiere que yo sea un poco extremista para proteger lo que hago.

Por mucho que odiara admitirlo incluso para mis adentros, lo entendía. A regañadientes.

—¿Qué haces? —pregunté—. Además de ocultarlos.

Él negó un poco con la cabeza.

—No estás lista para eso. —Un suspiro hizo que su cuerpo temblara—. Y yo tampoco lo estoy.

Aquello no tenía mucho sentido.

—¿Por qué?

—Porque no puedo confiar en ti. No de esa manera.

Me ofendió un poco su respuesta.

—¿Hablamos de confianza? ¿Cuando tú has entrado en mi casa cerrada y has derretido el cañón de una escopeta con las manos?

Una sonrisita de suficiencia apareció en sus labios.

—Sí que lo he hecho.

Lo miré boquiabierta.

—Y también estoy bastante segura de que la última vez que entraste ilegalmente en mi casa, intenté golpearte la cabeza con un candelabro, así que pensé que ya habías llegado a la conclusión de que no quería verte.

Luc se rio.

La furia cubrió la confusión y el miedo, y sofocó mis nervios.

—¿Te parezco graciosa? —pregunté.

—Pues... —Su mirada contempló el cielo como si de verdad estuviera pensando en la respuesta. El sol resplandecía en sus pómulos pronunciados y creaba unos huecos sombríos debajo de ellos, y mis dedos anhelaban capturar el momento con mi cámara—. Sí, de hecho, creo que eres graciosa.

—Bueno, yo no opino lo mismo de ti —repliqué—. No eres gracioso en absoluto.

Alzó una ceja de nuevo y, cuando habló, había un tono juguetón en su voz.

—Si creyera que cada persona que haya querido golpearme en la cabeza no quisiera ser mi amiga, entonces no tendría ningún amigo.

Apreté la mandíbula.

—Guau. Sí que debes de estar orgulloso de ello.

—Me gusta pensar que sí. —La curvatura de su sonrisa decía que sabía cuánto me estaba molestando—. ¿Sacas fotos?

Por poco respondo a su pregunta. El «sí» me ardía en la punta de la lengua, pero lo eliminé por completo.

—¿Por qué estás aquí? —pregunté.

—Estaba paseando y te he visto.

—Ah, ¿igual que estabas paseando frente a mi casa el domingo y por casualidad tenías mi carné de identidad encima? El cual, por cierto, podrías haberme devuelto el sábado.

—Sí. —Se mordió el labio inferior, y me pareció ridículo cuánto llamó mi atención aquel gesto, así que me obligué a levantar la vista—. ¿Te metiste en muchos problemas por mi culpa?

—En muchos —dije con los dientes apretados.

—La verdad es que no me sorprende. —Centró su atención en el lago—. Sylvia es... una mujer dura.

Seguía pareciéndome muy extraño que conociera a mis padres. Parte de mí sabía que debía ponerme de pie y alejarme a toda prisa de él, pero no. Aún estaba sobre mis rodillas. Por alguna razón, mientras lo miraba, pensé en aquel chico que estaba herido.

—¿Cómo está Chas?

Flexionó un músculo de la mandíbula.

—Mejor. Se ha despertado esta mañana.

—Eso es bueno, ¿verdad? —Cuando él asintió, me mordí el labio inferior—. ¿Te ha contado lo que le sucedió?

—Lo asaltaron. No vio quién lo hizo.

—Debe ser difícil asaltar a un Luxen —comenté, alzando las cejas.

—Lo es. Es muy difícil —concordó Luc—. Lo cual es muy preocupante.

Aparté la vista, pensando en Colleen.

—¿Sabes que una de mis compañeras ha desaparecido? La vi el viernes por la noche en la discoteca y han encontrado su bolso y sus zapatos en ese callejón.

—Eso he oído.

Mi mirada regresó a la de él.

—¿Crees que lo que le ocurrió a Chas está relacionado con Colleen?

—No tiene por qué estarlo.

Yo no estaba tan segura de eso.

—¿Te has puesto en contacto con la policía por lo que le sucedió a Chas?

—No. —Se rio como si hubiera sugerido una ridiculez inmensa—. Nunca lo haría.

Lo miré entrecerrando los ojos.

—Entiendo que tú...

—No entiendes nada, Evie.

Me senté sobre mis piernas y levanté las manos a modo de rendición.

—Como tú digas, colega.

—A la policía no le importará un Luxen no registrado al que por poco matan a golpes. —Sus ojos púrpura ardían, inquietos—. En todo caso, culparían de inmediato a Chas por la desaparición de la chica.

—¿Y estás seguro de que él no tiene ningún tipo de relación con su desaparición? —pregunté.

Dibujó una sonrisa mientras reía en voz baja.

—Ah, como es un Luxen es automáticamente responsable de la desaparición de una chica humana...

—No estoy diciendo eso —respondí—. Quizás él vio algo y por ese motivo lo asaltaron.

—No vio nada.

Inhalé brevemente.

—Bueno, me alegro de que esté bien.

Luc se quedó callado mientras me observaba.

—Yo también.

En ese instante aparté la vista, inhalando, y después lo miré de nuevo.

—¿Sabes? Mi madre me lo ha contado.

La sorpresa le recorrió el rostro mientras su mirada se posaba en la mía.

—¿De verdad?

Asentí.

—Me ha contado que... —Miré a mi alrededor, pero no había nadie que pudiera oírnos—. Me ha contado que vosotros estabais aquí mucho antes de la invasión.

Suavizó su expresión.

—Ah, ¿en serio?

—También me ha contado cosas sobre mi padre.

Luc cambió radicalmente en aquel instante. Sus facciones se endurecieron y tensó los hombros. Su mirada gélida se posó en la mía.

—¿Ah, sí?

—Me ha dicho que él fue el responsable de que tú perdieras a alguien... ¿cercano?

Sus pupilas parecieron dilatarse y, vaya, su expresión se volvió... diferente.

—Pues sí.

Me sentía un poco fuera de mi elemento, así que erguí el torso y mi boca comenzó a moverse por sí sola.

—No sabía que mi padre era así. Parece que no lo conocía en absoluto. Está claro. A ver, él no estaba mucho en casa y ahora creo que quizás mi madre y mi padre no se llevaban bien... —¿Qué estaba diciendo? Negué con la cabeza y traté de recomponerme—. Nada de eso importa, pero lo que intento decir es... que lo siento.

Abrió los ojos un poco mientras me miraba.

—¿Estás pidiendo perdón en su nombre?

—¿Eso creo? Ni siquiera sé por qué, lo cual, en general, significa que es una disculpa de mierda, pero, principalmente, es porque no sé con exactitud qué hizo; solo sé que mi madre no mentiría sobre algo semejante...

La risa de Luc fue áspera. Comencé a fruncir la boca.

—¿Te ríes mientras intento disculparme por lo que hizo mi padre?

—Sí, eso hago. —Se enderezó y se incorporó—. No tienes que disculparte por ninguna cosa que haya hecho ese hombre.

—Ah. —Permanecí quieta un instante y luego me puse de pie para que él no pareciera un gigante elevándose sobre mí—. Eso aún no...

—No estoy aquí para hablar de Jason Dasher —interrumpió. Di un paso ínfimo hacia atrás.

—Entonces, ¿por qué estás aquí?

Inclinó la cabeza a un lado y una sonrisa apareció lentamente en sus labios.

—No lo sé —dijo, haciendo una pausa—. Quizás estaba buscándote.

Tensé las manos sobre la cámara mientras se me revolvía el estómago. Qué bien. Qué mal. Ambas cosas.

—Creo que eso es bastante obvio.

Se rio mientras se inclinaba hacia delante unos centímetros.

—Y yo que creí que era bastante discreto.

—No especialmente. —Bajé la vista a la cámara—. Bueno, ¿por qué me estabas buscando?

—¿Por qué no estás huyendo?

Lo miré a los ojos. Era una buena pregunta, pero le resté importancia.

—¿Así es como serán todas nuestras conversaciones? ¿Tú respondiendo a una pregunta con otra pregunta?

—Te das cuenta de que acabas de hacer exactamente eso, ¿verdad?

La irritación me cosquilleó la piel como una especie de diversión macabra.

—Creo que es extraño preguntarle a alguien por qué no huye de ti.

—Puede, pero... —Inclinó la cabeza hacia la izquierda y entrecerró los ojos. Seguí su mirada, sin estar segura de lo que veía, pero esperaba encontrar algo. No vi nada. Suspiró con intensidad—. Por desgracia, tengo que irme.

—Eh, vale.

La mirada de Luc regresó a la mía.

—¿Sabes lo fácil que ha sido encontrarte? La respuesta es muy sencilla. En una ciudad que tiene... ¿cuántos humanos? ¿Algo más de cien mil? No me ha llevado nada de tiempo encontrarte.

Me repiqueteó el corazón contra el pecho.

—¿Por qué debería preocuparme el hecho de que haya sido muy fácil encontrarme?

—¿Nunca lo has pensado antes?

—No es algo sobre lo que haya querido pensar —respondí con sinceridad, porque, en realidad, ¿quién pensaba en ello, a menos que estuviera intentando ocultarse? ¿O que tuviera algo que esconder?

Sostuvo mi mirada.

—Pues igual deberías comenzar a hacerlo.

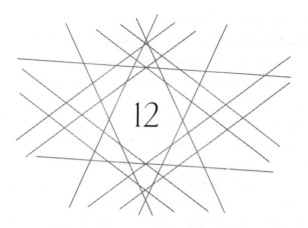

12

Cuando llegué, encontré mi casa sumida en un silencio inusual, así que, tal como lo haría cualquier persona normal, encendí todas las luces, y me refiero a todas, incluso la del pasillo del baño. Y encendí la televisión de mi cuarto.

Aun así, sentía que la casa estaba demasiado oscura.

Descargué las fotos que había sacado en el parque y empecé a revisarlas, pero en realidad no miré ninguna con atención. Mi mente estaba en otra parte cuando me senté en la cama.

A decir verdad, mi cabeza aún continuaba en el parque.

¿Qué se supone que pasaba con Luc? Después de haber hecho aquella afirmación espeluznante que parecía una advertencia, se marchó tan tranquilo, como si nada hubiera sucedido. Y me gustaba pensar que cualquiera en mi lugar se hubiera aterrorizado. ¿Por qué importaba que fuera fácil encontrarme?

Temblando, me froté los brazos con las manos. En primer lugar, no entendía por qué Luc sentía la necesidad de encontrarme. Había sido la conversación más extraña de mi vida.

De toda mi vida.

Y eso que había tenido bastantes charlas extrañas con Zoe y Heidi, la clase de conversaciones que no querrías repetir y que esperabas que nadie hubiera oído.

Me sonó el teléfono al lado del portátil. Extendí el brazo, lo alcancé y vi que tenía un mensaje de Heidi. El entusiasmo se apoderó de mí cuando vi una foto de ella con Emery, mejilla contra mejilla.

Emery estaba sonriendo, y, guau, la verdad es que era una chica deslumbrante. Su tono de piel era intenso y térreo, en contraste con la piel más pálida de Heidi. Por supuesto, Heidi estaba frunciendo los labios, como si le estuviera lanzando un beso a la cámara. Parecía que estaban en un restaurante.

Le respondí rápido:

«Estáis adorables, chicas».

Luego añadí una docena de signos de exclamación, lo cual hizo que recibiera un emoji de corazón que estallaba en corazoncitos pequeños. Envié otro mensaje diciéndole a Heidi que me llamara cuando llegara a casa para contármelo todo sobre la cita.

Lancé el teléfono de nuevo sobre la cama. Todavía estaba demasiado nerviosa para revisar todas las fotos que había sacado. Salí de la cama y los calcetines que llevaba puestos susurraron sobre el suelo de madera. Decidí comer algo, porque introducir patatas fritas en mi boca de forma compulsiva era la única manera que conocía de pasar el rato cuando estaba nerviosa.

Fruncí el ceño cuando me detuve junto al asiento de la ventana. Me acerqué y levanté el cojín gris para ver si había una pistola o una espada escondida debajo.

No había nada.

Menos mal.

En parte, esperaba ver un arma o un cuchillo entre la pila de toallas del armario aquella mañana cuando fui a por una limpia. Sinceramente, no sabía qué pensar respecto a que mi madre tuviera armas escondidas. Parte de mí lo entendía, incluso sin tener en cuenta todo lo que me contó el sábado. Había habido verdadera tensión durante las semanas y los meses posteriores a la invasión; había sido aterrador. Cualquier ruido sonaba como una explosión, y durante mucho tiempo parecía que esperábamos que llegara el fin. Así que supuse que tener armas cerca no era una idea tan mala.

Mientras colocaba tres puñados de patatas en un cuenco, miré el reloj de la cocina. Eran cerca de las ocho y mi madre aún no había llegado. Parecía que cada semana trabajaba hasta más tarde.

La echaba de menos.

Desearía poder echar de menos también a mi padre.

Todo mi cuerpo se encogió de culpa.

Dado que no podía ir a un terapeuta para resolver todos aquellos sentimientos encontrados, añadí otro puñado de patatas en el cuenco y volví arriba. Masticando una de aquellas delicias crujientes y saladas, comencé de nuevo a mirar las fotos que había sacado.

Estuve a punto de pasarlo por alto, puesto que mi cabeza no estaba al cien por cien en el presente, pero algo me llamó la atención mientras pasaba las imágenes del columpio. Justo después de que hubiera sacado la foto del columpio, alejé el *zoom* y saqué otra captura sin querer. Había dos personas de pie detrás de los columpios. Entrecerré los ojos mientras le daba al *zoom*. Se me cayó una patata cuando me quedé boquiabierta.

Era... Incliné el cuerpo hacia delante, forzando la vista. Había sacado una fotografía de April. Madre mía, ni siquiera había notado que estaba allí. De todos modos, tenía sentido que estuviera en la zona de juegos. Sabía que tenía una hermana más pequeña, así que, probablemente, una de aquellas niñas era ella.

Pero había algo extraño en la imagen.

Había un efecto de doble exposición en donde April estaba de pie. Por ese motivo prácticamente no la reconocí, pero no era una doble exposición normal. Había un efecto similar a una sombra rodeando la parte superior de su cuerpo, como si alguien estuviera directamente detrás de ella.

Era muy extraño, pero debía ser eso, porque el resto de la fotografía estaba bien. Debía de haber alguien detrás de ella. ¿April lo sabría?

Moviendo la cabeza de un lado a otro, alejé el *zoom* y comencé a pasar las imágenes sin prestar atención, pero me rendí y acabé cayendo en un agujero negro de vídeos de personas cocinando pastelitos. Perdí casi una hora con los vídeos, porque pasé de los pastelitos a las tartas, y luego lo único que quería en la vida era una tableta de chocolate gigante.

Después de entrar en mi cuenta de Facebook, cliqué el botón de «Más recientes» y comencé a ver las actualizaciones. Tenía deberes que hacer, pero no me moví del portátil. Deslicé el dedo por el ratón táctil mientras deslizaba hacia abajo sin pensar y me detuve al ver una actualización de mi ex, Brandon. Había publicado la imagen de una chica, y me llevó un momento reconocer a la rubia.

Incliné el cuerpo hacia delante y forcé la vista para ver el selfi sonriente. La conocía. Iba a mi clase de Química. La había visto ese mismo día. Se llamaba Amanda, Amanda Kelly. Leí rápido el epígrafe de la foto y se me detuvo el corazón.

—No —susurré, reclinando la espalda hacia atrás.

Sus abuelos habían denunciado la desaparición de Amanda aquella misma tarde. La publicación decía que no había vuelto a casa después del instituto.

Las clases habían terminado hacía apenas unas horas, así que quizás no había desaparecido, pero debía de haber un motivo para que sus abuelos estuvieran preocupados. Leí la publicación de nuevo, y no parecía que hubieran informado a la policía. El número de contacto pertenecía a sus abuelos.

Mierda.

Miré la fotografía, atónita. Colleen estaba desaparecida. ¿Y si Amanda también lo estaba? ¿Ambas asistían a nuestro instituto y habían desaparecido el mismo fin de semana? Aquello era demasiada coincidencia.

¿O quizá sus abuelos estaban exagerando? Era posible, porque no era un caso como el de Colleen, que estaba desaparecida desde el viernes por la noche. Amanda...

Oí un golpe en la planta de abajo, lo que hizo que el corazón se me saliera del pecho. Levanté la cabeza.

¿Qué narices...?

Agarré el mando de la cama y silencié la tele; y durante un momento que se me antojó eterno, no hice ningún movimiento mientras intentaba oír cualquier otro ruido. No oí nada, pero eso no evitó que una oleada de escalofríos me recorriera la piel. Permanecí paralizada un instante, y luego tomé el teléfono. Sabía que no era mi madre porque no había escuchado la puerta del garaje debajo de mi cuarto abriéndose. Bajé las piernas de la cama y después salí al pasillo para espiar el vestíbulo desde la planta de arriba. Contuve el aliento y, al no escuchar nada, me di cuenta de que tenía dos opciones.

Volver a mi habitación, sentarme frente a mi portátil y buscar un exorcista local, porque, obviamente, los sonidos aleatorios y sin explicación implicaban que había un demonio en mi casa. O bajar e investigar el ruido extraño para decidir si era o no un demonio. Pero ¿y si era alguien que había entrado sin permiso?

¿Con todas las luces de la casa encendidas?

Parecía poco probable.

Me acerqué despacio hacia la escalera y bajé. Me detuve a medio camino cuando recordé algo muy importante que había descubierto hacía poco.

Los Luxen podían abrir cerraduras.

Mierda.

¿Y si era un Luxen que había entrado para llevarse la bolsa de patatas que había dejado sobre la encimera? Un escalofrío me recorrió los brazos y miré hacia abajo. Aún sujetaba el mando. ¿Para qué necesitaba un mando? Comencé a doblar una esquina, pero me detuve. ¿Qué iba a hacer? ¿Llamar a la policía porque había oído un ruido?

Estaba comportándome como una completa idiota.

Respiré hondo, bajé el resto de los escalones y me detuve al pie de la escalera. La puerta principal estaba cerrada, pero... las puertas francesas que llevaban a la oficina de mi madre estaban entreabiertas.

Me quedé paralizada.

Aquellas puertas siempre estaban cerradas. Siempre. ¿Mi madre se habría olvidado de cerrarlas con llave? No era algo imposible, pero era extraño.

Me incliné hacia delante y miré el resto de la planta de abajo. Todo parecía normal. Entré en el salón después de atravesar el comedor que nunca usábamos. La cocina parecía intacta y vi que el paquete de patatas todavía estaba donde lo había dejado. Me detuve junto a la silla tapizada gris de la sala de estar y me acerqué más a la cocina. No había nada...

Proferí un grito ahogado.

La puerta trasera estaba abierta de par en par y el aire nocturno silbaba sobre el suelo de azulejos.

Yo no había dejado la puerta abierta.

Ni de broma.

Los escalofríos regresaron a modo de venganza mientras retrocedía y apretaba el móvil y el mando con las manos. Dudaba de que un demonio hubiera abierto la puerta. Dios mío, debería haber llamado a la policía. Debería haber llamado...

El vello de la nuca se me erizó. Algo me tocó la mejilla. Algo suave. Rápido. Cálido. El aire se me quedó atascado en la garganta mientras el miedo glacial invadía cada músculo de mi cuerpo. El instinto explotó mientras me zumbaban los oídos. Con el corazón en la garganta, me giré despacio mientras el pánico se apoderaba de mí.

No había nada.

Me llevé la mano hacia la mejilla. Dios santo, si alguien estaba de pie detrás de mí, me daría un ataque al corazón, allí mismo, en ese instante. Muerta antes de cumplir los dieciocho años, eso era una auténtica mierda.

Los Luxen podían abrir puertas cerradas con llave y también eran rápidos... Lo bastante rápidos para que uno pudiera pasar junto a mí y tocarme sin ser visto. Era posible, pero ¿por qué? ¿Por qué habría uno en esta casa? Tenía grandes dudas de que fuera Luc. No lo conocía bien, pero tenía la gran sospecha de que él habría revelado su presencia.

Todo para molestarme.

Con las manos temblorosas, continué retrocediendo. Pasé junto a la mesa del comedor y la rodeé.

Las puertas del despacho de mi madre estaban cerradas.

Me quedé sin aliento. Se hizo el silencio mientras miraba las puertas francesas cerradas. Levanté el teléfono y luego me asusté cuando alguien golpeó la puerta principal. Por un instante, no hice ningún movimiento. No podía. El pulso me latía descontrolado, me rugía la sangre. Golpearon de nuevo la puerta. Miré por encima del hombro. Quien fuera que estuviera aquí dentro no llamaría a la puerta, ¿verdad?

Fue como avanzar a cámara lenta. Un paso delante de otro hasta que llegué a la puerta y miré por la mirilla.

Zoe.

El alivio casi hace que mis piernas colapsasen. Moví el pestillo y abrí la puerta.

—¡Zoe!

Ella debía de haber notado algo en mi expresión, porque la preocupación le invadió el rostro.

—¿Estás bien?

—Sí. No. —Retrocedí mirando por encima de mi hombro hacia el despacho de mi madre—. Creo que alguien ha entrado aquí.

—¿Qué? —Zoe cruzó la puerta—. ¿Por qué piensas eso? ¿Has llamado a la policía?

—No. Acaba de pasar ahora mismo. —Tragué con dificultad y levanté el teléfono—. Estaba arriba y he oído que algo se caía aquí abajo. No lo sé. Ha sido un ruido fuerte, así que he bajado las escaleras. No he visto nada al principio, pero luego he notado que la puerta trasera estaba abierta y... —Me giré y entrecerré los ojos. La puerta trasera estaba cerrada—. Espera. Estaba abierta hace un momento.

Zoe pasó a mi lado y siguió mi mirada.

—¿La has cerrado tú?

Apreté más fuerte el teléfono y negué con la cabeza.

—No. Ni siquiera me he acercado a ella.

Comenzó a caminar hacia la puerta y yo la seguí a paso rápido, prácticamente pisándole los talones. Llegó a la puerta. Comencé a decirle que se detuviera, pero cuando giró el pomo, la puerta no cedió.

—Está cerrada con llave.

—¿Cómo? —Sin creer lo que decía, pasé junto a ella e intenté abrirla yo misma. Tenía razón. La puerta estaba echada con llave—. Es imposible.

Zoe me miró.

—Bueno, no es imposible. Los Luxen pueden abrir puertas. Eso significa que es probable que puedan cerrarlas, ¿no?

—Tienes razón. —Su mirada buscó la mía—. Pero ¿por qué lo harían?

—No lo sé. —Me giré—. Esas puertas estaban abiertas. Te lo juro.

Zoe no dijo nada durante un largo instante y luego avanzó de nuevo hacia la zona delantera de la casa.

—Vayamos a ver.

No tuve la oportunidad de protestar y decir que probablemente era una decisión poco inteligente, porque Zoe ya estaba subiendo los escalones. No quería quedarme atrás, así que la alcancé rápido. Miramos cada habitación y, en menos de cinco minutos, volvimos al salón en la planta de abajo.

—No me crees —dije. Me colocó una mano sobre el brazo.

—Estás temblando. Sé que ha sucedido algo, pero, Evie...

—Pero parece que no ha ocurrido nada. —Moví la cabeza de un lado a otro, despacio, sintiendo que me había vuelto un poco loca—. He oído algo. He percibido a alguien. Alguien ha pasado a mi lado. Me ha tocado la mejilla...

—¿Te ha tocado? —Zoe alzó las cejas.

Asintiendo, me llevé los dedos hacia el pómulo.

—Me ha parecido sentirlo así. —Caminé hasta el sofá y me senté en el borde—. No lo entiendo.

Zoe me siguió.

—¿Qué estabas haciendo arriba?

—Ver vídeos de pastelitos —dije, y Zoe frunció los labios—, luego me he metido en Facebook y he visto que los abuelos de Amanda han denunciado su desaparición... —Un estremecimiento me recorrió el cuerpo—. Quizás al leer eso he dejado que mi imaginación se hiciese con el control.

Zoe se sentó a mi lado y miró la ventana principal.

—Es posible. Bueno, la mente puede hacer locuras, ¿no? En especial después de todo lo que hemos vivido con la invasión. Puede engañarte. ¿Estás bien?

—Sí. Solo estoy asustada. —Deslicé la palma sobre mi rodilla mientras se me ocurría algo. Me giré hacia Zoe—. ¿Y tú qué estás haciendo aquí?

Se rio ante mi pregunta.

—Tenía antojo de Walkers y he ido a comerme una hamburguesa. Te he enviado un mensaje.

—¿Ah, sí? —Miré mi móvil—. No hay ningún mensaje tuyo.

—Supongo que no te habrá llegado. Qué raro. —Frunció el ceño—. Sea como sea, pensé en pasarme por aquí y ver si Heidi ya se había puesto en contacto contigo.

Zoe rara vez se pasaba por mi casa. Ahora que lo pensaba, nunca había venido mientras mi madre estaba en casa. Me aparté un mechón suelto de la cara y miré la puerta cerrada con llave.

—Me ha mandado una foto de ella y de Emery hace un rato. Creo que estaban en un restaurante. —Exhalé de forma abrupta—. ¿Sabías lo de Amanda?

—Vi un cartel cuando pasé por Walkers. Hoy ha ido al instituto y solo han pasado unas pocas horas, pero...

Dirigí la mirada de nuevo hacia su rostro.

—Pero ¿qué?

—Pero supongo que debe de haber ocurrido algo más para que sus abuelos crean que ha desaparecido en un período de tiempo tan corto —dijo, levantando un hombro.

—Pienso lo mismo. —Me incliné hacia delante y coloqué el móvil sobre el sofá. Tenía la cabeza en mil sitios diferentes mientras me recostaba. El encuentro y la conversación con Luc competían con la posible desaparición de Amanda. Y lo que fuera que hubiera ocurrido esa noche aún ocupaba mi mente por completo.

Me moría por comerme una tableta de chocolate inmensa en ese instante.

—¿Seguro que estás bien? —preguntó de nuevo Zoe.

Asentí, a pesar de que era difícil de creer que mi mente me hubiera engañado y me hubiera hecho escuchar aquel ruido, ver dos puertas abiertas y sentir... Sentir aquel tacto. Siempre dejaba bolsas de patatas abiertas. Pero puertas no. No era estúpida.

Si alguien había entrado aquí, había entrado también en el despacho de mi madre.

Aquello generaba dos preguntas:

Quién y por qué.

Reprimiendo un bostezo, saqué el libro de Lengua de la taquilla y lo coloqué dentro de la mochila.

—Parece que acabas de salir de la cama hace cinco segundos —comentó James.

Fijé la vista en su rostro. Tenía puesta su gorra de béisbol con la visera hacia atrás. Apostaba que no pasarían más de cinco minutos antes de que alguien le gritara que se la quitara.

—No me quedé dormida hasta tarde.

Era la pura verdad. No había podido conciliar el sueño con facilidad anoche, ya que esperaba que una puerta se abriera y se cerrara sin motivo aparente durante toda la noche. Cuando por fin me dormí, me pareció que el despertador había sonado unos minutos después.

No le había contado a mi madre lo ocurrido anoche.

Cuando llegó a casa, Zoe ya se había ido y yo empezaba a dudar de todo, y parecía una tontería intentar explicar lo que creía que había sucedido.

—Ya lo veo. —Miró por encima de mi cabeza mientras se guardaba el teléfono dentro del bolsillo—. Por ahí viene April.

Gruñí en voz baja y me aparté un mechón suelto de la cara.

—Y parece sorprendentemente... más jubilosa esta mañana.

—¿Más jubilosa? —Tosí mientras emitía una risa irónica y me giraba para buscar la barrita de cereales que sabía que tenía en la taquilla—. ¿Acaso es tu palabra del día o algo así?

—No. —James hizo una pausa—. Es *recórcholis*.

Arrugando la frente, dejé de levantar libros y lo miré.

—Es imposible que esa sea una palabra real.

—Lo es. Búscala. Quizás aprendas algo.

Me arrodillé con los ojos en blanco.

—Hola. —April se detuvo detrás de mí e hizo una pausa—. ¿No tenías puesta esa chaqueta ayer, Evie?

Cerré los ojos y conté hasta diez antes de responder.

—Sí, así es, y la mayoría de las personas no se darían cuenta de algo semejante.

—No soy como la mayoría —respondió ella y James tenía razón. Sonaba mucho más «jubilosa» esta mañana.

—Tengo que irme. —James era un idiota—. Os veo después.

April ocupó el lugar de James.

—Creo que no le caigo bien.

—No sé por qué piensas eso. —Acomodé una carpeta en la parte inferior de la taquilla y allí estaba. Una pequeña y solitaria barrita de cereales con pepitas de chocolate. La agarré. Era mía, toda mía.

—¿Quién sabe? Da igual. —Esperó mientras me levantaba—. ¿Vas a ir a la fiesta de Coop este fin de semana?

Cerré la puerta de la taquilla y la miré. No tenía ni una sola arruga en su blusa blanca. Con sus vaqueros ajustados y oscuros y el pelo recogido en una coleta tirante, parecía una asistente personal muy cara.

—No estoy segura. ¿Y tú?

—Claro que sí. —Sus ojos azules resplandecieron como si se hubiera bebido un montón de tazas de café—. Sin duda deberías ir.

—Bueno, ya veremos. —Me coloqué la mochila sobre el hombro mientras me apartaba de la taquilla. Vi el pelo rojo ardiente de Heidi, y, en cuanto ella vio que April estaba conmigo, hizo una mueca de dolor, se dio media vuelta y caminó en la dirección opuesta.

Traidores.

Todos mis amigos eran una panda de traidores.

—¿Sabes quién va a ir a la fiesta de Coop este fin de semana? —parloteó April mientras caminábamos—. Brandon.

La miré un minuto. ¿Por qué iba a importarme que mi ex fuera a una fiesta?

—¿Y?

—Y he oído que no va a ir solo. —Levantó la mano y se retorció la punta de la coleta mientras nos acercábamos a los baños de la planta principal—. Creo que está saliendo con alguien.

—Bajo el riesgo de sonar repetitiva... ¿Y?

Sonrió a medias.

—¿No te has enterado? Lori y él han hecho muy buenas migas y...

Un grito la interrumpió: un grito profundo de terror que me erizó el vello de todo el cuerpo. Había un grupo pequeño de alumnos cerca de los baños, como siempre.

Gritaron de nuevo, más fuerte y más cerca, y entonces la puerta del baño de chicas se abrió. Una chica salió corriendo, su rostro era del color de la nieve.

April se apartó la mano de la coleta.

—¿Qué pasa?

—¡Los ojos! —gritó la chica mientras corría hacia el grupo que esperaba junto al baño—. ¡Está muerta y no tiene ojos!

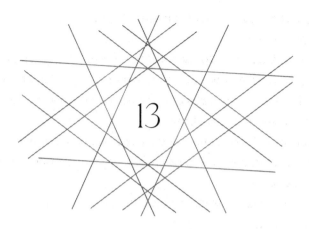

13

Mientras me sentaba en una de las mesas de piedra fuera de la cafetería, entrecerré los ojos a causa del brillante sol matutino que nos calentaba con sus rayos.

—No me puedo creer lo que acaba de ocurrir.

Heidi estaba sentada en un banco junto a mis pies, sus gafas de sol ocultaban gran parte de su rostro.

—He oído los gritos. Al principio creía que era una broma... hasta que he escuchado lo que estaba gritando.

Incliné el mentón hacia abajo mientras deslizaba la mano sobre el cuello, me recogía el pelo y lo soltaba a un lado. Mientras viviera, nunca olvidaría los gritos de esa chica.

Nos habían evacuado a todos en cuanto una profesora entró al baño. A algunos los habían enviado al aparcamiento trasero y el resto estábamos aquí, dando vueltas o en grupos reducidos. La policía llegó minutos después de que nos enviaran fuera, y desde entonces solo había visto a algunos profesores. Todos parecían bastante callados, hablaban en susurros o se consolaban mutuamente. De vez en cuando sonaba un teléfono. El distrito escolar había enviado un mensaje alertando de que había un problema en el instituto. Sabía que mi madre no recibiría la llamada o mi mensaje porque no llevaba el móvil a los laboratorios, pero, de todos modos, le informé de que estaba bien.

Los padres de alguien no recibirían aquel mensaje hoy.

Heidi se giró cuando Zoe apareció en una esquina. Se sentó junto a ella. Se había ido unos minutos antes para ver si podía obtener algo de información.

—Creo que van a cancelar las clases durante el resto del día. —Zoe colocó la mochila sobre la mesa—. Me he asomado a la entrada principal y todo el pasillo está acordonado con cinta policial.

—Ahora es básicamente la escena de un crimen. —Me estremecí a pesar de la calidez del sol—. Es probable que no nos permitan entrar en un tiempo.

El móvil de Heidi sonó. Lo sacó del bolso mientras preguntaba:

—¿Sabéis quién ha podido ser?

Zoe movió la cabeza de un lado a otro mientras pasaba una pierna por encima del banco.

—Nunca más podré ir a ese baño de nuevo.

—Yo tampoco —susurré, abriendo la mochila. Saqué la cámara y quité la lente. Era consciente de que Heidi y Zoe me observaban, pero no dijeron nada cuando yo empecé a sacar fotografías de todas las personas que estaban de pie, centrando mi atención en cómo proyectaban sus sombras en el cemento. Me gustaba el contraste.

Quizás era raro que estuviera sacando fotos, pero Heidi y Zoe no dijeron ni una palabra. No era la primera vez que me veían sacando la cámara en un momento de lo más inoportuno.

Sacar fotos era algo más que despejar mi mente. A veces, la cámara era... como un escudo entre mi persona y lo que sucedía. Me ayudaba a distanciarme para... no sentir demasiado.

Tal vez debería estudiar Periodismo cuando me graduara en vez de Enfermería.

Mientras bajaba la cámara, vi a James corriendo por una esquina, cruzando el área común. Se detuvo junto a un grupo de personas, le dio una palmadita en la espalda a otro chico y luego se acercó a nosotras.

—¿Sabes algo? —pregunté, apartando la cámara.

—Sí. —James dejó la mochila en el suelo—. Era Colleen.

—¿Qué? —dije con un grito ahogado.

Se sentó a mi lado en la mesa.

—Estaba hablando con unos chicos. Uno de los profesores estaba cerca, hablando con Jenny, la chica que la ha encontrado en el baño. Por lo que sé, parece que Colleen lleva..., ya sabéis, en el otro barrio desde hace unos días. No sé cómo Jenny la ha visto, pero eso he oído.

—Joder. —Heidi posó el móvil en su regazo—. Madre mía, eso...

—¿No tiene mucho sentido? —concluyó Zoe, con expresión triste—. Creía que la última vez que la habían visto había sido en Presagio, el viernes por la noche.

—Así es. —Miré a Heidi. Ella miraba hacia el frente con el rostro pálido—. Encontraron su bolso y sus zapatos en el callejón. Es imposible que haya estado en ese baño desde el viernes.

—Entré en ese mismo baño ayer —señaló Zoe—. Alguien la habría visto. Al menos, eso espero.

—Estaba en el último compartimento con la puerta cerrada —explicó James, frotándose la nuca—. Parece ser que Jenny entró y vio que la puerta estaba entreabierta. Pensó que no había nadie dentro, así que la abrió y allí... estaba Colleen. Dijo que estaba desplomada junto al retrete.

—Dios. —Heidi se estremeció—. Es horrible.

Me dio un vuelco el estómago mientras me cruzaba de brazos. Una parte de mí esperaba que ella hubiera huido para ver a su novio, como Zoe había sugerido. Pero, en el fondo, creo que ya sabía que aquel no había sido el caso, no cuando sus zapatos y su bolso habían aparecido en un callejón, pero no pensaba que esto fuera lo que había sucedido.

Zoe se dejó caer sobre la mesa. Sus rizos definidos cayeron hacia delante mientras inclinaba la cabeza.

—Iba conmigo a clase de Comunicación. La vi el viernes.

—Y habéis visto las publicaciones respecto a Amanda, ¿verdad? —Heidi colocó un brazo sobre su estómago—. Esta mañana he visto que aún no había vuelto a casa.

Zoe asintió despacio.

—Lo sé.

El silencio apareció entre nosotros porque, sinceramente, ¿qué podíamos decir? Todos habíamos sufrido alguna clase de pérdida, ya fuera antes de la invasión o después. Los padres de Zoe habían muerto. El tío de Heidi había estado en el Ejército y había muerto luchando. James había perdido a una tía y a un primo. Todos sabíamos lo que era el dolor. Lo habíamos experimentado y teníamos el bagaje emocional para probarlo. Y todos sabíamos cómo dolía una muerte repentina. Era como aquel salto alarmante que experimentabas cuando notabas que alguien a quien habías visto un instante antes ya no estaba allí. Y también sabíamos cuál era la sensación y el sabor del miedo. Sin embargo, a pesar de toda nuestra experiencia, ninguno sabía qué decir.

—Sé algo más —dijo James en voz baja. Hasta tenía miedo de preguntar.

—¿El qué?

—Habéis oído a Jenny gritando algo sobre los ojos de Colleen, ¿verdad? —Levantó una mano y se giró la visera hacia la frente—. Estaban... He oído que estaban completamente quemados.

Zoe enderezó la espalda.

—¿Quemados?

James asintió mientras apoyaba su cuerpo sobre mí.

—Solo quedaban las cuencas vacías.

—Dios mío —gimió Heidi mientras se me revolvía el estómago aún más.

—Eso no es todo —añadió él, mirándonos a todas—. Tenía quemaduras, como si su piel estuviera chamuscada. Al menos así lo ha descrito Jenny. Como si la hubieran electrocutado.

Zoe separó los labios mientras los dedos gélidos del pavor me recorrían la columna. Ay, no. Mi mirada conectó con la suya, y supe que pensaba lo mismo que yo. Había dos maneras de que una persona fuese electrocutada. Una era tocando un cable pelado. La otra era mucho más terrorífica que un accidente causado por un secador enchufado que se hubiese caído en la bañera. Había algo allí fuera que podía matar, y, cuando lo hacía, el cadáver solía parecer electrocutado..., si es que quedaba algún resto de la víctima.

Un Luxen.

Los autobuses detuvieron su marcha en la entrada, y así el instituto quedó oficialmente suspendido todo el día. Nos dirigimos a nuestros coches, el entusiasmo habitual que generaría un día libre inesperado no apareció.

—¿Os vais a casa, chicos? —preguntó Heidi, buscando sus llaves.

—Yo sí. —Zoe se detuvo frente a la camioneta vieja que conducía—. Creo que me echaré a dormir y fingiré que el día de hoy no ha sucedido.

Heidi esbozó una sonrisa.

—Le he contado a Emery lo ocurrido y ella quiere que nos reunamos y comamos algo, así que venid si queréis.

—Paso. —Zoe abrió la puerta del conductor—. Mejor otro día.

Heidi asintió mientras me miraba.

—¿Y tú?

Lo último que quería era estar sola, la verdad.

—¿Seguro que no hay problema si voy? —Me despedí con la mano de Zoe mientras rodeábamos su camioneta.

—¡Claro que no! —Heidi me dio un golpecito con el brazo—. Eres la mejor sujetavelas de todas, ¿recuerdas?

Reí mientras sacaba mis llaves.

—Entonces, ¿eso significa que Emery y tú estáis saliendo oficialmente?

—Eso creo. Nos lo pasamos muy bien anoche. —Cuando nos detuvimos junto a mi coche, ella se colgó la mochila del hombro—. Y también hemos hecho planes para otro día de la semana.

—Genial. Todavía tienes que contarme los detalles.

—Lo haré —prometió, echándose el pelo hacia atrás—. Vamos a ir a ese restaurante cerca del parque...

—¿El de la torre de gofres? —Me rugió el estómago a pesar de todo—. Estupendo, voy con vosotras.

Nos separamos y yo terminé siguiéndola a través del centro. En uno de los semáforos, miré el móvil y vi que aún no tenía mensajes de mi madre. Lo lancé dentro de la mochila y pensé en la noche anterior. El pánico y el miedo de creer que alguien había entrado en casa no eran nada en comparación con lo que le había ocurrido a Colleen.

Mi estómago vacío continuó retorciéndose, ansioso. Si lo que James había dicho era correcto, entonces era probable que un Luxen fuese el culpable de su muerte. Pero ¿por qué? ¿Por qué un Luxen secuestraría a Colleen en un callejón, le haría daño y luego dejaría el cuerpo en el baño del instituto?

¿Por qué alguien haría eso?

Un pensamiento peligroso se abrió paso en mi mente. Cualquiera, ya fuera humano o no, dejaría un cadáver en un lugar público solo si quería que hallaran el cuerpo de un modo aterrador.

Pero ¿por qué?

No tenía ninguna respuesta.

Heidi ya estaba fuera de su coche esperándome cuando detuve el mío en el aparcamiento subterráneo. Me coloqué en un sitio en el que pudiese salir con facilidad cuando fuera el momento de irme, porque odiaba quedarme atascada en aparcamientos atestados de coches. Luego agarré la mochila del asiento trasero y metí el teléfono dentro, en un bolsillo pequeño.

Me reuní con Heidi en una zona poco iluminada del aparcamiento.

—Haz que el día de hoy parezca normal y cuéntame los detalles de tu cita.

—Fue muy divertida. Después de cenar, hicimos algo de lo más común y corriente. Fuimos al cine. —Heidi hizo una pausa cuando llegamos a las escaleras mecánicas que nos llevarían a la calle. Necesitaba bajar la vista y esperar varios segundos antes de subirse a una de esas escaleras—. Me lo pasé de maravilla. Me gusta mucho. —Se le pusieron las mejillas coloradas bajo el sol—. Sé que no dejo de decirlo. Seguro que parezco una idiota.

—No. Pareces adorable.

Sonrió, pero durante un instante breve.

—Lo siento. Es muy raro hablar sobre la cita después de lo ocurrido.

—Lo sé. —Suspiré mientras tocaba el pasamanos—. Ir a desayunar también es raro, pero, la verdad, me alegra que lo hagamos. No tengo nada de ganas de quedarme en casa para jugar a los detectives en mi mente.

Heidi resopló.

—Yo tampoco. En especial cuando mi cabeza se va a lugares oscuros de inmediato. Es como si ya estuviera convencida de que hay un asesino en serie entre nosotros eligiendo a su próxima víctima. —Se detuvo y me miró—. Colleen y Amanda eran rubias.

Abrí los ojos de par en par mientras acariciaba sin pensar mi propio pelo rubio.

—Eh, gracias por hacer esa relación.

—Perdona. —Esbozó una sonrisa—. He visto demasiados programas de crímenes reales en la tele.

—Pero tal vez no te alejas de la verdad. —Me encogí de hombros—. Bueno, que ambas fueran rubias quizás no significa nada, pero si es cierto que Amanda ha desaparecido...

—Tiene que estar relacionado con lo ocurrido con Colleen —concluyó el pensamiento—. Es demasiada coincidencia.

Empecé a contarle lo que había ocurrido la noche anterior, pero me detuve. Después de aquella mañana, decir en voz alta lo que me había sucedido parecía muy estúpido en comparación con lo que había ocurrido en realidad.

Llegamos a la calle y caminamos media manzana hasta el restaurante. Abrí la puerta y me giré para mirar a Heidi.

—¿Emery ya está aquí o elegimos una mesa?

—Está de camino, así que elijamos una. —Me siguió dentro mientras se deslizaba las gafas de sol por encima de la frente.

Dado que era martes, no tuvimos que esperar y nos asignaron de inmediato una mesa en uno de los reservados. Ocupé el asiento frente a Heidi, deslizándome hasta la ventana. Agarré una servilleta y comencé a juguetear con ella.

—¿Conocías mucho a Colleen?

Heidi había crecido en Columbia, a diferencia de Zoe y de mí, que nos mudamos aquí después de la invasión. Estaba casi segura de que Colleen también había nacido aquí.

—Cuando éramos niñas, en primaria, solíamos jugar juntas en los recreos y a veces después de clases, pero nos distanciamos cuando empezamos a cursar secundaria. Ni siquiera recuerdo el motivo.

Solo fue algo que sucedió. Ahora... —Dejó de hablar y apoyó la cabeza contra el respaldo—. Desearía saber por qué dejamos de ser amigas.

—Ella y yo nunca hablamos mucho —dije, doblando la servilleta—. Solo lo mínimo, ¿sabes? La vi el viernes en la discoteca. Hablamos unos segundos y luego creo que alguien la llamó y volvió a la pista de baile.

—Yo no la vi. —Inclinó el cuerpo hacia delante—. ¿Crees...? ¿Crees que lo ha hecho un Luxen?

—No lo sé. —La incomodidad apareció mientras bajaba la voz—. Pero ¿por qué otro motivo parecería como si la hubieran electrocutado en un baño de instituto casi cuatro días enteros después de su desaparición?

Heidi tensó los hombros al mirar a través de la ventana.

—Ah, ahí viene Emery.

Me volví en su dirección, pero ya había salido de mi línea de visión. Los nervios aumentaron mientras esperaba a que se uniera a nuestra mesa. Quería caerle bien a Emery porque a Heidi le gustaba mucho. Era horrible que el interés amoroso de una de tus mejores amigas no te soportara.

Una sonrisa amplia apareció en el rostro de Heidi mientras se deslizaba hacia la ventana.

—Hola.

Alcé la vista, esbozando lo que esperaba que fuera una sonrisa normal y cálida mientras la saludaba con la mano.

—Hola.

Emery sonrió mientras susurraba el mismo saludo antes de sentarse junto a Heidi. Emery la miró y hubo un instante en el que ninguna de las dos sabía cómo saludar a la otra. ¿Debían darse un beso? ¿Un abrazo? ¿Solo sonreír? Estaban en esa fase adorablemente incómoda en la que cada instante y cada acto contaba, la fase que yo nunca... Guau, que nunca había experimentado con Brandon.

¿Cómo era posible que no me hubiese dado cuenta hasta ahora?

Cada vez que Brandon y yo nos veíamos, incluso después de la primera cita, siempre nos dábamos un beso; y luego él empezaba a hablar sobre su próximo partido de fútbol o yo le preguntaba algo sobre las clases.

Ninguno de esos momentos había significado nada, ni para mí ni para él.

Pero sí que contaban para Heidi y Emery.

Intercambiaron un abrazo y cuando se separaron, el rostro habitualmente pálido de Heidi estaba enrojecido y había un tinte más rosado en la piel oscura de Emery.

Ay. Eran tan bonitas.

Ojalá no me hubiese olvidado la cámara en el coche. Me hubiera encantado sacarles una foto juntas.

—Siento mucho lo ocurrido —dijo Emery, colocándose el pelo oscuro detrás de las orejas. De cerca, sus ojos verdes eran del color tenue del musgo—. Es increíble.

—Lo es —concordó Heidi—. Le contaba a Evie que solía juntarme con Colleen en primaria. No hemos sido cercanas durante los últimos..., bueno, durante mucho tiempo, pero de todas formas es muy triste.

—¿Tú la conocías? —me preguntó Emery. Negué con la cabeza.

—Nunca hablamos demasiado.

Emery miró la ventana e inhaló brevemente.

—No es por cambiar de tema de conversación ni nada parecido. —Centró sus ojos en mí—. Pero, por favor, no te enfades conmigo.

Alcé las cejas mientras miraba a Heidi.

—¿Por qué me iba a enfadar contigo, Emery?

—No he venido sola —dijo, y músculos que ni siquiera sabía que poseía se contrajeron en mi estómago—. Bueno, he intentado hacerlo. No ha funcionado muy bien.

—¿De qué estás...? —Heidi puso los ojos como platos mientras enfocaba la mirada en algo o alguien detrás de mí—. Mierda.

No era necesario que me girara para saberlo. Lo intuía a nivel celular, y me comenzó a latir fuerte el corazón en el pecho. Se me aceleró el pulso mientras una sombra se proyectaba sobre nuestra mesa. Sabía que no era una camarera y no sé cómo me sentía al respecto.

Pero miré.

Despacio, levanté la cabeza y miré a mi derecha, y allí estaba Luc de pie, su pelo color bronce era una maraña de rizos y ondas. Llevaba puestas unas gafas de aviador plateadas, con cristales tan espejados que podía ver mi propia mirada sorprendida en ellos. Las líneas claras y definidas de su mandíbula atrajeron mi atención. Luego bajé la mirada hacia la amplitud de sus hombros y después hacia su pecho.

Su camiseta decía: «MUGGLE EN LA CALLE, MAGO EN LA CAMA».

Me quedé boquiabierta.

—¿Te gusta mi camiseta? —preguntó él mientras se sentaba a mi lado.

—Es... bonita.

—Eso creo. —Extendió un brazo sobre el respaldo de nuestro reservado—. Me la ha regalado Kent. —Su media sonrisa permanente se desvaneció—. Qué pena lo de esa chica.

—Sí. —Miré al otro lado de la mesa y vi que Heidi parecía un pez fuera del agua—. ¿Recuerdas a la chica que estaba en Presagio cuando desapareció? —dije antes de tener la oportunidad de detenerme. Luc y yo habíamos hablado brevemente acerca de ella cuando me lo encontré cerca del lago—. Hablé con ella esa noche.

Él alzó una sola ceja por encima de sus gafas de sol.

—No sabía que habías hablado con ella. —Miró a Emery y, por algún motivo, tuve el claro presentimiento de que ni una sola parte de aquella información era nueva para él—. Es una desgracia lo que le ha ocurrido.

Una gran desgracia.

Ladeó la cabeza mientras inclinaba el cuerpo hacia delante y extendía un brazo hacia Heidi. El gesto hizo que presionara su hombro contra el mío y me apresuré a acercarme a la ventana para ganar espacio. Su media sonrisa regresó.

—Creo que no nos conocemos. Soy Luc.

—Lo sé. —Ella le estrechó la mano—. Yo soy...

—Heidi —respondió él por ella—. Es un placer. Emery solo habla maravillas de ti.

Sonrojándose de nuevo, Heidi miró a la otra chica.

—¿Ah, sí?

—Solo digo la verdad —respondió Emery encogiéndose de hombros—. Luc escuchó que habíamos quedado, chicas.

—Y me autoinvité. —Adoptó otra vez su posición despatarrada habitual—. Tenía que hacerlo.

—¿En serio? —respondió Heidi.

Luc asintió mientras por fin se apartaba las gafas del rostro.

—Sabía que Evie se llevaría una decepción si no venía.

Heidi emitió una risa ahogada mientras yo giraba la cabeza hacia Luc tan rápido que creí que había estado a punto de desnucarme.

—¿Qué? —dije. Luc me miró, y lo que fuera que estaba a punto de decir murió en la punta de mi lengua—. ¡Tus ojos! —susurré, sorprendida.

Inclinó el mentón hacia abajo y, de algún modo, la poca distancia que había ganado desapareció.

—Lentillas —susurró, guiñándome un ojo—. Especiales. Y sí, confunden a los drones del CRA.

Me quedé boquiabierta por segunda vez.

—¿Y eso existe?

—Hay muchas cosas que existen —respondió y parpadeé con dificultad. Él apartó la vista—. Vaya, hola.

Por un instante, no sabía a quién le estaba hablando Luc, pero luego vi a la camarera.

—¿Qué os traigo de beber?

Las chicas pidieron agua y Luc, una Coca-Cola. Pensé en pedirme un té dulce, porque sabía que lo preparaban como me gustaba, con toneladas de azúcar, pero opté por una Coca-Cola.

—¿Una Coca-Cola? —preguntó Heidi, parecía tan sorprendida como yo—. ¿No sueles pedir Pepsi?

Sí, pero quería... una Coca-Cola por algún motivo. No era algo importante. Me encogí de hombros.

—Supongo que quiero una Coca-Cola.

—La última vez que te di una por accidente, me amenazaste con dejar de ser mi amiga.

Reí. Era cierto que había hecho esa amenaza.

La camarera se marchó y yo miré de nuevo a Heidi, preguntándome con desesperación cómo había terminado desayunando con Luc.

Era extraño.

Sentía que lo había visto en el parque hacía eones, y ni siquiera había comenzado a procesar la conversación tan rara que tuve con él o lo que había ocurrido durante el fin de semana, y ahora él estaba sentado allí.

Las bebidas llegaron pronto y pedimos de comer. Por supuesto, yo pedí la torre de gofres con beicon extracrujiente de acompañamiento. Agarré mi refresco y me bebí esa delicia azucarada.

—¿Sedienta? —Luc me miraba con atención.

Sintiendo que me ardían las mejillas, apoyé el vaso en la mesa y repliqué:

—Se te da bien señalar lo obvio, ¿verdad?

Luc curvó los labios en una sonrisa.

—Es mi superpoder.

—Qué bien —respondí con ironía.

Heidi tosió mientras miraba a Luc.

—Bueno, ¿cómo os conocisteis Emery y tú? Nunca he escuchado esa historia.

—Pues es una historia triste —contestó Emery. Luc golpeteó un dedo contra el respaldo del asiento. Emery toqueteó el borde de su tenedor—. Mi familia no... sobrevivió a la invasión.

—Ay, siento escuchar eso. —Miré a Heidi, y aquella parte no parecía una novedad para ella.

—Gracias —susurró Emery y luego alzó la mirada hacia Luc—. Las cosas se complicaron después. Ya sabéis cómo estaba todo. Acabé en la calle y Luc me acogió.

La sorpresa me atravesó el cuerpo.

—¿Que Luc te acogió?

Luc asintió mientras continuaba moviendo los dedos detrás de mi hombro.

—Soy un alma caritativa.

—Hizo lo mismo por Kent —añadió Emery. Detuvo los dedos sobre el tenedor—. Él también había perdido a su familia y no tenía a dónde ir hasta que encontró a Luc.

Aquella información fue inesperada, porque Luc no daba la impresión de ser un alma caritativa, pero, lo que era aún más importante, Luc y Emery parecían tener la misma edad. ¿Cómo era posible que Luc estuviera en posición de acoger a alguien cuando tenía quince años?

A menos que mintiera acerca de su edad.

—Emery tiene mi edad —respondió Luc, y todo mi cuerpo se sobresaltó—. Y fui más que capaz de ayudarla.

Miré su perfil entrecerrando los ojos. En serio. Era como si estuviera dentro de mi cabeza, porque no había hecho la pregunta en voz alta. Espera. ¿Podría estarlo?

No. Nunca había oído que un Luxen pudiera hacer eso.

Una media sonrisa le apareció mientras posaba sus ojos en los míos. Nuestras miradas se conectaron y el efecto fue instantáneo. Todo a nuestro alrededor desapareció y solo existíamos nosotros y... la sensación de caer. No pude apartar la vista mientras aquella sensación salía velozmente a la superficie.

«Ya he pasado por esto antes».

Me quedé sin aliento cuando una oleada de escalofríos tensos me recorrió la piel. Aquel pensamiento no tenía sentido. No había pasado por eso con él antes.

Luc inhaló con brusquedad y se movió sin que lo notara. Estaba más cerca de mí. Su aliento cálido bailó sobre mis mejillas y luego sobre mi boca. El aire se detuvo en mis pulmones por segunda vez. Separó aquellos labios definidos y en ese instante deseé tener la cámara. Y... no pude evitar preguntarme cómo sería besar esos labios, a qué sabían, porque aquel beso breve (que no fue un beso) no me había dicho lo que necesitaba saber.

—¿Qué está pasando por tu cabecita? —preguntó él en voz baja.

La quietud que parecía haber nacido de aquel aire tenso a nuestro alrededor se quebró. Salí del trance, recliné el cuerpo hacia atrás y por poco golpeo la ventana. ¿Qué estaba pasando por mi mente? Nada, solo estupideces, muchas estupideces.

Miré al otro lado de la mesa.

Heidi y Emery nos contemplaban como si estuvieran observando uno de esos *realities* de televisión muy malos pero adictivos.

El calor estalló en mis mejillas mientras decidía que mirar la mesa era una actividad maravillosa. El corazón me latía de un modo tonto. ¿En qué estaba pensando? Luc era atractivo. Para ser totalmente sincera, era guapísimo, y, al parecer, tenía una parte agradable. De algún modo, se había ocupado de Emery y de Kent cuando ellos habían necesitado más ayuda que nunca y había hecho lo mismo con Chas en la discoteca, pero ni siquiera estaba segura de que me gustara Luc.

Ni siquiera estaba segura de que yo le gustara a él.

Por suerte, la comida llegó en ese instante y me centré en introducir la mayor cantidad humanamente posible de gofres en mi boca mientras Heidi y Emery hablaban. Permanecí en silencio al igual que Luc, pero cada parte de mi ser era dolorosamente consciente de cada uno de sus movimientos. Por ejemplo, cuando sujetó su vaso o cuando cortó la tortilla que había pedido. Se había movido, y yo había sentido aquel aroma a pinos y bosque que desprendía, y cuando habló, el timbre grave de su voz resonó en mis venas. Cuando el desayuno terminó, cada músculo de mi cuerpo estaba tenso y dolorido. Sentía que había corrido un maratón mientras salíamos del restaurante.

Permanecí detrás y les dejé a Heidi y a Emery algo de espacio para caminar más adelante. Al parecer, Luc había pensado lo mismo, porque redujo la velocidad de sus piernas largas y caminó a mi lado.

Caminar junto a Luc era... interesante.

Las personas tenían dos reacciones cuando se acercaban a él. O lo evitaban por completo y se cambiaban de acera para no chocarse con él, o se volvían para mirarlo, tanto hombres como mujeres. Sus ojos lo observaban y luego regresaban a él sin poder apartar la mirada. Con las gafas de sol y las lentillas puestas, nadie debía de ser capaz de decir qué era él a juzgar por su apariencia, pero era la energía que emitía, incluso con su andar perezoso.

No hablamos, no hasta que estuvimos cerca de la entrada del aparcamiento. Luc se deslizó con facilidad frente a mí y se detuvo hasta que quedamos de pie junto al edificio, lejos de los transeúntes.

El corazón me daba tumbos mientras elevaba el mentón.

—¿Quieres algo? —dije.

—Quiero muchas cosas —respondió él, y la calidez me invadió el cuerpo porque mi mente había caído de lleno en la trampa. La sonrisa que apareció en su rostro hizo que me preguntara si mis pensamientos eran demasiado evidentes—. Parece que se gustan mucho.

—Ah. —Miré detrás de él. Heidi y Emery ya habían entrado en el aparcamiento—. Creo que sí.

—¿Sabes lo que eso significa?

—¿Que empezarán a salir?

Luc rio mientras daba un paso al frente.

—Que nos veremos mucho más.

—No estoy segura de eso. —Crucé los brazos.

—Yo sí.

Incliné la cabeza a un lado y alcé una ceja.

—Creo que te equivocas.

—Mmm —susurró, mirando hacia la calle mientras un vehículo pasaba a toda velocidad tocando el claxon. Un instante después, giró otra vez la cabeza hacia mí. Incluso con las gafas puestas, sentía la intensidad de su mirada—. No te caigo bien, ¿verdad, Evie?

La franqueza de su pregunta me resultó estremecedora.

—No fuiste precisamente agradable conmigo cuando nos conocimos. En absoluto.

—Es cierto —concordó.

Esperé para ver si añadía algo a su respuesta y, cuando no dijo nada más, suspiré irritada.

—Mira, podría hablar en detalle sobre todas las señales que has estado dándome, pero no tengo ganas de esforzarme tanto. Yo tampoco parezco caerte bien, Luc.

—Tú me caes bien, Evie. —Movió la mano con una rapidez sorprendente y me recogió un mechón del cabello—. Mucho.

Liberé mi mechón.

—No me conoces lo suficiente como para que te caiga bien, y si es cierto que te caigo bien, tienes un modo horrible de demostrarlo. Horrible.

De alguna manera, se acercó más, y ni siquiera supe cómo, pero cuando habló, su voz hizo que un escalofrío me recorriera la espalda de un modo extraño y placentero.

—Te sorprendería y maravillaría lo que te conozco.

Resistí la necesidad de retroceder.

—Y ya te lo dije. No se me da bien actuar como un humano.

—Eso es una excusa de mierda —repliqué y traté de adelantarlo, pero un pensamiento repentino se me cruzó por la mente. Me detuve y lo miré de nuevo—. ¿Estuviste en mi casa anoche?

Aquella media sonrisa se amplió levemente.

—Si hubiera estado en tu casa anoche, sin duda lo habrías sabido.

Me dio un vuelco el estómago como si estuviera de pie demasiado cerca del borde de un acantilado empinado.

—No sé qué significa eso. —Luc abrió la boca. Levanté una mano—. Tampoco quiero saberlo tampoco.

Inclinó el mentón hacia abajo.

—Creo que sabes exactamente lo que significa.

Eso creía, pero ese no era el caso.

—¿Por qué me preguntas si estuve en tu casa anoche? —inquirió.

Cuando comencé a decirle que no tenía importancia, me detuve. Descubrí que quería contárselo, quería decírselo a alguien, ver si también creía que había sido fruto de mi imaginación al igual que Zoe.

—Anoche oí un golpe en la planta baja de mi casa y cuando fui a mirar...

—¿Oíste un ruido aleatorio en tu casa y fuiste a ver de qué se trataba?

—¿Qué se suponía que debía hacer? ¿Llamar a la policía y decir: «Hola, agente, he oído un ruido abajo. ¿Puede venir a echar un vistazo?»?

—Sí —dijo—. A menos que tengas un arma, lo cual es probable por Sylvia, no debes ir abajo.

Moví la cabeza de un lado a otro.

—Fuera como fuese fui abajo, y la puerta trasera estaba abierta a pesar de que sabía con seguridad que la había cerrado con llave. Y mientras estaba allí, sentí que había alguien de pie detrás de mí, pero cuando me di la vuelta, no había nadie. Luego la puerta de atrás se cerró de golpe.

En aquel instante, todo en Luc cambió. El tono bromista de su voz y la curvatura de sus labios desaparecieron.

—¿Qué más sucedió?

—La... la puerta del despacho de mi madre estaba abierta y siempre está cerrada con llave. Siempre. —Me moví en el sitio, pasando el peso de un pie al otro, mientras el olor a gases de los tubos de escape aparecía—. Una de mis amigas, Zoe, vino a casa y creo que ella piensa que estaba exagerando, pero sé lo que vi. Lo que oí y...

—¿Y qué? —preguntó él, inquieto.

Apoyé el cuerpo sobre el lateral del edificio y aparté la vista.

—Y lo que sentí... Juro que sentí que alguien me tocaba. —Esperé que él dijera algo ofensivo, pero cuando no habló, inhalé—. Mi madre fue a su despacho anoche cuando llegó a casa, como hace siempre, pero no mencionó nada. Si hubieran robado o roto algo, creo que me lo hubiera comentado. Me hubiera preguntado si había estado en el despacho, por ejemplo.

Luc me miraba.

—Sé que Zoe piensa que yo dejé la puerta abierta, pero estoy segura de que no lo hice. Tiene que haber sido un Luxen. ¿De qué otro modo podría alguien moverse tan rápido sin que lo viera? Sé que suena extraño, pero...

—No. —La mandíbula de Luc estaba tan tensa como su tono—. Si crees que alguien ha entrado en tu casa, Evie, entonces es que alguien ha entrado en tu casa.

Me dio un vuelco el corazón. Era agradable y perturbador a la vez que alguien me creyera.

—Pero ¿no viste a nadie?

Negué con la cabeza.

—Como he dicho, fue rápido. Pero ¿por qué entraría un Luxen en mi casa sin llevarse nada y después se marcharía sin más?

Luc no respondió durante un rato.

—Bueno, esa es la cuestión, ¿no?

Asentí.

—Pero ¿sabes cuál es la cuestión más importante? —dijo—. ¿Y si un Luxen ha entrado en tu casa y sí que se ha llevado algo? Has dicho que la puerta del despacho de Sylvia estaba abierta, pero que, en general, está cerrada con llave.

—Siempre está cerrada con llave. —Posé mis ojos en los suyos—. Si ese fuera el caso, ¿por qué mi madre no me ha mencionado nada?

Luc no respondió en unos minutos y cuando habló, no contestó a la pregunta. Hizo otra.

—¿Cómo de bien crees que conoces a Sylvia Dasher?

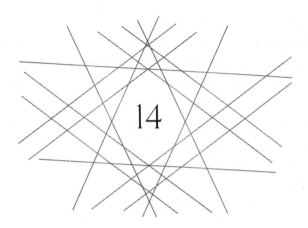

14

El telediario del canal de noticias local de la mañana del miércoles estuvo dedicado por completo a lo que había ocurrido con Colleen y a la desaparición de Amanda.

Asesinato.

Secuestro.

Los periodistas especulaban abiertamente sobre si había sido o no el ataque de un Luxen (un Luxen no registrado), que también sería el responsable de la desaparición de Amanda. No decían por qué pensaban eso, pero la razón no parecía importarles. Y se habían posicionado ya.

Cuando llegué al instituto el miércoles por la mañana, había cronistas de cada canal de televisión importante aparcados delante del edificio, entrevistando a los alumnos cuando se bajaban de los autobuses.

El día fue extraño. En la comida, incluso James estaba apagado. Imaginaba que sería así durante un tiempo. Nadie había tenido noticias de Amanda y, aunque no dijéramos nada, sabía que todos temíamos lo peor.

Que apareciera como Colleen.

Mi madre me había enviado un mensaje diciendo que llegaría tarde a casa, así que me quedé sola. Después de todo lo que había ocurrido durante la última semana, mi cerebro estaba haciendo horas extra, y la pregunta de Luc me había atormentado de modo intermitente durante las últimas veinticuatro horas y había vuelto con sed de venganza y martilleando mi mente cuando entré en mi silenciosa casa. ¿Por qué me preguntaría algo así respecto a mi madre?

¿Por qué yo misma no me había hecho esa pregunta aún?

Porque este fin de semana había aprendido de primera mano que había mucho que no sabía acerca de mi madre o de mi padre. No tenía idea de que habían estado involucrados en Dédalo. Joder, no sabía que los Luxen habían convertido este planeta en su «hogar dulce hogar» desde hacía décadas.

Mi madre estaba llena de secretos.

Apoyé las llaves y la mochila en la mesa del comedor, y me estremecí mientras permanecía de pie en el mismo lugar donde había estado la noche anterior cuando había sentido una presencia a mis espaldas. Alguien había entrado en casa y en el despacho de mi madre.

¿Por qué?

Quizás centrarme en aquello era inútil, pero era mejor que pensar en lo que le había sucedido a Colleen y en lo que podría estar pasándole a Amanda. No quería pensar en ello mientras estaba en casa sola.

Atravesé el salón y llegué al vestíbulo. La luz brillante entraba por las ventanas y todo estaba en su sitio, pero la casa se me antojaba extraña.

En cierto modo, confusa.

Las puertas francesas de vidrio estaban cerradas y una cortina blanca pesada protegía las ventanitas cuadradas. Nunca había entrado al despacho de mi madre. Nunca había tenido motivos para hacerlo. La verdad es que incluso alguien podría estar viviendo allí sin que yo lo supiera.

Mientras me mordía el labio inferior, extendí el brazo y sujeté el picaporte dorado, frío y deslustrado. Moví la muñeca. La puerta estaba cerrada con llave, como siempre.

En ese instante habría sido genial tener esa estupenda habilidad Luxen de abrir puertas.

—Un momento —susurré. Luc poseía aquel talento maravilloso para entrar y salir sin llaves. Él podría entrar con facilidad al despacho.

Pero ¿en serio le iba a pedir que hiciera eso? Ni siquiera sabía cómo ponerme en contacto con él...

A decir verdad, sí que sabía cómo comunicarme con él. Había dos maneras.

Di media vuelta y fui hasta el lugar donde había dejado la mochila en la mesa del comedor. Saqué el teléfono del bolsillo superior, ignorando la vocecita en mi mente que exigía saber qué diablos planeaba hacer. Llamé al segundo contacto de mi teléfono.

Heidi atendió al tercer tono.

—Hola, ¿qué ocurre?

—Eh, nada. Por casualidad, ¿Emery está contigo?

Hubo un momento de silencio.

—Sí, está aquí.

—Sé que esto sonará muy extraño, pero ¿puedo hablar con ella un minuto? —Coloqué mi brazo sobre la cintura y comencé a caminar de un lado a otro.

—¿Se trata de Luc?

Me tropecé con mis propios pies.

—¿Qué? ¿Por qué me preguntas eso?

—¿Por qué otro motivo me llamarías para hablar con Emery?

Tenía razón, pero mentí igualmente.

—Podría haber miles de razones para que yo quisiera hablar con ella. Por ejemplo, tu cumpleaños se acerca. Quizás quiero planear algo con ella.

—Mi cumpleaños es en abril, Evie. Estamos en septiembre.

—Ya —dije, arrastrando la palabra—. Solo estoy organizándolo con tiempo.

—Ajá —respondió Heidi—. Entonces, ¿se trata de Luc?

Suspiré y puse los ojos en blanco.

—Sí, pero no es lo que piensas.

—Sí, claro. —Heidi se rio—. Espera un segundo.

Antes de que pudiera responder, Emery apareció al otro lado del teléfono.

—¿En qué puedo ayudarte?

¿Qué narices estaba haciendo? No tenía ni idea, pero empecé a caminar de lado a lado otra vez y mi boca se puso en marcha a toda velocidad.

—Sé que sonará raro, pero me preguntaba si podrías... —Dejé de hablar cuando me detuve frente al sofá.

Los cojines estaban en su sitio, pero lo único que podía ver era a mi madre quitando uno de ellos, agarrando una escopeta... y apuntando con ella a Luc.

—¿Si podría qué? —preguntó Emery.

Cerré los ojos con fuerza y moví la cabeza de un lado a otro.

—Me preguntaba si podrías darme... —Hice una mueca de dolor— el número de Luc.

—Sí —respondió ella de inmediato—. Heidi puede enviártelo por mensaje.

Pensé en decirle que eso estaría bien, pero me detuve. Una vez más, ¿qué estaba haciendo? Además del hecho absolutamente desquiciado de que estaba a punto de llamar a Luc e invitarlo a mi casa para que me ayudara a entrar sin autorización al despacho de mi madre, ¿cómo sabría si mi plan funcionaría? Ni siquiera sabía cómo era el interior de su despacho. ¿Qué podría hallar cuando ni siquiera sabía lo que buscaba?

Pero de todos modos quería entrar.

—¿Sigues ahí, Evie? —preguntó Emery.

Asentí y luego puse los ojos en blanco porque, obviamente, ella no podía verme.

—Sí, sigo aquí. Es solo que... no sé por qué te estoy pidiendo su número. Necesitaba ayuda con algo y sus... talentos únicos serían la solución perfecta, pero... no conozco bien a Luc y quizás es una muy mala idea. Lamento haberos molestado.

—No molestas. —Sonaba como si se estuviera moviendo, y luego oí que decía en voz baja—: ¿Va todo bien?

Una sonrisa débil cruzó por mis labios. Era muy amable por su parte preguntarlo.

—Sí, todo va bien. Solo estoy siendo una tonta.

—De acuerdo, entonces ahora es mi turno de sonar extraña, pero escúchame. No sé con qué necesitas ayuda, pero, sea lo que sea, Luc lo hará —dijo ella—. Puedes confiar en él. De todas las personas que has conocido, puedes confiar en Luc.

Heidi me envió el número de teléfono de Luc y yo acabé mirando el mensaje durante cinco largos minutos, incapaz de llamarlo. Realmente sentía que algo estaba mal, porque una enorme parte de mi ser confiaba en lo que Emery me había dicho a pesar de que los hechos indicasen todo lo contrario.

No tenía ni una sola buena razón para creer en lo que me había dicho.

Había conocido a Luc seis días antes y habían sido unos días difíciles, pero, en cierto modo, sentía que lo conocía desde hacía mucho más tiempo, y era probable que aquello no fuera bueno.

De pronto, me sonó el móvil y por poco lo dejo caer al suelo. Un número desconocido había aparecido con un código de área local. Me llevó un segundo reconocer vagamente el número.

—Mierda —susurré, abriendo los ojos de par en par. Era el número de Luc. Por supuesto, Emery debía de haberse puesto en contacto con él para decirle que yo había pedido su teléfono.

Frunciendo el ceño, cerré fuerte los ojos y dije con voz aguda:
—¿Hola?

—He recibido un mensaje interesante de Emery —respondió la voz grave que me retorcía el estómago en miles de nudos—. Me ha dicho que has pedido mi teléfono.

¿Por qué lo he hecho? ¿Por qué he atendido la llamada?
—Así es.

—Y ha mencionado que necesitabas ayuda —prosiguió él—. Sin embargo, eso fue hace cinco minutos y no has llamado ni me has escrito, así que me muero de curiosidad.

Caminé hasta el sofá, me desplomé en él y cerré los ojos.
—He sufrido un momento de locura transitoria.

Luc se rio.
—Creo que debería ofenderme esa afirmación.

—Probablemente —susurré, presionando los dedos contra mi frente—. No era necesario que llamaras; de hecho, preferiría que olvidaras que he pedido tu número.

—Bueno, eso nunca sucederá.

—Genial. —Suspiré—. ¿No podías mentirme y ya está?

—Nunca te mentiría —respondió sin vacilar ni un segundo.

Fruncí el ceño de nuevo.

—¿Por qué dices cosas como esa?

—¿Cómo cuáles?

—Como... —Era difícil ponerlo en palabras—. No importa.

Suspiró.

—¿Con qué necesitas ayuda, Evie? Dime. El mundo es tuyo y yo soy tu esclavo.

Fruncí aún más el ceño.

—Eso no tiene sentido.

—Claro que lo tiene.

—Solo quiero que sepas que he puesto los ojos tan en blanco que se han salido de sus cuencas.

Su risa a modo de respuesta tiró de las comisuras de mis labios hacia arriba.

—Dime por qué necesitas mi ayuda.

Recliné la espalda en el sofá y suspiré de nuevo con vigor.

—Quería entrar en el despacho de mi madre y ver si había algo allí que explicara por qué alguien entró en mi casa el lunes, pero ni siquiera sé qué estoy buscando.

—¿Y pensaste que yo lo sabría? —Una puerta se cerró de su lado del teléfono.

—No. Pensé que serías capaz de abrir la cerradura para mí, dado que posees talentos únicos propicios para el comportamiento criminal.

—Puedo abrir la puerta.

—Lo sé, pero es inútil, porque no sé qué buscar. No soy detective. Nunca he estado en esa habitación. —Subí los pies al sofá. Si mi madre me viese, quitaría mis pies de allí sin vacilar—. Ha sido un plan estúpido y es tu culpa.

—¿Cómo es posible que sea culpa mía tu falta de creatividad en el momento de actuar como una detective?

—Porque dijiste... —Puse voz grave—: «¿Cómo de bien crees que conoces a Sylvia Dasher?», y ahora estoy paranoica. Es culpa tuya.

—Creo que fue una pregunta muy válida.

Y lo fue, lo cual me enfurecía. Luc tenía razón. Yo creía conocer a mi madre, pero también creía que conocía a mi padre y era obvio que no lo había conocido en absoluto.

—Tengo una pregunta aún mejor que hacerte —dijo él.

—Ah, estupendo. Estoy impaciente por que me la digas.

Su risa suave me molestó mucho.

—¿Por qué crees que vas a encontrar algo en el despacho?

La tensión me recorrió los músculos.

—Si alguien ha entrado aquí, un Luxen, él o ella ha estado en ese despacho. —Pensé en lo que mi madre había dicho de que mi padre estaba involucrado en algo antes de su muerte—. Tiene que haber alguna cosa.

—¿Estás segura de que ese es el único motivo? —Cuando no respondí, él añadió—: ¿O crees que puede haber algo más que ella esté ocultándote?

Cerré los ojos, respiré hondo, pero no logré calmarme. ¿Cómo sabría él eso? ¿Cómo sabría él que desde que mi madre me contó todo lo relativo a mi padre he estado preguntándome si había algo más que no había compartido conmigo?

—Eso es —dijo Luc en voz baja—. Has dado en el clavo.

No dije nada. Era imposible.

—Y quizás en lo más profundo de tu ser, sabes que hay cosas con las que yo puedo ayudarte. —Su voz era suave, persuasiva—. Cosas que Sylvia no te ha contado. Cosas que sé que no te va a contar.

Abrí los ojos.

—¿Cómo cuáles, Luc?

—No iré a tu casa a abrir una puerta que no te llevará a ninguna parte —respondió—. Pero si vienes a la discoteca mañana después del instituto, habrá muchas puertas que abrir que te llevarán a una respuesta.

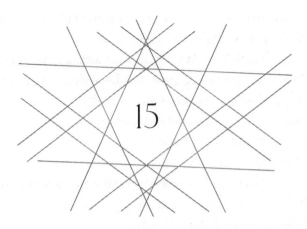

15

—Bueno. —Heidi dejó caer su cuerpo en el asiento a mi lado mientras sujetaba una pila de mapas de Europa del Este. Todos estábamos en la biblioteca durante la clase de Lengua, buscando libros de investigación para nuestro próximo trabajo. No tenía ni idea de por qué ella tenía mapas. Estaba segura de que su trabajo iba a ser sobre Alexander Hamilton—. ¿Te ayudó Luc con lo que fuera que necesitabas anoche?

Zoe alzó la vista de su libro grueso y arqueó una ceja.

—¿Perdona?

Fulminé a Heidi con la mirada, pero ella me ignoró. Suspiré.

—¿Recuerdas que te he hablado de un chico llamado Luc?

—Sí, el que apareció en tu casa y derritió una escopeta. —Zoe cerró el libro despacio y mantuvo su dedo índice entre las páginas—. ¿Estuviste con él anoche?

—No —susurré, inclinando el cuerpo hacia delante—. Pedí su número porque necesitaba ayuda con algo que requería de sus... talentos.

Zoe levantó las cejas.

—Mi cerebro ha interpretado esa oración de muchas maneras diferentes.

—El mío también. —Heidi rio y deslizó las manos sobre los mapas.

—Dios, no. —Alcé la vista y vi que April pasaba cerca de nuestra mesa. Se detuvo a pocos metros de ella. Bajé aún más el volumen de la voz—. Quería entrar en el despacho de mi madre y la puerta tenía llave. Y él me podía ayudar con eso.

Zoe me miró un instante y luego se apartó un rizo del rostro.

—A ver. Tengo muchas preguntas. ¿Lo invitaste a tu casa?

—No. No le escribí un mensaje. —Me giré hacia Heidi—. Pero alguien le dijo que había pedido su número.

Heidi se encogió de hombros.

—Yo no fui.

—Lo sé —dije inexpresiva—. ¿Y por qué tienes mapas de Europa del Este?

Miró su pila de mapas y suspiró.

—Siempre he querido viajar a Europa.

—Pero se supone que estás haciendo un trabajo sobre Alexander Hamilton —señalé.

Zoe chasqueó los dedos para recuperar mi atención.

—Concéntrate. ¿Por qué quieres entrar en su despacho?

—Es una historia un poco complicada.

—¿Está relacionada con lo que ocurrió el lunes por la noche? Heidi frunció el ceño.

—¿Qué ocurrió el lunes por la noche?

Le conté rápidamente cómo creí que alguien había entrado en mi casa y en el despacho de mi madre.

—Entonces, pensé que quizás Luc podría ayudarme a entrar en el despacho.

—¿Crees que alguien entró en tu casa? —susurró Heidi, abriendo muchísimo los ojos.

—No vimos a nadie y las puertas estaban cerradas —añadió Zoe y después alzó las manos cuando yo la fulminé con la mirada—. No es que no te crea. Es que no había indicios de que alguien estuviera allí.

Heidi reclinó la espalda en su asiento.

—Es espeluznante, en especial con todo lo que ha sucedido con Colleen y Amanda.

—Sí, lo es. —Inhalé el olor a humedad y aire viciado—. Cuando mi madre llegó a casa, no mencionó haber visto nada extraño en el despacho, pero... —Odiaba lo que iba a decir a continuación—. Pero no sé si, de haber visto algo raro, me lo diría, ¿sabéis? Creo que... no la conozco de verdad. A ver, la conozco porque es mi madre. Obvio. Pero, evidentemente, al mismo tiempo, no la conozco. Sé que suena como algo sin sentido.

Zoe permaneció en silencio, con la mirada seria.

—¿Sobre qué crees que te está mintiendo?

—No lo sé. Bueno, sin duda alguien ha entrado en mi casa, y luego está el tema de que ella y mi padre conocían a Luc. Solo creo... Creo que hay algo más. —Era difícil explicarlo sin revelar todos los secretos, y quería compartirlos con ellas, pero el instinto me dijo que era información que de verdad necesitaba mantener oculta—. Da igual, Luc no vino a casa anoche, pero...

Alguien nos pidió que guardásemos silencio.

Zoe levantó la cabeza y fulminó con la mirada a un alma desafortunada que estaba detrás de mí.

—Pero ¿qué?

Cerré los dedos sobre el borde de mi libro.

—Creo que Luc sabe algo sobre mi madre y mi padre. —«Y sobre mí», susurró una voz extraña en mi cabeza. Asustada, la ignoré—. Prácticamente insinuó que era así y que me lo iba a contar.

Bueno, suponía que a eso se refería Luc a su manera odiosamente misteriosa.

Pensé que Zoe parecía sorprendida, pero suavizó la expresión tan rápido que seguro que había sido mi imaginación.

—¿Qué sabe él?

—No lo sé. —Miré entre las dos—. Pero lo averiguaré.

Me encontré a James de camino a mi coche después del instituto.

—¿A dónde vas? —preguntó—. Estoy famélico, así que pensé que podría hacerte un dulce favor y permitirte que me acompañases en mi expedición para hallar la hamburguesa más jugosa y gruesa que este gran pueblo nos puede ofrecer.

Reí mientras me quitaba las gafas de sol y me las colocaba sobre la cabeza.

—Me encantaría, pero tengo algo que hacer. ¿Podemos ir mañana? ¿O el sábado? He oído que Coop ha cancelado la fiesta.

—Yo también me he enterado. La hará el fin de semana siguiente. Supongo que no estaba... de humor después de lo ocurrido.

Las compañeras de clase muertas y desaparecidas estropeaban un poco las ganas de fiesta.

—También he oído que tienes planes hoy después del insti —dijo cuando nos detuvimos junto a mi coche—. Vas a ir a esa discoteca.

Mierda.

—¿Cuál de las dos se ha ido de la lengua?

Se cruzó de brazos.

—Soy una tumba.

Le había contado a ambas que planeaba ir a la discoteca, y ahora me arrepentía.

—Si sabías lo que iba a hacer, entonces, ¿por qué me has propuesto un plan?

—Creía que podría persuadirte con hamburguesas. —Se apartó del camino mientras yo avanzaba hacia la puerta del conductor—. ¿Crees que es inteligente volver allí?

No. No creía en absoluto que fuera algo inteligente.

—A ver, sabes que no tengo nada contra los Luxen, pero allí había cientos de ellos no registrados. Luego está lo que ocurrió con Colleen, y Amanda sigue sin aparecer... —Se aclaró la garganta—. Y ese chico, Grayson, me dio bastante miedo.

Si él creía que Grayson daba miedo, que de verdad lo daba, menos mal que no había conocido a Luc.

—Y cuando ese chico de pelo azul me llevó a casa, pensé que estaban secuestrándote o algo así.

Fruncí los labios. Luc había intentado secuestrarme, lo cual hacía que el hecho de que volviera a la discoteca por voluntad propia pareciese incluso más idiota.

—Ah, ¿estás preocupado por mí? —bromeé y le di un golpe suave en el brazo—. Estaré bien.

—Ajá. Bien. Iré a comer hamburguesas a la parrilla jugosas yo solo. —James comenzó a girarse y luego se detuvo—. ¿Puedo hacerte una pregunta?

—Claro. —Abrí la puerta del coche.

Pareció considerar lo que estaba a punto de decir.

—Estás... ¿Estás viéndote con alguien de allí?

—¿Qué? —Lancé la mochila en el asiento delantero y después me giré para mirarlo—. ¿Te refieres a si estoy liada con alguien? ¿Con Luc?

James asintió.

Me eché a reír, pero mi risa sonaba extraña incluso para mis propios oídos.

—No has tenido la oportunidad de conocerlo, pero si lo hicieras, sabrías lo ridícula que es esa pregunta.

Aquello era cierto a medias. ¿Cómo podría estar interesada en Luc? No lo estaba, pero... en realidad sí. Y si bien debería estar preocupada por ir a aquella discoteca, no lo estaba, y ni siquiera podía explicar por qué. No tenía sentido, en especial cuando le había prometido a mi madre que no iba a regresar allí y había hecho prometer a Heidi que ella tampoco volvería. Y ni siquiera había querido ir el primer día. No podía precisar qué era, pero tenía una extraña sensación de... ¿De qué? ¿De seguridad? ¿De familiaridad?

Era muy probable que estuviera volviéndome loca.

Levantó una ceja.

—Es... un Luxen, ¿verdad? —Cuando asentí, James apartó la mirada y luego la centró otra vez en mí—. Solo ten cuidado, Evie. Colleen estuvo en esa discoteca cuando desapareció. ¿Y ahora Amanda tampoco aparece? Parece, no sé, que algo está empezando a ocurrir.

Mientras me acercaba a las puertas rojas de Presagio, sentía que estaba a pocos segundos de robar algo caro en una tienda de lujo. Como si estuviera a punto de esconder algún perfume del mismo valor que un coche debajo de mi camiseta.

No es que supiera cómo era hacer eso, pero imaginaba que un ladrón experimentaba la misma mezcla de ansiedad y entusiasmo que me ahogaba en ese instante.

Una gran parte de mí no podía creer que de verdad estuviera haciendo esto. Anoche no le había dicho a Luc que iba a venir. Incluso hasta era probable que no estuviera en la discoteca.

A pesar de todo, estaba allí.

Respiré hondo, levanté la mano, pero antes de que pudiera tocar las puertas rojas, una de ellas se abrió un poco. Di un grito ahogado y retrocedí. Esperaba ver a Clyde. Pero no fue a él a quien vi.

Luc estaba de pie al otro lado de la entrada de Presagio.

No estaba completamente vestido.

Quiero decir, no tenía una camiseta puesta.

Y había mucho pecho desnudo delante de mí: pecho y vientre.

En cierto modo, me cortocircuitó el cerebro. Ni siquiera sabía a dónde mirar. No debía mirarlo de ninguna manera, pero no pude evitarlo. Quería observarlo y quería tener la cámara en mano para sacar una foto de aquellos... ángulos.

Tenía la cremallera del vaquero cerrada, pero el botón desabrochado, y la prenda caía a una altura baja e indecente... Sus vaqueros estaban tan bajos que sin duda los sostenían sus superpoderes alienígenas. Tenía aquellos músculos a cada lado de las caderas, los que formaban una marca. Ni siquiera sabía cómo se llamaban, pero madre del amor hermoso, sí que estaban marcados. Había una marca leve de vello que desaparecía debajo de los pantalones.

Un destello de calor me golpeó las mejillas mientras deslizaba la mirada hacia arriba, sobre sus abdominales... Tenía unos abdominales impresionantes, cada músculo claro y definido. Tenía el pecho esculpido, y cuando alzó un brazo y colocó una mano sobre el marco de la puerta encima de él, observé en medio de una clase de trance cómo los músculos sobre sus costillas se movían y flexionaban de un modo interesante.

Luc estaba..., joder, buenísimo.

Había supuesto que estaba en forma basándome en las pocas veces breves en las que le había tocado por accidente el vientre o el torso, pero pensar en cómo sería no era comparable con saber cómo era en verdad.

No parecía real.

Eso era lo que continuaba diciéndome mientras mis ojos descendían de nuevo hacia el sur, hacia aquel rastro de vello interesante. Su cuerpo no era real. Solo era una máscara que los Luxen usaban. En realidad, Luc parecía una medusa con forma humana. Aquel... cuerpo deslumbrante no era real.

Pensar en ello no ayudó.

Para nada.

Porque su cuerpo parecía completamente palpable y real.

—¿Quieres que me saque una de esas selfis espeluznantes y autocomplacientes de mis abdominales y que te la envíe? —preguntó Luc—. Así podrás contemplarme cuando quieras, incluso cuando no estoy cerca.

Dios mío.

El calor me invadió las mejillas mientras posaba de inmediato los ojos en su rostro. Era obvio que él acababa de salir de la ducha. El cabello húmedo le caía sobre la frente y la sien. No tenía las lentillas puestas hoy. Sus ojos eran de aquel violeta extraño y precioso.

—No estaba contemplándote.

—¿En serio? Porque tu mirada era tan penetrante que prácticamente sentí que me tocabas. No de un mal modo. Ya sabes, no en plan muñecas y años de terapia.

Joder...

—Que me tocabas bien. La clase de tocamiento que te lleva a terapia por un motivo completamente distinto —añadió y se echó a un lado mientras mantenía la puerta abierta. Noté que estaba descalzo—. Pero podemos fingir que no estabas contemplándome.

—No lo estaba —repliqué con furia, negándome a mirarlo. Luc caminó a mi alrededor.

—Piensa lo que sea que te permita dormir por las noches, ¿porque contemplar a alguien que crees que es un alienígena? Oh, qué horror.

Emití un suspiro largo y firme.

—Eres un alienígena.

Luc abrió los ojos de par en par mientras me miraba.

—No sabes nada, Evelyn Dasher.

—¿Acabas de citar *Juego de Tronos*?

—Tal vez —susurró.

—¿Y por qué no llevas puesta una camiseta? ¿Te has olvidado de cómo vestirte?

—Vestirse es muuuy difícil.

—Al parecer, también es difícil abrocharte los pantalones —susurré, sonrojándome de nuevo.

Se rio mientras abría la segunda puerta.

—¿Por qué llevas puesta una camiseta, Evie?

Pasé junto a Luc y lo fulminé con la mirada mientras entrábamos en la discoteca silenciosa y con luz tenue.

—¿De veras estás haciéndome esa pregunta?

Alzó un hombro mientras pasaba a mi lado.

—Creí que era tan válida como la tuya. —Miró por encima de su hombro mientras caminaba delante de mí—. Ya sabes, tan válida como cualquier otra pregunta estúpida.

Entrecerré los ojos mirando su espalda..., su espalda ancha y bonita. Los músculos cubrían su columna. Me detuve en la pista de baile y cerré los ojos brevemente. ¿Qué estaba haciendo?

—Esto es un error.

Él se giró hacia mí y, en cierto modo, deseé que no lo hubiera hecho, porque era una verdadera lucha tratar de mantener la mirada por encima de sus hombros y no desviarme.

—¿Por qué piensas eso?

—¿Que por qué? —Solté una risa breve y cortante—. Te comportas como un idiota.

—¿Porque te he dicho que sin duda estabas contemplándome y tú has reaccionado como si te hubiera acusado de beber sangre de bebés en Sabbat?

Arrugué la nariz y bajé la mirada. No tenía ni idea de cómo era el tacto de su piel, pero imaginaba que sería como seda estirada sobre acero. Mierda. Necesitaba parar...

Él avanzó y yo enderecé la espalda.

—Empecemos de nuevo. Desde cero. Tú fingirás que la mera idea de sentirte atraída por mí no te aterra y yo fingiré que no estás pensando en cómo sería tocarme. ¿Mmm? ¿Hay trato?

Se me cayó la mandíbula al suelo mientras el calor se extendía por mi garganta. Di un paso al frente, apuntándole con el dedo.

—No estoy pensando en eso.

Amplió más su sonrisa.

—Testaruda y una mentirosa horrible. Supongo que algunas cosas nunca cambian.

—No me has conocido el tiempo suficiente como para saber que soy una mala mentirosa.

Se giró y deslizó una mano sobre una de las mesas.

—Te conozco tan bien como tú te conoces a ti misma.

—Lo que tú digas. —La irritación aumentó—. ¿Sabes lo que sé? Sé que te gusta decir idioteces que no tienen sentido solo para escuchar tu propia voz.

Luc rio de un modo grave que hubiera sido agradable si hubiera provenido de otra persona.

—Vaya, sí que me conoces.

—Debo decir que concuerdo con ella —dijo una voz detrás de mí. Me di media vuelta y vi a Kent espiando. No sabía de dónde había salido, pero llevaba una botella de agua—. Suena exactamente como el Luc que conozco.

—Se supone que no tienes que concordar con ella. —Luc avanzó hasta la barra—. Código de hombres, amigo. Código de hombres.

Kent guiñó un ojo al pasar a mi lado.

—Ha venido sola.

Acababa de recoger mi mandíbula del suelo y ya se me había vuelto a caer.

—¿Estabais vigilándome para ver si he venido sola?

—Por supuesto que sí —dijo Luc—. No somos estúpidos.

Lo miré boquiabierta.

—Me pediste que viniera aquí. ¿Por qué creerías que iba a venir con un acompañante?

—Porque lo hiciste la última vez —explicó—. Y tengo el presentimiento de que ni siquiera sabes por qué has venido.

Cerré la boca. Luc comenzó a caminar de nuevo.

—Así que solo estábamos asegurándonos de que no hubiera ninguna sorpresa.

—Creo que aún no nos hemos conocido formalmente. —Kent se acercó a mí—. Tú eres Evie. Yo soy Kent. Me gusta hacer caminatas largas en cementerios oscuros y quiero tener una llama de mascota antes de morir.

—¿Una llama? —dije, parpadeando.

—Está un poco obsesionado con ellas —comentó Luc.

—Claro que sí. ¿Quién no lo estaría? A ver, es como si Dios se hubiera confundido con ellas, ¿sabes? Ya había hecho caballos y ovejas y decidió mezclarlos y *voilà*: creó las llamas —explicó Kent—. Condenadamente maravilloso. ¿Has visto una llama en persona alguna vez?

—No —murmuré.

—Qué pena. Bueno, esto me lo quedo. —Antes de que pudiera reaccionar, él me había quitado la mochila del hombro. Sonrió cuando me giré hacia él—. Solo hasta que estés lista para marcharte.

—¿Hablas en serio? —espeté—. ¿Qué crees que escondo ahí? ¿Una bomba?

—Nunca se es demasiado precavido —dijo Luc desde el pasillo—. Y una vez amenazaste con llamar a la policía.

Me giré y lo encontré esperándonos.

—¡Te dije que no lo habría hecho! Y creía que estábamos empezando de nuevo y fingiendo que nos caíamos bien.

—Estamos fingiendo selectivamente que ciertas cosas no han pasado.

—Dios —gruñí mientras la decepción me recorría las venas. Era evidente que él no confiaba por completo en mí y no sabía por qué aquello me molestaba, pero así era. Lo cual era estúpido, porque yo tampoco confiaba en él—. Creía que nosotros... —«Creía que nosotros habíamos superado eso». Mierda, era un pensamiento tan estúpido que ni siquiera podía comenzar a explicarlo.

Luc aguzó la mirada.

—¿Que nosotros qué?

Respiré hondo.

—No me caes bien.

Luc hizo una reverencia en dirección a mí y parte de su pelo le cayó sobre la frente.

—No te enfades con él. Hoy en día no es posible ser demasiado precavido. A ver, ¿has visto las noticias? El otro día bombardearon un centro comunitario Luxen conocido en Denver.

No me había enterado.

—Alguien entró, apoyó una mochila en el suelo, salió y mató de una explosión a un grupo de inocentes, incluso a humanos. Así que somos precavidos. —Kent se colocó mi mochila sobre el hombro—. Pero no voy a perder de vista tu mochila. —La colocó sobre su pecho y la abrazó—. Será mi nueva mejor amiga.

Posé la vista en él y en su *mohawk*. La cresta debía medir unos dieciocho centímetros.

—Vale.

—He pensado que podríamos hablar arriba, que es más cómodo —intervino Luc—. ¿Vienes?

Así era como suponía que comenzaban la mayoría de las películas de terror, pero ya no podía dar marcha atrás.

Así que suspiré para librarme de mi malhumor y seguí a Luc. Él sostuvo la puerta que llevaba a la escalera para que yo pasara. La atravesé y comencé a subir.

Luc me alcanzó con facilidad, y Kent lo seguía detrás. Intentando deshacerme de los nervios, deslicé la mano sobre el pasamanos.

Milagrosamente, los dos mantuvieron silencio mientras llegábamos al segundo piso. Luc continuó caminando, subiendo varios escalones más, y yo me pregunté por qué no tenían un ascensor.

Sin siquiera perder el aliento mientras yo estaba a segundos de morir, Luc abrió la puerta del sexto piso. Aquel pasillo era parecido al del segundo piso, excepto porque era más amplio y tenía menos puertas.

—Me iré con tu mochila. —Kent pasó a nuestro lado, silbando bajo una melodía que sonaba a una canción de Navidad, y abrió una de las puertas del pasillo—. Niños, ¡comportaos! No hagáis nada que yo no haría.

Abrí los ojos de par en par. Mientras Kent desaparecía en una habitación que estaba al final del pasillo, Luc dijo:

—Kent es... Bueno, es diferente, pero luego te encariñas con él.

—Sí. —Con las piernas doloridas, me obligué a poner un pie delante del otro hasta que Luc se detuvo fuera de una puerta de madera sin ventanas. El corazón me brincó en el pecho—. ¿Cómo está Chas?

—Mejor. Estará como nuevo mañana.

—Tiene suerte —dije, y Luc me miró—. Es que si hubiera sido humano...

—No habría sobrevivido al ataque —concluyó él por mí—. Y si hubiera llevado puesto un inhibidor, no habría podido curarse a sí mismo.

Me mordí el labio inferior, preocupada, y bajé la vista.

—¿Es... tu habitación?

—Más bien mi apartamento.

Su apartamento. Claro. Por supuesto que no tendría simplemente un cuarto en la casa de sus padres. Por lo poco que sabía, Luc había nacido de un huevo en alguna parte.

Luc levantó un brazo y se apartó el pelo de la cara. Mi mirada siguió el movimiento de toda su piel y sus músculos. Él dejó caer el brazo y me miró.

Nuestras miradas conectaron y descubrí que no podía apartar la vista. Había algo cautivador en sus ojos, y durante un largo instante ninguno de los dos habló. Un nerviosismo extraño apareció, el mismo que sentí cuando había estado allí el sábado, y la sensación invadió el pasillo y se asentó sobre mi piel como si fuera humo. Era como estar cerca de una tormenta eléctrica. Esperaba a medias que las luces del techo perdieran intensidad o explotaran.

Él bajó la mirada y rompió la conexión. Habló en voz baja.

—Me alegra que hayas venido.

Parpadeé.

—¿Ah, sí?

Pasó un instante. Levantó sus pestañas increíblemente espesas y oscuras. Los ojos amatista se clavaron de nuevo en los míos.

—Sí. Creía que no ibas a venir.

Crucé los brazos y pasé mi peso de un pie al otro.

—¿Me habrías culpado por no haber venido?

—No. —Una sonrisa burlona tomó forma en su rostro. El calor me golpeó las mejillas.

—Tenías razón antes. Ni siquiera estoy segura de por qué estoy aquí.

Amplió su sonrisa mientras giraba y presionaba los dedos contra un sensor táctil. Cuando el aparato leyó y procesó su huella dactilar, la cerradura se abrió. Alta tecnología.

—Yo sí sé por qué.

Se me revolvió un poco el estómago.

—¿Por qué?

Luc abrió la puerta.

—Porque te voy a contar una historia.

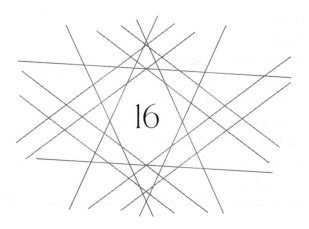

16

¿Una historia?

No había venido por ese motivo. Quería saber qué sabía él sobre mi madre..., qué secretos podía estar ocultando ella. Pero en cuanto entré en la habitación ligeramente fresca y Luc encendió una luz, no pensé en lo que él sabía.

No era la clase de apartamento sórdido que esperaba.

Mis ojos abiertos como platos recorrieron la gran extensión de la habitación. A excepción de dos puertas que suponía que llevaban al baño y quizás a un armario, el amplio espacio estaba abierto por completo. El salón era gigante, con uno de esos sofás de varios módulos en color gris junto a unas ventanas cerradas que llegaban hasta el techo. Había una televisión inmensa frente al sofá, apoyada en una mesa de metal y vidrio. El suelo era todo de madera y llegaba hasta el dormitorio. La cama (oh, Dios), la cama estaba en una plataforma elevada. Había dos cómodas largas de madera contra una pared, junto a un escritorio vacío, salvo por un ordenador portátil que ocupaba su superficie.

Miré alrededor y no vi nada personal. Ninguna fotografía. Ningún póster. Las paredes estaban vacías. Luc pasó a mi lado cuando yo avancé y vi una guitarra en una esquina, junto a la televisión.

¿Luc tocaba la guitarra?

Lo miré. Él entró en la zona de la cocina y deslizó sus dedos largos sobre lo que parecía una parte de la encimera. ¿Tocaría la guitarra sin camiseta?

Puse los ojos en blanco. No necesitaba responder a esa pregunta.

—¿Esta es tu casa?

—Sip. —Caminó hacia el frigorífico de acero inoxidable. Negué con la cabeza.

—¿Cómo es posible? ¿Cómo es posible que seas dueño... de la discoteca? Solo tienes dieciocho años, y creía que los Luxen no podían tener propiedades.

—No pueden, pero eso no significa que no haya encontrado un modo de evadir esas leyes. Mi nombre no aparece en ningún documento, pero todo esto es mío.

—Entonces, ¿pertenecía a tus padres?

Se rio en voz baja.

—No tengo padres.

Fruncí el ceño. Los Luxen sin duda tenían padres, pero luego comprendí a qué debía de haberse referido. Los padres de Luc habían muerto, ya fuera antes de la invasión o durante. Quizás habían...

—Tampoco me dejaron dinero —dijo, interrumpiendo mis pensamientos; entrecerré los ojos—. Una vez conocí a un tipo que era muy bueno con el dinero. Se llamaba Paris. Aprendí mucho de él.

¿Paris? Qué nombre tan raro. Sonaba familiar. Un segundo. Era una persona real de la Historia, ¿verdad?

—¿Dónde está Paris ahora?

—Muerto.

—Oh. Lo... lo siento.

La espalda de Luc estaba tensa mientras levantaba una mano y se deslizaba los dedos entre el pelo.

—¿Lo conoces? Espera. Por supuesto que no. —Se rio y dejó caer las manos mientras se giraba—. Paris era como un padre para mí. Era un buen hombre y yo... hice que lo mataran. No es una exageración. Lo involucré en algo, en algo imprudente antes de la invasión, y murió a causa de ello.

No sabía qué decir.

—Ya retomaré esa parte. ¿Quieres saber por qué continúo diciendo que no soy un Luxen? Es porque no lo soy.

Incliné la cabeza hacia un lado y me crucé de brazos.

—¿Por qué continúas diciendo eso?

—Porque es la verdad. —Me miró y deseé a medias que hubiera seguido dándome la espalda—. Soy un Origin.

Parpadeé una vez y luego otra.

—¿Que eres un qué?

Alzó una de las comisuras de la boca.

—Un Origin. El hijo de un Luxen y una humana mutada.

Pasaron varios segundos mientras lo miraba.

—¿Una humana mutada? —Una risa ronca se me escapó de la boca—. ¿Sabes qué? Creo que necesito encontrar a Kent y...

«Mierda».

De pronto, Luc estaba allí, frente a mí. No me estaba tocando, pero estaba lo bastante cerca como para que pudiera sentir el calor que emanaba de su piel desnuda.

—No tengo motivos para mentir. Ni a ti ni a nadie. Tienes que comprender que no tengo absolutamente nada que ganar. —Sus ojos encontraron los míos—. Y tengo todo que perder al contarte lo que la mayoría del mundo no sabe.

Tragué con dificultad mientras sostenía su mirada.

—¿Qué tienes que perder?

Pasó un minuto largo antes de que él respondiera.

—Todo.

El corazón me dio un brinco en el pecho.

—Entonces, ¿por qué arriesgarías todo contándomelo a mí?

—Buena pregunta. —Inclinó un poco la cabeza hacia un lado—. Pero tú quieres la verdad y yo tengo ganas de hablar. La cuestión es: ¿estás dispuesta a escuchar?

Parte de mí quería buscar mi mochila y salir corriendo de allí, pero quería saber la verdad y podría decidir, cuando esto terminara, si él mentía o no. Asentí.

—Estoy dispuesta a escuchar.

—Perfecto. —Se dio la vuelta y, en un abrir y cerrar de ojos, apareció frente al frigorífico con la puerta abierta. Agarró dos Coca-Colas—. Hay mucho que no es de conocimiento público.

Sus dedos rozaron los míos cuando acepté la bebida que me ofreció. Pensé en lo que mi madre había dicho acerca de que la gente no lo sabía todo. Agarré más fuerte mi lata de refresco.

—¿Está relacionado con el grupo en el que trabajaba mi padre? ¿Con Dédalo?

Una sonrisa burlona apareció en sus labios mientras asentía.

—¿Por qué no te sientas?

Exhalando de forma abrupta, miré alrededor y decidí que el sofá era el lugar más seguro. Caminé hasta allí y me senté en el borde. Era un sofá amplio y profundo y si me sentaba contra el respaldo, tendría que rodar para salir de allí.

—Tu madre te ha dicho que los Luxen han estado aquí desde hace tiempo, ¿verdad? Y que Dédalo trabajaba para insertarlos en la sociedad, para ocultarlos. Eso no era lo único que hacían. —Luc pasó a mi lado y colocó su lata cerrada sobre la mesa auxiliar—. Verás, los Luxen son difíciles de matar, algo que el mundo descubrió durante la invasión.

Temblando, giré y lo miré.

—No solo porque sean poderosos y capaces de acceder a lo que ellos llaman «la fuente» y utilizarla como un arma. —Luc se detuvo junto a una cómoda y abrió un cajón—. Sino también porque pueden utilizarla para curarse, que es lo que hizo Chas cuando adoptó su verdadera forma. Pero lo que es realmente interesante es lo que les pueden hacer a los humanos con ese poder.

—¿Matarlos? —pregunté, abriendo mi lata.

Él rio mientras alcanzaba una camiseta de manga larga negra. Menos mal.

—Pueden curarlos.

Hice un movimiento brusco con la mano y la deliciosa bebida cayó sobre mis dedos.

—¿Qué?

Mientras se colocaba la camiseta sobre la cabeza, aparté la vista antes de que pudiera entretenerme mirando aquellos músculos que empezaban a hacer cosas raras e interesantes.

—Los Luxen pueden curarlo todo, desde rasguños leves hasta heridas de bala casi fatales. Por supuesto, deben querer hacerlo para lograrlo, y la mayoría no quería antes de la invasión, porque su estilo de vida, su seguridad, dependía de que los humanos no supieran de su existencia. Correr por ahí y salvar personas con las manos llamaría la atención. Los humanos que sabían la verdad terminaron desapareciendo. Incluso ahora. Las personas que saben la verdad desaparecen. La verdad es peligrosa.

Un escalofrío me recorrió el cuerpo. Y ahora yo también conocería la verdad.

Se tiró del dobladillo de la camiseta hacia abajo y me miró. La prenda solo ayudaba un poco.

—Y curar humanos puede tener efectos secundarios extraños. Si se cura a un humano muchas veces o si se hace un trabajo grande, como salvarle la vida a alguien, el humano puede sufrir cambios.

Bebí un sorbo de refresco mientras Luc regresaba al sofá.

—¿Mutaciones?

—Sí. —Tomó asiento a mi lado—. En algunos casos, no en todos, el humano adopta algunas de las características del Luxen y se vuelve capaz de utilizar la fuente. Se hacen más fuertes y no se ponen enfermos.

Dije la palabra sin emitir sonido. *Híbridos*. Sonaba como algo salido de una novela de ciencia ficción.

—Pero aquellos híbridos siguen siendo... humanos, ¿no?

—¿Sí? ¿No? —Luc se encogió de hombros—. Supongo que eso es debatible, pero lo que sin duda no es discutible es el hecho de que todo cambió cuando Dédalo descubrió que los Luxen no enfermaban y que podían curar humanos. Las organizaciones como Dédalo comenzaron con las mejores intenciones. Estudiaron a los Luxen para ver si podían utilizar su genética para curar enfermedades humanas, cualquiera de ellas, desde un resfriado común a ciertos tipos de cáncer. —Exhaló abruptamente y apartó la mirada—. Dédalo sabía que la clave para erradicar las enfermedades estaba en el ADN Luxen. Desarrollaron tratamientos y sueros derivados de este. Algunos funcionaron. —Hizo otra pausa cortante—. Otros no.

Sorprendida, permanecí en silencio y escuché.

—Se abrió un abanico de posibilidades cuando descubrieron que los Luxen podían generar mutaciones en humanos y convertirlos en híbridos. A veces, los humanos no mutaban y regresaban a la normalidad. Otras, se... autodestruían en cierto modo. Hay cierto... misticismo involucrado en la mutación de un humano, así que Dédalo estudiaba eso y creó tratamientos para asegurarse de que las mutaciones no desaparecieran. Dédalo se dedicaba a mejorar la vida humana. Hicieron algo bueno. Durante un tiempo.

Tenía el presentimiento de que el asunto iba a dar un giro violento.

—Las investigaciones devinieron en experimentos, del tipo que probablemente violaba todo nivel de ética que haya existido. No les llevó demasiado tiempo descubrir que un Luxen podía reproducirse con la humana a la que había mutado, engendrando hijos que serían en muchos aspectos más poderosos que un Luxen. —Hizo una pausa—. Y Dédalo experimentó con ellos, con muchas generaciones de esos niños. Mantuvieron a algunos cerca. Destruyeron a otros que no alcanzaron sus expectativas.

La repulsión me atravesó el cuerpo mientras me inclinaba hacia delante y colocaba la lata en el suelo.

—Madre mía.

—Muchos de esos niños nunca conocieron a sus padres. —Las facciones de Luc se volvieron tan afiladas como un cuchillo—. Luego... Dédalo creó una asociación con el Departamento de Defensa. Comenzaron a enfocarse más en crear soldados en vez de en curar enfermedades. Generaciones enteras de aquellos niños crecieron en laboratorios y lugares ocultos. Algunos nunca salieron al exterior. Muchos murieron en la misma habitación pequeña en la que fueron criados. A otros los infiltraron en el Ejército, en posiciones gubernamentales, en compañías multimillonarias.

Tenía la mandíbula prácticamente sobre mi regazo. Aquello era... Aquello era increíble.

Él colocó la mano sobre el sofá junto a mi muslo e inclinó el cuerpo hacia delante.

—Cualquier pasión que aquellos médicos tuvieran al comienzo se convirtió en algo retorcido. —Despacio, levantó su mirada hacia la mía y yo respiré con inestabilidad—. En especial cuando comenzaron a forzar la reproducción.

Asqueada por completo, quería apartar la vista de Luc, pero sentía que hacerlo era como apartar la vista de la verdad, de lo que sabía que él iba a decir.

Luc alzó el brazo y comenzó poco a poco a enrollarse la manga de la camiseta hasta que su antebrazo quedó expuesto. Miró por encima del hombro y alzó la otra mano. Algo voló desde la encimera de la cocina y aterrizó en su mano. Noté que era un cuchillo muy afilado.

Me puse tensa.

—Cuando hieres a un Luxen, se cura en cuestión de minutos; a veces tardan un poco más, dependiendo de lo profundo que sea el corte. —La punta afilada flotó sobre su piel firme—. Cuando hieres a un híbrido, también se cura. No tan rápido, pero sin duda con mayor velocidad que un humano.

Junté mis manos.

—Luc...

Demasiado tarde.

Presionó el cuchillo hacia abajo sobre su piel y realizó un corte profundo. La sangre roja azulada manchó su piel. Antes de que pudiera levantarme del sofá para correr en busca de toallas, su piel se regeneró sobre la herida y la cerró.

—Joder. —No había más sangre. La herida había desaparecido. Era como si nunca se hubiera hecho un corte en la piel. Clavé los ojos en los suyos.

—Pero un Origin, el hijo de un Luxen y una híbrida, sana de inmediato.

La comprensión cobró vida mientras observaba su brazo y luego posaba la mirada en su rostro impresionante.

—¿Eres...? ¿Eres uno de esos niños?

Él asintió y luego inclinó el cuerpo hacia un lado y colocó el cuchillo sobre la mesa auxiliar.

—Observa.

Estaba observando con toda mi atención.

Un destello blanco y tenue apareció en su dedo índice. Me recliné hacia atrás para apartarme de él, con los ojos abiertos como platos.

—No...

—Tranquila. —La luz cubrió su mano y subió por su brazo—. Los Origin no somos transparentes... —Sonrió—. Como las medusas.

Ya lo veía. Su brazo era del todo corpóreo debajo de aquella luz intensa.

—Los ojos de los Origin son como los míos. Del mismo color. Con la misma clase de pupilas.

Obligué a mis ojos a encontrarse con los suyos. ¿Quién tenía ojos así? El chico que había visto con Chas.

—Archer. ¿Él es un Origin?

Mientras Luc asentía, el resplandor entibió sus facciones como si estuviera reclinado sobre la luz de una vela. Aquello explicaba sus pupilas extrañas, algo que nunca había visto en un Luxen.

—Antes había más Origin. No... no quedan muchos.

Me mordí el labio inferior.

—¿Qué les pasó?

Luc no respondió durante un buen rato.

—Esa es una historia para otro día.

Mis ojos recorrieron su rostro y luego regresaron al resplandor blancuzco que flotaba sobre su mano. La necesidad extraña e innata de tocar a Luc, de tocar la luz, se despertó en mi interior.

—Puedes hacerlo —dijo él, con voz baja y grave—. Puedes tocarla. No te lastimará.

Me dio un vuelco el corazón mientras alzaba la mano.

—¿Los...? ¿Los Origin pueden leer mentes?

Una sonrisa reservada jugueteó en sus labios.

—Algunos de nosotros podemos.

Oh, no. Mierda. Me paralicé.

—¿Tú puedes hacerlo?

—Sí.

Comencé a retirar la mano. Yo había tenido razón todo el tiempo. Madre mía, ¿la clase de pensamientos que había tenido sobre él? ¿Los malos? ¿Los muy malos? ¿Los que eran muy vergonzosos?

—Intento no hacerlo. A ver, no vivo espiando los pensamientos de los demás. A veces no puedo evitarlo, en especial cuando una persona transmite sus pensamientos muy alto. —Sus ojos miraron los míos—. Tú estás... callada la mayor parte del tiempo. Solo he oído algunas cosas sin quererlo. Solo fragmentos de algunos pensamientos.

—¿Por qué iba a creerme que no me lees la mente a propósito?

—Si tuviera aquella habilidad, sin duda la usaría cada cinco segundos.

La luz alrededor de su mano titiló.

—Porque si te leyera la mente, probablemente no me gustaría lo que encontraría en ella.

Sorprendida por su honestidad brutal, me quedé sin palabras. Parte de mí quería pedir disculpas.

—Toca la luz —insistió—. Sé que quieres hacerlo. Y no es porque te haya leído la mente. Está escrito en tu expresión.

Luc tenía razón.

Quería hacerlo.

Lo cual puede que fuera un signo de locura.

Tragué con dificultad y extendí la mano. El tiempo pareció pasar más despacio mientras aproximaba los dedos al resplandor. El aire era cálido alrededor de su mano. No caliente. Tensa, avancé. Mis dedos atravesaron la luz y una descarga eléctrica leve bailó sobre mi piel. La luz se extendió desde Luc hacia mí. Era como un cosquilleo suave.

Me quedé sin aliento.

Tocar la luz no dolió. En absoluto. Era como deslizar los dedos a través del aire cálido por el sol. Pequeños rizos de luz brotaron de ella y me rodearon la mano.

Pero aquello no era solo luz. Era poder, poder puro que podía utilizarse como un arma, un arma que había matado a mi padre.

Liberé la mano y presioné la palma contra mi pierna.

La luz se hizo más tenue hasta que la mano y el brazo de Luc volvieron a la normalidad. Sus pupilas estaban raras de nuevo, como si estuvieran dilatadas.

Me aclaré la garganta.

—¿Qué más puedes hacer?

Luc no respondió durante un buen rato. Solo me miró de un modo que me hizo sentir que yo era un rompecabezas que él no podía montar. Nuestras miradas colisionaron y se mantuvieron unidas. No podía respirar. Algo... algo ardiente y no solicitado cobró vida entre nosotros.

Vi cómo tragaba mientras apartaba la mirada.

—Somos susceptibles a las mismas armas que los Luxen: las picanas eléctricas y las armas de pulso electromagnético no son nuestras amigas. Más allá de eso, todo lo que un Luxen puede hacer, nosotros lo hacemos mejor.

—Guau. —Reí, y la sensación extraña desapareció—. Es muy modesto por tu parte.

Una sonrisita traviesa apareció en su rostro.

—Conocí una vez a alguien que decía que la modestia era para santos y perdedores.

—Parece que era alguien muy centrado. Y agradable —dije, alzando las cejas. Luc rio.

—Si tan solo supieras...

El silencio nos rodeó, y yo tenía muchas preguntas. Tantas que podría estar una noche entera haciéndoselas.

—Entonces..., ¿nunca conociste a tus padres?

Luc movió la cabeza de un lado a otro.

—No. Estoy bastante seguro de que ambos murieron.

—Lo siento.

Levantó un hombro mientras se desenrollaba la manga de la camiseta.

Observé los planos y los ángulos de su rostro. Sabía que no debía preguntar, pero no pude contenerme.

—¿Has crecido en uno de esos laboratorios?

—Así es. —Alzó las pestañas.

—¿Cómo...? ¿Cómo era?

Él apartó la mirada y creí que no respondería.

—No era de ninguna forma. No había sentido de... identidad. —Apretó la mandíbula mientras su mirada recorría las paredes vacías de su apartamento—. No había amigos. No había familia. No valíamos nada más allá de para lo que nos habían creado. Un Origin solo era una entidad individual, pero, al mismo tiempo, todos los Origin eran la entidad. En cierto modo, éramos como ordenadores. Todos nosotros. Programados desde el nacimiento para obedecer hasta que...

—¿Hasta que qué? —pregunté en voz baja, sabiendo por instinto que él no hablaba mucho al respecto. Quizás nunca.

Continuó mirando las paredes vacías.

—Hasta que tomé conciencia de mí mismo. Parecido a Skynet. Ya sabes, *Terminator*. Un día desperté y noté que era más inteligente, más rápido y más letal que aquellos que me habían creado. ¿Por qué permitía que ellos me dijeran cuándo podía comer, cuándo podía dormir o salir de mi habitación o ir al baño? Así que dejé de obedecer.

Imaginaba que eso no implicaba que había salido caminando por la puerta sin más.

—¿Para qué te crearon?

—Para lo básico —respondió—. Para dominar el mundo.

Me ahogué con mi risa.

—¿Para lo básico?

—¿Acaso no es eso lo que quiere cada idiota que toma el camino equivocado en la vida? Quizás no comienza de ese modo. Dédalo creía que estaba haciendo algo bueno. Ellos son los héroes de la historia, pero un segundo después, sin darse cuenta, son los villanos. Lo mismo ocurrió con los Luxen que invadieron la Tierra. Querían dominar porque pensaban que eran la especie superior. ¿Y Dédalo? Quería un ejército perfecto, un gobierno perfecto, una especie perfecta. Eso éramos. Eso era yo.

—Dios, Luc. Lo...

—No. No lo sientas. —Me miró—. No tienes nada que ver con todo eso.

—Lo sé, pero... —La presión me aplastó el pecho—. ¿Mis padres tuvieron algo que ver con esos experimentos?

—¿De verdad estás lista para la respuesta?

No podía respirar.

—Sí.

—Jason era uno de los supervisores de Dédalo. Él sabía exactamente lo que hacían y cómo lo hacían.

Ya lo sospechaba basándome en lo que mi madre me había contado, pero, de todos modos, era como una patada en el estómago.

—¿Y mi madre?

Tomó su lata de refresco y la abrió.

—Nunca vi a Sylvia en ninguna parte de las instalaciones, pero es imposible que ella no supiera lo que estaban haciendo, lo que su marido estaba haciendo. Quizás no formó parte de ningún experimento, pero sin duda fue cómplice.

No quería creerlo. Mi madre era una buena persona.

—Las buenas personas cometen actos terribles cuando creen en lo que están haciendo —comentó Luc.

—Me estás leyendo la mente.

Giró la cabeza hacia mí.

—Estás transmitiendo muy alto tus pensamientos.

Entrecerré los ojos. Él sonrió a medias.

—No digo que Sylvia sea una mala persona. Había muchas personas decentes en Dédalo que creían que estaban haciendo que el futuro fuera mejor y más seguro.

—Pero... eso no justifica lo que hicieron. Lo que has descrito es espantoso.

—Lo fue. —Sus ojos se encontraron con los míos—. Y ni siquiera te he contado la mitad de las cosas de las que fueron responsables.

Se me revolvió el estómago mientras cerraba fuerte los ojos. No sabía qué pensar. No podía imaginar que mi madre fuera consciente de aquella reproducción forzosa y de los niños criados en celdas, y que estuviera de acuerdo. Si así había sido, entonces era..., era repugnante, y no me sorprendía tanto que ella hubiera omitido toda esta información cuando me contó acerca de Dédalo.

—¿Sabes de qué me he dado cuenta?

—¿De qué? —Abrí los ojos de nuevo. Luc me observaba.

—La mayoría de las personas son capaces de cometer actos horribles o de mirar a otro lado mientras hacen algo maravilloso. No son unidimensionales.

—Lo sé, pero... —Dejé de hablar y me miré las manos. Mi madre era mi heroína. Era dura y fuerte. Mantuvo la cordura después de la invasión y de la muerte de mi padre. No quería mancharla de ese modo, pero era demasiado tarde. La verdad tenía la costumbre de borrar el pasado que uno conocía.

Me deslicé las manos sobre las piernas y exhalé con brusquedad.

—He mencionado a un hombre antes. Paris. He dicho que lo había matado. Eso es verdad —dijo Luc en voz baja mientras se levantaba del sofá y yo centraba otra vez mi atención en él. Me miraba con los ojos un poco más abiertos—. Y la parte realmente desastrosa del asunto fue que él sabía en lo que se estaba metiendo. Sabía por qué lo puse en riesgo a él, a todos, y me siguió la corriente. Y sé que si hubiera un botón con el cual rebobinar la vida, él habría hecho lo mismo, si no por mí, por ella.

No sabía en absoluto a qué se estaba refiriendo, pero el rastro de dolor y angustia que cubrió sus facciones deslumbrantes era inconfundible.

—¿Quién es... ella?

—Esa es la historia que te voy a contar. —Hizo una pausa—. Si es que aún crees que te da la cabeza para oírla.

Asentí despacio.

—Creo que sí.

Retrocedió y apoyó la espalda contra la pared. En aquel instante, parecía prácticamente normal. Como si fuera cualquier adolescente, pero sus ojos hacían que se diferenciara. No por el color, sino por lo que había en ellos. Un cansancio añejo ardía en su mirada púrpura.

—Una vez, conocí una chica —dijo. Una sonrisa irónica apareció en sus labios—. Conoces esa frase, ¿verdad? ¿Que todas las grandes historias comienzan con una chica? Es verdad, y ella era... especial. No porque fuera la más guapa de todas. No es que no lo fuera, porque yo creía que era lo más bonito que había visto en mi vida, pero no era eso lo que la hacía especial. Era la humana más amable y fuerte que había conocido. Era brillante y una luchadora que había sobrevivido a cosas inimaginables.

Una punzada de pena floreció en mi pecho. Ya sabía que su historia no tendría un final feliz.

Cerró los ojos mientras apoyaba la cabeza contra la pared.

—Puede que fuera mi única amiga verdadera... No, sin duda, fue mi única amiga. No era como yo, no era una Origin. No era una Luxen ni una híbrida. Solo era una niña humana, diminuta, que había huido de su hogar en las afueras de Hagerstown; de una casa sin madre y con un padre a quien le importaba más emborracharse y drogarse que cuidar de su hija.

¿Hagerstown? Yo venía de allí, vivía allí antes de la invasión. Dios mío, qué coincidencia. El mundo a veces era realmente pequeño.

Luc prosiguió, con los ojos aún cerrados.

—De algún modo, logró viajar desde Hagerstown hasta Martinsburg, un pueblo de Virginia Occidental. Yo no la encontré. Paris lo hizo y sí, él sí era un Luxen. Se la cruzó una noche. Ni siquiera recuerdo qué estaba haciendo él, pero supongo que sintió pena por ella, así que se la llevó con él. Ella era una cosita diminuta, sucia y parlanchina, aproximadamente dos años menor que yo. —La sonrisa de Luc apareció de nuevo, pero esta vez acompañada de cierta tristeza—. Al principio no me caía muy bien.

—Por supuesto —susurré, intentando imaginarme a un Luc mucho más joven.

—Ella nunca escuchaba lo que Paris o yo le decíamos y, sin importar cuánto me enfadara con ella, era mi... —Suspiró con intensidad—. Era mi sombra. Paris solía decir que era mi mascota. Lo cual es un poco ofensivo ahora que lo pienso, pero sí... —Alzó un hombro—. Intentamos mantener en secreto lo que éramos para que ella no lo supiera, porque sucedió antes de la invasión, pero el secretismo duró quince segundos. Ella no se asustó cuando supo la verdad. Es más, solo se volvió extraordinariamente curiosa... y más molesta.

Una sonrisita tiró de mis labios mientras tomaba mi refresco. Ahora me imaginaba a un Luc joven con una niña traviesa siguiéndolo.

—Después de un tiempo, me encariñé con ella. —La sonrisa triste volvió—. Era como la hermanita que nunca había tenido, y luego, a medida que crecía, que crecíamos, se convirtió en algo completamente distinto para mí. —Cerró los ojos mientras un escalofrío le recorría el cuerpo—. La respetaba incluso antes de que supiera realmente lo que significaba el respeto. Ella había superado muchas cosas en su corta vida. Cosas que ni siquiera yo podía comprender, y nunca fui merecedor de ella, de su amistad, de su aceptación y de su lealtad.

Un nudo tomó forma en mi garganta.

—¿Cómo se llamaba?

Sus ojos deslumbrantes sostuvieron mi mirada mientras inclinaba la cabeza a un lado.

—Nadia. Su nombre era Nadia.

—Es un nombre bonito. —Jugué con la anilla de la lata—. ¿Qué...? ¿Qué le sucedió?

—Jason Dasher.

Un dolor penetrante me golpeó el pecho mientras apartaba la mirada. Lo había sabido incluso antes de haberlo preguntado, ¿verdad? Mi padre, el hombre que acababa de descubrir que era responsable de experimentos horribles en Luxen y humanos inocentes.

Recordé las palabras de mi madre. «Se aseguró de que Luc perdiera a alguien muy querido». Dios mío. Mi padre le había hecho algo a esa niña, a esa niña de la que Luc hablaba con tanta veneración que era evidente que había estado profundamente enamorado de ella, incluso a esa corta edad. Y que seguro que aún amaba, a pesar de que era evidente que ella no era más que un fantasma ahora.

—Te disculpaste en el lago por lo que él hizo, pero no sabes qué fue. Sylvia lo sabe, pero no te lo ha dicho.

La curiosidad me invadió, al igual que una dosis considerable de miedo. Quería saber, así que tendría que lidiar con cualquier acto terrible que mi padre hubiera cometido.

—¿Qué hizo?

Él se detuvo frente a mí y se puso de rodillas con la elegancia de un bailarín.

—Hay tanto que no sabes ni comprendes...

—Entonces, cuéntamelo —insistí mientras abollaba la lata con los dedos.

Una sombra atravesó sus facciones.

—No sé si... —Luc se detuvo y giró la cabeza hacia la puerta. Un segundo después, alguien llamó—. Un momento. —Suspirando, se puso de pie y caminó hacia la puerta. Grayson estaba al otro lado—. Creía que había dejado bien claro que no quería interrupciones.

Abrí los ojos de par en par, levanté el refresco y bebí un sorbo.

Grayson me lanzó una mirada despectiva.

—Por desgracia, esto no podía esperar. Está relacionado con los... paquetes que dejaron aquí anoche.

¿Paquetes? Espera. ¿Acaso aquel chico de ojos verdes preciosos no había mencionado un paquete? Se llamaba Daemon.

—¿Qué está pasando? —preguntó Luc.

Grayson suspiró mientras miraba donde yo estaba sentada.

—Digamos que se han encontrado con algunos problemas inesperados.

—Mierda. —Luc ya estaba atravesando la puerta—. Lo siento —me dijo—. Tengo que ocuparme de esto.

—Está bien. —No era el momento oportuno, pero lo comprendía.

Él vaciló un instante.

—Quizás tarde un buen rato.

En otras palabras, debía marcharme. Me puse de pie.

—Bueno. Supongo que... —Lo miré a los ojos, y no sabía cómo despedirme después de todo lo que me había contado.

Luc se giró hacia Grayson.

—Enseguida voy.

Grayson parecía reticente a marcharse, pero se dio la vuelta con rigidez y luego desapareció de mi vista. Luc se volvió hacia mí; sus ojos buscaron los míos mientras yo inclinaba el cuerpo hacia delante.

—¿Estás bien después de todo esto?

Coloqué el refresco sobre la mesa y asentí.

—Sí. Bueno, es mucho para digerir, pero... te creo. —Y era cierto. Era imposible que se hubiera inventado toda esa información y no tenía ningún sentido que mintiese al respecto—. Aunque tengo el presentimiento de que hay más.

Él bajó la mirada hacia mí.

—Hay más. —Movió el cuerpo y, antes de que supiera lo que estaba haciendo, las puntas de sus dedos me tocaron la mejilla. El contacto transportaba una carga estática tenue. Él inclinó la cabeza y sentí que su nariz me rozaba la otra mejilla. Cuando habló, su tono era extrañamente áspero—. Melocotón.

Inhalé con fuerza.

—Es... es mi crema.

—Ya me lo has dicho. —Luc permaneció allí, su aliento cálido me acariciaba la piel—. Te llamaré, ¿vale?

—Vale —susurré, sintiendo que cada vez que inhalaba no era suficiente.

Retrocedió y dejó caer sus dedos de mi mejilla.

—Kent te acompañará fuera.

Miré detrás de él y sí, allí estaba Kent en el pasillo, sosteniendo mi mochila. Sentí que me ardía el rostro mientras salía de la habitación.

Kent me sonrió con picardía.

Me sentía incómoda de siete maneras diferentes mientras me giraba para despedirme de Luc, pero él ya no estaba allí.

—Vaya. —Me giré de nuevo hacia Kent—. ¿A dónde ha ido?

—Es rápido. —Kent me entregó la mochila.

Miré a ambos lados del pasillo. Estaba vacío.

—¿Es invisible?

—A veces siento que sí —respondió Kent y se rio—. Vamos, cielito. Te acompañaré fuera.

¿Cielito? No sabía cómo responder ante eso, así que comenzamos a caminar y bajamos los seis tramos de escaleras. El piso de la discoteca estaba vacío mientras él me guiaba hacia la entrada. No vi a Clyde ni a nadie más.

—Estoy seguro de que te veré de nuevo —dijo, y abrió la puerta.

—Sí. —Sujeté la tira de la mochila—. Eh, gracias por... cuidar de mi mochila.

Dibujó una sonrisa traviesa.

—Ha sido un honor, Evie.

Reí mientras movía la cabeza de un lado a otro.

—Adiós.

—Nos vemos.

Sentía que tenía la cabeza en un millón de lugares distintos mientras caminaba hacia el lugar donde había aparcado. Abrí la puerta del coche, tomé asiento y coloqué la mochila en el asiento del copiloto. Presioné el botón que arrancaba el motor y luego miré las puertas rojas cerradas.

Un Origin, Luc era un Origin. Algo que ni siquiera sabía que existía hasta hacía una hora. Al igual que los híbridos. Madre mía. Moví despacio la cabeza de un lado a otro mientras sujetaba el volante con las manos. Cerré los ojos y presioné el volante. ¿Qué le había hecho mi padre a esa chica? A Nadia. Mi madre debía de saberlo. No podía preguntárselo. Si lo hacía, entonces sabría que yo había hablado con Luc, y dudaba seriamente que aquello le pareciera bien.

¿Y habría más cosas que él aún no me había contado? ¿Qué más...?

Alguien golpeó mi ventanilla y di un grito ahogado. Abrí los ojos.

—Joder —susurré.

Chas estaba de pie fuera de mi coche.

Sin duda era Chas, pero sin el rostro ensangrentado ni magullado. Mientras permanecía de pie allí mirando a través de la ventanilla con las manos sobre el techo de mi coche, ni siquiera parecía que había estado al borde de la muerte hacía pocos días.

Presioné el botón de la ventanilla para bajar el cristal.

—Hola.

Su mirada, de un intenso color azul, recorrió mi rostro.

—Estabas allí... el sábado. Cuando me encontraron...

Miré rápido detrás de él y, al no ver a Luc o a Kent, asentí.

—Sí. Siento lo que te sucedió, pero me alegra ver que estás... mejor.

—Gracias. —Bajó la mirada hacia mí—. Te llamas Evie, ¿verdad?

Asentí de nuevo. No sabía por qué estaba allí hablando conmigo.

Chas miró a su izquierda y tensó los hombros. Aquellos ojos espeluznantes e intensos se centraron en los míos.

—Debes permanecer lejos de aquí.

Sus palabras me tomaron por sorpresa y me sobresalté.

—¿Perdona?

Chas dobló las rodillas para que nuestras miradas estuvieran al mismo nivel.

—Sé que no me conoces, pero has visto lo que me sucedió. Debes mantenerte lejos de aquí. Debes mantenerte lejos de Luc.

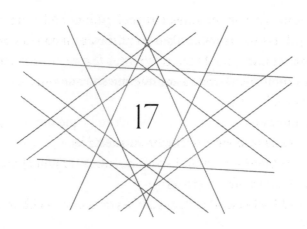

17

No dormí mucho la noche del jueves. No podía despejarme la cabeza el tiempo suficiente como para relajarme. Lo que había descubierto sobre Luc y Dédalo continuaba apareciendo en mi mente una y otra vez, al igual que la advertencia increíblemente extraña de Chas.

«Mantenerme lejos de la discoteca, de Luc».

¿Por qué iba a decir eso? ¿Porque era humana? Quería creer que aquella era la única razón, pero el instinto me dijo que era algo más que eso. «Has visto lo que me sucedió». Sí, lo había visto. Pasaría bastante tiempo antes de que olvidara lo que había visto.

Lo peor de todo era que sabía que no podía hablar con nadie al respecto. Sumado al hecho de que dudaba de que alguien me creyera si comenzaba a hablar acerca de grupos secretos del Gobierno, Origin e híbridos. No era necesario que Luc me dijera lo importante que era que mantuviera la boca cerrada. No quería decir algo que pusiera a alguien en peligro.

Quienes sabían la verdad desaparecían.

Aquello no era un pensamiento agradable.

Pasé la noche dando vueltas y vueltas, durmiendo solo unas pocas horas antes de sentir la necesidad de levantarme. Estuve de un humor raro todo el viernes, que empeoró porque no había tenido noticias de Luc. No esperaba que él se mantuviera en contacto conmigo... Bueno, en realidad sí. Y podría tan solo haberle enviado un mensaje, pero sentía que hacerlo era... extraño. No sé, ¿muy personal? Aquello no tenía sentido. Los amigos se mandaban mensajes todo el tiempo. Pero ¿éramos amigos? ¿Cómo podía ser su amiga cuando a duras penas había visto un atisbo de quién era Luc? ¿Cuando incluso admitir que había momentos (escasos) en los que él me gustaba a un nivel básico de amistad me hacía sentir... rara?

Así que no le escribí.

Y él tampoco.

No era nada importante. En absoluto. Nada.

—¿Estás bien? —preguntó Heidi mientras caminábamos hacia el aparcamiento después de las clases.

—Sí. —Alcé la vista hacia las nubes densas que cubrían el sol—. ¿Por qué?

Me golpeó con el brazo.

—Has estado muy callada todo el día.

¿Ah, sí?

—Esta noche no he dormido mucho.

Zoe nos alcanzó cuando comenzábamos a subir la colina.

—Parece que te sentaría bien dormir una siesta.

Reí en voz baja.

—Sí, sería estupendo.

—¿Luc te mantuvo despierta anoche? —Heidi sonrió con picardía.

—¿Qué? No. —Ya les había contado todo sobre mi excursión a la discoteca ayer. Por supuesto que había omitido, bueno, todo. Cuando me preguntaron si había descubierto algo acerca de mi madre, había... mentido, y odiaba hacerlo—. Es que no podía dormir. ¿Emery te mantuvo despierta anoche a ti?

—Más quisiera —dijo Heidi y suspiró.

Estaba a punto de preguntarle si había visto a Emery anoche, pero Zoe se detuvo delante de mí cuando llegamos a la entrada del aparcamiento.

—¿Qué está pasando? —preguntó.

Curiosa, pasé a su lado. Había un coche detenido en medio del aparcamiento, en el sitio por donde los vehículos pasaban para salir. Era uno de los últimos modelos. Un Ford. Algunas personas se alejaron de él.

—¿No es... el coche de Amanda? —De pronto, April pasó a nuestro lado con su coleta rubia balanceándose.

—No lo sé —respondió Zoe.

April pasó junto a un grupo pequeño.

—Sí. Es su coche y el motor está arrancado.

Seguí a April mientras miraba a Zoe. Ella se encogió de hombros. Amanda no había asistido a Química hoy, pero si ese era su coche y el motor estaba arrancado, entonces, ¿estaba...?

Todo ocurrió muy rápido.

—Dios mío. —Una chica se acercó al coche, retrocedió y dejó caer la mochila justo cuando el lado del conductor quedó a la vista.

Lo vi. Lo vi todo antes de tener la oportunidad de apartar la mirada, de no ver lo que quedaría para siempre grabado en mi mente.

Amanda estaba sentada en el asiento del conductor, con la postura rígida. A primera vista, creía que estaba conduciendo, pensaba que todo estaba bien, pero luego vi que tenía la cabeza reclinada hacia atrás contra el asiento y que el cabello rubio le caía sobre los hombros. Después, le vi la cara.

Alguien gritó.

Alguien me sujetó el brazo.

Alguien tiró de mí.

Pero le vi la cara a través del parabrisas.

En el lugar donde deberían estar sus ojos había solo dos cuencas negras quemadas.

—¿Cómo llevas todo esto? —preguntó mi madre mientras agarraba una tapa y la colocaba sobre una sartén más tarde esa noche.

La observé desde mi sitio en la isla de la cocina; estaba sentada con el mentón sobre mis manos mientras ella colocaba granos de maíz en una sartén. Las noches de palomitas de maíz eran una tradición cuando ambas estábamos en casa. En general, hablábamos sobre el instituto y veíamos películas muy tontas, pero esa noche era diferente.

Amanda Kelly estaba muerta.

La habían asesinado del mismo modo que a Colleen.

Parecía que la habían electrocutado, pero todos sabíamos cómo quedaba un humano muerto cuando era asesinado por un Luxen que había utilizado la fuente. Colleen. Amanda. Habían matado a ambas del mismo modo. Habían dejado a ambas en el instituto a la vista de todos para que las encontraran así.

Me estremecí.

La policía había llegado antes de que cualquiera de nosotros pudiera salir del aparcamiento. Creo que nos interrogaron a todos. No sabía si Amanda, como Colleen, había estado con vida unos días después de desaparecer. Ni siquiera sabía si quería averiguarlo.

—¿Evie? —me llamó mi madre en voz baja. La miré.

—Sí, estoy bien. Solo... —Levanté un hombro—. Estaba pensando en todo.

Mi madre rodeó la isla de la cocina.

—Desearía que nunca hubieras tenido que presenciar algo semejante.

—Yo también.

Me colocó una mano fría sobre la mejilla.

—Lo siento, cielo.

Dirigí la vista hacia ella, y quise preguntarle qué otras cosas terribles había visto. Trabajaba para Dédalo. Sabía que ellos eran responsables de cometer actos igual de horrorosos que lo que había sucedido con Amanda y Colleen. Aparté la vista y ella dejó caer la mano.

—¿Crees que... un Luxen es el responsable? —pregunté.

—No lo sé. —Se dio la vuelta y volvió a andar alrededor de la isla. Encendió el fogón y las llamas azules cobraron vida—. Eso parece.

—¿Por qué? Quiero decir, ¿por qué harían algo semejante sabiendo lo que opinan las personas sobre ellos?

—¿Por qué un humano mata a inocentes? Muchas veces no tenemos todas las pistas o las respuestas. Creo que a veces hay algunas personas que simplemente son... malas, e imagino que lo mismo se puede aplicar a los Luxen. —Uno de los granos de maíz estalló y golpeó la tapa mientras me miraba por encima del hombro—. Solo quiero que seas más cuidadosa de lo habitual, Evie. Presta atención a tu entorno. Escucha a tu instinto. Como hacíamos después de la invasión.

Apreté los labios y asentí.

—Entonces, ¿crees que hay un Luxen que es un asesino en serie?

Mi madre se giró de nuevo hacia el fuego y sacudió la sartén.

—No sé qué pensar, pero tener cuidado y prestar atención nunca está de más.

Me retorcí un mechón de pelo con las manos y di golpecitos con el pie en la base de la isla.

—Me pregunto si la policía descubrirá cuál es la relación con el instituto.

—Me pregunto lo mismo. —Cuando los estallidos menguaron, mi madre apagó el fuego y colocó la sartén sobre uno de esos salvamanteles que yo nunca usaba—. ¿Seguro que estás bien?

¿Lo estaba? Había visto... un cadáver hoy. Desde lejos, pero había visto lo suficiente, y mi cabeza estaba hecha un lío por todo lo que Luc me había contado. Así que suponía que estaba bien considerando todo lo ocurrido.

Odiaba no poder hablar con ella sobre todo lo que había descubierto, y mi mente trabajó a toda velocidad para hallar un modo verosímil en el que mencionar lo que Luc era y lo que había dicho sobre Dédalo sin que ella sospechara que había estado en contacto con él.

¿Qué sabría mi madre al respecto?

—He estado... pensando acerca de lo que me contaste sobre papá. —Continué retorciendo un mechón de pelo, buscando un modo de sacar a colación el tema—. Dijiste que él fue responsable de quitarle algo a Luc. Una chica, ¿verdad?

Levantó la vista y pasó un largo instante antes de que hablara.

—Nunca he dicho que fuera una chica, Evie.

Mierda. ¿No lo había dicho? No lo recordaba. Se me aceleró el corazón en el pecho.

—Sí, lo dijiste. Dijiste que era una amiga. Una chica.

—¿Ah, sí? —Me miró un instante y luego suspiró—. No conozco los detalles de lo que hizo Jason. Solo sé que hizo algo que no debería haber hecho.

Estaba mintiendo. La furia chisporroteó en mi interior. Sin duda estaba mintiendo.

—Debe de haber sido algo grave para que tú estuvieras preocupada por Luc.

—No quiero que te preocupes por lo que te conté acerca de tu padre. No cuando están sucediendo cosas terribles con tus compañeros, ¿de acuerdo? Lo que tu padre hizo quedó en el pasado.

Pero no era así.

Exhalé de forma abrupta, solté el mechón y me bajé del taburete. Era momento de cambiar de tema antes de que dijera algo que indicara que yo sabía demasiado. Caminé hasta la encimera y tomé un cuenco grande.

—¿Tienes que trabajar este fin de semana?

—Quizás vaya al trabajo unas horas mañana. —Quitó la tapa de la sartén y el paraíso de nubes blancas y esponjosas apareció—. ¿Qué tienes planeado?

—Nada en realidad. Quizá saque algunas fotos. Tengo que redactar un trabajo.

—¿Y si haces primero el trabajo y luego sales a sacar fotos?

—Suena demasiado lógico.

—O quédate en casa, en especial después de lo ocurrido esta última semana. —Colocó las palomitas en el cuenco mientras yo iba al frigorífico—. ¿Qué película quieres ver esta noche?

—Creo que he visto que estaba disponible esa película de la muñeca endemoniada.

—¿Quieres ver una película de terror? —La sorpresa le invadió la voz—. ¿Desde cuándo?

Levanté un hombro mientras abría la puerta del frigorífico.

—No sé. Tengo ganas de ver algo distinto. —Inspeccioné el interior del frigorífico y solo vi un mar de botellas azules. Fruncí el ceño; tenía antojo de Coca-Cola—. No hay nada para beber.

—¿Qué? —Mi madre rio—. El frigorífico está lleno de refrescos.

—Sí, pero quiero una Coca-Cola.

—¿Una Coca-Cola? Nunca bebes Coca-Cola.

Me encogí de hombros de nuevo mientras extendía el brazo y sacaba dos botellas de agua.

—¿Quieres la mantequilla en aerosol? —Miré por encima del hombro y vi a mi madre observándome con los labios separados—. Eh, ¿por qué me miras así?

Ella parpadeó varias veces.

—Nada. Deja la mantequilla donde está.

—Vale. —Cerré la puerta y caminé hacia el salón. Sin embargo, mi madre aún estaba en la isla de la cocina, mirando el cuenco de palomitas como si contuviera las respuestas a los misterios de la vida. Coloqué las botellas sobre la mesa auxiliar—. ¿Estás bien?

—Claro. —Elevó el mentón, tomó el cuenco y sonrió, pero, a medida que se acercaba a mí, vi que era una sonrisa forzada. Colocó el cuenco junto al agua y luego agarró el mando—. Muñecas endemoniadas, allá vamos.

Estaba editando fotos en mi portátil, intentando no pensar en las muñecas poseídas o en lo que había visto en el instituto, cuando un resplandor de luz suave entró en mi habitación.

Fruncí el ceño y miré hacia la ventana. Las cortinas estaban echadas, pero no bloqueaban la luz del detector de movimiento. Esperé a que la luz se apagara, lo cual ocurría bastante rápido cada vez que había un animal, como un ciervo, en el jardín delantero.

La luz continuó encendida.

Aparté el ordenador y quité las mantas que me cubrían el cuerpo. Salí de la cama y caminé hacia la ventana; descorrí las cortinas para mirar hacia fuera. Había una porción pequeña de techo fuera de mi ventana, más bien un alféizar de entre sesenta y noventa centímetros, y allí estaba el detector de movimiento. Proyectaba una luz brillante sobre la entrada y sobre una parte del jardín delantero. No vi nada fuera más allá del árbol. El viento movía sus ramas, pero eso no activaría el detector.

Debía de haber sido un animal.

O una muñeca endemoniada y aterradora que te cagas.

O un Luxen psicópata y asesino.

Puede que fuera un ciervo.

De pronto, me sonó el teléfono. Solté la cortina y regresé a la cama. No encontraba el móvil por ninguna parte. Gruñendo, levanté la sábana y lo vi a medias bajo una almohada.

Lo alcancé y vi un número en la pantalla. Me dio un vuelco el estómago mientras olvidaba de inmediato el detector de movimiento. Era Luc. Sabía que era él porque no había guardado su número. Abrí el mensaje y el estómago me dio otro vuelco.

«Ven a verme mañana».

A veces me preguntaba si alguna vez tomaba buenas decisiones. Cuando Clyde me abrió la puerta de Presagio el sábado, me hice la misma pregunta.

Al menos no fue Luc semidesnudo el que abrió la puerta.

Aunque una parte muy mala de mí estaba un poco decepcionada.

Kent estaba esperando mi llegada en el centro de la pista de baile oscura y silenciosa.

—¡Has vuelto! —Aplaudió mientras avanzaba. Caminé más lento.

—¿Pensabas que no lo haría?

—Intento no tener expectativas demasiado altas. —Enlazó su brazo con el mío y comenzamos a caminar hacia el pasillo de atrás—. Luc se pondrá contento.

No sabía qué responder ante eso.

—Y me refiero a que estará *muy* contento.

Le lancé una mirada. Se rio.

—Oye, es un buen día para nosotros cuando el jefe está contento.

—¿Luc es tu jefe?

—En cierto modo —contestó y no añadió nada más.

Kent me acompañó hasta el apartamento de Luc, llamó a la puerta y luego se largó a toda velocidad y desapareció por la escalera antes de que Luc abriera la puerta.

Mi ritmo cardíaco estaba descontrolado mientras esperaba a Luc, y no era precisamente porque hubiera subido las escaleras.

Antes de que tuviera la oportunidad de reflexionar en profundidad acerca de mis acciones, la puerta se abrió y allí estaba él.

Con una camiseta puesta.

Posó su profunda mirada violeta en mí mientras retrocedía manteniendo la puerta abierta.

—Adelante —dijo, y se pasó una mano a través del pelo húmedo—. ¿Quieres beber algo? ¿Comer?

Nerviosa, negué con la cabeza y caminé hacia el sofá. Una vela con tres pabilos ardía en la mesa auxiliar y me hizo pensar en caoba y especias. Sentía su mirada sobre mí mientras me sentaba en el borde del sofá y miraba la habitación.

No pude evitarlo. Pensé en lo que Chas me había dicho y mira dónde estaba ahora.

—¿Qué te ha dicho Chas?

Giré la cabeza hacia él. Me llevó un instante procesar la pregunta.

—¡Me estás leyendo los pensamientos!

Dio un paso hacia mí.

—Prácticamente estaban gritándome.

Me puse de pie a toda velocidad.

—No deberías hacer eso, Luc. En serio.

—Está bien. Lo siento. No era mi intención, pero él... —Inclinó la cabeza a un lado—. ¿Te ha dicho que te mantuvieras lejos de mí?

Alcé las manos, sintiéndome fatal porque Luc ahora sabía lo que Chas me había dicho. Ni siquiera estaba segura de por qué me sentía mal al respecto.

—Está claro que sabes la respuesta.

—¿Qué se supone que...? —susurró, deslizando una mano a través de su pelo húmedo.

Crucé los brazos y lo miré.

—¿Por casualidad sabes por qué me ha dicho eso?

Él dejó caer la mano y respondió.

—No exactamente, pero lo averiguaré.

—No creo que estuviera intentando comenzar una discusión...

—No lo conoces lo suficiente como para hacer esa suposición.

—Y no te conozco lo suficiente a ti como para saber si debería haberle hecho caso —repliqué.

Luc permaneció en silencio un instante.

—Creo que sí que me conoces. Estás aquí. ¿Te arrepientes de haber venido?

—No... —¿Cómo podía responderle? Volví a sentarme—. No lo sé. Han estado ocurriendo cosas muy locas y yo tomo muy malas decisiones.

Movió los labios y relajó la línea de su mandíbula. Pasó un minuto.

—La próxima vez que alguien diga algo semejante, cuéntamelo.

—¿Crees que sucederá de nuevo?

—Espero que no.

—Bueno, parecías ocupado y yo...

—¿No querías meter en problemas a Chas? Y no, no me hace falta leerte la mente para saberlo. —Suspiró mientras se sacaba el móvil del bolsillo trasero y lo colocaba sobre la encimera de la cocina—. Chas no se meterá en problemas por esto. No necesitas preocuparte por ello. Solo hablaremos un poco.

—¿De verdad que no sabes por qué me ha dicho eso?

Luc permaneció en silencio un largo instante.

—¿Sabes lo que hago aquí?

Tenía una idea de lo que sucedía en ese lugar.

—Eh, bueno, supongo que ocultas a Luxen... no registrados.

—No solo los oculto. Organizo sus traslados a un lugar seguro. ¿Los chicos que vinieron el sábado? ¿Daemon y Archer? Ellos me ayudan a trasladar a los Luxen.

—Entonces, ¿los paquetes son los Luxen no registrados? —Me froté las palmas contra la rodilla doblada—. ¿Por qué...? ¿Por qué los trasladas a un lugar seguro? ¿Está relacionado con los cambios que el presidente quiere hacer en el Programa de Registro Alienígena?

—Creo que sabes que la historia ha demostrado que cada vez que han colocado a un cierto grupo de personas en una comunidad propia suceden cosas malas.

La historia lo había demostrado. Sentí nudos en el estómago.

—¿Crees que aprobarán los cambios?

—Creo que todo es posible cuando a la gente la alimentan solo con miedo —respondió él, y pensé en Colleen y Amanda. Lo que les había sucedido sin duda no ayudaba al modo en el que los humanos veían a los Luxen—. Queremos estar preparados en caso de que implementen los cambios.

Dejé de mover las manos y me aferré a las rodillas.

—¿Cómo puedo ayudar?

Luc alzó las cejas sorprendido.

—¿Quieres ayudar a los Luxen?

¿Quería hacerlo?

—Los Luxen han estado aquí desde siempre, ¿verdad? La mayoría solo quiere vivir su vida, como nosotros. —Pensé en lo que mi madre me había dicho—. Y existen Luxen malos al igual que humanos malos. Eso no significa que todos lo sean.

—Claro —susurró, inclinando la cabeza.

—Y... no quiero estar del lado equivocado de la historia, ¿sabes? —Sentí que me ardían las mejillas.

Centró sus ojos extraños en los míos.

—Puedes ayudar haciendo lo que haces. Manteniendo en secreto lo que yo soy. Manteniendo en secreto lo que hago aquí.

Pensé que había mucho más que podía hacer.

—Nunca le hablaría a nadie sobre vosotros. —Bajé la mirada y se me ocurrió algo—. ¿Las fuerzas especiales saben lo que eres? ¿Saben de la existencia de los Origin?

—Muy pocos lo saben. ¿Los superiores? Sí. ¿Los que hacen las redadas? Probablemente no.

Por algún extraño motivo, me tranquilizó saberlo, y no quise pensar con detenimiento por qué era así.

—Entonces, ¿ha ocurrido algo malo con el traslado de los Luxen?

Asintió.

—Alguien ha hablado con las fuerzas especiales. Les han tendido una emboscada. ¿La familia que viste? Los han capturado.

—Dios. —Se me revolvió el estómago. No me gustaba el hecho de que el hombre me hubiera estrangulado, pero tampoco oír que los habían atrapado—. ¿Y Daemon y Archer?

—Han escapado. De hecho, están volviendo aquí, dado que necesitan mantener un perfil bajo antes de intentar volver a casa.

—¿Y estás seguro de que volverán aquí? —pregunté—. Ha habido una redada.

—Prefiero correr ese riesgo yo en lugar de que sus hogares estén en peligro.

Abrí la boca, pero no sabía qué decir. Aquello era valiente y descabellado.

—Estaremos bien aquí —dijo él, acercándose y sentándose a mi lado—. Siempre estaremos bien.

Lo miré.

—¿Siempre?

—Siempre —repitió. En un momento, inclinó su cuerpo hacia mí. O quizás yo me incliné hacia él. No estaba segura. Pero solo unos pocos centímetros nos separaban—. He oído que han encontrado a la chica desaparecida.

—Sí. —Aparté la vista y me aclaré la garganta—. La he visto. No de cerca, pero le he visto los ojos. Los tenía quemados, Luc, y ella estaba en su coche, en mitad del aparcamiento. La habían dejado allí como...

—Como si alguien quisiera que la encontraran de ese modo. Al igual que a la otra chica.

Asentí.

—La gente cree que ha sido un Luxen.

—Suena como si hubiese sido uno. —Luc me tocó el brazo y respiré brevemente mientras lo miraba—. Siento que hayas tenido que ver eso, y creo que necesito... —Su mirada voló hacia la puerta y un segundo después alguien llamó. Él suspiró, se puso de pie y caminó hacia allí.

La sensación extraña de *déjà vu* atravesó mi ser y me puse tensa. Era Grayson. Ni siquiera me miró.

—Sé que lo más seguro es que quieras asesinarme ahora mismo. —Grayson bajó la voz, aunque aún podía oírlo—. Pero tenemos invitados. La clase de invitados que implica que haya tenido que pedirle a Kent que se fuera.

—Genial. —La impaciencia empapaba esa única palabra. Luc miró sobre su hombro hacia mí—. Lo siento, pero...

—Está bien. —Porque ¿qué más podía decir?—. Nunca elegimos el momento oportuno.

Una mirada extraña le atravesó el rostro.

—Nunca.

Fruncí el ceño.

—¿Puedo ir contigo?

—No —respondió rápido—. Volveré pronto. Enciende la tele, ponte una película y siéntete como en casa. No tardaré mucho.

Entrecerré los ojos. Luc salió de la habitación antes de que pudiera responder y cerró la puerta detrás de él. Suspirando, observé de nuevo la estancia. En cualquier otro momento, estaría más que interesada en husmear por su apartamento, pero ahora quería fisgonear otra cosa. Quería saber qué era lo que estaba sucediendo y que implicaba que Kent, un humano, no estuviera presente.

Caminé hasta la mitad de la habitación, hacia la guitarra, y luego me detuve. Luc no ha dicho que debiera permanecer en la habitación. Solo ha dicho que no podía acompañarlo. Así que si salía de allí y bajaba la escalera, no estaba desobedeciéndolo.

Aunque, de todos modos, no estaba obligada a hacerle caso.

Giré, tomé una decisión y no me di la oportunidad de pensar con detenimiento acerca de lo que estaba haciendo. Atravesé la puerta, aliviada de no ver a nadie haciendo guardia fuera. Avancé hasta el final del pasillo y bajé la escalera. Bajar seis pisos no era tan terrible como subirlos, pero sin duda necesitaba comenzar a hacer ejercicio o algo así, porque los músculos de las piernas ya empezaban a dolerme.

Sudando más de lo que debería, considerando que estaba bajando los escalones, llegué al piso principal y abrí la puerta despacio. Entré en el pasillo de luz tenue; mantuve el cuerpo cerca de la pared mientras me acercaba a la entrada de la discoteca. Me detuve al llegar allí y me asomé por la puerta.

Primero vi a Grayson. Estaba de pie junto a una de las mesas altas y redondas, de brazos cruzados. Luego miré a la derecha y solo vi el perfil de Luc, pero fue suficiente para reconocer la indiferencia aburrida impregnada en su rostro deslumbrante.

Sujeté el marco de la puerta cuando vi que un músculo en la mandíbula de Luc se ponía tenso.

Primero vi a un hombre. Era alto y de cabello oscuro, y de pie junto a él había alguien que sin duda era su pariente, una hermana. Era la versión femenina de él. Tenía el mismo cabello oscuro y la altura idéntica, y mientras que las facciones de él eran masculinas, las de ella eran delicadas. El otro hombre tenía la piel más oscura que ellos, como si hubiera pasado mucho tiempo bajo el sol.

Ninguno llevaba puesto un inhibidor.

Y todos parecían miembros de un club de motoristas. Estaban cubiertos de cuero: pantalones de cuero, chaquetas de cuero.

—Sabemos que ayudáis a los nuestros. —El que yo creía que era el hermano avanzó—. ¿Y dices que no puedes?

¿Ayudar? Obvio. Eran Luxen no registrados; Luxen que buscaban salir de aquí, pero ¿por qué no los ayudaría Luc?

—Ayudo a otros. —Luc sonaba tan entusiasmado como su expresión—. Pero no ayudo a los que son como vosotros.

—¿Cómo nosotros? —exclamó la hermana imitando su tono y frunciendo su bonito rostro—. ¿Qué se supone que significa eso?

Luc inclinó la cabeza a un lado.

—Sabes exactamente lo que significa.

—No sé qué has oído sobre nosotros. —El tono del hombre bronceado era más amable mientras sonreía—. Pero no hemos venido a causar problemas. Solo necesitamos mantener un perfil bajo durante unos días y después, cuando entregues el próximo paquete, nos iremos con ellos. Eso es todo.

—¿Y por qué motivo exacto necesitáis mantener un perfil bajo, Wayland?

El hombre bronceado solo hizo un geste leve de dolor.

—Ha habido algunos malentendidos.

—Sí. —resopló Luc—. Estoy seguro de que han sido malentendidos. Como os he dicho. No es que no pueda ayudaros. Es que no quiero.

—Menuda mierda —dijo furioso el hermano.

—Cuidaría mi tono si fuera tú, Sean. —Grayson alzó el mentón—. O habrá otro malentendido.

Sean lo miró con desdén.

—Cuidado con lo que dices, traidor.

Grayson descruzó los brazos mientras un tenue resplandor blanco brillaba sobre sus hombros.

—¿Cómo me has llamado?

—Ya lo has oído —dijo la hermana, sonriendo con crueldad—. Tomaste partido por ellos. Luchaste contra los tuyos. ¿Qué otra cosa eres entonces?

Mierda, esos Luxen sin duda no eran parte del equipo que apoyaba a los humanos. Un escalofrío me recorrió la columna. Ellos eran de los Luxen invasores.

—¿Inteligente? —sugirió Luc—. A diferencia de ti, Charity, y de tu hermano. Y de tu amigo Wayland.

Sean estiró el cuello de un lado a otro.

—¿Por qué estás poniéndonoslo tan difícil? Somos Luxen y nos ayudarás. Necesitamos salir de aquí y sabemos que no podemos lograrlo sin ti.

—Eso es correcto. —Luc movió el cuerpo y su espalda quedó hacia el pasillo—. Ayudo a Luxen dignos de llevar una vida sin tener que mirar por encima del hombro. No ayudo a Luxen que participaron en el club «Hagamos de la Tierra nuestra esclava».

Sip.

Sin duda no eran amigables.

Un pensamiento alarmante apareció en mi mente. ¿Eran ellos responsables de lo que le había ocurrido a Colleen y a Amanda?

¿Quizás pensaban que matar a un humano era un malentendido? Pero si habían sido ellos, ¿por qué dejarían los cadáveres en lugares tan obvios?

—Y ¿por qué, Luc? —Charity avanzó delante de su hermano y Luc la bloqueó momentáneamente de mi vista—. ¿Por qué te importan los humanos? No deberían significar nada para ti. Ni siquiera comprendo cómo puedes rodearte de ellos. Si respiro demasiado profundo, puedo oler los restos de su sudor y... su perfume. Melocotón.

«¿Melocotón?».

Olisqueé el aire a mi alrededor.

Oh, oh.

—Esta conversación me aburre —replicó Luc, moviendo los dedos distraídamente a los costados de su cuerpo—. Os daré un minuto para salir de aquí y de esta ciudad, porque hoy me siento generoso. Ese minuto comienza ahora.

—¿Crees que te tenemos miedo? —Sean afianzó su postura—. Sabemos lo que eres. No puedes enfrentarte a los tres juntos.

—Ah, ¿en serio? —Luc rio—. Entonces no sabes lo que soy si crees que no puedo enfrentarme a los tres juntos.

Grayson sonrió mientras introducía una mano en su bolsillo y extraía una piruleta.

—Así es.

Wayland alzó las manos.

—Chicos, tranquilizaos todos...

—Quedan treinta segundos —les recordó Luc.

—A la mierda con eso. —Charity se hizo a un lado—. A la mierda con esto.

—Veinte segundos —contó Luc.

El bonito rostro de la chica se retorció mientras alzaba una mano.

—¿Sabes qué? No necesitamos tu ayuda.

—Charity —advirtió Wayland.

—Diez segundos.

Ella infló el pecho.

—Bien. Nos iremos. —Dio un paso atrás—. Pero ¿primero? Me has decepcionado. Estoy decepcionadísima con el gran y poderoso Luc.

—Caray —susurró Grayson. Había desenvuelto su piruleta y se la había metido en la boca.

—Supongo que debería mostrarte lo decepcionada que estoy. —Una luz blanca brillante brotó del brazo de Charity y descendió hasta la punta de sus dedos. Accedió a la fuente—. Oye, Melocotón —exclamó ella, y yo me quedé paralizada en mi escondite no tan oculto—. No tenías que morir hoy, pero puedes agradecérselo a Luc. Ah, espera. No puedes, porque estarás muerta.

18

Alguien maldijo mientras la luz brotaba con un estallido de los dedos de Charity y dibujaba un arco a través de la habitación en mi dirección. Ni siquiera tenía tiempo de gritar.

Iba a morir.

Sin previo aviso, algo (no, Luc) chocó contra mí. El impacto me dejó sin respiración. Me sujetó, giró en el aire y cayó al suelo, absorbiendo el golpe de la caída. Durante un segundo breve estuve extendida sobre él, cadera con cadera, absolutamente en *shock*.

—Qué... rápido.

Luc rodó a toda velocidad y me empujó debajo de él mientras el yeso explotaba sobre nosotros y enviaba nubes de polvo por el aire.

—Joder, ¿no puedes hacer caso de lo que te digo?

—Espera. ¿Qué? —susurré.

—Quédate aquí —me dijo, y luego se incorporó de un giro—. Salir ha sido un inmenso error.

Rodé sobre mi estómago y levanté el mentón.

Avanzando, Luc alzó una mano mientras yo me incorporaba y me ponía de pie con dificultad. Una ráfaga de viento recorrió el pasillo, me removió el pelo y envió mechones sobre mi rostro. Un segundo después, Wayland corría hacia atrás a través de la pista de baile. Sean colapsó contra la pared, flotó hacia arriba y quedó pegado a ella a varios metros del suelo.

—Guau —susurré.

Charity atacó a Luc: corrió hacia él como un jugador de fútbol americano.

Di un grito ahogado y salí disparada. Me detuve cuando Luc respondió al ataque. Se agazapó cuando ella intentó golpearlo. La luz blanca chisporroteaba en la palma abierta de la chica. Luc sujetó el brazo extendido de Charity mientras se ponía de pie y la hacía girar. Ella saltó en el aire, pero Luc la atrapó antes de que tocara el suelo.

Grayson acercó un taburete de la mesa y se sentó mientras se metía la piruleta en la boca de nuevo.

Luc aferró la garganta de Charity con una sola mano. La alzó en el aire.

—En general no me gusta hacer esto, pero acabas de intentar matar a Melocotón y resulta que me gustan los melocotones. Incluso los comestibles. Ni siquiera —Luc sujetó la otra mano de Charity antes de que tocara su brazo— lo intentes.

La lanzó hacia atrás. Ella golpeó el suelo y rodó varias veces al caer. Él atacó hacia delante cuando ella se puso de pie de un salto. Charity adoptó su forma real. Sus venas se encendieron. Contuve el aliento. Un destello blanco invadió la discoteca mientras la luz en sus venas se extendía por su piel y reemplazaba los huesos y los tejidos. El calor aumentó, como si la calefacción estuviera encendida, y me encogí hacia atrás, presionando el cuerpo contra la barra.

El resplandor era tan intenso que era como mirar directamente al sol. En cuestión de segundos, Charity quedó envuelta en luz. Atacó de nuevo a Luc.

—Vaya —dijo Grayson, inclinando la cabeza a un lado—. No aprende.

—Nop. —Luc avanzó a un lado; no era más que una mancha borrosa. Sujetó de nuevo la garganta de la chica y la obligó a caer de rodillas. Al parecer, era ajeno a la luz chisporroteante que se extendía hacia él.

Sean cayó de la pared y aterrizó en cuclillas. Se incorporó y corrió a través de la pista de baile. Sin apartar la vista de Charity, Luc extendió su mano libre. Sean voló por el aire y pasó con el cuerpo de costado sobre la cabeza de Grayson. Aterrizó en uno de los rincones sombríos de la discoteca.

—¿Sabes? Podrías ayudar, Gray —dijo Luc apretando los dientes.

—Nah. —Hizo girar el palo en su boca—. Parece que tienes todo bajo control.

Luc puso los ojos en blanco mientras se centraba en Charity.

—No quería llegar a esto. —Una clase de luz diferente rodeó su brazo mientras él también se ponía de rodillas—. Pero no amenaces lo que...

El grito de Charity ahogó el resto de las palabras de Luc. La chica extendió los brazos mientras arqueaba la espalda. Su luz titiló rápido, como una lamparita que estaba a punto de extinguirse.

El rugido de Sean hizo que un rayo de miedo me recorriera el cuerpo mientras él se ponía de pie.

—¡No! —gritó Wayland un segundo antes de adoptar su verdadera forma de Luxen.

Era demasiado tarde.

El brillo de Charity menguó mientras la luz más brillante, la luz que brotaba de la mano de Luc, estallaba desde los ojos y la boca abierta de la chica, proyectándose en el techo de la discoteca, donde parecía atravesar sin causar daños las luces y las vigas.

Luc la soltó.

Charity cayó al suelo, con los brazos extendidos y las rodillas dobladas. Presioné la mano contra mi boca. Parecía... lo que mi madre había dicho, el aspecto de la chica era igual que el de Chas cuando estuvo fluctuando entre ambas formas estando herido. La piel de la chica me recordó a un caracol transparente con venas vacías y tenues, y facciones que eran prácticamente humanas, pero no del todo.

Wayland atravesó la sala corriendo, en línea recta hacia Luc, quien se estaba poniendo de pie junto al cuerpo. Sean corrió desde las sombras y pasó junto a Grayson, a quien parecía que lo único que le faltaba era un cuenco de palomitas de maíz.

Los dos Luxen se lanzaron sobre Luc. No pensé. Me giré y sujeté el objeto más cercano a mí: una botella pesada de líquido ámbar.

Extendí el brazo hacia atrás y lo lancé lo más fuerte posible. La botella golpeó a Sean y se hizo añicos con el impacto.

—¿Una botella? —Grayson se rio—. ¿Acabas de lanzar una botella?

—Al menos está ayudando —replicó Luc, levantando la mano.

—Oye. —Grayson se quitó la piruleta de la boca—. Estoy aquí para dar apoyo moral.

Hice una mueca de dolor mientras Sean se sacudía de encima el vidrio roto y el líquido, y adoptaba otra vez su forma humana. Me miró con los ojos entrecerrados.

Luc abrió el puño y fue como si un lazo invisible hubiera sujetado la cintura de Wayland. Le hizo perder la estabilidad y lo lanzó por los aires, y luego... se quedó levitando allí.

Sean corrió hacia mí y yo extendí sin mirar la mano hacia atrás y agarré otra botella. Después, dejó de avanzar. Era como si un brazo gigante invisible lo arrastrara por el suelo. Sean chocó contra la mesa en la que Grayson estaba sentado. Ambos cayeron al suelo en una maraña de piernas, brazos y sillas.

Luc rio.

—A la mierda el apoyo moral.

Con los ojos abiertos de par en par, tomé otra botella cuando uno de los taburetes salió volando y se estrelló contra la pared. Grayson se puso de pie; su pelo rubio que estaba, en general, perfectamente peinado le caía sobre el rostro.

—Has hecho que se me cayera la piruleta. —Extendió la mano hacia el suelo, sujetó a Sean por el cuello de su camiseta y lo elevó en el aire—. Y era mi favorita. De manzana ácida.

Caminando hacia Wayland, Luc inclinó la cabeza a un lado.

—Diría que lo siento, pero sería mentira. No lo siento. —Luc cerró el puño.

Los huesos crujieron como truenos. El cuerpo de Wayland se retorció y giró; sus brazos y sus piernas se quebraron en ángulos imposibles. Su cuerpo se plegó como un acordeón y se dobló sobre sí mismo mientras extinguía la luz de Wayland como si no fuera nada más que un insecto.

—Dios mío —susurré mientras el horror aparecía en mi interior. Cuando Luc dijo que podía hacer lo mismo que un Luxen, pero mejor, no estaba bromeando.

Luc giró la cabeza. Sus pupilas resplandecían como diamantes mientras bajaba la mano. Wayland cayó al suelo, y supe que estaba muerto incluso antes de que aterrizara. La mirada de Luc se posó en donde yo sujetaba la botella. Flexionó aquel músculo en su mandíbula y apartó la vista.

De pronto, Grayson derrapó por el suelo porque Sean lo había lanzado por el aire.

—¡Acudimos a vosotros en busca de ayuda! —gritó Sean—. ¿Y así es como nos respondéis?

Luc se giró hacia Sean y se puso tenso.

—Te arrepentirás de esto, lo juro. —Sean avanzó tan rápido que no era más que un rayo de luz chisporroteante.

Pero no llegó lejos.

Lo vi en la puerta, tirando del picaporte. No cedía. Luc caminó hacia él. En su verdadera forma, Sean se alejó de la puerta mientras Luc se detenía en medio de la pista de baile. Un resplandor blancuzco y débil apareció sobre la forma de Luc. El aire chisporroteó y escaseó, como si estuvieran extrayendo el oxígeno de toda la habitación. Intenté respirar, pero dolía. Trastabillé hacia atrás y me choqué contra el estante. Las botellas de licor temblaron.

—Estoy harto de esto —dijo Luc, y cerró la mano en un puño.

La luz alrededor del cuerpo de Sean se volvió blanca e intensa, casi cegadora. Se sacudió y cayó de rodillas. Encorvó la espalda mientras extendía los brazos. La luz a su alrededor comenzó a titilar rápido y luego se extinguió. Desapareció. El oxígeno regresó a la habitación mientras Sean caía hacia delante, inmóvil. Un charco oscuro apareció debajo de él y se extendió por el suelo.

Con los ojos abiertos como platos, levanté la vista desde el Luxen caído hacia donde Luc estaba de pie. El resplandor difuso regresó a su cuerpo. Entonces, esa era la diferencia entre un Luxen y un Origin. El último era capaz de matar cerrando el puño.

Madre mía.

—Vaya —suspiró Luc, mirando el suelo, los cuerpos—. Mira la que se ha liado en un momento.

Grayson se pasó la mano sobre la cabeza y se apartó el pelo de la cara.

—Pues sí. —Me miró—. Creo que la chica está traumatizada.

Con la botella de licor aún en las manos, miré los cuerpos. Eran tan... extraños. Como atrezo de una película de ciencia ficción.

Luc se volvió hacia mí despacio. Su pecho subió con un suspiro intenso.

—Estoy bastante seguro de que te dije que permanecieras en la habitación.

—No. —Obligué a mis ojos a apartarse de los Luxen muertos—. Dijiste que no podía acompañarte.

Caminó hacia mí, ignorando los cadáveres como si ni siquiera estuvieran allí.

—Entiendes que eso significaba lo mismo, ¿verdad? —Se detuvo frente a mí, extendió la mano y separó mis dedos de la botella. La colocó de nuevo en la barra detrás de mí mientras me miraba a los ojos—. ¿Estás bien?

Mis manos cayeron a los lados de mi cuerpo.

—Sí.

Me recorrió el rostro con la mirada mientras parecía que inhalaba profundamente otra vez. Cuando habló, su voz fue baja.

—He tenido que hacerlo, ¿sabes? He tenido que hacerlo. Esos Luxen no eran buenos.

Tragué con dificultad.

—Eso he supuesto.

—He tenido algunos desacuerdos con Wayland. Él sabía que no debía traerlos aquí.

—Eran de los Luxen invasores, ¿verdad? —Cuando él asintió, exhalé fuerte—. ¿Por ese motivo no querías ayudarlos?

Su mirada buscó la mía.

—No los he ayudado porque no tienen ningún respeto por la vida humana. Esa es la razón.

El corazón me latió acelerado en el pecho.

—Wayland sabía que cualquier Luxen que fuera una amenaza para los humanos no recibiría mi ayuda.

—Si sabían eso, entonces ¿por qué acudieron a ti?

—Porque estaban desesperados. —En ese momento, Luc apartó la mirada y vi que Grayson ya no estaba en la discoteca—. Las fuerzas especiales encuentran a Luxen no registrados todos los días, y tengo el presentimiento de que han hecho cosas que han atraído una atención innecesaria hacia ellos. Eran malos.

Lo supe cuando los oí hablar, pero ¿la situación se hubiese descontrolado de ese modo si yo no hubiera estado allí? La culpa formó un nudo incómodo en mi estómago.

—Debería haberme quedado en tu cuarto.

—Sí. —Posó de nuevo sus ojos en los míos—. Deberías haberlo hecho.

—Lo siento —susurré, comprendiendo por completo que si me hubiera quedado en su habitación, las cosas quizás no habrían...

—Todo habría terminado del mismo modo. —Luc interrumpió mis pensamientos—. Sin importar si te hubieras quedado o no en la habitación. Pero podrías haber resultado herida.

—No me leas la mente.

Me miró, en cierta forma, sin arrepentimiento.

Suspiré fuerte.

—Eran aterradores, Luc.

—Lo son. La mayoría de los Luxen se preocupan por los humanos. Algunos no. Esos Luxen son peligrosos. —Inclinó el cuerpo hacia delante y colocó una mano en la barra, junto a mi cadera. Bajó las pestañas—. Siento que hayas tenido que presenciar esto. Siento que pudieras haber resultado herida.

Podría haber sucedido perfectamente.

—¿Te ha llamado «Melocotón»? —Una ligera sonrisa le tiró de los labios mientras alzaba la vista—. Creo que me gusta.

Fruncí la nariz.

—A mí no.

—Te queda bien.

—Es solo... crema.

—No. —Dejó caer la cabeza hacia atrás—. Es más que eso.

No sabía qué decir. Comencé a buscar los cuerpos de nuevo con la mirada.

—¿Todos los Origin son capaces de hacer lo mismo que tú?

—No. —Me colocó dos dedos debajo del mentón y apartó mi vista de los Luxen caídos. Luc me alzó la cabeza. No habló mientras nuestras miradas se conectaban. El silencio apareció entre nosotros. Debería tenerle miedo, en especial después de lo que había visto. Debería salir corriendo por la puerta, gritando muy fuerte.

Pero no lo hice.

Quería sentirme de ese modo porque parecía lo más inteligente.

Pero no me sentía así.

—La mayoría no son tan... habilidosos como yo —explicó, y no pude reprimir el estremecimiento que me atravesó el cuerpo—. Pero hay unos pocos que son mucho más aterradores que yo. Algunos que...

—¿Que qué? —susurré.

—Origin que carecían de toda humanidad. —Bajó las pestañas, protegiéndose los ojos—. Creía que podía cambiarlos... Enseñarles a ser empáticos, más humanos. Aprendí que, a pesar de que queremos creer que nunca hay una causa perdida, hay ejemplos que indican lo contrario. Hay veces en las que no hay nada que podamos hacer para cambiar un resultado.

—No quiero creer que existen personas que son causas perdidas —admití—. Siento que es demasiado pesimista.

Bajó los dedos y apenas me rozó con ellos el centro de la garganta. Otra clase de escalofrío me recorrió el cuerpo.

—Es ser realista, Melocotón.

—No me llames así —repliqué, se me aceleró el pulso mientras las pupilas de sus ojos se desvanecían en un negro difuso.

—¿Qué me he perdido?

Ambos nos giramos y vimos a Kent de pie junto al escenario. Luc retrocedió y sentí que podía respirar de nuevo.

—Debo interrumpir nuestro tiempo juntos —dijo Luc, pasándose una mano sobre el pelo de color bronce despeinado—. Me aseguraré de que llegues a casa a salvo.

—Espera. ¿Por qué no iba a llegar a salvo?

—Los Luxen vienen de tres en tres, y por lo que sé, Sean y Charity tienen un hermano. Quizás él ya esté muerto o tal vez cruce la puerta en cualquier momento, en busca de sus hermanos.

Mierda, era cierto. Los Luxen eran trillizos. Solo que nunca había visto un trío completo.

—Grayson está asegurándose de que no haya nadie fuera en este instante, pero prefiero prevenir que curar, así que, por si acaso, quiero que salgas de aquí.

Kent nos miró.

—¿En serio? ¿Por qué hay Luxen muertos en el suelo? Y una pregunta aún mejor, ¿quién va a limpiar? Porque yo no lo voy a hacer.

Luc lo ignoró.

—Estarás bien. Es solo que no quiero arriesgarme.

De pronto, recordé lo que Sean había dicho sobre los malentendidos.

—Espera. ¿Crees que ellos tuvieron algo que ver con lo que les sucedió a Colleen y a Amanda?

Una expresión extraña atravesó el rostro de Luc, una que no pude leer porque desapareció antes de que tuviera la oportunidad de comprenderla.

—Quizás —contestó, pero, por algún motivo, no creía que él pensara eso. Luc me agarró la mano y me guio fuera de la barra—. Si hay otro, Grayson lo encontrará.

—¿En serio? Porque Grayson ha estado sentado todo el tiempo —señalé—. Lo único que parece capaz de hallar es una piruleta.

Kent resopló.

—Típico de Grayson.

—Todo estará bien —dijo Luc; posó su mirada en mí mientras me llevaba hacia Kent—. Solo prefiero que estés en casa en este momento y no aquí.

Kent alzó las cejas.

—Oh, vaya, parece que esta noche será divertida. Me muero de ganas. Sigo diciendo que no voy a limpiar este desastre.

—Pero... —Hice una pausa mientras Kent me daba una palmadita en el hombro. Moví la cabeza de un lado a otro y me giré hacia Luc—. Espera. No hemos...

—Tendremos tiempo —me interrumpió Luc—. Me aseguraré de que así sea, Melocotón.

Apreté los labios.

—No me llames así.

—Me pondré en contacto contigo —insistió él—. Lo prometo. Pero ahora necesito que te vayas. —Me sujetó la mano con más fuerza. Sentí un latido y luego Luc tiró de mí hacia él, pecho contra pecho. Inclinó la cabeza y su aliento me rozó la sien. El contacto me sorprendió—. Hazlo por mí. Vete a casa. —Me rozó la piel con los labios—. Por favor.

Desconcertada y sorprendida, porque tenía la sensación de que él no decía muchas veces *por favor*, hice lo que me pidió cuando me soltó.

Me fui.

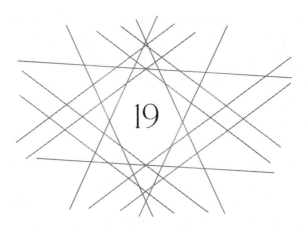

19

Me desperté temprano el domingo y me incorporé en la cama en busca de aire. Mi mano voló hacia mi garganta. Me dolía. La piel, los huesos frágiles. Como si alguien tuviera las manos alrededor de mi cuello, ejerciendo presión...

Había estado soñando.

Eso lo sabía, porque unos instantes atrás había vuelto a aquella discoteca con esos Luxen, pero Luc no estaba allí. En cambio, había un hombre parecido a Sean que me había estado estrangulando.

—Dios —susurré, obligando a mi corazón a calmarse—. Solo ha sido una pesadilla.

Pero tenía marcas diminutas por toda la piel desnuda de los brazos y me dolía la garganta. Bajé la mano y recorrí con los ojos la habitación oscura. La manta estaba al pie de la cama; le había dado una patada mientras dormía. Todo estaba en silencio y podía distinguir las sombras quietas de mi cómoda y mi escritorio. El reloj en la mesita de noche marcaba que solo habían pasado veinte minutos desde las tres.

Demasiado temprano para estar despierta.

Lo aparté de mi vista. No debería sorprenderme el hecho de que tuviera pesadillas después de..., bueno, todo. ¿Quién podría culparme? En especial considerando que no había pensado ni un segundo en que los Luxen contra los que Luc había luchado habían sido los responsables de lo que había sucedido con Colleen y Amanda. No tendría sentido, dado que ellos intentaban salir de la ciudad sin llamar la atención.

Presioné los labios mientras sentía nudos en el estómago. ¿Y si ahora había un hermano Luxen muy furioso ahí fuera, buscando venganza? ¿Por encima de todo lo demás? ¿Y eso no sería culpa mía? Si hubiera permanecido en la habitación de Luc...

—Basta —dije—. Detente.

Aquello era lo último por lo que necesitaba preocuparme si quería conciliar el sueño de nuevo. Agarré la sábana que estaba al pie de la cama, pero me detuve cuando un dolor intenso me atravesó el vientre.

—Ay.

Frunciendo el ceño, enderecé la espalda y me coloqué una mano sobre el vientre. Me estremecí. Tenía la piel sensible.

Con cuidado, incliné el cuerpo hacia delante y encendí una lamparita. La luz dorada invadió el cuarto mientras reclinaba la espalda hacia atrás. Sujeté el borde de mi camiseta para dormir y tiré hacia arriba.

—Joder —solté y di un grito ahogado.

Había tres marcas largas e irregulares en mi piel, justo sobre el ombligo, como si un gato... o un demonio hubiera clavado sus garras en mí. No eran heridas abiertas y no parecían haber sangrado en absoluto, pero sin duda eran tres marcas.

¿Qué narices?

Miré alrededor de la habitación de nuevo, como si allí estuvieran las respuestas. Después, toqué las marcas. Hice una mueca ante el dolor repentino y aparté la mano. Solté la camiseta y fui al baño. Allí hice un análisis completo de mi cuerpo. No había otras marcas, pero tenía un magullón en la cadera derecha, probablemente de cuando Luc me había placado.

Las marcas debían de haberse generado en aquel momento. Pero ¿cómo? No lo sabía, aunque aquello era lo único que tenía sentido, a menos que me las hubiera hecho yo misma mientras dormía. La pesadilla ha sido bastante vívida, así que a saber lo que podría haber hecho.

Agarré el frasco de agua oxigenada que estaba debajo del lavabo, y, con un par de toques con una bola de algodón, decidí que con eso sería suficiente para no desarrollar bacterias «come carne».

Apagué la luz, volví rápido a la cama y me sumergí debajo de las mantas. Cerré los ojos, los apreté e intenté no pensar en Luc, ni en la discoteca, ni en nada; pero pasó un buen rato antes de que conciliara el sueño de nuevo.

Mi humor empeoró cuando entré en la cafetería el lunes y vi que las únicas opciones para comer eran pizza y ensalada. Ambas parecían haber estado allí durante el fin de semana.

—¿Qué clase de infierno es este? —susurré.

James rio al pasar a mi lado.

—¿Quieres la mitad de mi sándwich?

—Sí. —Lo seguí como un cachorro perdido, prácticamente pisándole los talones—. Por favor y gracias.

Vimos que Heidi ya estaba en nuestra mesa. Me senté a su lado y dejé la mochila en el suelo mientras James ocupaba un sitio frente a mí.

Él abrió la mochila y extrajo el delicioso sándwich de mantequilla de cacahuete que estaba dentro de una bolsa de plástico.

—Debería hacerte trabajar para ganártelo —dijo él.

—Eso sería increíblemente cruel y oportunista —respondí, extendiendo las manos. Moví los dedos—. Quiero algo delicioso en mi estómago.

—¿Sabes lo que significa en realidad la frase de esa canción tan antigua? —preguntó Heidi, quitando la tapa de su fiambrera. No había visto a nadie comer en una desde primaria, pero a Heidi le encantaban—. ¿La parte de «algo delicioso en mi estómago»?

James dividió el sándwich.

—Seguro que algo sucio.

—Así es. —Heidi tomó una galleta, colocó jamón en ella y luego puso una loncha de cheddar encima—. Piensa en algo relacionado con estar con un chico que pueda terminar en algo delicioso en el estómago.

—¿Qué? *Puaj.* —Arrugué la nariz—. Qué asco.

—Es cierto. Búscalo. —Me ofreció una galleta con queso y jamón.

—Gracias. —La coloqué junto a mi sándwich—. Miradme, estoy montándome un festín maravilloso con partes de las comidas de mis amigos.

—Tienes que empezar a traerte tu propia comida. —Zoe se sentó en el sitio que estaba a mi lado. Traía una ensalada, porque, por supuesto, consideraba que debía mantener la línea—. O intentar comer algo verde.

Torcí el labio.

—¿Os habéis enterado de que Coop va a hacer su fiesta el viernes por la noche? —James bebió un sorbo de agua—. Vais a ir, ¿verdad?

Heidi continuó montando sus deliciosas galletas mientras yo intentaba no pensar en lo extraño que era tener una conversación tan normal.

—No creo.

—Ah, entonces tú vas y te echas una novia mayor y ahora te crees demasiado guay para nosotros y nuestras fiestas infantiles —bromeó James.

—Básicamente —respondió ella. Reí.

—Al menos eres sincera.

—Hablando de sinceridad... —Zoe entrecerró los ojos—. ¿Qué narices?

Seguí su mirada mientras James se giraba en el asiento y vi a April junto a otros estudiantes. April caminaba en marcha militar, literalmente, a través de la cafetería. Su coleta rubia se balanceaba de un modo que hacía que tuviese ganas de cortarme la mía. Sostenía alguna especie de pancarta entre las manos y un par de adeptos la acompañaban.

—Tengo un muy mal presentimiento —comentó Zoe, suspirando.

Posé los ojos en la mesa de los Luxen. Connor, el Luxen de cabello oscuro que había estado en la discoteca cuando volví en busca del teléfono, fue el primero en notar la presencia de April. Movió la boca y el resto de los Luxen alzaron la vista.

Heidi estiró el cuello para ver por encima de la mesa que estaba detrás de nosotros mientras April agarraba una silla libre y la arrastraba por el suelo, haciendo un chirrido horrible. Colocó la silla en mitad de la cafetería y luego se puso de pie sobre ella con la ayuda de uno de sus adeptos masculinos.

Levantó las manos en el aire y exhibió su pancarta. Me quedé boquiabierta.

En medio del cartel estaba el típico rostro alienígena, el del mentón puntiagudo y ojos negros grandes. La piel incluso era de color verde. Sobre él estaba el símbolo de prohibido, el círculo con la raya en diagonal.

—Mierda —susurró James.

Un segundo después, sus adeptos levantaron sus propios carteles. Eran todos iguales.

—¿Es una broma? —pregunté, alejándome el sándwich de la boca.

—Más quisiera. —Zoe presionó los labios.

—¡Escuchadme todos! —gritó April, y fue como si alguien hubiera presionado un interruptor. La cafetería se quedó silencio porque había una chica en una silla sosteniendo una pancarta que decía «DILE NO A LOS ALIENÍGENAS»—. Tenemos derecho a estar a salvo en nuestros colegios y en nuestros hogares, y no lo estamos. Colleen no estaba a salvo aquí. ¡No con ellos presentes! ¡Y Amanda tampoco!

Mis ojos fueron enseguida hacia la mesa Luxen y vi que Connor estaba quieto, pero que su rostro carecía de sentimientos.

—No deberían permitirles venir al instituto con nosotros. No son humanos. ¡Son extraterrestres! —prosiguió April.

—¡No deberían estar aquí! —gritó uno de los chicos que estaba con ella. Sacudió su cartel como si eso ayudara a transmitir el mensaje—. ¡No pertenecen a este lugar!

El color rosado tiñó las mejillas de una de las Luxen más jóvenes. Inclinó el mentón hacia abajo y dejó caer el pelo sobre su rostro.

Los ojos de April resplandecían mientras sacudía los brazos.

—¡No más Luxen! ¡No más miedo! Vamos. ¡Gritad conmigo! ¡No más Luxen! ¡No más miedo!

Los que estaban con ella repitieron las palabras. Alguien detrás de nosotros se puso de pie e hizo lo mismo. Me giré en mi asiento mientas Heidi maldecía.

—¿Dónde están los profesores? ¡Mierda!

—¡No más luxen! ¡No más miedo! —Los cantos provenían de muchas mesas más. Los alumnos se pusieron de pie y se subieron a los asientos. Agitaron los puños en el aire, y me recordaron a los bailarines de Presagio.

No todos estaban coreando.

Otros permanecían callados, intercambiando miradas incómodas. Miré a Zoe.

—Esto está muy mal.

Zoe frunció los labios.

—No puedo creer que haya sido amable con ella.

—Lo mismo digo. —Una energía ansiosa brotó del fondo de mi estómago. Debía hacer algo. Teníamos que hacer algo. Aparté la vista del rostro pálido de Heidi y me acerqué a Zoe—. Tenemos que...

—¡Suficiente! ¡Bajad de las sillas y cerrad la boca! —El entrenador Saunders, el profesor de Educación Física, avanzó hacia el centro de la cafetería—. Ahora mismo.

April levantó el mentón con terquedad.

—No puede detenerme. Protestar es mi derecho. Eso significa ser humano.

James se dio la vuelta despacio.

—No creo que April sepa lo que significa el derecho a protestar.

—Él no puede detenernos —les dijo April a quienes estaban a su alrededor—. ¡Vamos! ¡No más Luxen! ¡No más miedo! ¡No...!

—Tu derecho a protestar no incluye el centro de la cafetería, señorita Collins. —El entrenador Saunders le quitó la pancarta de la mano a un chico y la lanzó a un lado—. Bajad ahora mismo, todos. Cada uno de vosotros irá a la oficina del director Newman.

Algunos de los adeptos de April se detuvieron en ese instante, pero April continuó gritando su canto estúpido hasta que llegó una profesora y prácticamente la bajó de un tirón de la silla. Aquello no calló a April. Todavía seguía gritando mientras la acompañaban fuera de la cafetería.

—Guau. —James nos miró despacio—. ¿No os hace sentir un calorcillo agradable?

Heidi resopló.

—Me hace sentir cosas, sin duda. —Zoe apuñaló la lechuga con un tenedor—. Pero más bien un frío punzante.

La mesa donde los Luxen solían sentarse ahora estaba vacía.

Mientras miraba por encima del hombro, vi que algunos de los alumnos gritones aún estaban de pie, con la vista clavada en la puerta, donde se oían los cantos distantes de April.

Parecían... despiertos.

Como si acabaran de experimentar algo revelador y de encontrar el camino correcto frente a ellos. Una razón. Una causa. Un propósito. Asentían mientras intercambiaban miradas los unos con los otros. Eran rostros que reconocía y que había visto prácticamente cada día durante los últimos cuatro años. Chicas agradables. Chicos astutos. Personas inteligentes.

Vi a mi ex, Brandon.

Estaba de pie junto a la ventana, su pelo corto y castaño parecía dorado bajo el sol. Su sonrisa cálida y amigable había desaparecido y había sido reemplazada por una línea delgada y rígida. Poco a poco, comenzó a asentir, como si estuviera respondiendo a la llamada de April.

Agarró su silla, se subió en ella y luego saltó a la mesa.

—¡No más Luxen! ¡No más miedo! —Alzó el puño en el aire—. ¡No más Luxen!

Bostecé haciendo ruido mientras cambiaba los libros al final del día. Tenía que llevarme el libro de Química porque tenía el presentimiento de que habría un examen sorpresa mañana.

—¿Harás algo más tarde? —preguntó James. Estaba reclinado sobre la taquilla junto a la mía, mirando el pasillo. Parte de mí se preguntaba si él sabía que estaba mirando hacia el baño de las chicas.

—Creo que me iré a casa a dormir. Hoy ha sido un día agotador. —Comencé a cerrar la taquilla—. Así que planeo dormir toda la tarde.

—¿Quieres compañía?

Se me estremeció todo el cuerpo. Aquella pregunta, sin duda, no había provenido de James, sino que pertenecía a una voz familiar. Contuve el aliento y despacio me giré hacia la izquierda.

Luc estaba allí.

Tenía puesto uno de esos gorros de lana anchos. Gris. Le quedaba bien. Muy bien, a pesar de que debía de hacer veintiún grados y que llevaba puesta una camiseta de manga corta.

Parpadeé varias veces, pensando que era un espejismo, porque era imposible que estuviera allí. Sin embargo, allí estaba, de pie en el pasillo de mi instituto.

Elevó un lado de sus labios.

—Hola, Melocotón.

Salí de mi estupor y cerré de un golpe la puerta de la taquilla.

—¿Qué haces aquí?

—Reconocimiento. —Llevaba puestas aquellas malditas lentillas.

—¿Reconocimiento?

—Sí. —Levantó la otra mitad de sus labios—. Pensaba matricularme en el gran instituto Centennial.

Lo miré boquiabierta. No podía hablar en serio.

—¿Quién es este, Evie? —preguntó James.

—Luc —respondió él, inclinándose a mi lado y extendiendo una mano antes de que pudiera hablar—. Y tú eres James.

La mirada de James pasó de Luc a mí. Tensó los hombros y no aceptó la mano de Luc.

Este alzó una ceja.

Oh, mierda.

—Eres el amigo que permitió que deambulara por la discoteca cuando fue en busca de su teléfono móvil. —Luc inclinó la cabeza a un lado—. Eres un buen amigo.

—De acuerdo —dije, y sujeté el brazo de Luc. Una descarga eléctrica, mucho más benigna que la de antes, me atravesó la palma—. Me alegra que os hayáis conocido oficialmente. ¿Nos disculpas? —le pregunté a James—. Tengo que hablar con él.

Apretó la mandíbula.

—¿Vas a estar bien con este tipo?

Luc rio, y era el sonido de una advertencia.

—Es interesante que esa pregunta provenga de un...

—Estaré bien. —Aferré más fuerte el brazo de Luc.

—Ay —susurró él, a pesar de que sabía que no le dolía.

—Él quizás no lo estará —concluí—. En serio. Te escribiré luego, ¿vale?

James no parecía dispuesto a ceder, pero, después de un instante, asintió.

—Escríbeme.

—Lo haré. —Sonreí y luego tiré del brazo de Luc, alejándolo de James y de mi taquilla. Esperé hasta que estuvimos a mitad de la escalera antes de soltarlo—. En serio, ¿qué haces aquí, Luc?

—Me gusta que me sujetes el brazo —respondió, colocando las manos en los bolsillos de sus vaqueros—. Muy dominante por tu parte. Quizás soy un sumiso en, ya sabes, la...

—Cállate —siseé—. ¿Por qué estás aquí?

—¿Cómo puedo callarme y responder a tu pregunta al mismo tiempo?

Lo fulminé con la mirada.

—Luc.

—Pasaba por aquí. —Abrió la puerta y luego la sostuvo mientras salíamos. Estaba bastante segura de que la había soltado en la cara de alguien más—. Pensé en pasar y saludarte.

No sabía cómo responderle, así que agarré las gafas de sol y me las puse.

—No estás pensando en matricularte en serio, ¿verdad? —Ni siquiera sabía si era posible o no.

Luc resopló mientras caminaba a mi ritmo.

—No. Me aburriría tanto que puede que incendiase el instituto.

—Guau.

—Solo soy sincero. —Entrecerró los ojos mientras me miraba—. No hay nada nuevo que pueda aprender aquí.

—¿En serio? ¿Lo sabes todo? —La grava crujía bajo mis pies mientras nos acercábamos a la zona donde había aparecido el coche de

Amanda. Centré la atención en Luc; no quería pensar en ella sentada en aquel vehículo.

—Prácticamente.

El deseo de probar que estaba equivocado se apoderó de mí.

—Muy bien. ¿Quién fue el duodécimo presidente de los Estados Unidos?

—Zachary Taylor —respondió de inmediato—. Y no fue presidente durante mucho tiempo. Murió de un problema estomacal. Dato curioso, aún hay muchos debates acerca de qué fue exactamente lo que causó su muerte.

—Bueno, que sepas lo último es raro, pero lo que tú digas. Dime la raíz cuadrada de quinientos treinta y ocho.

Se rio, lo cual fue innecesario, porque ya estaba acaparando una cantidad absurda de miradas de casi todos los que pasaban a nuestro lado.

—Veintitrés con diecinueve. ¿Y sabes qué? No sabes la respuesta a esa pregunta.

Era cierto.

—¿Cómo lo sabes? Soy una genia en matemáticas.

—Si eso fuera cierto, no me habrías hecho esa pregunta —dijo.

Entrecerré los ojos.

—Taft fue uno de los últimos presidentes en presidir la incorporación de un nuevo Estado. En la actualidad, hay ochenta y ocho constelaciones conocidas. La barba crece al doble de su velocidad normal cuando estás en un avión.

—¿Qué?

—Es verdad. ¿Sabes otra cosa que también es verdad? La miel nunca caduca. Búscalo. También es difícil acceder a los recuerdos sin mover los ojos. Intenta hacerlo algún día —dijo—. El agua puede hervir y congelarse al mismo tiempo. Los gatos siempre aterrizan de pie debido a la física. Y hay suficiente ADN en un humano para cubrir diecisiete veces la distancia entre el Sol y Plutón.

—El instituto te aburriría. —Me detuve junto a mi coche.

—No si tú estuvieras en mi clase.

Ignoré la sensación extraña en mi pecho.

—Ajá.

Su sonrisa se burló de mí.

—¿Puedo ir a casa contigo?

—¿Perdona?

—Bueno, me he expresado mal, ¿no? —Rio y avanzó, y tuve que inclinar la cabeza hacia atrás para mirarlo a los ojos—. Quiero ir a casa contigo.

Mi corazón hizo una pirueta y luego cayó contra mis costillas.

—Sigues sin haberte expresado bien, Luc.

—Lo he dicho exactamente del modo que quería.

El cosquilleo creció e hice todo lo que pude para ignorarlo.

—¿Terminarás nuestra conversación del fin de semana?

—Si eso es lo que quieres...

—¿Por qué otro motivo querría hablar contigo? —repliqué.

Se rio de nuevo en voz baja.

—Me gusta pensar que hay otros motivos por los que hablarías conmigo, Melocotón.

—No me llames así. —Abrí la puerta del coche—. Mi madre se volvería loca si llegara a casa y te encontrara allí.

—Me iré antes de que ella llegue.

Vacilé.

—¿Cómo sabrás cuándo llegará?

—Soy rápido. En cuanto la escucharas aparcar, yo ya habría salido de tu casa. —Hizo una pausa—. En un segundo.

Era rápido. Lo sabía, pero igualmente dudaba.

—No lo sé.

Luc permaneció en silencio un momento.

—Tú viniste a mi casa. ¿Qué tiene de raro?

No tenía por qué serlo, pero lo era. Dejarlo entrar en mi casa era diferente.

—¿Me tienes miedo? —preguntó después de un momento.

Su pregunta me sorprendió. Debería temerle, en especial después de ver exactamente lo que era capaz de hacer, pero la verdad era que no me asustaba.

—No. No te tengo miedo. —Respiré hondo—. Puedes venir a casa conmigo, pero debes prometerme que te irás antes de que llegue mi madre.

—Lo juro por mi honor.

Puse los ojos en blanco.

—Sube al coche.

Sonriendo, caminó hasta el asiento del copiloto y se subió mientras yo arrancaba el motor. Lo miré.

—Entonces, eh, ¿qué hiciste al final el fin de semana?

—Patrullar.

Esperé hasta que dos chicas pasaran delante del coche y luego arranqué.

—¿Qué quiere decir eso?

—Significa que estaba asegurándome de que no hubiera un Luxen psicópata cerca, empecinado en vengarse. —Extendió sus piernas largas y apoyó el codo en la ventanilla abierta—. La buena noticia es que no vimos ningún rastro que indicara que Sean y Charity tuvieran otro hermano.

—Qué bien. —Me dio un vuelco el estómago—. ¿Verdad?

—Verdad.

No sonaba como si fuera algo bueno. Lo miré. Luc tenía la vista perdida fuera de la ventanilla.

—¿Qué es lo que no estás contándome?

No respondió. La ansiedad aumentó.

—Luc.

—Todo. —Luc miró hacia mí cuando llegamos a un semáforo—. Todavía debo contártelo todo.

Luc no me contó nada cuando llegamos a mi casa el lunes. Cuando entramos, encendió la tele y se puso a buscar películas sobre extraterrestres.

Sip.

Películas sobre extraterrestres.

Durante tres horas, protestó porque las invasiones alienígenas de Hollywood casi siempre los representaban mal. En cierto modo, tenía razón. Los alienígenas reales no parecían insectos gigantes, pero cuando mencioné *La invasión de los ultracuerpos*, se quedó sin palabras.

Fue una tarde rara, pero había sido... divertida. Y también había sido bastante... normal. Como si ya lo hubiera hecho antes, y, la verdad, nunca me había sentado a charlar acerca de qué extraterrestres eran más espeluznantes: si los de *Independence Day* o los de la película antigua de *Alien*.

Era habilidoso para evadir preguntas, y tenía talento para el arte de la distracción. Como prometió, se marchó antes de que mi madre llegara a casa, pero no me dijo nada que fuera mínimamente útil.

Luc no apareció junto a mi taquilla el martes.

Eso estuvo bien, porque, si lo hubiera hecho, era muy probable que James le pegara, y eso terminaría mal... para James.

El martes después del instituto, había comido con Zoe y Heidi, y luego nos encontramos con Emery. Estaba con ellas cuando recibí un mensaje de mi madre que decía que volvería tarde y las chicas acabaron pasando el rato en mi casa hasta que llegó la noche. Mi madre llegó a casa veinte minutos después de que ellas se fueran.

Me pareció que el martes había sido un día normal, como solía ser antes de Colleen y Amanda... y Luc, y no había notado cuánto necesitaba pasar tiempo con mis amigos hasta ese momento. Ese día ingerimos una tonelada de comida basura y hablamos sobre nada... espeluznante.

La normalidad no duró mucho.

El miércoles, April y sus adeptos hicieron una manifestación en contra de los Luxen en la entrada del instituto. Su grupo había duplicado su tamaño desde el lunes.

Ya no podía permanecer callada. April y yo no éramos demasiado cercanas, y la mayoría de los días no la consideraba ni siquiera una amiga, pero tenía que intentar hacerla entrar en razón, porque estaba enfadando a todos.

La esperé después de la tercera clase, y la intercepté en el pasillo.

—Hola. —Me colgué la mochila sobre el hombro—. ¿Podemos hablar un minuto?

—Claro. —Ella intentaba introducir una carpeta monstruosamente gruesa dentro de la mochila—. ¿Qué pasa?

Sujeté más fuerte la tira de la mochila.

—¿Qué estás haciendo, April? Con la protesta.

Se detuvo y alzó la vista.

—¿Perdona?

—¿Por qué lo haces? Los Luxen no han hecho nada malo y tú estás...

—¿Estoy qué, Evie? —Frunció el ceño—. ¿Expresando mi derecho a estar a salvo en mi instituto?

—Estás a salvo.

Rio mientras se apartaba a un lado y continuaba empujando la carpeta dentro de la mochila.

—Eres una idiota si piensas que cualquiera de nosotros está a salvo en alguna parte. Viste a Amanda. Sabes lo que le ocurrió a Colleen.

Me puse rígida.

—Recuerdo claramente lo que vi, pero eso no significa que todos los Luxen sean peligrosos. O que cualquiera de los Luxen que vienen aquí sean los responsables.

—¿Cómo lo sabes? ¿Les has preguntado? —replicó.

—No necesito preguntárselo. No voy por la vida asumiendo que todos los Luxen son asesinos.

—Pues deberías. —Cerró la cremallera de la mochila—. Creía que tú, más que nadie, me apoyarías. Tu padre...

—Deja de mencionar a mi padre, April. No lo conociste. —Comenzamos a recibir miradas, pero no me importaba—. Lo que haces está mal y es muy decepcionante.

—¿Decepcionante? —Rio mientras lanzaba su coleta sobre el hombro.

—Sí, eso es.

—¿Sabes qué? Eres tú la que me has decepcionado. —April se dio la vuelta y se largó hecha una furia, su coleta elegante se balanceaba con cada paso que daba.

¿Que yo la había decepcionado? Casi me dio la risa, pero nada acerca de aquel asunto era gracioso.

Hablar con April había resultado tan desastroso como esperaba, pero, al menos, lo había intentado. Quizá Zoe podría intentar hablar con ella. Conocía mejor a April.

Mi conversación fallida con April me molestó durante el resto del día, y solo quedó en segundo plano cuando caminé hacia mi coche y vi a Luc esperándome, apoyado, con los tobillos cruzados y las manos apoyadas en el capó.

Había un grupo pequeño, reunido frente a él, que lo observaba sin disimular. Él sonrió como un maníaco cuando me acerqué y, no sé cómo, treinta minutos después, Luc estaba de nuevo en mi casa.

—¿Quieres beber algo? —pregunté, entrando en la cocina—. No tengo Coca-Cola.

—Lo que tengas está bien. —Esperó junto a la mesa del comedor mientras yo sacaba dos zumos de fruta Capri Sun. Le lancé uno. Lo atrapó con facilidad—. ¿Puedo hacerte una pregunta?

—Claro. —Quité el plástico de mi pajita.

—¿Hay problemas en tu instituto?

Metí la pajita a través del agujerito del cartón de zumo y alcé la vista.

—Ha habido protestas. ¿Has oído hablar de ellas?

—He oído algunas cosas.

—¿Como cuáles?

Su sonrisa se volvió sigilosa.

—¿Por qué siempre haces eso?

—¿El qué, Melocotón?

—En serio. Eso.

Se mordió el labio inferior y luego lo soltó.

—Tendrás que ser más precisa.

Bebí bastante zumo de un sorbo.

—Siempre eres evasivo. Por ejemplo, cuando hablas, siempre cuentas solo la mitad de la historia. Aún no me has contado nada de lo que me prometiste.

—Te he contado mucho. —Terminó su bebida. Desde el sitio lanzó el envase vacío y el muy maldito aterrizó dentro del cubo de la basura. Lo odiaba—. De hecho, te he contado algo bastante importante que no está en absoluto relacionado con lo que soy.

—Mentira.

Luc se encogió de hombros.

—No has estado prestando atención.

—No es verdad. —Irritada, luché contra el deseo de lanzar mi zumo contra su cabeza—. Soy muy observadora.

Se rio.

—No es cierto.

—¿Sabes qué? Puedes irte. —Succioné mi zumo vacío y luego lancé el envase a la basura. Chocó contra la papelera y cayó al suelo. Suspiré—. Tengo deberes que hacer y eres un incordio.

—Si de verdad quisieras que me fuera, no estaría aquí.

Recogí el maldito envase y lo eché a la basura. Cuando enderecé la espalda, el movimiento tiró de la piel suave de mi vientre e hizo que inhalara de forma abrupta.

—¿Estás bien?

Enderecé la espalda con más cuidado y asentí.

—Sí.

Inclinó la cabeza a un lado.

—Mientes. —Hizo una pausa—. ¿Qué te ha pasado en la barriga?

Me quedé boquiabierta.

—Sal de mi cabeza, Luc.

Avanzó demasiado rápido. Un segundo después, me estaba agarrando la camiseta y, antes de que me diera cuenta, levantó la tela.

—¡Luc! —grité, sujetándole las manos, pero era demasiado tarde.

Los rizos le cayeron sobre la frente mientras inclinaba el mentón.

—¿Qué narices, Melocotón? ¿Qué te ha pasado?

Intenté apartar sus manos, pero fue inútil.

—No lo sé. Es...

—¿Crees que fue en la discoteca, cuando te lancé al suelo? —Clavó sus ojos en los míos—. ¿Yo te he hecho esto?

—¡Luc! En serio. No entres en mi cabeza. Es horrible.

Tensó la mandíbula.

—No sabía que te había hecho daño.

—Yo... tampoco lo sabía. No lo noté hasta más tarde. No es grave. —Tiré de nuevo de sus muñecas—. Son solo rasguños.

—¿Rasguños? —Bajó la mirada hacia mi vientre e inhaló con dificultad—. Melocotón, creo que son quemaduras.

—¿Qué? —Por un instante, olvidé el hecho de que me estaba mirando el vientre.

—Quemaduras. Como si hubieras tocado una llama durante demasiado tiempo. Debí de haberlo hecho cuando te sujeté. —Me soltó la camiseta, pero cualquier alivio que eso me generó fue breve, porque colocó la palma justo debajo de las marcas borrosas.

Proferí un grito ahogado.

El contacto, piel con piel, extrajo el aire de mis pulmones. Su tacto era íntimo y desconcertante. Lo miré a los ojos, y creí ver que los abría un poco más, como si la sensación de su piel contra la mía tuviera el mismo efecto intenso en él. Su palma era cálida, casi demasiado cálida contra mi piel.

Luc tragó mientras bajaba las pestañas.

—Lo siento.

—¿Qué sientes?

—Haberte hecho daño —dijo, su voz era más grave y ronca mientras inclinaba la cabeza—. Debería haber sido más cuidadoso.

—No pasa nada. —Temblé cuando su frente tocó la mía. No fue un temblor de miedo. Fue otra cosa. ¿Expectativa? Sí. Y algo más. La tensión aumentó en el espacio entre nosotros. Cerré los ojos—. Intentabas evitar que explotara.

—Sí. Es cierto. —Inclinó la cabeza un poco, y sentí su respiración sobre... mis labios. ¿Me besaría de nuevo?

¿Se lo permitiría?

Luc apartó las manos y retrocedió bastante, pero la tensión aún estaba allí, chisporroteando entre nosotros. Abrí los ojos despacio y apreté los labios, confundida sobre si debía sentirme agradecida o decepcionada por que él no me hubiera besado.

Alzó las comisuras de sus labios.

Ay, no.

—No me estarás leyendo los pensamientos en este instante, ¿verdad?

—Nunca haría algo semejante.

Sí. Claro.

—Ni siquiera sé por qué he dejado que vinieras a casa conmigo.

Aquella sonrisa en su rostro comenzaba a preocuparme.

—Bueno, ya sabes.

Luc avanzó de nuevo hacia mí y me puse tensa. Su mirada nunca abandonó mi rostro y sentí la clara necesidad de correr lejos de él... y hacia él. Lo último no tenía sentido. Él se detuvo, frunciendo el ceño mientras colocaba la mano en el bolsillo del pantalón y sacaba el móvil. Lo miró. El ceño fruncido se convirtió en una expresión furiosa cuando levantó la vista.

—¿Puedo encender la tele?

—Eh, sí.

Entró en el salón, extendió el brazo y el mando voló desde la mesita y aterrizó en su mano.

Enarqué las cejas.

—Eso es útil y muy de vagos.

Luc guiñó un ojo; por supuesto que estaba muy guapo al hacerlo. Encendió la televisión y puso de inmediato uno de los canales locales. En cuanto vi a la reportera con una expresión sombría de pie frente a una fachada de color arenisca, supe que serían malas noticias.

La reportera hablaba, y a mi cerebro le llevó unos instantes entender lo que decía.

—*Las cuatro víctimas, la más joven de tres años de edad y la mayor de treinta y dos años, vivían en esta casa. Los vecinos dicen que eran una familia tranquila y muy trabajadora. Me han dicho que los niños tenían aproximadamente la misma edad y creen que los asesinaron a los cuatro anoche.*

El pánico me invadió mientras un reportero apareció detrás de un escritorio en la pantalla.

—*Esto ha ocurrido poco después de los asesinatos de Colleen Shultz y Amanda Kelley, dos alumnas del instituto Centennial. La señorita Shultz fue hallada en el baño del instituto el martes pasado y la señorita Kelley apareció en su vehículo en marcha en el estacionamiento del instituto* —añadió—. *Informes previos indican que las cuatro víctimas han sido asesinadas del mismo modo que la señorita Shultz y la señorita Kelley. También creen que un Luxen no registrado ha cometido estos crímenes terribles. Parece que esta clase de incidentes no están sucediendo de forma aislada en Columbia, o incluso en Maryland. Durante los últimos dos meses, ha habido muertes sospechosas en Virginia, Virginia Occidental, Pensilvania y Tennessee. Los ataques de Luxen no registrados están en aumento, y muchas personas se preguntan si alguien hará algo al respecto. ¿Cómo podemos estar a salvo si...?*

Luc apagó la tele y maldijo en voz baja. En su mandíbula, apareció un músculo tenso.

—No puede ser.

Me senté en el borde del sofá, horrorizada por las noticias y asustada por lo que implicaban.

—¿Qué quieres decir?

Cuando no hubo respuesta, me di la vuelta. El salón estaba vacío. Me puse de pie rápido y me giré.

Luc se había ido.

Y no me dolió el vientre cuando hice aquel movimiento brusco y repentino. Bajé la vista y me subí la camiseta para ver la piel suave e intacta.

—Es imposible. —Levanté la vista.

Pero no lo era, ¿verdad? Luc había dicho que al ser un Origin, podía hacerlo. También había dicho que los Luxen eran capaces de curar a los humanos. Rasguños. Golpes. Magulladuras. Heridas.

Solté la camiseta.

Luc me había curado.

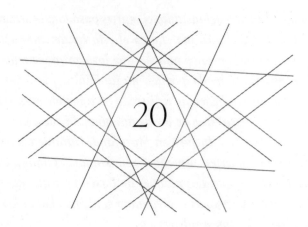

20

—No me gusta —decía James mientras entrábamos en el instituto el jueves por la mañana—. Y no es en absoluto porque sea lo que es.

Me alegraba oírlo, dado que James no sabía lo que Luc era en realidad.

—No da una buena primera impresión.

—¿No me digas? —Resopló mientras caminábamos hacia mi taquilla—. Sé que has dicho que no tienes nada con él...

—Y es cierto —repetí por enésima vez. Era la verdad. Luc y yo apenas éramos amigos. Decidí que quizás era algo bueno; algo muy bueno. En serio. Algo en él me dejaba... desconcertada y confundida, y eso no me gustaba. Ni una pizca.

Luc era una variable desconocida y eso me hacía sentir un desastre. Y no necesitaba confusiones ahora mismo. No cuando el mundo parecía estar a punto de implosionar de nuevo. James me dio un golpecito en el brazo despacio.

—Ya sabes, solo estoy preocupado.

—¿Por qué? —Ahora mismo había muchas cosas más importantes por las que preocuparse. Como saber quién había matado a una familia entera ayer y si estaba relacionado con lo que les había ocurrido a Colleen y a Amanda.

¿Y la reacción de Luc? Era como si él supiera algo. No sabía qué era, pero no había hablado con él desde que desapareció (literalmente) de mi casa.

—No lo sé —contestó él mientras yo abría la taquilla y sacaba los libros—. Desde que fuiste a aquella discoteca con Heidi has estado distinta. Y no me preguntes en qué sentido. Es solo una sensación.

Era demasiado temprano por la mañana para esa clase de pensamientos profundos.

—Soy la misma Evie que antes..., y que antes de eso..., y que antes de eso también.

James permaneció callado un instante.

—Vaya, parece que habrá problemas.

Al principio no sabía de qué hablaba, pero seguí su mirada y vi que observaba a uno de los jóvenes Luxen. El chico estaba junto a una taquilla a varios metros de distancia, solo. Su nombre era David... o Danny. O algo así. La banda metálica de su muñeca resplandecía bajo la luz mientras sujetaba la puerta de su taquilla. Estaba solo, pero no pasaba desapercibido.

Dos chicos mayores estaban de pie frente a él, junto a una de las vitrinas de proyectos de arte malísimos de alumnos mayores que habían terminado el año pasado. Reconocí a los chicos como miembros del grupo de protesta de April, que estaba de nuevo en la entrada del instituto.

Excepto ellos dos.

Miraban al joven Luxen como una manada de hienas que contemplaban una gacela bebé para cenar. No era nada bueno.

—¿Sabes una cosa? —dije—. Intenté hablar con April sobre lo que está haciendo.

—Apuesto a que salió bien.

Me mordí el labio mientras cerraba la taquilla. Por supuesto, el joven Luxen era consciente de la presencia de los chicos. Sus nudillos estaban blancos y parecía que estaba haciendo tiempo, puede que esperando a que ellos se marcharan primero.

Los dos chicos no parecían dispuestos a irse a ninguna parte.

La energía nerviosa me zumbó por las venas. Podría largarme. No conocía al chico. Una voz horrible susurró: «¿Para qué meterme?». No tenía nada que ver conmigo..., pero ¿a la vez sí?

Enderecé la tira de la mochila y tomé una decisión.

—¿Conoces a esos chicos? —pregunté, señalándolos con el mentón—. ¿Son dos imbéciles?

—Sí, son idiotas —asintió James.

—Entonces, ¿es probable que no estén mirando al chico porque les guste su camiseta y quieren saber dónde se la ha comprado para hacerse con una?

—Nop.

Inhalé hondo.

—Veré si él necesita que alguien lo acompañe a clase. Bueno, no se lo voy a decir así, porque sonaría raro e incómodo, pero, ya sabes, solo estaré... ahí.

James se apartó de la taquilla que estaba a mi lado.

—Voy contigo.

Agradecida de no estar sola en esto, caminé hacia el joven Luxen. Giró la cabeza en dirección a mí antes de que estuviera a un metro de él. Tenía los hombros rígidos y la cautela invadía sus ojos azul profundo.

—Hola —dije—. Creo que no nos conocemos. Soy Evie y él es James.

El Luxen miró a James y luego centró sus maravillosos ojos azules en mí.

—Daniel... Soy Daniel.

¡Ajá! Casi me sabía su nombre correctamente.

—¿Estás en cuarto?

Él asintió mientras James movía el cuerpo y ocultaba a Daniel de la vista de los otros chicos.

—Sí. Vosotros estáis... ¿en el último año?

—Sip —contesté con demasiada alegría—. ¿Tienes clases en la segunda planta? James y yo vamos para allá.

—Así es. —Cerró la taquilla. Pasó un instante—. ¿Por qué estáis hablando conmigo, chicos?

Parpadeé ante su repentina pregunta.

—Nunca antes habíais hablado conmigo, y os he visto todos los días en vuestras taquillas desde el comienzo del instituto.

—Bueno, ¿hay algún momento mejor que este para empezar a hablar? —James apoyó una mano en el hombro del chico, más bajo que él—. Como vamos arriba, te acompañaremos.

—Ajá. —La mirada de Daniel cayó en la mano de James, y luego alzó una ceja. A decir verdad, creía que nos iba a decir que nos largáramos, lo cual hubiera sido muy malo, porque los dos chicos que lo estaban acechando como hienas parecían estar reuniendo el valor suficiente para decir o hacer algo—. Sé por qué estáis haciendo esto, chicos.

Preparada para negar la verdad hasta quedarme sin oxígeno, abrí la boca, pero James dijo:

—Entonces sabes que, probablemente, es inteligente que nos permitas acompañarte arriba. Porque Andy y Leo están allí de pie. Déjame describirlos rápido. Ambos son defensas en el equipo de fútbol americano. Tienden a placar a alumnos por accidente y entre los dos suman medio cerebro funcional.

Daniel frunció los labios.

—Y déjame adivinar, ¿no son demasiado fans de los Luxen?

—Diré que eso es una suposición razonable. —James le dio una palmadita en el hombro y apartó la mano—. Entonces, ¿qué asignatura tienes ahora?

—Lengua.

—Vamos. —Lo adelanté para ubicarme en su lado libre—. No puedo llegar tarde. Tengo fobia a entrar en clase después de que suene el timbre. Me aterra cuando todos me miran mientras tomo asiento y el profesor me observa con esa mirada decepcionada y molesta.

Daniel no respondió mientras se colocaba la mochila sobre el hombro, pero comenzó a caminar y lo seguimos, uno a cada lado. Mientras los tres avanzábamos hacia la segunda planta, las miradas nos siguieron y el silencio apareció; lo único que lo interrumpía eran los susurros. La tensión cubrió la escalera, sofocante como una manta pesada. James parecía inmune a ella, porque hablaba acerca de un *reality* de inversiones que había visto la noche anterior en la tele. O quizás intentaba distraer a Daniel o a sí mismo.

Tal vez intentaba distraerme a mí, porque me ardían las puntas de las orejas y cada vez que miraba a nuestro alrededor, veía miradas que pasaban de cautelosas a definitivamente hostiles.

—Él no debería estar aquí —dijo alguien en un susurro que escuché.

Luego alguien más añadió:

—Uno de ellos ha matado a Colleen y a Amanda. —Otra persona respondió, pero no pude distinguir lo que dijo.

—Ellos han matado a esa familia —señaló otra voz más fuerte.

Las mejillas de Daniel comenzaron a arder.

Me dio un vuelco el estómago mientras asimilaba aquellas palabras. Si era difícil para mí oír y ver aquello, no podía siquiera imaginar cómo sería para Daniel. Podría haber cien personas como James dispuestas a servir de barrera para Daniel, para los demás Luxen, pero nadie podía estar presente todos los días en cada clase.

En lo más profundo de mi ser sabía que las palabras susurradas se convertirían en acciones y que en algún momento todo se descontrolaría. El miedo se transformaría en odio, y aquella era una combinación letal. El instituto era un polvorín, y la cuestión no era si explotaría o no.

La cuestión era cuándo lo haría.

Mientras caminaba hacia mi coche después de clase, continuaba esperando que Luc apareciera, pero, cuando miré por encima del hombro y observé el aparcamiento, no lo vi.

Pensé en escribirle a Zoe para ver qué estaba haciendo, porque no quería ir a casa. Era probable que mi madre tardase horas en llegar. Había estado trabajando hasta muy tarde todos los días esta semana, algo relacionado con la visita de unos agentes extranjeros.

Me eché el pelo hacia atrás cuando el viento lo hizo flotar y acorté camino entre dos camionetas enormes, mientras hacía una nota mental otra vez para llegar temprano al instituto. Odiaba caminar tanto, lo cual, quizás, implicaba que necesitaba caminar más. Salí de entre las camionetas y alguien se interpuso en mi camino.

—Oye. —Me detuve de un salto justo un segundo antes de chocar de cara contra su pecho. Una mano me sujetó el brazo para ayudarme a recobrar el equilibrio mientras alzaba la vista. Era un chico..., ese chico. Me llevó un instante reconocerlo a él y a sus gafas de sol. Era el muchacho que me había ayudado a recoger mis cuadernos la otra vez—. Hola.

Él sonrió y me soltó el brazo.

—Encontrarnos en el aparcamiento se está convirtiendo en un hábito.

—Así es. —Agarré la tira de la mochila y me la coloqué sobre el hombro—. Sin duda debería estar más atenta cuando camino. Lo siento.

—Deberías, pero, en ese caso, no me beneficiaría de tu falta de atención. —Su tono era ameno, incluso bromista.

Sonreí mientras me preguntaba quién era ese chico.

—Creo que no... nos hemos visto antes. Bueno, sin contar cuando hice caer todas mis cosas al suelo.

Inclinó un poco la cabeza a un lado.

—Oh, pues claro que nos hemos visto antes.

—Ah. —Avergonzada, sentí el calor en las mejillas—. ¿Vamos a alguna clase juntos? Lo siento, como puedes ver, no soy muy observadora.

Si Luc estuviera aquí y oyera que acababa de admitir ese hecho, se reiría a carcajadas.

La sonrisa en el rostro del chico se expandió mientras negaba con la cabeza.

—No compartimos clases.

Mi sonrisa vaciló.

—No voy a este instituto —añadió él, y colocó la mano sobre el guardabarros de la camioneta junto a la que estaba de pie—. Y no soy de... por aquí.

La confusión invadió mi ser mientras observaba al chico.

—Entonces no recuerdo cómo nos hemos conocido.

—Comienzo a notarlo. A comprenderlo. —Hizo una pausa—. Lo cual es muy interesante para mí. No puedo descifrarlo.

No sabía de qué demonios hablaba ese chico, pero no quería averiguarlo, la verdad. Un escalofrío me recorrió la columna cuando el instinto primitivo cobró vida. Algo en esa conversación, en ese chico, no iba bien.

—Bueno, me alegro de verte otra vez. —Moví el cuerpo a un lado, decidiendo que debía hacer caso a esa voz en mi interior que me decía que era hora de terminar la conversación—. Pero tengo que irme...

—No te vayas todavía. —Con la otra mano, se bajó las gafas de sol—. No sin que antes te diga lo que tenemos en común.

La sorpresa me sacudió cuando le vi los ojos. Eran del mismo tono violeta impactante que los de Luc, la línea negra de sus iris era difusa.

—Eres un...

Curvó hacia arriba una de las comisuras. El hoyuelo en su mejilla derecha apareció.

—¿Un Origin? —Bajó la voz—. Sí. Lo soy.

Luc me había dicho que no existían muchos Origin, pero, sin duda, tenía a uno parado frente a mí.

—Luc estaba en lo cierto. No quedan muchos de los nuestros.

Di un grito ahogado al notar que me estaba leyendo la mente.

—¿Y sabes qué? Luc podría decirte exactamente por qué no quedan muchos Origin. —El metal de la camioneta se abolló bajo su mano. De inmediato, la pintura echó humo y se saltó. Abrí los ojos de par en par—. No... —susurró, poniéndose bien las gafas de sol con la mano libre—. No llames la atención sin necesidad, Evie.

El corazón me latió desbocado. ¿Por qué no teníamos controles retinales en las entradas del aparcamiento? Aunque Luc llevaba puestas sus lentillas, y tenía la sensación de que ese Origin encontraría un modo de engañar los controles.

—Porque si llamas la atención sobre nosotros, entonces tendré que montarte una escena —prosiguió—. Y ya he causado bastantes. Creo que, al menos, has presenciado una de ellas.

Sentí un nudo en la garganta al comprender lo que decía.

—Tú... ¿eres el responsable de lo que le ha sucedido a Amanda? ¿A Colleen?

—Bueno, no diría que soy el responsable al cien por cien. —La sonrisa relajada permaneció en su rostro—. Pero no soy el único responsable.

Intenté respirar, pero no logré calmar la presión que me aplastaba el pecho mientras miraba a mi alrededor. Las personas caminaban hacia sus coches, pero nadie nos miraba. ¿Por qué? Desde lejos, él parecía un chico normal, en especial con las gafas de sol puestas.

—Evie —dijo mi nombre en voz muy baja—. ¿Estás prestándome atención?

—Sí. —Lo miré a los ojos.

—Bien. Ahora pregúntame quién más es responsable.

Mi corazón tropezaba consigo mismo mientras obligué a las palabras a salir de mi boca.

—¿Quién más es responsable?

—Buena chica. —Dio un paso lento y premeditado hacia delante. La pintura de la camioneta se retrajo y colgó inerte mientras él deslizaba la mano sobre ella—. Luc. Él es responsable en un ochenta por ciento.

—¿Cómo...?

—Tú también —me interrumpió—. Después de todo, creía que te había atrapado a ti esa noche en la discoteca. Solo te había visto de lejos hablando con Luc, y esa otra chica llevaba puesto un vestido del mismo color que tú. Era rubia. Fue un error. Aunque funcionó a mi favor, en especial cuando atrapé a otra rubia. Eso fue a propósito. Ya sabes, solo porque sí.

El horror paralizó cada músculo de mi torso mientras asimilaba lo que decía. Recordé que Heidi había dicho que ambas víctimas eran rubias. Había sido un patrón, un patrón aterrador.

—Como te vi de cerca en este aparcamiento, sabía que no eras la segunda chica. —El tono relajado de su voz permaneció inalterable—. Pero ella te conocía.

Un claxon sonó a lo lejos y me asustó.

—Ha sido tan fácil encontrarte...

La advertencia de Luc regresó a mi mente con fervor. «¿Sabes lo fácil que ha sido encontrarte?». Mierda. No estaba bromeando.

—No entiendo...

—Yo tampoco. Bueno, me faltan algunas partes de esta breve historia —dijo—. No te entiendo a ti. Aún. Pero estoy comenzando a descifrarte. Ir a tu casa ayudó.

Oh, socorro. Él fue quien estuvo en mi casa esa noche...

—Sí. —Irrumpió en mis pensamientos horrorizados—. Más de una vez, por cierto. Necesitas programar ese sistema de vigilancia. A ver, ¿qué sentido tiene poseer uno si no lo usas? Aunque... —Rio, un sonido muy discordante con sus palabras—. No me habría detenido. Estuve muy cerca; dejé mi marca.

El horror cedió ante las náuseas cuando comprendí de qué hablaba. Retrocedí con torpeza.

—¿Fuiste tú el que me arañó?

—Bueno, sí, e intenté estrangularte. —Amplió su sonrisa a ambos lados de la boca—. Solo un poco.

—¿Solo un poco? —Sentí la bilis en la garganta. El horror me heló la sangre mientras el corazón se me alojaba en alguna parte de la garganta. Cerré la mano en un puño. Había estado tan cerca de...

—¿De morir? Sí, pero no tan cerca como estuviste antes. No te acerques más. —Alzó la voz y agudizó el tono.

Al principio, pensé que me estaba hablando a mí, pero yo no estaba intentando aproximarme a él. Entonces miré detrás de él. De pie junto a la parte trasera de la camioneta estaba Emery. Detrás de ella..., Connor. ¿Qué hacía Emery allí? No veía a Heidi. ¿Y por qué estaba con Connor?

—Si os acercáis más, tendré que hacer algo que se considera inapropiado —dijo el Origin, sin mirar atrás. Ni una sola vez—. Algo que enfadará mucho a Luc, y no queréis eso. ¿Verdad, chicos? Ya sabéis lo que ocurre cuando Luc está... decepcionado.

—No sé quién eres y ni siquiera me importa en este instante, pero parece que conoces a Luc y lo que sucede cuando se enfada. No quieres ponerlo de mal humor —le advirtió Emery mientras el viento aparecía y hacía flotar su pelo largo sobre su rostro—. Hazme caso.

El Origin dibujó una sonrisa de superioridad.

—Ah, créeme, sé exactamente qué sucede cuando Luc se enfada.

El aire se me quedó atascado en la garganta. Miré a Emery con atención. Sus ojos no..., ya no eran verde musgo. Eran del color del musgo más brillante y sus pupilas... Sus pupilas estaban completamente blancas. Me quedé boquiabierta.

Emery no era humana.

Había usado lentillas aquel día durante el desayuno. ¡La novia de Heidi era una Luxen!

—No tienes ni idea de quién está cerca de ti, ¿verdad? Supongo que lo descubrirás a su debido tiempo. —El Origin recuperó mi atención—. Pero, mientras tanto, tengo una pregunta que quiero que le hagas a Luc. ¿Harías eso por mí? ¿Por favor?

Me sujetó el brazo antes de que lo viera moverse. Di un grito ahogado cuando tiró de mí hacia delante y la mochila se me resbaló del hombro y cayó al suelo. Me sujetó el brazo más fuerte y me hizo gritar.

—Pregúntale si jugará conmigo.

—¿Qué? —susurré.

Todo sucedió muy rápido.

Oí algo quebrarse en mi interior. Un dolor abrasador, uno que nunca había experimentado antes, me recorrió el brazo y me dejó sin aliento. Ni siquiera pude gritar cuando me cedieron las piernas.

El Origin me soltó y mis rodillas golpearon el asfalto. Inclinándome hacia delante, me presioné el brazo contra el estómago. Alguien maldijo, pero a duras penas podía oírlos por encima del latido de mi sangre.

Me había roto el brazo.

Mierda, me había roto el brazo.

El extraño caminó a mi alrededor mientras yo intentaba respirar a través del dolor punzante y se marchó tan tranquilo como si no acabara de partirme el hueso con un simple movimiento de la mano.

Emery apareció en un segundo, se puso de rodillas frente a mí y me sujetó los hombros.

—¿Estás bien?

—No —dije sin aliento, reclinándome hacia atrás cuando otra oleada de dolor insoportable me recorrió el cuerpo—. Me ha roto el brazo. De verdad.

—Mierda. —Emery miró por encima de su hombro hacia Connor mientras me rodeaba la cintura con el brazo—. Nunca he hecho una curación antes y tú tienes puesto un inhibidor. Llama a Luc.

—¿A Luc? —pregunté y jadeé de dolor; no me funcionaba bien la cabeza—. Necesito un hospital. Doctores. Medicamentos para el dolor... fuertes.

—Tenemos algo mucho mejor que eso. —Emery me puso de pie con una facilidad sorprendente—. Vamos.

Miré el aparcamiento. Vi a Connor hablar por teléfono, moviendo rápido la boca.

De pronto, Heidi apareció, con el rostro pálido.

—¿Qué ha pasado?

—Te he dicho que te quedases allí. —Emery me ayudó a caminar entre las camionetas—. Pero por supuesto que no me has hecho ni caso.

—Deberías haber sabido que no lo haría. —Heidi se acercó—. Mierda, ¿qué le ha pasado a tu brazo?

—Un tipo me lo ha roto —contesté, apretando los dientes—. Y necesito un hospital.

—¿Un tipo? —repitió Heidi.

—No sé quién ha sido, pero eso no importa ahora —dijo Emery—. Toma su mochila. Tenemos que irnos.

—¿Al hospital? —sugerí, jadeando por el dolor. Recordé levemente que los Luxen y los Origin tenían poderes curativos. Mierda, Luc me había curado esos rasguños del estómago, pero tenía el brazo roto. Quería un médico. Quería analgésicos. Muchos.

Connor se giró y se guardó el móvil en el bolsillo.

—Dice que se reunirá contigo.

—Gracias. —Emery pasó rápido junto a un grupo de personas. Estaban comenzando a prestar atención—. Heidi.

Ella llegó corriendo a nuestro lado con la mochila. El mundo giró un poco. Abrieron la puerta de un coche frente a mí. No era mi coche, pero, de pronto, estaba en el asiento trasero y Heidi se estaba subiendo a mi lado. Cerraron otra puerta.

—Déjame verte el brazo. —Heidi se acercó en el asiento mientras arrancaban el motor. Emery, Emery la Luxen, conducía.

Le miré la cara y empecé a hacer respiraciones breves y rápidas.

—¿Cómo de malo es? No puedo mirar.

—Mmm. —Miró al asiento del conductor—. No veo el hueso, pero está hinchado y muy rojo.

—Bien —susurré—. No ver... el hueso es bueno, pero creo que no siento los dedos.

—Estarás bien. —Tenía lágrimas en los ojos—. Lo prometo.

Necesitaba creerle, así que asentí mientras Emery salía del aparcamiento y pisaba el acelerador. Tragué con dificultad e intenté concentrarme en cualquier cosa que no fuera el dolor asfixiante.

—Ha sido él... Él las ha matado. A Colleen. A Amanda.

Heidi parpadeó y luego se apartó el pelo de la cara.

—Madre mía.

—¿No te ha dicho su nombre? —preguntó Emery desde el asiento delantero.

—No. Pero conocía a Luc. Y a mí. Estuvo... en la discoteca cuando fue la redada. Yo... —El dolor empeoraba. Tenía ganas de vomitar y era muy probable que ocurriera. Cerré los ojos con fuerza, presioné un lado de mi cuerpo contra el asiento, extendí las piernas de un lado a otro, pero nada ayudaba con aquel dolor profundo e inevitable.

—¿Evie? —Heidi me colocó una mano sobre la pierna.

El sudor me empapaba la frente.

—Creo que voy a vomitar. Dios, duele mucho.

—Lo sé. Lo siento. —Los dedos temblorosos de Heidi me apartaron el cabello del rostro y lo colocaron detrás de la oreja—. Lo solucionaremos. Lo juro.

—Allí está. —El alivio era evidente en la voz de Emery—. Por fin.

Mantuve los ojos cerrados mientras sentía que el coche frenaba. Abrieron rápido una puerta y el sonido del tránsito entró junto al olor a tubo de escape y... a pino. Y a magnolia. Abrí los ojos y giré la cabeza.

Luc reemplazó a Heidi. Él soltó una palabrota.

Jadeé a través del dolor. El pelo de Luc era una maraña de ondas y rizos, como si hubiera estado en un molino.

—¿Cómo has llegado aquí?

—Corriendo —contestó. La preocupación le invadía el rostro y oscurecía sus ojos. La puerta del copiloto se abrió y luego apareció el rostro de Heidi entre ambos asientos—. Llévanos a la discoteca —ordenó—. Ahora.

—Necesito un hospital.

Luc se inclinó sobre mí y sus ojos violetas agitados fueron lo único que vi.

—Me necesitas a mí.

—Qué...

—Te voy a tocar el brazo. —Y luego lo hizo; cerró la mano sobre mi codo—. Y esto te va a doler, pero solo un segundo.

El pánico me invadió. Mis ojos desquiciados recorrieron el coche y pasaron de la expresión afligida de Heidi a la de Luc. La mandíbula del chico estaba tensa y la concentración extrema empapaba sus facciones.

—Espera. Por favor. Sé que puedes curarme, pero quiero...

Las pupilas de sus ojos se volvieron blancas.

—Lo siento.

Luc colocó la mano en el lugar de donde provenía el peor dolor, mi antebrazo, y sentí que toda la extremidad estallaba en llamas. Curvé la espalda mientras reclinaba la cabeza hacia atrás. Un grito brotó de mí mientras el techo del coche daba vueltas, desvaneciéndose y luego reapareciendo con claridad absoluta. Enderecé las piernas y no sé cómo no hice caer a Luc del coche de una patada, pero él aún seguía allí, sujetándome el brazo.

—¡Basta! —gritó Heidi—. Dijiste que él podía ayudarla. Le está haciendo daño...

—La está curando —replicó Emery—. Te lo prometo, Heidi. Solo dale un segundo.

Aquello no estaba funcionando. En absoluto. No era en nada parecido a la calidez breve que había sentido la otra vez.

El dolor latió, encendió todo mi cuerpo y anuló todos mis pensamientos hasta que desapareció y no quedó nada..., nada más que sudor.

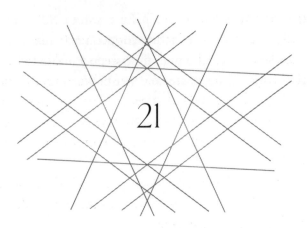

21

La calidez fluyó y penetró los huesos y los tejidos. Estaba flotando como si estuviera en las aguas cálidas del sur. Pensé en la playa, pero... no recordaba cuándo había ido a la playa.

Los recuerdos seguían apareciendo, el sol brillante y la arena granulada y blanquecina, yo sentada con los pies en contacto con las aguas espumosas. Oí risas y supe que no estaba sola. Estaba a salvo, siempre a salvo... Aquellas imágenes desaparecieron antes de que pudiera aferrarme a ellas.

Sabía que nunca había ido a la playa. Mis padres no habían sido la clase de personas que se iban de vacaciones. No había habido tiempo después de la invasión y antes...

¿Por qué no podía recordar cómo era antes?

«Sabes por qué», susurró una voz en mi interior. «Antes nunca existió».

Comencé a flotar de nuevo y pensar se volvió imposible. Aquella voz profunda y melódica me susurraba en el oído, diciéndome que cediera, y esa voz era cálida y segura. Así que me rendí ante la calidez que me abrumaba. Permití que me acunara y me guiara más profundamente en aquel abismo, donde permanecí un largo instante. Quizás fueron minutos; quizás, horas, pero por fin abrí los ojos.

No estaba en la parte trasera de un coche, retorciéndome por el dolor insoportable. Estaba en una cama muy cómoda. Tragué a pesar de tener la garganta seca y miré la habitación. En cuanto reconocí las paredes vacías y el ladrillo a la vista, se me detuvo el corazón.

El apartamento de Luc.

Recordé lo que había ocurrido. Había salido del instituto y me había cruzado con un Origin; él me había roto el brazo y Luc había hecho algo. Algo impresionante, porque el brazo apenas me dolía.

Me había curado, de verdad esta vez, y eso era un gesto enorme. No tenía por qué hacerlo. Podrían haberme llevado al hospital. Un momento. Oh, Dios, ¿me convertiría en una humana mutada...?

Me moví y mi pierna golpeó algo duro. Dejé de moverme. No estaba sola. Respiré hondo, y mi corazón titubeó cuando reconocí el aroma a bosque a mi alrededor.

Ay, mi madre.

Miré a mi izquierda y vi unas facciones perfectas y deslumbrantes. Sí, Luc estaba durmiendo a mi lado y no podía ni imaginar cómo había sucedido.

Abrí los ojos de par en par mientras lo contemplaba. Estaba sentado a medias, con la espalda apoyada contra el respaldo de madera y el mentón inclinado hacia abajo. Sus pestañas espesas rozaban la piel debajo de sus ojos. Estaba con los brazos cruzados sobre el vientre y su pecho subía y bajaba profundamente, como si estuviera dormido.

¿Qué narices?

Si hubiera tenido la cámara, le habría sacado una fotografía en ese instante. Tal vez sonase muy perturbadora, porque él estaba dormido, pero Luc descansando era un contraste claro de líneas rígidas y suavidad inquebrantable.

Bueno.

Necesitaba priorizar, y sacarle fotos a un Luc durmiente no estaba en la lista de cosas que tenía que hacer. Incapaz de evitarlo, lo miré. Sus ojos como joyas de amatista pulida me devolvieron la mirada. Cada músculo de mi cuerpo se paralizó y mi brazo comenzó a latir.

—Hola, Melocotón —murmuró.

—Hola —susurré. Estaba confundida, porque sabía que había muchos asuntos importantes de los que hablar, pero aquellos problemas aterradores parecían silenciados y lejanos—. ¿Por qué estoy en tu cama... contigo?

Dibujó una media sonrisa.

—Estaba dormitando. —Bajó la mirada y luego se succionó el labio inferior entre los dientes mientras miraba hacia arriba—. Mierda, Melocotón...

Mi próxima respiración se quedó atascada cuando lo que había sucedido se puso en mi cabeza por delante de todos mis pensamientos enmarañados.

—Joder —susurré, temblando—. Luc, ese chico... Él es el responsable de lo que les ha ocurrido a Colleen y a Amanda. Quizás incluso de lo que ha pasado con esa familia.

El sueño desapareció de sus facciones.

—Quería esperar a asegurarme de que estuvieras bien antes de hablar sobre eso...

—Esto no puede esperar. —El corazón me tronó en el pecho mientras el miedo residual aparecía—. Ha admitido haberlas matado. Ha dicho... —Se me quebró la voz. No podía decir lo que necesitaba expresar.

Luc lo entendió. Presionó los labios.

—¿Que creyó que estaba atrapándote a ti cuando se llevó a Colleen? ¿Después de verte hablando conmigo?

Por una vez, no me molestó que entrara en mi mente.

—Sí. Mierda. —Tenía ganas de vomitar—. Colleen ha muerto porque él creyó que yo era ella...

—Basta. —Me tocó el mentón con los dedos y me desvió la mirada hacia la suya—. Ella no ha muerto por ti. Lo que le ha ocurrido no es tu culpa. ¿De acuerdo?

Respiré con dificultad.

—De acuerdo.

—Tengo el presentimiento de que en realidad no te lo crees.

Era difícil creerlo cuando sabías que alguien había muerto porque lo habían confundido contigo. Mi culpa, acertada o no, no era importante ahora mismo.

—Lo había visto antes..., es decir, en el aparcamiento del instituto. Un día se me cayeron las cosas de la mochila y él me ayudó a recogerlas. En ese entonces no vi en él ningún indicio que dijera: «Oye, soy un asesino en serie». Fue amable, y creí que era un alumno, pero era él. Y estuvo en mi casa esa noche y dijo que había dejado su marca en mí la segunda vez.

La comprensión ardió en los ojos de Luc.

—Las marcas de tu vientre.

—No fuiste tú. Fue él. —La náusea me revolvió el estómago—. Ha estado en mi casa. Dos veces. —Aparté la vista de Luc—. Te conoce, Luc, y no era un Luxen. Era un Origin. Le vi los ojos. Eran iguales a los tuyos.

Luc permaneció muy callado, pero percibía la furia intensa que brotaba de él. Hacía chisporrotear el aire de la habitación.

—¿Por casualidad no te ha dicho un nombre o algo útil?

—No. Creía que no quedaban muchos Origin.

—Así es —gruñó él—. ¿Cómo era?

—De mi edad. —Abrí los ojos, y obligué a mi corazón a tranquilizarse. No estaba en el aparcamiento. Estaba a salvo. Por ahora—. Tenía el cabello castaño y el mismo color de ojos que tú.

—¿Algo más que recuerdes?

—Llevaba gafas de sol casi todo el tiempo, pero... tenía un hoyuelo en la mejilla derecha y... —Dejé de hablar cuando recordé lo que había dicho antes de romperme el brazo—. Me ha pedido que te dijera algo, pero no creo haberlo oído bien.

Las pupilas de Luc comenzaron a volverse blancas.

—¿Qué te ha dicho?

Moví la cabeza de un lado a otro.

—Quería que te preguntara si... jugarías con él.

En aquel instante, todo en Luc cambió. Abandonó la cama en un nanosegundo. Cerró los puños a los lados del cuerpo.

—¿Qué? —pregunté mientras el pánico se arraigaba en mí—. ¿Qué, Luc?

—¿Cuántos años has dicho que tenía?

—Era más o menos de mi edad, con algún año de diferencia.

—¿Era sin ninguna duda un adolescente? Es importante, Melocotón. ¿Estás segura de que era un adolescente?

—Sí. —Lo miré—. Estoy segura. ¿Por qué? ¿Sabes quién es?

Levantó una mano y se deslizó los dedos por el pelo desordenado.

—Hay una sola persona que se me ocurre, pero él... Dios, ahora tendría solo diez años.

Ahogué una risa áspera.

—Sin duda, te puedo decir que no tenía diez años.

Un destello de alivio atravesó las facciones de Luc, pero fue breve.

—No puede ser.

—¿Qué es lo que no estás diciéndome? —Comencé a incorporarme, pero la habitación dio algunas vueltas—. Guau.

—¿Qué sucede?

—Solo estoy un poco mareada. —Me sentía rara. Como si me despertara después de haber tenido la gripe.

Él regresó a mi lado en un instante, tomó asiento en la cama y me sujetó. Me sobresalté, pero él fue rápido. Me acarició la mejilla con los dedos, luego me deslizó la mano por el pelo y la apoyó en mi nuca mientras se movía. Levantó el otro brazo, para así quedarse por encima de mí. Proferí un grito ahogado cuando la calidez brotó de él, de sus dedos. Era la misma sensación que había experimentado antes, cuando me había tocado en el coche.

La calidez me invadió el cuerpo.

—¿Qué estás haciendo?

—Te estoy curando.

—¿Deberías hacerlo? —El cosquilleo me recorrió la columna y se extendió hacia cada terminación nerviosa. Me mordí el interior del labio, retorciéndome inquieta, y levanté una pierna—. No..., no quiero convertirme en una mutante.

La risa de Luc tenía cierta aspereza.

—¿Te refieres a una híbrida? No te convertirás en una.

—¿Cómo lo sabes?

—Sé cosas. —Hizo una pausa—. ¿Ese cabrón te hizo algo más?

—No. Solo lo del brazo.

—¿Solo lo del brazo? —Endureció la voz—. Casi te lo parte en dos, Melocotón. El mareo puede deberse a eso.

Cerré los ojos y recordé aquel dolor insoportable.

—¿Todavía estás mareada? —preguntó, y deslizó la mano hacia mi cuello.

—No.

—Eso es bueno. —Su voz sonó más grave.

Sentí que se me aceleró el pulso.

—Sé que me has dicho que puedes curar, pero no comprendo cómo funciona. Parece imposible.

—Es la energía. Puedo canalizarla en un humano para reparar huesos, tejidos y músculos, incluso daño nervioso. Heridas. —Hizo una pausa—. Como ya te he dicho antes, podemos curar prácticamente cualquier daño causado de modo externo, pero no podemos reparar daño que proviene de una fuente interna.

—¿Como un virus o un cáncer? —pregunté, recordando fragmentos de aquella conversación previa.

Todo parecía una locura, pero él me había curado, y su tacto estaba actuando en aquel instante. Tenía los ojos aún cerrados, pero sentí que la cama se movía debajo de mí, de nosotros, y supe que estaba más cerca. Quería abofetearme. Debería decirle que dejara de hacer lo que fuera que hacía, porque yo estaba bien y eso parecía peligroso en cierto modo, pero el calor lánguido avanzaba por mis brazos y mi pecho, nublando mis pensamientos y mi sentido común.

Luc permaneció en silencio un largo instante.

—Hoy me has asustado.

El corazón me dio un brinco cuando abrí los ojos de nuevo. Tenía razón. Luc estaba cerca. Nuestras bocas estaban separadas por lo que sentía que eran escasos centímetros.

—¿Ah, sí?

—Cuando he recibido esa llamada y Connor me ha dicho que estabas herida, yo... —Cerró los ojos y sus facciones se endurecieron—. Estaba aterrado.

No sabía qué responder, porque parecía que nada asustaba a Luc.

Su mano abandonó mi nuca, pero comenzó a descender por el lateral de mi cuello, lo que me provocaba estremecimientos agudos. La calidez reparadora de su mano desapareció, pero el calor permanecía allí, penetrando en lo más profundo de mi vientre. Su respiración me rozó la mejilla, y él abrió los ojos de nuevo.

—¿Estás segura de que te sientes mejor?

Separé los labios mientras me hundía en la almohada.

—Sí. Gracias.

—No deberías dármelas.

—Acabo de hacerlo.

—Esto no debería haberte ocurrido. —Deslizó las puntas de los dedos desde mi brazo no tan herido hacia el lugar donde mi mano descansaba sobre mi vientre—. Lo siento.

La electricidad bailó sobre mi piel, siguiendo el tacto de Luc. Se me cortó la respiración cuando su dedo llegó a la punta del mío y permaneció allí.

—No es tu culpa.

Enarcó una ceja.

—¿Ah, no? Esa... esa cosa te ha atacado y lo ha hecho porque te había visto hablando conmigo, ¿verdad?

—Acabas de decirme que lo que ha sucedido con Colleen no ha sido mi culpa. ¿Cómo puedes culparte tú por esto?

—Porque puedo. —Movió la palma quizás un centímetro y luego la apoyó sobre mi vientre, justo debajo del ombligo. Sentí unos cosquilleos en el torso.

—No me has roto el brazo ni le has dicho al chico que lo hiciera. Lo has curado. Lo has sanado.

Luc dirigió la mirada hacia mí y sus ojos me recordaron al fuego líquido y... al hambre. Lo había visto antes, en el modo en el que Heidi miraba a Emery, y de pronto pensé en cómo sería para nosotros estar en la cama bajo otras circunstancias, con la mano de Luc donde estaba y sus ojos llenos de tanto.

Aquella media sonrisa desapareció de su boca mientras cierta intensidad le cubría los labios. Todo mi cuerpo estaba tenso cuando él inclinó su frente hacia la mía.

—¿Qué...? ¿Qué estás haciendo? —pregunté.

—La verdad es que no lo sé. —Inhaló profundo y emitió un suspiro irregular—. En realidad, te estoy mintiendo. Sé lo que estoy haciendo.

Yo también creía saber lo que él estaba haciendo. Retorcí los dedos de los pies contra la sábana suave, y mi mano cobró vida propia. Abandonó mi vientre y aterrizó sobre su pecho. Él se sobresaltó ante el contacto y luego tembló. Abrí los ojos de par en par ante su reacción. Sus pupilas comenzaron a brillar y no era en absoluto de furia. Después, cerró los ojos al inclinar la cabeza a un lado y alinear nuestras bocas. No debería permitir que esto sucediera. Lo sabía. Había razones suficientes como para cubrir un campo de fútbol americano: él me enfurecía la mitad del tiempo y tenía la sensación de que me ocultaba muchas cosas. Qué gracioso que la mayor razón, el hecho de que sin duda no era humano, ni siquiera importaba.

Pero quería ese beso, uno real que no fuera robado.

«Lo he querido desde siempre».

Aquel pensamiento me tomó desprevenida. ¿Desde siempre? No había un «desde siempre». No lo había conocido desde siempre y, la mayor parte del tiempo, había querido golpearlo. En la cara.

Pero ¿el deseo? Era ardiente y latente, innegable y nuevo. Extendí los dedos sobre su pecho. Sentía el calor de su cuerpo a través de su camiseta fina. Nunca había experimentado nada como esto.

Y era un poco aterrador.

Empujé su pecho.

—Luc, yo... —No sabía qué decir. No sabía qué sentía.

Él movió el cuerpo a un lado.

—Está bien. Es... espera un segundo. —Luc se incorporó con agilidad, su mirada me inspeccionó como si estuviera buscando algo. Luego, abrió los ojos como platos.

—¿Qué? —Me incorporé, aliviada de que el movimiento no me causara mareos. Me miré el brazo otra vez, asegurándome de que no se hubiera quedado torcido, en caso de que aquel fuera el motivo por el que me estaba mirando de un modo extraño.

Toqué el brazo despacio e hice una mueca, preparada para la aparición del dolor. Mi brazo estaba roto y... ahora no lo estaba. Aquella era la evidencia definitiva. Alucinante. Abrumada, bajé el brazo hacia mi regazo.

—Siento que tengo que darte las gracias otra vez.

—No lo hagas. —Flexionó un músculo de la mandíbula—. Soy la última persona a la que deberías darle las gracias.

—¿Por qué?

Giró la cabeza hacia mí, con expresión ininteligible.

—Algo va mal.

Mi mente regresó rápido a lo que casi habíamos hecho. Habíamos estado a segundos de besarnos. ¿Se refería a eso? Alguien llamó a la puerta. Luc se giró.

—Adelante.

Cuando abrieron la puerta, Emery apareció, y luego Heidi, espiando sobre el hombro de Emery.

—Solo queríamos ver cómo estaba —dijo Heidi.

Emery tenía la misma expresión en su rostro que Luc. Como si estuviera buscando algo a mi alrededor que no estaba allí.

Comencé a preocuparme un poco.

—Tú tampoco lo ves, ¿verdad? —le preguntó Luc.

Emery negó con la cabeza mientras Heidi entraba en la habitación.

—¿Ver el qué? —preguntó Heidi.

—No lo sé. —Miré a Luc—. ¿Qué estáis buscando, chicos? ¿Y por qué me miráis como si tuviera dos cabezas?

—Yo sé por qué —respondió Emery. Heidi la miró.

—¿Podrías ponerme al tanto, amor? —preguntó ella.

Emery miró a Luc.

—¿Por qué lo miras a él en vez de decírmelo a mí?

Luc se levantó de la cama.

—Debo irme.

—¿Qué? —Se me quebró la voz—. ¿No puede esperar lo que sea que necesites hacer?

—No. —Luc rio, y no era en absoluto como la risa que había oído antes. Era fría y envió escalofríos por mi piel—. Esto no puede esperar.

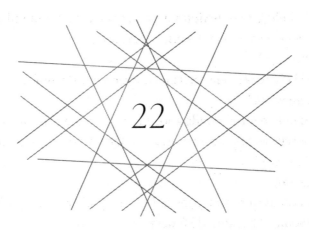

22

—¿A dónde crees que ha ido Luc? —pregunté—. ¿En busca del chico?

Heidi y yo estábamos sentadas en el sofá de Luc. Habían pasado diez minutos desde que Luc había salido a toda prisa de la habitación, como si el edificio estuviera en llamas. Emery lo había seguido, pero dijo que regresaría.

—No lo creo —respondió Heidi—. Cuando estabas inconsciente en el coche, parecía que Connor iba a intentar rastrear al chico.

Connor.

Había olvidado que estuvo allí. Era otra persona a la que debía darle las gracias. Me miré el brazo, aún incapaz de superar el hecho de que tuviera solo magulladuras. ¿Curar huesos rotos en segundos? Increíble, pero había sucedido. Asombroso y abrumador. Era maravilloso.

Parte de mí comprendía por qué aquello llamaría la atención de los médicos y los investigadores. Lo que normalmente requeriría una cirugía y un yeso para sanar, Luc lo había hecho en minutos.

—En cuanto Emery vuelva, te llevaremos a tu coche. —Heidi flexionó las piernas y se las rodeó con los brazos.

Coloqué mi brazo sobre el regazo.

—¿Duele?

Moví la cabeza de un lado a otro.

—Solo un poco, pero no como antes. Es como si solo me hubiese golpeado contra una pared en vez de habérmelo fracturado.

En ese momento, Emery entró. Tomó asiento junto a Heidi.

—Lo siento. Solo quería contarle a Grayson lo que estaba sucediendo.

—Está bien. —Heidi le sonrió.

Sin duda Emery era una Luxen. ¿Cómo habían podido engañarme unas lentillas? Sacudí la cabeza de nuevo.

—Bueno, tengo preguntas.

Emery sonrió un poco.

—Me lo suponía.

Mi mente se quedó en blanco mientras intentaba procesar todo lo que había ocurrido.

—¿Por qué tú y Luc me estabais mirando de un modo extraño?

—Aquí es donde se complican las cosas.

Miré por encima del hombro y vi a Kent. Vestía una camiseta que imaginaba que Luc usaría. En ella, estaba la imagen de un tiranosaurio rex intentando abrazar a otro, pero con sus brazos cortos, no podía.

—¿En serio? —susurré, preguntándome si a Luc le hubiera gustado que todos estuvieran en su apartamento—. ¿Ahora es cuando se van a complicar las cosas?

Kent entró en la habitación con una lata de Coca-Cola en la mano.

—Bueno, estás al tanto de Dédalo y todo eso, ¿verdad?

Asentí y luego miré a Heidi. Al parecer, aquello tampoco era novedad para ella.

—Vuestro gobierno sabe más que bien que los Luxen pueden curar humanos, y también saben que no todos los Luxen son igual de habilidosos para hacerlo. Algunos son mejores que otros, y esos son los que en verdad les interesan. Estos fueron los que vuestro gobierno secuestró. —Tomó asiento en el brazo del sofá más cercano a mí. Me entregó el refresco. Lo acepté—. No me he equivocado cuando he dicho «vuestro» gobierno. Yo no tengo nada que ver con este lío tremendo, pero ese no es el mayor riesgo cuando se trata de curar humanos.

Fruncí el ceño y decidí no seguirlo en su locura, por ahora.

—Entonces, ¿cuál es el mayor riesgo? ¿Mutarlos?

—Alguien te ha puesto al corriente. —Kent sonrió—. Pero es obvio que no te lo ha contado todo.

Heidi llamó mi atención cuando desplegó sus piernas.

—No conozco todos los detalles, pero ¿lo que están a punto de decirte? Yo me lo creo.

A estas alturas, hasta creía en el chupacabras.

—Entonces, sabes que los Luxen han vivido aquí desde hace décadas y décadas, si no desde hace más tiempo. No han venido a dominar el mundo ni a hacerles daño a los humanos —explicó Emery mientras yo apretaba la lata de refresco—. Han venido porque sus planetas quedaron destruidos por una guerra con... otra raza alienígena, así que estuvieron buscando un nuevo lugar donde vivir. Mis ancestros vinieron aquí básicamente a recolonizar.

¿Planetas alienígenas en plural? ¿Guerras entre especies alienígenas? ¿Recolonización? Esto acababa de entrar en el territorio de la ciencia ficción, pero estaba dispuesta a oírlo. Abrí la lata y luego bebí un buen sorbo, agradeciendo el sabor carbonatado.

Necesitaba concentrarme en cada cosa que hacía.

—¿Planetas?

—Venimos de un planeta que está a un billón de años luz de aquí. —Emery inclinó el cuerpo hacia delante—. No éramos el único planeta con vida inteligente.

Aquella había sido la gran pregunta después de la invasión. ¿Los Luxen eran los únicos alienígenas allí fuera? Nos habían asegurado que sí.

—¿No sois los únicos alienígenas?

Ella movió la cabeza de un lado a otro.

—Venimos de Lux. Ese era nuestro planeta, pero fue destruido por una especie conocida como los Arum.

Abrí la boca, pero ¿qué podía decir? Así que la cerré de nuevo.

—Mi pueblo había estado en guerra con ellos durante muchas muchas décadas. Siglos, de hecho. —Dobló las rodillas y estiró el vaquero roto—. Nos enseñaron que nosotros éramos los inocentes, pero rara vez hay una guerra donde exista un bando inocente de verdad, y, para ser breve, básicamente ambos destruimos nuestros planetas.

—Los Luxen llegaron aquí primero. —Kent me golpeó despacio la pierna—. Los Arum vinieron después.

—Esperad. —Levanté mi mano libre—. Retrocedamos un segundo. ¿Quiénes o qué son los Arum?

—Son parecidos a nosotros en ciertos aspectos. No vienen de tres en tres, sino de cuatro en cuatro. Pueden asimilar el ADN humano, así que se integran como nosotros, pero mientras que nosotros brillamos en cierto modo cuando adoptamos nuestra verdadera forma, ellos pueden ser sólidos... o convertirse en sombras.

—¿Sombras? —repetí como una tonta.

—Sombras —afirmó Kent.

Miré su perfil.

—Tienes que estar bromeando.

—Mi sentido del humor es mejor que eso —respondió—. Son como sombras a nuestros ojos, porque ese es el único modo en el que nuestros cerebros pueden procesar lo que vemos: relacionando su forma con algo familiar. No son sombras de verdad.

—Ah —susurré.

—Pueden alimentarse de Luxen y robar sus habilidades.

—¿Cómo se alimentan los Arum? ¿Como los vampiros?

Kent rio.

—En realidad, no. Tampoco muerden. Pueden..., bueno, hacerlo a través del tacto o la inhalación.

—¿Inhalación?

—Exacto. En fin. ¿Sabes que los humanos poseen electricidad en su interior, señales eléctricas que recorren el cuerpo? Los Arum pueden alimentarse de ella, aunque no les sirve en absoluto. Cuando lo hacen, alteran las señales que el cuerpo humano envía. La consecuencia: básicamente, un paro cardíaco.

—Vaya —susurré—. Es... aterrador.

—Puede serlo —respondió él—. Los Arum son muy poderosos. Pero tienen algunas debilidades. Por ejemplo, el cuarzo beta oculta a los Luxen de los Arum al dispersar la energía que emanan de forma natural, y eso altera el campo visual de los Arum. La obsidiana es mortal para un Arum.

—¿Es una piedra preciosa o algo así?

Kent asintió.

—La obsidiana es vidrio volcánico. Es letal para un Arum y fractura toda su composición celular.

Bueno, nada de eso sonaba ni siquiera remotamente real, pero recordé haber oído algo sobre el cuarzo beta antes, justo después de la invasión, cuando las personas aprendían acerca de los Luxen.

—Muy bien. —Bebí otro sorbo—. Y los Arum... ¿aún están aquí?

Heidi asintió.

—Es probable que los hayamos visto, Evie, y que no hayamos notado que eran diferentes a nosotros o a los Luxen.

No estaba segura de si me creía algo de esto, pero experimentaba un nuevo nivel de curiosidad.

—¿Y son peligrosos? ¿Usan inhibidores?

—Los Arum mantienen un perfil bajo y los inhibidores no funcionan en ellos. Ahora mismo hay una paz extraña entre los Luxen y los Arum, pero los Arum están... Bueno, la necesidad de alimentarse de los Luxen es muy difícil de ignorar. —Kent deslizó la mano sobre su *mohawk*—. Sin alimentación, no son tan poderosos como los Luxen. Son básicamente como nosotros. O como un Luxen con un inhibidor puesto. Además, no todos los Arum están a bordo del tren de la paz y el amor. Hay mucha historia entre los Luxen y los Arum. No todos pueden dejar el pasado atrás.

—Bueno. —Incliné el cuerpo hacia delante, sujetando la lata vacía de refresco—. Entonces, los Luxen y los Arum están aquí y han estado aquí... haciendo cosas. Entiendo. —Hice una pausa y me giré hacia Heidi—. ¿Cómo se relaciona eso con el riesgo de curar humanos?

—Bueno... —dijo ella, estirando la palabra. Se retorció un mechón grueso de su cabello rojo—. Creo que dejaré que te lo expliquen ellos.

Emery respiró hondo.

—Los Arum perciben a los Luxen. Lo único que evita que lo hagan es estar rodeados de cuarzo beta. Me refiero a yacimientos grandes, en general naturales, que se encuentran en las montañas de todas partes del mundo. Solíamos vivir en comunidades que estaban cerca de yacimientos naturales de cuarzo, pero eso cambió después de..., bueno, después de la invasión. La mayoría de nuestras comunidades antiguas fueron destruidas.

Desearía tener más Coca-Cola.

—Claro.

La expresión en el rostro de Emery decía que ella sabía que estaba a pocos pasos de la sobrecarga sensorial.

—Cuando curamos a un humano, dejamos un rastro en ellos. Para un Arum, es prácticamente como si el humano estuviera iluminado. Los rodea un resplandor. Para los Arum, los humanos con el rastro son tan sabrosos como los Luxen.

—¿Qué? —Erguí la espalda—. Entonces, ¿estoy brillando y un Arum, que es una criatura sombra, me va a comer?

Kent tosió de risa.

—Vaya, se me ha ido por otro lado.

Emery puso los ojos en blanco.

—Por lo general, te encontrarían... o podrían hacerlo. Verían tu rastro y si tuvieran hambre de Luxen, o te utilizarían para encontrar uno o te usarían de aperitivo. No solo pondría en riesgo al Luxen, sino también a sus amigos y a su familia. Verás, un extraño efecto secundario de los inhibidores es que oculta a los Luxen de los Arum, así que... han estado muy hambrientos. Ahora no pueden hallar a la mayoría de los Luxen.

—¿Por lo general? —Había escuchado esa palabra.

—Por lo general —dijo ella, mirándome—. Si un Luxen cura a un humano, entonces solemos permanecer muy cerca de ellos, solo para asegurarnos de que no están en peligro, pero tú... Tú no tienes un rastro, Evie.

El alivio me causó mareos.

—Oh, Dios, pensaba que ibas a decir que estaba brillando como el sol o algo así. Son buenas noticias, ¿no? Estoy a salvo. Mi madre está a salvo. Bueno, a salvo de los Arum. No seré el aperitivo de un alienígena sombrío. Solo debo preocuparme de los Origin quebrantahuesos.

—Bueno... —Kent agarró mi lata vacía—. Solo soy un humilde humano, pero parece que no es del todo bueno que ella no vea tu rastro.

Centré la atención en Emery.

—¿Por qué?

Emery alzó las manos.

—Porque cada humano que ha sido curado siempre ha tenido un rastro.

—Bueno, soy humana, así que... Espera, pero Luc...

—Luc es un Origin —afirmó Kent—. Pero funciona del mismo modo. Los Origin también dejan un rastro.

Posé los ojos en él.

—Entonces, ¿qué significa?

Kent levantó un hombro al ponerse de pie.

—No tengo ni idea. Pero, sea como sea, debo irme. —Me dio una palmadita en el hombro y se apartó de mí con facilidad cuando intenté darle un manotazo en la mano—. Tengo personas a las que ver. Cosas que hacer.

Lo fulminé con la mirada, más que furiosa.

—Bueno, eso ha sido de gran ayuda para aclarar las cosas.

Él guiñó un ojo.

—Es evidente que comprendes lo importante que es mantener esto en secreto. Si no...

—Sí, ¿vas a perseguir a todos los que conozco y amo? —repliqué.

Kent guiñó un ojo de nuevo.

—Esa es mi chica. —Salió del cuarto, haciendo el símbolo de la paz con la mano. Emery me dedicó una sonrisa empática.

—Sé que todo suena inventado.

Era cierto.

—Pero es la verdad —prosiguió—. Mira, iré a comprobar unas cosas. Siento lo que te ha ocurrido hoy. Nos aseguraremos de que no suceda de nuevo. —Comenzó a ponerse de pie.

Pero Emery no fue demasiado lejos.

Heidi la sujetó de la mano y tiró de ella para darle un beso. No fue uno precisamente corto. Las puntas de mis orejas estaban ardiendo cuando se separaron y Emery salió contoneándose del cuarto.

—Sin duda te gusta mucho mucho, ¿verdad? —pregunté. Heidi rio en voz baja.

—Sí. ¿Sabes? Supe lo que era ella la primera noche que la vi. Nunca me ha importado. En absoluto.

Había mucho sobre lo que quería hablar, pero el asunto más importante era lo primero.

—¿Por qué no me dijiste lo que era Emery?

Heidi deslizó las manos sobre las rodillas mientras bajaba la mirada hacia la alfombra.

—Creía que no... lo aprobarías.

—¿En serio?

Me miró.

—En serio. No has...

¿Que no qué? Nunca había estado en contra de los Luxen. Aunque nunca lo había expresado demasiado en el pasado. Había permanecido generalmente... callada. Permanecer en silencio era tan malo como estar en contra de ellos, y debía ser honesta conmigo misma y aceptar por qué ella había pensado eso. Porque, en el fondo, había dicho cosas de pasada que debían de haberla hecho pensar eso.

Pero cuando veía a Luc o a Emery, era difícil verlos de un modo distinto al que se presentaban. Era difícil recordar por qué me asustaban, incluso cuando había visto a Luc en modo agresivo con los Luxen.

Pero allí estaba, estaba claro que no le temía a Luc o a Emery.

—No me importa que ella sea una Luxen. —Y era verdad. Le sostuve la mirada, apretando los dientes mientras el dolor de mi brazo aumentaba—. Pero es arriesgado.

—Lo sé —respondió Heidi en voz baja—. Pero vale la pena correr el riesgo. Ella vale la pena.

—Tú vales la pena. Lo siento —dije con sinceridad—. Emery me cae muy bien y no creo que sea algo malo. De verdad que no. —Decir esas palabras hizo que comprendiera que esa era la verdad—. Solo me preocupa que si alguien se entera...

—Como he dicho, es un riesgo que ambas estamos dispuestas a correr. Tenemos cuidado. En general, cuando salimos, usa lentillas. Muy pocas personas saben lo que es Emery.

—Bueno. —Pero aún estaba preocupada. Heidi sonrió un poco.

—¿Qué pasa contigo y con Luc?

Fruncí el ceño.

—¿Qué pasa con él?

Levantó una ceja.

—Has estado inconsciente unos minutos, pero él estaba volviéndose loco porque estabas muy herida, y, por lo que Emery ha dado a entender, Luc nunca pierde la compostura. Más bien actúa siempre con tranquilidad y calma.

No sabía qué responder. Sobre todo porque no sabía qué opinaba respecto a Luc. Tenía la cabeza hecha un lío.

Heidi apoyó el cuerpo sobre mí y me colocó un brazo sobre el hombro.

—Las cosas son bastante raras ahora, ¿no? —preguntó.

Reí con ironía.

—Me ha estallado el cerebro. —Hice el sonido de una explosión—. Y luego está el asunto de que no brillo.

—Quizás es algo bueno.

—Sí. —Arrastré las manos sobre las rodillas. Miré su perfil y comencé a preguntarme por qué exactamente ella sonaba más nerviosa por esto que porque sí tuviera un rastro. Era humana. Entonces, ¿por qué no resplandecía?

Una hora después, Emery y un Grayson muy reticente me llevaron hasta mi coche. Me siguieron a casa. Emery permaneció allí, y, pocos minutos después, llegó Heidi. Para ese entonces, solo sentía algún dolor esporádico en el brazo.

Mi madre no estaba en casa, y supuse que, por primera vez, sus noches trabajando hasta tarde (que cada vez eran más) eran una bendición. Las chicas se quedaron hasta el anochecer. No lo dijeron, pero sabía que estaban allí debido a lo que había pasado.

Cuando se marcharon, fui a mi habitación y me senté mirando la pantalla del portátil. De hecho, busqué «Arum» en Google. Lo que encontré fue que *arum* era una planta con forma de flecha que a veces daba bayas.

Sin duda, nada sobre alienígenas.

Y eso no era para nada útil.

Busqué a fondo en varias páginas web, y las cosas se volvieron bastante raras. No sabía qué esperaba encontrar. ¿Una explicación detallada de los tipos de extraterrestres? Si en verdad había alienígenas llamados Arum y el Gobierno no quería que supiéramos sobre ellos, entonces no habría nada que pudiera encontrar, así que no sabía qué estaba haciendo.

Cerré el ordenador, lo empujé hasta el borde de la cama y luego... solo permanecí sentada allí, mirando el tablero de corcho con fotografías sobre mi escritorio. Eran imágenes de mis amigos y mías. De Halloween. De Navidad. Fotos aleatorias. Algunas del verano pasado, pero el verano parecía haber sido hacía una eternidad.

Luc estaba en lo cierto.

Todo había cambiado.

Y ahora, había un chico allí fuera, un Origin superpoderoso que tenía un gran problema con Luc y que me había usado para llegar a él.

No me podía creer que todo aquello hubiese sucedido, que estuviera pasando. Un chico espeluznante me había buscado, había matado a otra chica porque...

Di un grito ahogado y cerré los ojos mientras me llevaba la cabeza hacia las manos. ¿Volvería ese chico? Un escalofrío me recorrió las columna mientras una terrible sensación de presentimiento me invadía. Había estado en mi casa, en este mismo cuarto mientras dormía, mientras mi madre dormía al otro lado del pasillo.

Me había... tocado y yo no me había enterado. Me había estrangulado y yo había creído que era un sueño. ¿Qué evitaba que volviera a entrar? Sabía que si quería matarme, podía hacerlo. Había visto de lo que Luc era capaz, y, si este Origin era la mitad de poderoso, no tenía oportunidad alguna de sobrevivir.

Un terror gélido me invadió el estómago. ¿Y Luc? ¿Estaría él a salvo? Era fuerte y rápido, pero...

Dejé caer las manos, abrí los ojos y respiré de modo irregular. Podía pasarme toda la noche sentada aquí, preocupada por el Origin, pero aquella no era la única preocupación que tenía. Se me cerró la garganta. Sabía mucho ahora, cosas que debía mantener en secreto. Permanecer callada no sería fácil, pero ¿quién me iba a creer? Nadie.

Mi mirada vagó hasta la puerta de mi habitación.

¿Sabría mi madre algo sobre los Arum y las curaciones?

En cuanto esa pregunta irrumpió en mis pensamientos, me retorcí, incómoda, porque daba por supuesto que ella lo sabía. Trabajaba para Dédalo, pero, convenientemente, omitió la parte sobre curar humanos y de la existencia de otra raza alienígena cuando me había hablado del tema.

¿Qué otros secretos guardaba?

Tomé una horquilla gruesa de mi mesita de noche y me recogí el pelo; lo retorcí en un moño y luego lo sujeté con la horquilla. Me disponía a abrir de nuevo el portátil cuando me llegó un mensaje.

«¿*Estás despierta?*».

Era un número desconocido de nuevo, y separé los labios para respirar despacio. Era Luc. Uno de estos días lo añadiría como contacto. Envié un «Sí» rápido como respuesta.

«*De camino*».

Me sobresalté. ¿De camino? ¿De qué estaba hablando? Levanté la cabeza, apretando el teléfono...

Un golpeteo provino de la ventana de mi cuarto.

—Imposible —susurré, con los ojos abiertos de par en par.

Salí de la cama, y luego miré brevemente mi puerta cerrada antes de avanzar corriendo. Era imposible que Luc estuviera fuera. Era imposible subir hasta mi ventana. No había árboles y solo había un techo pequeño sobre la ventana. Lo único que podría haber subido hasta allí era un pterodáctilo... o alguien que no fuera precisamente humano.

Que sería Luc.

O el Origin psicópata.

Descorrí la cortina y proferí un grito ahogado.

Agazapado sobre el techo pequeño sin duda no había un ptero-dáctilo.

Luc sonrió como si no estuviera encaramado fuera de mi habitación, y, cuando habló, su voz quedó amortiguada por el vidrio grueso.

—Toc, toc.

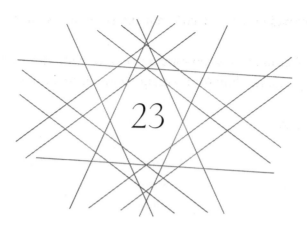

23

Lo miré boquiabierta a través de la ventana de mi habitación en un estado de suspensión de la incredulidad. Tenía que ser un sueño extraño, uno inducido por el Luxen psicópata y las búsquedas raras en internet.

Luc levantó una mano.

—Te he traído una Coca-Cola. Una Coca-Cola deliciosa y fría. —Y lo había hecho. Estaba sujetando una lata roja y blanca en la mano—. No una Pepsi.

El corazón me comenzó a latir rápido. ¿Qué narices?

Luc esperó, su rostro iluminado solo por la luna. A mi madre le iba a dar algo si llegara a casa y lo viese allí. Un segundo. ¿Estaba considerando dejarlo entrar?

Sí.

Lo cual significaba que había llegado oficialmente a Malasdecisioneslandia, población: Evie. Maldije en voz baja, descorrí el pestillo de la ventana y la abrí, dado que aún no había encendido la alarma de la casa.

—¿Estás loco?

—Me gusta creer que nunca he estado cuerdo —respondió—. ¿Puedo entrar?

Retrocedí y extendí un brazo.

—Ya estás aquí arriba.

Una sonrisa amplia le atravesó el rostro y luego entró por la ventana y aterrizó en silencio y con elegancia. Yo, en cambio, me hubiera caído a través de la ventana, tal vez de bruces. Él enderezó la espalda y me ofreció la Coca-Cola.

—Soy un repartidor muy especial.

Acepté la lata, cuidando que nuestras manos no entraran en contacto.

—Sí...

Al estar de pie tan cerca el uno del otro, era difícil no reconocer lo alto que era, cómo parecía dominar la habitación. Mi cuarto no era pequeño, pero con Luc en él, el espacio no parecía lo bastante grande. Su presencia resultaba abrumadora en el cuarto mientras giraba en un círculo lento.

Menos mal que llevaba puesto unas mallas y una camiseta muy holgada, porque, en ese instante, estaba muy cómoda sin mi sujetador.

Me agarró la mano izquierda y alzó el brazo.

—¿Cómo está?

—Casi perfecto. —Aparté la mano y retrocedí—. Sé que has dicho que no te diese las gracias, pero gracias por... curarme el brazo.

Luc no dijo nada durante un largo rato.

—Podría haber sido peor.

Sabiendo que era verdad, crucé los brazos sobre el estómago.

—Te ha lastimado debido a tu... relación conmigo —prosiguió, sus ojos ardían inquietos—. Pagará caro haberlo hecho.

Sus palabras me asustaron; sabía que era una promesa.

Se dio la vuelta y comenzó a caminar.

—¿Qué estás haciendo? —susurré mientras se movía a su izquierda y deslizaba los dedos sobre el lomo de los libros desordenados en pilas sobre los estantes que estaban junto a la cómoda y la televisión—. Si mi madre te encuentra aquí, te disparará. De verdad, agarrará un arma y te disparará.

Sonrió.

—Sí que lo haría.

Abrí la boca y levanté las manos.

—¿Y eso no te preocupa?

—No mucho. —Agarró un libro viejo y raído de la estantería. Enarcó las cejas cuando leyó el título—. ¿*La amante del vikingo*?

—Cállate. —Caminé hacia él y le arranqué el libro de la mano. Lo guardé en la estantería—. Mi madre es...

—Si te preocupara tanto tu madre, quizás no deberías haberme dejado entrar. —Luc agarró otro libro, esta vez uno fino de cubierta dura sobre fotografía. Se aburrió rápido de ese y lo guardó en su sitio—. Pero, qué pena, tu madre no está en casa.

—¿Cómo lo sabes? —Lo seguí mientras se paseaba junto a mi cómoda, hacia mi escritorio desordenado.

—Soy omnisciente. —Luc tocó... tocó todo. Los lápices, los subrayadores, los cuadernos pesados de cinco asignaturas apilados uno sobre el otro. Agarró la grapadora en miniatura color fucsia, hizo *clic*, y luego la soltó. Sus dedos largos acariciaron los papeles sueltos.

—Oh, vamos.

—Ha estado trabajando hasta muy tarde, ¿verdad?

—Sí, no es en absoluto perturbador, que lo sepas.

Se rio mientras me miraba por encima del hombro.

—Quizás tu madre no trabaja hasta tarde. Quizás se acuesta con alguien.

—Qué asco. Es imposible que ella... —Dejé de hablar, no quería pensar en mi madre acostándose con alguien.

—Ella también tiene necesidades, ¿sabes? —Centró de nuevo la atención en mi escritorio y tomó mi libro de Historia Universal. Lo fulminé con la mirada.

—Por favor, no hables más así de ella. Me hace sentir muy extraña.

—Sí, señora. —Inclinó el cuerpo hacia delante y observó las fotografías entrecerrando los ojos.

Se me aceleró el corazón sin motivo alguno. Permanecí en donde estaba, pegada a la pared, cerca de la ventana.

—¿Cómo has subido hasta aquí?

—He corrido y luego he saltado. —Tocó una foto de Halloween del año pasado. Aparecían Heidi y Zoe en la casa de James. Estaban vestidas como el Joker: pelo verde y traje violeta. Yo había ido como

Harley; la Harley Quinn de la vieja escuela. No había sido fácil encontrar el traje de arlequín perfecto. Tampoco me quedaba demasiado bien, por ese motivo todas las fotos de aquella noche en las que yo salía habían sido quemadas—. Soy así de hábil.

Puse los ojos en blanco.

Se rio y el sonido fue... desagradablemente agradable.

—Todas estas fotos y no hay ninguna de tu infancia. ¿Ninguna con mami y papi?

—No es extraño. No tuvimos la oportunidad de recuperar los álbumes de fotos después de la invasión. Dejamos atrás todas esas cosas.

—¿Todas las fotografías? —Se giró hacia mí. Pasó un minuto—. ¿Dónde estabas cuando ocurrió la invasión y qué estabas haciendo?

Creía que era una pregunta extraña, pero, de todos modos, la respondí.

—Estaba en casa. Era temprano por la mañana y estaba durmiendo. Mi madre me despertó y me dijo que debíamos irnos.

—¿Y qué más?

—Todo está... un poco borroso. Nos marchamos cuando aún estaba oscuro fuera. —Los detalles de aquel día se habían desvanecido con el paso del tiempo, y creía que mucho de eso era debido al miedo y al pánico que había rodeado los eventos—. Fuimos a un sitio en Pensilvania y permanecimos allí hasta que fue seguro salir.

Después de un largo instante, Luc apartó la mirada.

—¿Y tú? —pregunté.

—Estaba en Idaho.

—¿Idaho? Eso no me lo esperaba.

—¿Sabías que hay una teoría que dice que las personas creen que Idaho no existe?

—¿En serio?

—En serio. Es una teoría conspiratoria. Algo como el control mental ejercido por el Gobierno. No es que el Gobierno no tenga el poder y los métodos para realizar algo semejante, pero puedo confirmar al cien por cien que Idaho es un estado.

—De acuerdo. —La curiosidad se apoderaba de mí a pesar de que debería ordenarle que se marchase—. ¿Estabas solo cuando ocurrió?

Movió la cabeza de un lado a otro.

—Estaba con personas a las que conocía.

—¿Amigos?

Una sonrisa extraña y melancólica apareció.

—Depende del día.

Bueno.

—De hecho, has conocido a dos de ellos de pasada.

Pensé al respecto un instante.

—¿Daemon y Archer?

Asintió.

—Han regresado esta noche. Estoy seguro de que los verás de nuevo. —Me miró—. ¿Hay algún motivo por el que estés pegada a la pared? —preguntó, con aquellos ojos impresionantes mirando los míos—. No muerdo.

Un rubor cálido me tiñó las mejillas.

—¿Por qué estás aquí, Luc?

—Porque quería verte. —Retrocedió y luego se sentó en mi cama, su mirada jamás se apartó de mí.

—Ponte cómodo —dije con ironía.

—Ya lo he hecho.

Entrecerré los ojos.

—No... no deberías estar aquí.

Sus pestañas descendieron.

—Tienes razón. Más de la que crees. —Antes de que pudiera preguntarle qué se suponía que quería decir, añadió—: Quería hablar contigo acerca de lo que ha ocurrido hoy.

Abandoné la pared y avancé hacia la cama.

—Habla.

Una sonrisa burlona apareció mientras deslizaba una mano sobre el pecho, encima de su corazón.

—Connor no ha encontrado al Origin que te ha atacado, pero me ha dado la misma descripción que tú y, aunque sea imposible, lo que el Origin te dijo me recordó a alguien que conocí una vez.

Me senté en la cama, manteniendo una distancia prudencial entre los dos.

—¿Una vez?

Asintió y dejó caer la mano.

—Hay algo que siento que necesito contarte. —Se mordió el labio inferior—. Quizás no debería hacerlo, pero creo que tienes que saberlo. No es algo que Grayson o Kent sepan. O Emery, quien ya has descubierto que es una Luxen.

—Sí, lo he descubierto. —Agarré la lata de Coca-Cola que había traído y la abrí—. ¿Qué tienes que contarme?

Se le pusieron rígidos los hombros.

—Cuando te dije que no quedaban muchos Origin, lo sé porque... yo soy la razón.

—¿Qué? ¿Cómo?

Luc dirigió despacio la mirada hacia la mía.

—Porque... yo maté a la mayoría.

Separé los labios al dar un grito ahogado.

—Yo...

—¿No sabes qué decir? La mayoría no lo sabría. —Se puso de pie—. Cuando te conté que me crearon en un laboratorio, al igual que a todos los Origin, no era una exageración. Nos diseñaron desde el embrión hasta la adultez. Dédalo necesitó incontables grupos para perfeccionar lo que diseñaban, e incluso, cuando lo lograron, no estaban satisfechos. Continuaron experimentando, cambiando sueros e inyecciones. La mayoría de nosotros ni siquiera sabemos qué nos dieron.

El horror que sentí cuando me contó por primera vez la historia de los Origin reapareció. Lo vi caminar hacia la ventana por la que había entrado.

—Solo consideraron estables a un porcentaje muy pequeño de Origin. —Abrió la cortina y la luz de la luna entró y le cubrió los pómulos—. Algunos no llegaron a su primer año. Otros duraron más tiempo antes de que lo que fuera que les dieran estuviera en mal estado. Y hubo algunos que eran en extremo violentos, peligrosos para todos y todo lo que los rodeaba, así que los... los sacrificaron en los laboratorios, por lo general con una inyección letal.

—Madre mía. —Apoyé la lata y subí las piernas a la cama—. Luc, lo...

—Esa no es la peor parte. —Movió rápido los labios mientras soltaba la cortina—. Hubo un nuevo grupo de Origin, unos que entusiasmaban en particular a Dédalo. Supe de ellos la noche antes de la invasión. Los mantenían en un centro en Nuevo México, y después de que Dédalo colapsase, los liberé. Los liberé porque sabía que si no lo hacía, los matarían o los enviarían a otro lado.

Luc se giró hacia mí.

—Verás, creía que estaba haciendo lo correcto. Los llevé a todos a un lugar donde creía que estarían a salvo. Eran jóvenes, Melocotón. No tenían más de cinco años.

Se me detuvo el corazón. Tenía el presentimiento de que la historia terminaría mal.

—Los dejé con personas en las que confiaba, personas que sabía que cuidarían de ellos. Lo intentaron. —Luc caminó hacia la cama—. Pero esos chicos... Debería haberlos dejado en el laboratorio.

—¿Qué ocurrió, Luc?

Apretó la mandíbula.

—Comenzó con pequeñeces, cosas normales que ocurrirían con cualquier niño. Querían algo y, cuando no lo obtenían, les daban berrinches. Pero sus berrinches incendiaban casas y lanzaban a personas contra muros.

Abrí los ojos de par en par.

—No sé por qué los vi como niños normales. Los Origin poseen una inteligencia superior, y no lo digo de un modo engreído. Incluso a los cinco años de edad, pueden superar a nivel intelectual a un adulto. Se confabulaban y trabajaban juntos para conseguir lo que querían, ya fuera tomar helado o irse tarde a la cama. Las personas que dejé a cargo comprendieron rápido que socializar con ellos sería un problema, en especial cuando su inteligencia se convirtió en manipulación y su manipulación se convirtió en violencia.

Luc tomó asiento, más cerca que nunca. Estaba tan cerca que percibí el aroma a bosque, la mezcla de pinos y hojas ardiendo.

—Dos de ellos atacaron a alguien, a alguien que los cuidaba, porque ella no les permitió comerse una galleta más. Una galleta, Melocotón. La lanzaron por la ventana de un tercer piso por una galleta.

Anonadada, permanecí en silencio y escuché.

—Al final se puso bien, pero solo porque era una híbrida, ya sabes, una humana que ha mutado. Si no lo hubiera sido, la habrían matado. En ese momento fue cuando regresé. —Hizo una pausa—. Creía que podía, no sé, cambiarlos, porque había uno de ellos que era... estable. Creía que eso era una buena señal, y dado que eran como yo, podría inculcarles paciencia, empatía y, ya sabes, humanidad básica. No quería aceptar que era en vano. No podía. —Una risa áspera separó sus labios—. De hecho, mi presencia empeoró la situación. Fue como enfrentar dos peces beta. Nada de lo que hacía funcionaba. Los separé. Los castigué. Los recompensé. No podía encerrarlos. Eran demasiado inteligentes y poderosos para eso.

Recordé lo que había dicho sobre ser realista. Que algunas personas eran causas perdidas, y pensé que estaba a punto de descubrir por qué él creía eso.

Las facciones de Luc se volvieron afiladas como una espada.

—Después, atacaron de nuevo, y, esa vez, mataron a alguien. A un Luxen, y no podían estar con las personas con quienes los había dejado. Luego me atacaron a mí, todos menos uno. Sin duda, no podían estar en sociedad, fuera de control. Por mucho que me pesase, comprendí que liberarlos había sido un gran error.

Colocó la mano sobre la cama junto a mis pies descalzos e inclinó el torso hacia delante.

—Tuve que ocuparme de ellos, Melocotón. —Despacio, levantó la mirada hacia la mía y respiré de modo irregular—. ¿Comprendes lo que eso significa?

Con el estómago revuelto, quise apartar la vista, pero no lo hice.

—Creo que sí. ¿Tuviste que... sacrificarlos?

El dolor le invadió esos preciosos ojos.

—Sí. Y puede que fuera lo peor que haya tenido que hacer en mi vida. No tuve opción, Melocotón. Lastimaban a las personas. Mataban, y solo eran niños. No podía imaginarme en qué se convertirían al crecer.

Moví la cabeza de un lado a otro despacio.

—Es... Luc, no quiero decirlo. De verdad.

Me sostuvo la mirada durante bastante tiempo y luego la apartó.

—Daemon y Archer fueron las dos personas con las que los dejé. —Presionó la mandíbula mientras su mirada recorría el tablero de corcho con imágenes—. La mujer de Daemon fue a quien lanzaron por la ventana. Mataron a uno de sus amigos. Ellos supieron lo que yo había hecho. Ese... es uno de los motivos por los que no he vuelto a visitarlos desde entonces. No me gusta recordar todo eso.

Recordé que Daemon preguntó por qué Luc no los había visitado y, claro, Luc había dado una respuesta muy vaga. Ahora comprendía por qué. ¿Por qué no me había explicado todo esto antes?

¿Cómo era capaz de hacerlo ahora?

—¿El Origin que pensé que era estable? Se... escapó. Se llamaba Micah. —Levantó levemente el labio—. El chico era como un hermano para mí. No sé dónde está ahora. Lo cual quizás es algo bueno, pero lo que ese Origin te ha dicho hoy me ha recordado a Micah. Él siempre intentaba que las personas jugaran con él. Necesitaba atención desesperadamente o algo así.

Fruncí el ceño.

—El Origin que he visto hoy era un adolescente.

—Lo sé. No puede ser Micah. Él tendría ahora unos diez años, pero es obvio que es un Origin que sabe lo que hice. Quizás uno que conoció a Micah o algo así, pero... no me sorprende. Cuando atacaron a Chas, sabía que sin duda había sido un Origin porque habían tenido ventaja sobre él. Creo que por ese motivo él intentó advertirte de que te mantuvieras alejada.

Mierda...

—Y comencé a sospechar que había uno cerca. Nos percibimos mutuamente, pero no siempre funciona a la perfección, en especial cuando hay otros Origin cerca.

—¿Como Archer?

Permaneció quieto un instante y asintió.

—No creía que lo sucedido con las chicas estuviera relacionado con lo que ocurrió con Chas. Al principio no, pero cuando te vi en el parque, percibí un Origin.

Me quedé paralizada. Quizás incluso dejé de respirar.

—A partir de ese momento, intenté vigilarte. Si no era yo, era Grayson. —No me miró—. O Emery. Sé que tal vez odias oírlo, pero me preocupaba que quien fuera que estuviera allí te atacara. Tenía razón y es evidente que no hice un buen trabajo cuidándote. Él llegó a ti. Más de una vez.

Ni siquiera sabía qué pensar mientras miraba los duros ángulos de su perfil. ¿Había estado observándome? ¿Había enviado a personas para hacerlo? Parte de mí quería enfurecerse. Una parte inmensa, porque aquello era jodidamente perturbador.

—¿Vosotros desactivabais el detector de movimiento?

Alzó una ceja mientras me miraba.

—Yo no, pero estoy bastante seguro de que Grayson sí.

—Entonces, ¿por eso has estado pasando tiempo conmigo? ¿Por eso Emery y Heidi...?

—No, no es la razón por la que he estado pasando tiempo contigo. —Me miró a los ojos—. Podría haberte vigilado sin que tú hubieras notado mi presencia.

—Vaya, eso sí que es espeluznante.

—Estás enfadada.

—Estoy... No sé. Bueno, sí. Creo que a cualquiera le molestaría saber que ha habido personas observándole.

—¿Pero?

—Pero, en cierto modo, lo comprendo. Bueno. Sí que lo hago. Aunque es perturbador. —Aparté la mirada—. Pero también es cierto que quizá soy el objetivo de un Origin psicópata, así que aquí estamos.

—Aquí estamos.

Pasó un largo momento antes de que hablara de nuevo.

—¿Crees que él busca venganza? —pregunté.

—Creo que es algo así. Creo que ahora solo está molestándome.

—¿Por qué? Si te odia por lo que tuviste que hacer con los otros Origin, entonces ¿por qué no te ataca a ti? —pregunté—. ¿Por qué ataca a otras personas?

—Como te he dicho, para molestarme. —Vi en su garganta cómo tragaba—. Creo que los niveles de inteligencia superior también están acompañados de un nivel alto de tendencias sociopáticas. A veces pienso que con cada grupo de Origin, se acercaban cada vez más a crear al asesino en serie perfecto y no humano.

Lo miré boquiabierta.

—Guau.

Me miró rápido.

—Dejemos el tema, te he traído algo. Un regalo.

Enarqué las cejas mientras él se movía, introducía la mano en el bolsillo y extraía un objeto pequeño y negro que me recordó al objeto de pedicura que usaba en la ducha.

—Espera. ¿Es una pistola paralizante?

—Es una picana eléctrica.

Fruncí el ceño mientras resistía la tentación de sujetarla.

—¿No son lo mismo?

—De hecho, no. Una pistola paralizante puede usarse de lejos o de cerca. Una picana solo funciona en contacto cercano. Me sorprende un poco que los humanos no lleven una de estas encima. —Levantó un hombro—. Los cartuchos están dentro y está lista para usar. Lo único que debes hacer es presionarla contra la piel y apretar el botón —explicó—. Aturdirá brevemente a un humano, pero incapacitará a un Luxen, un híbrido o un Origin durante unos minutos, si no más, si están débiles o heridos. —La extendió hacia mí—. Úsala con sabiduría.

—¿Te refieres a que no la use contra ti? —La acepté, sorprendida de lo liviana que era. Luc sonrió.

—¿Ves el botón? Cuando lo deslizas hacia arriba, se encenderá una luz roja. Significa que está lista para usar. Luego, solo debes presionar el botón.

Hice exactamente eso porque no pude contenerme. La lucecita roja apareció y después presioné el botón. La electricidad chisporroteó entre las puntas.

—Genial —comenté. Luc reclinó la espalda hacia atrás, asintiendo despacio. Sonriendo, coloqué la picana sobre la mesita de noche—. Gracias.

Luc levantó un hombro.

—No planeo que tengas que usarla alguna vez. Hasta que encontremos al Origin que te ha atacado hoy, estarás pegada a alguno de nosotros.

—Pero...

—No es debatible, Melocotón.

—No me llames así —repliqué—. ¿Cómo puedes vigilarme constantemente? Ni siquiera es factible.

Una sonrisa débil le curvó los labios, pero no le llegó a los ojos.

—No permitiré que él te lastime de nuevo.

—¿Por qué?

Parpadeó.

—¿Me preguntas por qué?

—Sí. ¿Por qué te importa? A ver, apenas me conoces, Luc. ¿Por qué...?

—¿No quiero verte herida o muerta? Joder, no lo sé. ¿Quizás porque soy un Origin decente?

—Entonces, ¿proteges a todos los humanos indefensos que aparecen en tu camino?

—No a todos —contestó despacio—. Solo a los especiales.

—Luc.

Suspiró mientras posaba de nuevo los ojos en las fotos.

—Solo tú preguntarías algo semejante —dijo.

—Solo tú responderías de modo evasivo a la pregunta —repuse.

—Porque sé cuánto te encanta —replicó—. Sé que verme probablemente te repugna a estas alturas, pero tendrás que soportar mi cercanía un poco más de tiempo, te guste o no.

—Espera. ¿Qué? ¿Por qué dices eso? —pregunté, sinceramente confundida—. ¿Que me repugnas?

—¿No es así? —Su mirada regresó a la mía—. Acabo de contarte que he matado a varios...

—Sé lo que me has dicho. —Interrumpí porque no quería que él tuviera que repetir aquellas palabras—. Y no quiero hablar de eso. Lo único que pienso es que no es justo que criaran a esos niños para convertirlos en algo así. No es justo que las personas que intentaron cuidarlos se transformaran en sus víctimas. Y, mierda, sin duda no es justo que te hayan puesto en una situación donde no tuvieras otra opción más que hacer lo que hiciste.

La sorpresa hizo que abriera los ojos de par en par.

—¿De verdad lo piensas? ¿Que no tuve opción?

—¿Qué otra cosa podrías haber hecho, Luc? Yo no estaba allí. No conocí a esos niños y... no te conozco tanto, pero creo que sé que hubieras hecho eso solo si era tu última opción.

—Lo fue. —Su voz era grave. Ronca.

—Lo siento. —Cuando abrió la boca para hablar de nuevo, proseguí rápido—. Lo lamento por todos. Por los niños y por ti... Solo, lo siento, y... —La furia fluyó en mí como una ola poderosa—. Y odio que mi madre y mi padre tuvieran un rol en esto. No sabes lo difícil que es para mí no decirle nada a mi madre. Hay tantas cosas que quiero decirle...

Luc permaneció en silencio, lo cual me resultó extraño.

Quise ofrecerle algún tipo de consuelo y extendí la mano. Vacilé cuando quedó a pocos centímetros de él, pero luego la apoyé sobre su brazo. Luc se sobresaltó como si mi tacto lo hubiera quemado, pero no se apartó.

—No sé lo que debes sentir o lo que sentiste cuando tuviste que hacer eso.

Colocó su mano sobre la mía.

—Alguien que sin duda tiene un problema conmigo te ha roto el brazo hoy, ¿y tú quieres hacerme sentir mejor?

Levanté el hombro mientras retiraba la mano de debajo de la suya.

—Supongo.

Luc abrió la boca como si quisiera decir algo, pero luego apartó la mirada. La seguí. Se me ocurrió algo.

—Nunca has tenido nada de eso, ¿cierto?

—¿De qué?

Me incliné un poco más cerca de él.

—Amigos con quienes ir a fiestas. Disfraces de Halloween. Dormir hasta tarde sin motivo. ¿Cambiar tu foto de perfil de Facebook tres veces en una hora solo porque podías hacerlo? ¿Fotos? ¿Recuerdos?

—¿Recuerdos? Tengo recuerdos. Algunos son..., de hecho, maravillosos —confesó—. Aquellos recuerdos llegaron después de mi tiempo con Dédalo.

De inmediato, supe de quién hablaba.

—¿Tu amiga? ¿Cómo se llamaba? ¿Nadia? —Se le pusieron tensos los hombros—. La echas de menos, ¿verdad?

Luc rio, pero sin humor.

—Cada vez que respiro.

Vaya. Se me detuvo el corazón en el pecho mientras la curiosidad se apoderaba de mí.

—¿Estabais juntos? —La pregunta sonaba ridícula porque, si mi padre estuvo implicado en la muerte de la chica, aquello debía haber sucedido hacía cuatro años. Luc tendría solo catorce y ella solo trece años. Aunque había visto a algunos jóvenes en una relación muy íntima antes.

—¿Juntos? —Rio de nuevo y, otra vez, había suavidad en el sonido—. Nunca habría tenido tanta suerte.

Ohh. Relajé los hombros. Era dulce y un poco triste, considerando la situación.

—¿La...? —preguntándome si estaba presionándolo demasiado, me humedecí los labios—. ¿La amabas, Luc?

Él cerró los ojos y aquel precioso rostro se hizo añicos. Abrió los ojos de par en par, completamente destrozados, y dijo:

—Con cada latido que da mi corazón.

El nudo que tenía en la garganta aumentó de tamaño, y, de pronto, quise llorar. Ha dicho «da» y no «daba». Ha hablado en presente. A pesar de que ella había muerto, él aún estaba enamorado de ella. Era realmente bonito el modo en el que un corazón roto puede serlo.

Luc apartó la vista de mis fotografías. Las sombras invadieron sus ojos.

—Nada de eso importa ahora. Es imposible volver. El pasado es pasado. Nadia... se ha ido. Al igual que Dédalo, y pronto habrá menos Origin con los que lidiar.

La presión me aplastó el pecho.

—¿Y debes hacerlo tú?

—Debo hacerlo yo. —Dejó caer la cabeza hacia atrás—. A veces me pregunto si todo lo que vivimos ha cambiado algo a la larga.

—¿Qué quieres decir?

Luc no respondió, pero tampoco se movió. Nuestros rostros estaban separados solo unos pocos centímetros. Ninguno dijo nada.

Pasó un largo instante, y yo retrocedí y me pasé las manos por la cara. Apoyé la espalda contra el respaldo de la cama y bostecé.

—Siento que está a punto de estallarme el cerebro.

—No queremos que eso suceda. Sería un desastre.

Lo miré por encima de los dedos.

—Entonces, ¿qué vamos a hacer?

Deslizó la mano sobre la manta.

—¿Vamos?

—Respecto al Origin psicópata.

Se mordió el labio inferior y sonrió un poco.

—No *vamos* a hacer nada. Yo lo encontraré. Yo me ocuparé de él.

—¿Y se supone que yo debo permanecer sentada esperando?

—Sí. —Hizo una pausa, y dejó quieta la mano—. O podrías sentarte y leer un libro sobre la amante de un vikingo.

—Cállate —gruñí—. Tengo que hacer algo, Luc.

Se acostó sobre la espalda y apoyó las manos sobre el estómago.

—¿Qué puedes hacer, Melocotón? No quiero parecer un imbécil, pero no puedes luchar contra un Origin. Tienes... tienes mucha suerte de estar sentada aquí.

Me dio un vuelco el estómago.

—Lo sé, pero debe de haber algo que pueda hacer.

Giró la cabeza hacia mí.

—Por ese motivo tienes la picana. Por si acaso. Pero más allá de eso, permanecerás lo más a salvo posible.

Entrecerré los ojos incluso mientras el corazón comenzaba a golpearme en el pecho cuando el miedo empezó a apoderarse de mí otra vez. No quería pensar en el Origin, aunque debía hacerlo. Él sonrió a medias.

—Asúmelo.

—Eres irritante.

—Es uno de mis talentos especiales.

Me aclaré la garganta mientras lo miraba. Me observaba desde su posición muy cómoda en mi cama.

—Entonces, ¿ese asunto de que no brillo debería preocuparme?

Una sombra atravesó el rostro de Luc.

—¿La verdad?

Me dio un vuelco el estómago.

—La verdad.

—No lo sé. Eres humana. Deberías tener un rastro. —Se movió de lado y apoyó el mentón sobre su puño—. Quizás eres un ángel.

Parpadeé.

—¿Perdona?

Su sonrisa se expandió en su rostro.

—Porque es como si hubieras caído del cielo.

Me ardieron las puntas de las orejas.

—¿Acabas de...? ¿De verdad acabas de decir eso en voz alta?

—Sí. —Rio—. Y tengo más.

—¿En serio?

—Sip. Prepárate. Ninguna mujer u hombre pueden resistirse a ellas —dijo, mordiéndose el labio. Pasó un instante—. La vida sin ti es como un cielo sin estrellas. Oscura.

No tenía palabras.

—Te has quedado muda. No te culpo. ¿Qué hay de esta? Quién fuera ladrón para robarte el corazón.

—Socorro. —Reí—. Es terrible.

—¿Tan mala como esta? ¿Sabes qué hay en el menú?

Una sonrisa tiró de mis labios.

—¿Qué?

—Yo —respondió.

Puse los ojos en blanco.

—¿Acabas de salir del horno? —preguntó.

—Ay, Dios.

—Porque estás que ardes.

—Por favor, basta.

—Bueno, aquí estoy. ¿Cuáles son tus otros dos deseos? —respondió. Moví la cabeza de un lado a otro—. Estoy perdido —dijo.

—Sí, sin duda —susurré. Me tocó la pantorrilla.

—¿Puedes darme indicaciones para llegar a tu corazón?

Le lancé una mirada fulminante.

—Me recuerdas a los melocotones. Dulces...

—No te atrevas a terminar esa oración. —Levanté una mano—. Creo que es hora de que te vayas.

—No puedo.

—¿Qué quieres decir con «No puedo»?

—Estoy enganchado a tu corazón.

Me reí a regañadientes y le empujé la pierna con el pie. Sabía lo que estaba haciendo. Me estaba distrayendo para que no pensara en cosas que es probable que me dieran pesadillas esa noche.

—De verdad, tienes que irte antes de que te cosa la boca.

—Está bien. Me detendré, pero me quedaré aquí hasta que tu madre llegue a casa. Acéptalo.

Comencé a protestar, pero luego pensé en Heidi y Emery. La ansiedad me zumbó bajo la piel.

—¿Crees que ese chico vendrá aquí?

—No quiero arriesgarme. —Sus ojos miraron los míos—. No debería haberme arriesgado antes. No lo haré de nuevo.

—Si mi madre te encuentra aquí...

—Me iré en cuanto entre en casa —afirmó—. Ni siquiera sabrá que estoy aquí.

—Tengo la picana —le recordé, señalando la mesita de noche con el mentón.

—Lo sé, pero espero evitar que tengas que utilizarla.

Permitir que Luc permaneciera aquí no era particularmente inteligente, pero tampoco lo era ignorar una amenaza creíble, y la verdad era que... no quería que él se fuera. En especial porque ese chico había entrado aquí dos veces.

El miedo que había intentado reprimir toda la noche me atravesó el cuerpo. Mi siguiente aliento fue a ninguna parte. Debía mantener la compostura. Estaba a salvo. Por ahora. Y podía lidiar con esto. Después de todo, había vivido la invasión. Había sobrevivido a ella.

Luc colocó su mano sobre la mía y me sobresalté. Lo miré a los ojos.

—¿Sabes? —dijo, buscando mi mirada con la suya—. Está bien tener miedo.

Un nudo apareció en la parte posterior de mi garganta.

—¿De verdad?

—¿Qué quieres decir?

—No lo sé. —Levanté un hombro—. Tener miedo nubla el pensamiento. Se interpone en tu camino. Te hace débil.

—A veces. Pero otras, te aclara los pensamientos y te hace más fuerte y rápido. —Deslizó los dedos debajo de los míos para sujetarme la mano.

Se me aceleró el corazón, como si un nido de mariposas se estuviera moviendo. Intenté reprimir la sensación, pero no pude. Desvié la mirada.

—Está bien —dije al fin.

Luc me soltó; luego, se puso de pie y extendió la mano. El mando de la tele voló desde el escritorio hacia su palma. Me moría de ganas por poseer ese talento.

Permanecí en silencio mientras Luc se acomodaba, lo que terminó de algún modo en que estuviéramos hombro con hombro con la espalda apoyada contra el respaldo de la cama. Encendió la tele.

—Me pregunto si estarán dando alguna película de Arnold Schwarzenegger.

Despacio, giré la cabeza hacia él.

—¿Qué? —preguntó.

—Qué específico.

—Tiene frases muy fáciles de citar —razonó, pasando los canales.

La verdad es que no podía responderle y no podía creer que estuviera sentada allí, junto a Luc, en la cama mientras él buscaba una película antigua de Arnold Schwarzenegger.

La vida era extraña.

Y tenía la sensación de que estaba a punto de volverse aún más extraña.

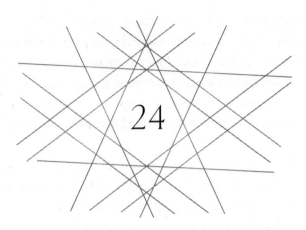

24

Cuando desperté varias horas después, la televisión estaba encendida. La confusión me invadió. Había un anuncio en la pantalla, pero no sabía sobre qué era porque el volumen estaba bajo.

La luz suave que emanaba la televisión proyectaba sombras en el cuarto. Aún era de noche, y...

Dios mío.

Por segunda vez en pocas horas, no estaba sola en una cama. Estaba recostada sobre mi espalda y había un brazo cálido y pesado sobre mi cintura, y una pierna, perteneciente a un chico, entrelazada entre las mías. Abrí los ojos como platos mientras veía la televisión y el techo, y el corazón se me salió disparado hacia territorios desconocidos.

Luc estaba a mi lado, tan cerca que sentía su respiración contra mi sien.

Permanecí muy quieta, casi conteniendo el aliento.

¿Cómo había pasado eso? Recordaba a Luc enumerando todas las frases famosas de Arnold Schwarzenegger, y habían sido muchas, antes de que decidiera dejar un programa policial sobre asesinatos. Una combinación muy extraña para dormir, pero me quedé dormida y allí estábamos, juntos. Al menos, estábamos sobre la manta, pero no creía que hubiera mucha diferencia.

De cualquier modo, mi madre no había venido a verme, porque lo hubiera notado si eso hubiese ocurrido. Sus gritos de furia me habrían despertado y...

Luc se movió.

No mucho, quizá solo medio centímetro, pero lo hizo. Su muslo se movió contra el mío, entre los míos, y movió el brazo. De alguna forma, ni siquiera sabía cómo, su mano quedó sobre mi vientre. Mi vientre desnudo. Movió los dedos despacio, de un modo inconsciente, acariciándome la piel cerca del ombligo. Me mordí el labio mientras cerraba los ojos.

No sabía qué hacer. Debía levantarme o despertarlo. Hacer algo, pero no hice nada. Permanecí allí, mientras un fuego dulce aumentaba bajo mi piel y hacía difícil que recordara por qué aquello estaba mal, porque no lo sentía así. Sentía que era lo correcto.

Cada parte de mi cuerpo era consciente del suyo. La fuerza de su mano, la dureza de su muslo y el baile estable de su respiración, y estábamos recostados juntos como si lo hubiéramos hecho miles de veces.

Vaya, ahora estaba completamente despierta.

Él era un chico superatractivo, y yo había hecho frente a muchas cosas. Me habían roto el brazo y... otras cosas habían sucedido. Era vulnerable a hacer y pensar estupideces. Además, mis hormonas trabajaban a toda velocidad y enviaban electricidad por mis venas. Sip. Esa fue la razón exacta por la que me permití hundirme más en su calidez.

Debería despertarlo.

También debería salir corriendo de la casa agitando los brazos.

No lo hice.

Luc se movió, me deslizó la mano por la barriga y la acomodó en mi cintura. La aferró despacio y luego, oh, presionó el cuerpo contra mí, llevó mi hombro a su pecho, su pierna a mi...

Ay, madre.

El sonido provino de él: un gruñido somnoliento que me envió escalofríos latentes por la columna. Mantuve los ojos cerrados, tragándome un sonido que me hubiera avergonzado mientras sus dedos largos rozaban la cintura de mis mallas. Su respiración, y luego sus labios, me rozaron la sien.

Supe el momento exacto en el que Luc se despertó.

Se puso rígido contra mí. Me pareció que se quedó sin respiración durante medio minuto. No hice ningún movimiento, mantuve la respiración profunda y lo más estable posible. No quería que él supiera que estaba despierta... desde hace tiempo.

Lo cual, probablemente, era estúpido, dado que podía leerme los pensamientos y podía estar haciéndolo en este momento.

Ay, esperaba que no.

Luc levantó primero la mano y un dedo a la vez, y luego movió la pierna. Pero permaneció cerca solo durante unos minutos. Esperé, sentía cosquilleos en la punta de los dedos. Su respiración me rozó la mejilla. Pareció vacilar, y luego sentí que presionó sus labios contra mi frente.

Dejé de respirar y el corazón, bueno, el corazón en cierto modo me explotó.

El colchón rebotó un poco cuando Luc abandonó la cama. Permanecí quieta por completo con las orejas ardiendo hasta que oí que abrió la ventana. El aire frío entró en el cuarto y desapareció cuando cerró la ventana. Oí la cerradura caer en su lugar y después no me moví durante uno o dos minutos.

Luc me había besado la frente.

Eso era... muy tierno, e hizo que mi corazón se derritiera, lo cual era tonto, porque él aún estaba enamorado de una muerta, y ni siquiera me caía bien. A ver, me gustaba. Mi cariño hacia él crecía poco a poco. Como el moho... Si el moho fuera musculoso, duro, atractivo y...

—*Uf*—gruñí.

Bueno. Necesitaba ser realista. Me gustaba.

Rodé en la cama y coloqué el rostro en la almohada e inhalé. Oh, Dios. La almohada olía a él. Rodé de nuevo sobre mi espalda y maldije, exasperada.

Necesitaba ayuda.

De verdad.

Llegaría tarde al instituto, muy tarde.

Por fin logré conciliar el sueño de nuevo cuando se acercaba el amanecer y continué durmiendo cuando la alarma sonó. A duras penas tuve tiempo de ducharme; solo llegué a retorcerme el pelo húmedo en un moño y a vestirme con los vaqueros más limpios que encontré.

Vi que el día estaba lluvioso y nublado, así que me pasé una camiseta térmica negra por encima de la cabeza y después agarré la mochila. De camino a la planta baja, me levanté la manga para verme el brazo izquierdo.

El hematoma casi había desaparecido; se había desvanecido durante la noche hasta convertirse en una marca de color azul pálido. Sin embargo, el estómago me dio un vuelco. El Origin había...

Un momento. Mierda. Me había olvidado la picana.

Maldije en voz baja, corrí hasta mi habitación, tomé a mi nueva mejor amiga de la mesita de noche y la guardé en la mochila. Una vez más, corrí escaleras abajo. Me llevaría una barrita de cereales y luego violaría varios límites de velocidad.

Mi madre estaba en la cocina, sentada en la isla. Sostenía una taza, pero no alzó la vista cuando pasé corriendo a su lado en dirección a la alacena.

—Hola —dije—. Voy a llegar muy tarde. Solo necesito...

—Tranquila —respondió—. No hay necesidad de correr.

—Sí, la hay. —Abrí la puerta de la alacena—. Voy a llegar muy tarde, y eso significa que voy a tener que dejar el coche al fondo del aparcamiento del instituto. Soy demasiado vaga para caminar esa distancia dos veces.

—Cielo, tenemos que hablar.

Con la conversación con Luc tan reciente en mi mente, hablar con ella era lo último que quería hacer en ese instante. Un momento. ¿Sabría que Luc estuvo aquí anoche? Me giré despacio, sintiendo que el hecho de que Luc hubiera estado en mi cama, y me hubiera besado la frente, estaba tatuado en mi rostro.

—¿Sobre qué?

Apoyó la taza en la encimera.

—¿Por qué no sueltas la mochila y te sientas?

La incomodidad floreció en mi estómago mientras deslizaba la mochila del hombro al codo.

—¿Por qué?

—Evie, siéntate.

Abrí la boca, pero por fin la miré, la miré de verdad. Mi madre aún no se había duchado. Su pelo largo hasta los hombros estaba sujeto con un broche y varios mechones se habían salido de su sitio. Al ver su blusa arrugada y sus pantalones negros, me pregunté si había dormido con la ropa de ayer puesta... o si siquiera había dormido.

De pronto, sentí la boca seca.

—¿Qué pasa, mamá?

Sus ojos castaños miraron los míos y pareció empalidecer frente a mí.

—Siéntate.

Por alguna razón, no estaba segura de querer oír lo que tenía que decirme. Quizás era instintivo.

—Tengo que ir a clase.

—Evelyn, tenemos que hablar ahora.

Sujeté la mochila y me aparté de la alacena sin tomar una barrita de cereales. Caminé hacia la isla.

—Luc vino a verme ayer, mientras estaba en el trabajo.

La mochila se me cayó del brazo y esa vez golpeó el suelo.

—Cómo se acercó tanto sin que lo detectaran no lo sé. —Bebió un sorbo de café. Le tembló la mano, y sus manos nunca lo hacían—. Sé lo que ocurrió ayer.

La miré desde el otro lado de la isla de la cocina.

—Me ha dicho que un Origin te ha atacado y que él te ha curado —añadió ella.

Sentí mareos. Bueno, eso confirmaba que mi madre sabía de la existencia de los Origin, pero yo ya sabía eso, ¿no? Aunque ¿por qué Luc no había mencionado aquella reunión anoche? Había tenido mucho tiempo para hacerlo. Muchísimo tiempo. Coloqué las manos sobre la encimera, pero sentía que todo se movía aún.

La taza tembló cuando la apoyó de nuevo sobre el posavasos de cerámica gris. Los posavasos eran parte de un juego que le había regalado por el Día de la Madre el año pasado.

—De verdad, creo que necesitas sentarte.

Me latía tan rápido el corazón que estaba a punto de vomitar.

—No quiero sentarme.

Frunció el ceño mientras cerraba los ojos por un momento breve.

—Esperaba no tener que hablar nunca de esto contigo. Ahora me doy cuenta de la estupidez que he cometido. Debí haber sabido en cuanto Luc atravesó la puerta que... el tiempo se había agotado. Debí haberte dicho la verdad en ese momento.

La presión me aplastó el pecho.

—¿La verdad sobre lo que Dédalo hacía en realidad?

Su respiración le sacudió el cuerpo.

—Veo que has hablado con Luc. Esto iba a pasar tarde o temprano. Después de todo, me lo esperaba. Me dijo que el trato había terminado el día que me entregó tu carné de identidad. Solo me sorprende que él no te lo haya dicho..., pero lo supe. Lo supe por los cambios diminutos en ti. La Coca-Cola. Las películas de terror. No era algo que esperáramos. Aunque, nunca habíamos hecho lo que...

—¿Qué tiene que ver esto con un refresco o una película? —La tensión penetró en todos mis músculos—. ¿Qué quieres decirme? ¿Serás esta vez sincera al cien por cien?

Se encogió en su lugar, como si la hubiera insultado.

—Necesito decirte quién eres en realidad.

25

Oí un zumbido en mis oídos, y lo único que me mantenía en pie era el granito frío debajo de las palmas.

—¿Qué significa eso?

Mi madre se colocó un mechón fino de cabello hacia atrás.

—Quiero que sepas que, sin importar lo que pase, te quiero. Necesito que lo recuerdes.

—¿Qué? —Retrocedí de la isla mientras mi furia previa desaparecía y era reemplazada por la preocupación—. ¿Por qué dices eso? ¿Estás enferma?

—No estoy enferma —respondió, con la respiración irregular—. Evie, no hay un modo fácil de decir esto, así que lo diré sin más. He sido tu madre solo los últimos cuatro años. Por lo que sé, la madre que te engendró murió cuando eras una niña. De una sobredosis de drogas.

Enarqué las cejas. ¿Qué narices? Algo muy malo pasaba con mi madre.

—Y, antes de que llegaras a mí, tenías un nombre diferente, una vida por completo distinta —prosiguió, su mirada me recorrió el rostro—. Tu nombre verdadero no es Evelyn Dasher.

—De acuerdo. —Incliné el cuerpo hacia delante y agarré la mochila mientras la preocupación estallaba en mis entrañas. Saqué el móvil del bolsillo delantero—. Tenemos que llamar a alguien. No sé a quién, pero debe haber...

—No tenemos que llamar a nadie —me interrumpió—. No me sucede nada malo. Estoy diciéndote la verdad, cielo.

—Mamá...

—Tu nombre real es Nadine Holliday.

Se me puso tenso cada músculo del cuerpo y se me resbaló el teléfono de los dedos y cayó dentro del bolsillo. Dirigí mi mirada hacia la suya.

—Ese era tu nombre, es tu nombre. —Apretó los labios—. Pero te llamaban Nadia.

—No —susurré. Mi cerebro quedó desprovisto de todo pensamiento. Durante varios segundos gloriosos no hubo nada en mi cabeza. Nada, excepto el zumbido, que ahora era más fuerte y más constante.

—Así te llamaba Luc. Nadia.

Una sacudida me recorrió el organismo.

—No.

—Eras una niña muy enferma cuando te conocí. Tenías un tipo de leucemia. Y si bien algunos tratamientos que habíamos desarrollado habían resultado exitosos con variedades de cáncer menos invasivas, la tuya era muy agresiva. Estabas muriéndote y Luc había intentado muchas cosas distintas —continuó, incluso cuando comencé a mover la cabeza de un lado a otro—. Luc sabía que nosotros, Dédalo, poseíamos varios sueros, pero nada de lo que él había podido conseguir había funcionado.

Retrocedí y me choqué contra el fregadero. No podía ser real. Estaba soñando. Debía ser un sueño. Aquello tenía más sentido, porque nada de lo que estaba diciendo era posible.

—Luc buscó a Jason. Quería matarlo por todo lo que le había hecho a... todos esos inocentes, pero Jason... sabía cosas acerca de ti. Jason sabía que te estabas muriendo, y siempre fue un oportunista. Intercambió su vida por la tuya. Había un suero nuevo que Dédalo acababa de diseñar, justo antes de la invasión. Lo... lo llamábamos «suero Andrómeda», y Dédalo tuvo mucho éxito con él. Jason le ofreció el tratamiento a cambio de su vida, y Luc...

Tensó los hombros mientras exhalaba abruptamente.

—Luc estaba desesperado. Debía estarlo, porque permitió que Jason viviera, porque Jason había... —Dejó de hablar y negó rápido con la cabeza—. Luc te trajo aquí, justo después de que terminara la guerra contra los Luxen invasores. Me reuní con él en esta misma habitación por primera vez, en esta cocina. Te conocí ese día. Jason ya me había dicho qué traer.

Nada de lo que decía tenía sentido. Habíamos vivido en Hagerstown antes de la invasión...

Hagerstown.

Luc había dicho que Nadia había provenido de Hagerstown.

Un escalofrío me recorrió el cuerpo.

—Estabas muy enferma. Eras una niña diminuta luchando por cada respiración y cada latido, y Luc solo sentía rabia cuando se trataba de ti. Habría sacrificado a todos a su alrededor si eso implicaba que vivirías, y lo hizo. En cierto modo, te sacrificó a ti. Sabía que había una buena probabilidad de éxito, lo cual significaba que si el suero Andrómeda funcionaba...

—Basta. —Alcé la mano como si pudiera disipar lo que decía—. Detente. Es una locura, es imposible. —Comencé a rodear la isla, sin saber a dónde necesitaba ir, pero consciente de que necesitaba salir de allí.

No podía escuchar eso.

Mi madre abandonó el taburete y avanzó más rápido de lo que jamás la había visto moverse. Tan rápido que me sobresalté con un grito ahogado. Me sujetó las mejillas con las manos frías.

—Escúchame, cielo. Te dieron el suero Andrómeda. Aquel suero funcionó como un virus cuando entró en tu cuerpo. Atacó las células cancerígenas y reestructuró tu material genético, la esencia de quién eres. Como cualquier virus, te provocó fiebre, una muy alta. La mayoría de los sujetos con los que experimentamos ni siquiera sobrevivieron a la fiebre, pero yo misma cuidé de ti. Permanecí a tu lado, día y noche...

—¡Basta! —grité, intentando liberarme—. ¿Por qué dices estas cosas? ¿Por qué haces esto?

Mi madre apartó las manos, las colocó sobre mis hombros y los sujetó, manteniéndome en el sitio con una fuerza que me sorprendió.

—Perdiste tus recuerdos, tal como le dijimos a Luc que ocurriría. Fue por la fiebre, pero sobreviviste y... te convertiste en Evelyn.

Retorcí el cuerpo para librarme de sus manos, y corrí a un lado.

—¿Sabes lo loco que suena todo esto?

—El suero Andrómeda tenía ADN alienígena y ahora tú también lo tienes —prosiguió ella—. No es una cantidad suficiente para que llame la atención en un análisis ocular o un análisis de sangre a menos que se investigue a fondo. Por ese motivo, Luc no dejó un rastro en ti cuando te curó. Por ese motivo, vino a verme anoche. Quería saber lo que habíamos... Lo que yo te había hecho cuando te curé.

—¿Tengo ADN alienígena? —Reí. Mi madre no se rio.

—Así es.

—Madre mía. —Otra risa escapó de mí; era un sonido frágil—. Es una completa locura, y ni siquiera sé qué decirte.

—Es la verdad.

—No. Es una clase de broma que no entiendo. —Comencé a rodear la isla de la cocina otra vez.

«Sigues siendo increíblemente testaruda».

Mi garganta amenazó con cerrarse. Aparté las palabras de Luc de mi mente.

—Y necesito que dejes de...

—Yo necesito que me escuches. —Mi madre se giró—. En cuanto entraste en esa discoteca, todo cambió. Luc te vio y volvió a tu vida. Es solo cuestión de tiempo que te diga la verdad, y las cosas están a punto de... —Respiró hondo—. Necesitabas oírlo de mí. No de él.

Me giré y la enfrenté mientras el corazón me golpeaba las costillas.

—Esto no es real. Dices que no soy Evie. Que soy esa chica muerta.

—Nadia nunca murió.

—Sí, murió. Luc me lo dijo.

—¿Dijo exactamente esas palabras? —preguntó—. ¿Luc te ha dicho alguna vez que Nadia murió?

—Él... —Cerré la boca y luego deslicé las manos sobre mis caderas. Luc nunca había dicho que Nadia hubiese muerto. Solo dijo que...

que se había ido. Con la garganta seca y el estómago revuelto, continué retrocediendo—. No importa lo que haya dicho. Es imposible. Yo me recuerdo a mí misma. Sé... sé quién soy. ¿Cómo explicas eso?

—No lo recuerdas, Evelyn. Solo recuerdas lo que yo quise que recordaras —respondió con calma—. No podemos implantar recuerdos, aún no, pero la mente es algo maravilloso. Es muy susceptible a las impresiones, y eso fue lo que hicimos, lo que hice. Cuando despertaste y después..., después de que Jason muriera, solo estábamos tú y yo, y te di la impresión de la vida de Evelyn.

—Dios. —Me pasé una mano por la cara. Era muy probable que vomitara—. No tengo impresiones. Recuerdo a papá y...

—Dime cómo sonaba la voz de Jason —pidió, rodeando la isla.

Abrí la boca, pero no... no podía. No había podido re.... No había podido.

—Sonaba como la de un hombre —contesté, parpadeando rápido.

—Dime, ¿cómo era nuestra antigua casa en Hagerstown?

Sabía cómo era. Los recuerdos estaban allí, pero estaba demasiado abrumada para ver la casa en mi mente. Tenía esos recuerdos, sabía que sí. Solo necesitaba concentrarme.

Las lágrimas llenaron sus ojos.

—Dime qué te dije la mañana de la invasión y a dónde fuimos.

—Me... me dijiste que todo... —Cerré los ojos. ¿Qué había dicho? Todo estaba borroso—. Estaba demasiado asustada. No lo recuerdo, pero eso no significa nada.

—Cielo, significa lo que significa. No estabas conmigo cuando los Luxen nos invadieron. Estabas donde sea que Luc te tuviese. —Apretó los labios—. No hay ni una sola cosa que puedas decirme acerca de tus años en primaria o de tu décimo cumpleaños. Los recuerdos a los que te aferras, el pozo del que has bebido durante estos últimos cuatro años, son historias que te conté mientras tenías fiebre, mientras te curábamos.

El pánico comenzó a hacer mella con sus garras afiladas.

—¿Cómo es posible? ¿Cómo puedes estar ahí y decirme que no tengo recuerdos o que los que tengo son falsos? Es imposible. Eres mi madre y yo soy Evie. ¡Siempre lo he sido!

Mi madre movió la cabeza de un lado a otro.

Mientras la miraba, una idea horrible y aterradora apareció en mi mente. ¿Y si...? ¿Y si decía la verdad? Había experimentado aquella extraña sensación de *déjà vu* cuando vi a Luc por primera vez en la discoteca. Hubo muchos momentos en los que Luc habló como si me conociera. Y el trato... Él había mencionado varias veces ese trato.

Mi madre se detuvo frente a la isla, y se llevó el puño al pecho.

—Sigo siendo tu madre. Soy...

—¡Basta! —exclamé—. Necesito que te detengas. Por favor. Porque esto no puede ser real.

—Lo es. —Su pecho subió, y luego se llevó la otra mano hacia los ojos y realizó un movimiento de pinza con los dedos. Cuando la bajó, soltó algo sobre la encimera de la isla: dos lentillas castañas.

La miré a los ojos y di un grito ahogado.

Los ojos de mi madre ya no eran castaños. Eran del color del cielo veraniego, antes de una tormenta. Un tono azul vibrante y sobrenatural.

—No —susurré, negando con la cabeza.

Sonrió mientras las lágrimas le caían por las mejillas, y aquellas lágrimas desaparecieron mientras las venas de debajo de su piel se llenaban de una luz hermosa y brillante. El resplandor se expandió y penetró en su piel, reemplazando el tejido. En cuestión de segundos, quedó completamente rodeada de luz.

De pronto, recordé cuando Luc había venido a la casa y mi madre había levantado la mano como si estuviera a punto de hacer algo. Luc la había desafiado para que lo hiciera. No había comprendido lo que estaba sucediendo en ese momento, pero ahora lo entendía.

Luc sabía...

Sabía que mi madre era una Luxen.

Pero ella no era mi madre, no era mi madre biológica. Ahora lo sabía. Sin importar cuánto quisiera negar lo que me estaba diciendo. Sabía lo suficiente sobre los Luxen como para saber que no podían tener hijos que no fueran Luxen.

—Joder. —El techo se inclinó. Me sentía débil, mareada, y no podía lidiar con esto. No podía procesar la verdad resplandeciente que estaba frente a mí. Mis pies avanzaron hasta el salón antes de que comprendiera lo que estaba haciendo o a dónde estaba yendo. Luego, volví deprisa a la cocina y agarré la mochila de la isla. Me giré y fui hacia la puerta del garaje.

—¡Cielo! —exclamó.

Me detuve y la miré. Había vuelto a la normalidad. Bueno, excepto por sus ojos. Todavía eran los ojos de una Luxen.

—Por favor —dijo de nuevo, con los ojos brillantes—. Por favor, solo siéntate y hablemos. Podremos...

—No.

Dio un paso hacia mí.

—No. —Se me quebró la voz—. No te me acerques.

Se detuvo. Me tembló todo el cuerpo.

—Mantente lejos de mí.

Abrí la puerta, salí y presioné fuerte el botón que estaba en la pared. La puerta del garaje se abrió mientras me metía bruscamente en el coche y lanzaba la mochila en el asiento del copiloto. La luz tenue de la mañana invadió el garaje mientras pasaba por delante del..., del Lexus que había pertenecido a mi padre.

Pero él no era mi padre.

Porque si mi madre no era mi madre, entonces él no era mi padre...

Pero ella era la única madre que conocía, y la quería. Sabía quién era.

Me temblaban las manos cuando subí al coche. Arranqué el motor y la puerta que comunicaba la casa con el garaje se abrió. Mi madre permaneció de pie allí, llamándome, pero moví el coche marcha atrás. Los neumáticos chirriaron mientras salía del garaje. Llegué al final del sendero de la entrada cuando un movimiento por el rabillo del ojo me llamó la atención.

Pisé los frenos y luego miré a la izquierda.

—¿Qué narices?

Un hombre atravesó mi jardín delantero, uno alto de cabello oscuro que reconocí de inmediato. Daemon. ¿Qué estaba haciendo aquí? Miré el garaje abierto y vi a mi madre.

Daemon apareció junto a la puerta del conductor y golpeteó la ventanilla. Ni siquiera lo había visto moverse. Estaba en el jardín y un segundo después lo tenía junto a mi ventanilla.

En un estado de incredulidad asombrosa, bajé la ventanilla.

Se inclinó y apoyó las manos en la ventanilla abierta.

—¿A dónde vas? Dudo que al instituto.

Parpadeé varias veces. Y entonces, lo entendí. Daemon estaba allí por Luc, por ese Origin. Mierda, ¿cuánto tiempo llevaba allí fuera? Apreté el volante mientras miraba sus ojos de un verde impresionante.

Mi madre hablaba mientras avanzaba, pero no podía apartar la vista del Luxen. Recordé la expresión en su rostro cuando me vio por primera vez en la discoteca. Recuerdo que Luc lo hizo callar rápido, pero Daemon me había mirado sorprendido. Había supuesto que había sido porque era humana...

—¿Sabes quién soy? —Mi voz era ronca, desconocida para mis propios oídos.

Una sonrisa relajada le apareció en los labios.

—¿Por qué no apagas el motor y sales? Vuelve dentro, ¿vale?

—¿Cómo me llamo? —pregunté, me dolían los nudillos por la presión que ejercía sobre el volante.

Algo le atravesó el rostro.

—Volvamos a casa. No deberías...

—¿Cómo me llamo? —grité; mi voz se rindió en la última palabra.

—Mierda —susurró él, mirando el garaje—. Llama a Luc.

Se me cayó el estómago hasta los pies. No quería que llamaran a Luc. No quería que hicieran nada.

Quité el pie del freno y presioné el acelerador. Daemon maldijo mientras retrocedía. El coche voló hacia la calle, derrapando. Con el corazón desbocado, manejé la palanca de cambios y aceleré. El viento y la lluvia entraban por la ventanilla abierta mientras atravesaba a toda velocidad la intersección de las calles de la zona residencial.

Nada de todo eso era cierto. Era demasiado increíble para ser real, demasiado loco para considerarlo.

Pero mi madre era una Luxen.

Y ha dicho que yo era esa chica... La chica que Luc afirmaba que había sido su única amiga de verdad. La chica que él había admitido que aún amaba hacía unas diez horas.

«Ese era el trato. El trato era que me mantendría lejos..., si tú te mantenías lejos».

No.

Imposible.

No era ella.

Me llamaba Evie.

Esa era yo.

Pasé la entrada mientras respiraba hondo y de modo estable, y entraba por la calle amplia.

«Mi nombre es Evelyn Dasher».

Las lágrimas me nublaron la visión mientras reducía la velocidad. «El nombre de mi madre es Sylvia Dasher. Mi padre...».

De pronto, Daemon apareció en medio de la calle, a varios metros de distancia. Gritando, pisé los frenos. Las ruedas perdieron tracción sobre el asfalto húmedo por la lluvia. El coche giró y, por un milagro divino, no perdí el control. El Lexus se detuvo.

Respirando de forma profunda e irregular, observé que Daemon comenzaba a caminar hacia mí. Mis manos cayeron del volante mientras las emociones hervían desde lo más profundo de mi ser, como una botella de refresco sacudida. Me cubrí el rostro con las manos y abrí la boca para gritar, pero no hubo sonido alguno. No salió nada. Presioné la frente contra el volante y hundí los dedos en mi piel. No podía estar sucediendo. No podía ser real. Dejé caer las manos y me sujeté las rodillas mientras se me revolvía el estómago.

De hecho, podría vomitar.

—Eso ha sido divertido —dijo Daemon, y luego la puerta se abrió por voluntad propia—. Pero necesito que salgas del coche.

Despacio, levanté la cabeza y me desabroché el cinturón con la mente ausente. Me puse de pie sin sentir las piernas mientras la lluvia me golpeaba el rostro.

—Vamos. —Su voz era más suave, al igual que la mano que me sujetó de repente el brazo. Me guio hasta el lado del copiloto—. Mi trabajo era asegurarme de que llegaras al instituto a salvo. Hace tiempo que no jugaba al guardaespaldas. No estoy haciendo un gran trabajo.

Subí al coche. Antes de que pudiera parpadear, Daemon ya estaba en el asiento del conductor, cerrando la puerta y subiendo la ventanilla. Se apartó del rostro su cabello húmedo por la lluvia.

No podía respirar.

—No quiero volver allí.

—Si no quieres volver allí, entonces irás a ver a Luc. —Me miró—. Esas son las dos opciones.

Quería una tercera opción, en realidad, no quería ver a Luc.

—La discoteca.

—Pues ya tenemos plan. —El coche comenzó a moverse y él me miró—. Cinturón. Lo último que necesito es que a Luc le dé algo porque has atravesado el parabrisas o algo así.

—Has aparecido delante del coche —le recordé mientras se abrochaba el cinturón—. Podrías haber causado un accidente.

—Me aseguré de que no fuera así —respondió.

Qué raro. Claro que no había sido mi talento como conductora lo que había evitado un choque. Miré por la ventanilla, sin ver nada en realidad. Quizás la mujer de mi casa no era mi madre. Quizás un Luxen la había asimilado y ella fingía ser mi madre.

Basta.

Sí era mi madre. Sonaba como ella, olía como ella y hablaba como ella. Por mucho que quisiera creer que no era ella, sí lo era. Entonces, ¿eso significaba que lo que afirmaba era cierto? ¿Que yo no era Evelyn? ¿Que era esa otra chica? Que todo lo que había conocido y sabido... desde, bueno, desde que tenía memoria, ¿era mentira?

—¿Estás bien? —preguntó Daemon.

Cerré los ojos contra el ardor de las lágrimas.

—¿Me... me conocías antes de haberme visto en la discoteca?

Hubo una pausa larga, tan larga que no creí que Daemon fuera a responder. Y cuando lo hizo, deseé que no hubiera hablado.

—Sí, te conocía.

Dejé a Daemon en el pasillo del piso de abajo y subí los malditos seis tramos de escaleras. Fui hasta la puerta de Luc, cerré la mano y golpeé mi puño contra ella como si fuera la policía con una orden de allanamiento.

La puerta se abrió y ahí estaba Luc. Tenía el pelo húmedo como si acabara de salir de la ducha y aún era... dolorosamente bello a la vista.

La sorpresa atravesó el rostro de Luc mientras retrocedía y me permitía entrar en su apartamento. Cerró la puerta detrás de él.

—¿No deberías estar en clase? —Se había cambiado la ropa de la noche anterior. Ya no tenía la misma camiseta, ahora llevaba puesta una negra. Suponía que mi madre no había sido capaz de hablar con él—. ¿Ha pasado algo?

«Nunca fui merecedor de ella, de su amistad, de su aceptación y de su lealtad».

Verlo después de lo que había descubierto esa mañana fue como si me dieran un puñetazo y me dijeran que era un beso. Si lo que me habían contado era cierto, él había sido..., él había sido..., Dios, ni siquiera sabía el qué. Pero estaba mal. Estaba peor que mal.

Le había preguntado sobre Nadia anoche, si todavía la amaba, y él había dicho...

Había dicho: «Con cada latido que da mi corazón».

No me detuve a pensar. Solo actué.

Extendí la mano y le golpeé la mejilla con una fuerza abrumadora. Su cabeza giró a un lado y luego volvió a su sitio. Luc abrió de par en par las pupilas mientras el horror me invadía.

Le había dado una bofetada.

Nunca había golpeado a nadie en mi vida.

Y ni siquiera me sentía mal al respecto.

Una mancha roja le cubrió la mejilla.

—¿Esto es por lo de anoche? ¿Porque no me marché antes de que regresara tu madre? —Hizo una pausa, con los ojos brillándole—. ¿O es porque te quedaste recostada fingiendo que estabas dormida mientras deseabas que me quedara contigo?

Levanté la mano de nuevo, pero Luc estaba preparado esta vez. Me atrapó la muñeca y tiró de mí hacia delante. El aire me abandonó los pulmones ante el contacto de pecho contra pecho.

—Pegar no está bien —dijo, con voz fría—. Estoy bastante seguro de que te lo enseñaron en la guardería, Evie.

—¿Evie? —Reí, y sonó aún peor. Peor que una risa frágil. Sonó a risa histérica.

Frunció el ceño y luego se tranquilizó al entenderlo todo. Abrió la boca, pero no habló mientras me soltaba la muñeca como si mi piel lo hubiera quemado.

Las palabras se enconaron y por fin se derramaron mientras retrocedía tambaleante hasta que golpeé la puerta con la espalda.

—¿Por qué no me dijiste que habías ido a ver a mi madre ayer? —Se me quebró la voz en aquella palabra poderosa—. Cuando estuviste conmigo anoche, ¿por qué no me dijiste que habías hablado con ella?

Comenzó a avanzar hacia mí, sus piernas largas surcaron rápido la corta distancia.

—No —dije, mi voz apenas era más que un susurro—. No te me acerques, Luc.

Se detuvo, con los ojos amatista infinitos abiertos de par en par.

—¿Qué te ha dicho?

—Oh, veamos. Me ha explicado que no me ha parido. Al parecer, ¿mi madre biológica murió de sobredosis? Bueno, si tan solo fuera adoptada, no sería nada grave, porque una madre no siempre es de sangre. —Me deslicé la mano por el pelo, alisando los mechones. El moño se había soltado y caía libre—. Pero según ella, solo ha sido mi madre los últimos cuatro años, y eso sí que es grave.

Luc cerró los puños a los costados del cuerpo.

—¿Y sabes qué? No la estaba creyendo, porque parecía una locura, pero luego se convirtió en una Luxen. Delante de mí.

Él cerró los ojos.

Un nudo se expandió en mi garganta y bajó hasta mi pecho.

—Pero tú ya sabías lo que era ella, ¿verdad?

No respondió.

—¿Verdad? —grité y oí que se me quebraba la voz. Levantó las pestañas.

—Sí, lo sabía.

—Por supuesto que lo sabías. ¿Y sabes qué más me ha contado esta mañana? Me ha contado por qué yo no tenía un rastro. Porque, en teoría, me dieron alguna clase de suero extraño —dije, tragándome el nudo—. Pero tú también sabías eso.

—Maldita Sylvia. —Exhalando con intensidad, Luc se apartó de la puerta y se sentó en el sofá—. No sabía que te lo iba a contar. Si lo hubiera sabido, habría estado allí.

Sentí un nudo en el estómago, retorciéndose en mi interior. Él habló como si de verdad esa fuera su intención, y una parte lejana de mí sabía que estaba diciendo la verdad.

—¿Para qué habrías estado allí, Luc? ¿Habrías estado allí para sostenerme la mano mientras ella me contaba que los recuerdos que yo creía tener no eran reales? ¿Para compartir un café con ella mientras me decía que mi nombre no es Evelyn Dasher?

Parecía que quería ponerse de pie, pero permaneció en su sitio.

—Habría estado allí para asegurarme de que estuvieras bien. Para ayudarte a entender quién...

—No digas que no soy Evelyn. Es quien soy. —Me flaqueó la voz—. Me llamo Evie.

—Lo sé. —Suavizó el tono—. Eres Evie.

Tensé los músculos.

—Entonces, supongamos que esto no es una especie de sueño y que es real. ¿Por qué no me has dicho la verdad? Has tenido oportunidades de hacerlo. En especial cuando me hablaste acerca de ella, acerca de lo que ocurrió. Podrías habérmelo contado en ese momento.

—Podría haberlo hecho. —Sus ojos buscaron los míos—. Pero ¿me hubieras creído? ¿De verdad? Si te hubiera dicho que en realidad eras Nadia Holliday, pero que habían borrado tus recuerdos, ¿me hubieras escuchado o te hubieras ido?

Respiré de forma irregular. La verdad era que no le hubiera creído. Ya me resultaba difícil creer a... mi madre. Cerré los ojos y moví la cabeza de un lado a otro.

—Si es verdad, ¿por qué me dejaste allí, por qué me dejaste con ellos? Se suponía que era tu mejor amiga del mundo. Dijiste que me ama... —Incapaz de terminar la frase, abrí los ojos de nuevo—. ¿Por qué me dejaste con ellos?

Sus pupilas se volvieron blancas.

—En realidad, nunca te dejé.

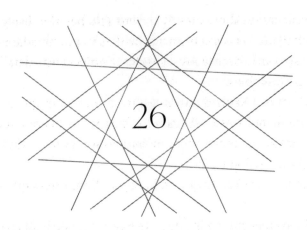

26

La presión me aplastó el pecho. La negación era la mejor defensa contra la confusión y el dolor crudo que crecían en mi interior. Moví la boca medio minuto sin emitir palabra alguna y luego, por fin, dije lo único que era apropiado:

—¿Es broma? ¿Es una broma muy mala que...?

—No es una broma. —La voz de Luc se volvió ronca—. Hice un trato con ellos para salvarte la vida. Fue la peor y la mejor decisión. La peor porque soy increíblemente egoísta. Y la mejor porque tuve que hacer algo increíblemente desinteresado.

—No...

—No lo recuerdas. Lo sé. Pero yo sí. Lo recuerdo cada puto día de mi vida.

Lo miré.

—No digas eso.

Le ardieron los ojos, brillantes.

—¿Has venido aquí esperando que ahora te mienta? —Se puso de pie—. Estoy harto de mentir. ¿Quieres la verdad? Nunca he dejado de pensar en ti. Nunca te he olvidado. Nunca he dejado de cuidarte. Tú me olvidaste, y está bien, porque no tuviste otra opción, pero...

—¡Basta! —grité—. Sé quién soy. Me llamo Evie. Siempre ha sido mi nombre.

Luc avanzó y me sujetó de los hombros.

—Escúchame. Ahora eres Evie, pero solo has sido Evelyn Dasher durante mil doscientos setenta y ocho días y aproximadamente ocho horas, y sí, podría decirte los segundos si quieres más detalles.

Separé los labios.

—Pero fuiste Nadia durante casi trece años antes que eso.

—Deja de decir eso. —Sacudí los brazos, los liberé y retrocedí—. Los recuerdos que tengo ahora mismo no son falsos. —Cerré las manos en puños—. Son reales...

—Prefieres la Coca-Cola y no la Pepsi. ¿Cómo crees que supe cuál darte?

La imagen de mi madre, de su reacción cuando había pedido una Coca-Cola, apareció en mis pensamientos al igual que lo que ella había dicho antes. Siempre bebía Pepsi, porque... eso es lo que siempre había en casa...

—Eso es lo curioso de lo que te hicieron. Borraron tus recuerdos, pero aún hay características innatas de tu personalidad. Aún hay partes de ti. —Cerró la distancia entre nosotros—. Sé que te gustan las películas de terror y que odias las que te hacen llorar.

—Felicidades, ¿has visto mi perfil de Facebook? —repliqué.

Luc sonrió, impávido.

—Siempre te ha interesado la fotografía, incluso antes. Solías lloriquear hasta que Paris te llevaba al río Potomac para que pudieras sacar fotos.

—Ni siquiera sé quién es Paris.

—Pero antes sí. Era como un padre para ti —prosiguió Luc—. Tienes el mismo tic nervioso.

Retrocedí, frunciendo el ceño.

—No tengo un tic nervioso.

—Sí, lo tienes. Te frotas las manos contra las caderas y las rodillas cuando estás nerviosa. —Alzó una ceja—. Ahora mismo lo estás haciendo.

Me aparté las manos de las caderas y luego crucé los brazos sobre el pecho.

—¿Todavía quieres que continúe? Siempre te toqueteas el pelo. Es otra de las cosas que haces cuando estás nerviosa o cuando no sabes qué hacer con las manos. —Dio un paso adelante, inclinando la cabeza a un lado—. Sé que no te gusta la pizza.

Me dio un vuelco el corazón mientras lo miraba.

—Heidi te lo ha contado.

—No. —Inclinándose para que su mejilla rozara la mía, dijo—: Pero tengo razón, ¿verdad?

Sí, pero no podía responder.

Luc estaba cerca, demasiado cerca, con su mejilla rozando la mía.

—Esto es algo que no recuerdas y que es imposible que Sylvia sepa. —Pasó un latido—. Fuiste mi primer beso.

Proferí un grito ahogado.

—Claro, éramos niños, así que no fue un beso propiamente dicho. —Retrocedió, el puente de su nariz me acarició la mejilla—. Fue mi beso favorito.

Cerré los ojos. Luc habló en voz baja.

—Y me mantuve alejado como le prometí a Sylvia, porque sabía que si no lo hacía, no sería capaz de apartarme. Permanecí cerca, pero nunca me acerqué a ti. Nunca te busqué. Tú fuiste la razón por la cual dejé a esos Origin con Daemon y los demás. No podía dejarte sola aquí. No durante años —prosiguió—. Siempre has sido la única prioridad que me ha importado.

Sentía que el suelo se movía bajo mis pies.

Recordaba mudarme a la casa de Columbia y recordaba mi primera fiesta de pijamas y el primer enamoramiento que tuve, y esos recuerdos...

Esos recuerdos estaban desdibujados y borrosos, existían al límite de la conciencia, y mientras intentaba invocarlos, se me escapaban de las manos.

¿Siempre había sido así?

Dios mío, no lo sabía, porque nunca había rememorado en detalle. No pensaba más allá de la invasión...

Aunque la recordaba. Recordaba el miedo y recordaba el modo en que las cosas eran antes, pero...

El pánico me invadió y pasé junto a Luc.

—No tienes recuerdos claros porque no son reales —dijo en voz baja— y nunca te lo habías cuestionado porque no tenías motivos para hacerlo.

—Basta —siseé, girándome hacia él—. Sal de mi cabeza.

—Es difícil hacerlo ahora mismo.

Deslicé las manos sobre mis caderas y luego me detuve cuando él me miró sagaz. Lo que Luc decía era demasiado para creer... Que tenía una vida entera que no podía recordar, que había muerto y me habían dado una segunda identidad.

Alcé el mentón.

—Entonces, ¿soy tu mejor amiga perdida y me dieron un suero superpoderoso que no solo me curó, sino que me borró la memoria e implantó impresiones falsas en mi mente, pero eso, de algún modo, no evita que tenga granos al menos una vez al mes?

Frunció el ceño.

—Bueno, sí y no. La fiebre te robó los recuerdos. No el suero.

—Pero ¿por qué me abandonaste? —grité, sorprendida por la crudeza detrás de la pregunta.

—¿Crees que quise hacerlo? —respondió en un grito, sorprendiéndome. Endureció las facciones—. Nunca confié en Sylvia o en Jason, y ellos no confiaban en mí, pero... estaba desesperado, y tú estuviste de acuerdo. «Una última oportunidad». Eso me dijiste, porque yo ya te había dado otros sueros y no habían funcionado. Luego, me hiciste prometer que me rendiría si no funcionaba. Me hiciste prometer que te dejaría ir para que el final fuera pacífico. —Su voz se perdió, se quebró un poco—. Y yo accedí.

Oírlo decir esas cosas, hablar de decisiones que se suponía que yo había tomado como esa... esa chica, Nadia, era más que irritante.

—Jason sabía que iría a buscarlo. Así que me buscó él primero. Negoció por su vida. Ofreció curarte, pero yo debía mantenerme lejos. Tenía grandes problemas con Jason, y él conmigo, pero era más que eso. La cura venía con un trato... —Un músculo comenzó a latirle en la mandíbula—. Tendría que renunciar a ti. Alejarme de ti, de la única amiga real que he tenido, de la única persona en la que había confiado de verdad. De la única persona que... —Dejó de hablar y negó con la cabeza—. Hice el trato. Me alejaría y permanecería lejos si tú estabas a salvo. Acepté. Tú también aceptaste, pero... no sabías que no me ibas a recordar, ni a mí, ni nada. Sabía que si te lo decía, no lo harías.

Retrocedí y luego moví la cabeza de un lado a otro de nuevo; no quería oír lo que estaba diciendo, pero sabía que no podía detenerlo.

—Acepté sus términos, pero permanecí cerca para asegurarme de que estuvieras bien y de que nada extraño te sucedía.

—Y, sin embargo, ¿me dejaste a cargo de personas en las que ni siquiera confiabas?

Luc se estremeció, se estremeció de verdad.

—Como te he dicho, estaba desesperado, pero eso no era parte del acuerdo original.

—¿Qué se suponía que sucedería conmigo después de que me borraran los recuerdos y me curaran? —Reí, tensa.

—Se suponía que irías con una familia, pero cuando salí de casa el día que despertaste de la fiebre, el querido Jason Dasher intentó anular el trato. Intentó matarme.

Dejé de respirar mientras un temblor me recorría el cuerpo.

—¿Lo...? ¿Lo mataste?

Apretó la mandíbula.

—Eso piensan algunos. Incluso quizás he permitido que las personas lo creyeran, pero no lo hice.

No podía apartar la vista de él. Mi mente llegó a la conclusión.

—¿Dices que...?

—Sylvia lo mató. Estaba allí cuando él me atacó. Se ocupó de él. Por ese motivo, permití que permanecieras con ella.

Mierda.

—Es demasiado. —Levanté las manos y me detuve, porque no sabía qué hacer con ellas.

—Sylvia prometió que te daría una buena vida, que sin importar lo que sucediera, te mantendría a salvo, y lo hizo. Acepté ese trato y ella lo cumplió. Lo sé porque nunca me fui en verdad. Siempre supe que estabas bien.

—Tú... ¿me vigilabas?

Luc no lo negó.

—Madre mía —dije sin aliento, incapaz siquiera de comprenderlo—. Esto no deja de empeorar.

Se le flexionó un músculo de la mandíbula. Pasó un minuto largo.

—Si tuviera que hacerlo todo de nuevo, lo haría. Maldita sea, no dudaría ni un segundo, lo haría de nuevo porque la única otra opción sería que no estuvieras de pie frente a mí... furiosa, pero respirando. Viva y tan preciosa que muero un poco cada vez que te veo.

Lo miré y, a pesar de que cada parte de mi ser quería negar lo que él decía, lo que había descubierto ese día, vi la verdad en su expresión tensa. La vi en el modo en el que suspiraba y la vi cuando hablé con ella. Con mi madre. La verdad había estado en sus lágrimas.

Me hundí, con la espalda apoyada en la pared. Sentía la piel demasiado tensa. Dios, era cierto. Era real, pero...

—Ya no soy ella. —Las lágrimas me cerraron la garganta—. No soy Nadia. Me llamo Evie.

Me miró a los ojos.

—Lo sé. Ella se ha ido —repitió—. Y tú estás aquí.

No... no podía lidiar con esto.

Tenía que salir de allí. Necesitaba tiempo. Necesitaba espacio. Con el cuerpo tembloroso, aparté la espalda de la pared y caminé hacia la puerta.

—¿A dónde vas? —preguntó, con voz ronca.

—No lo sé, pero, sin duda, lo averiguarás, ¿verdad? —Lo miré por encima del hombro—. Harás que alguien me siga. Solo te pido que no seas tú. Quiero que... permanezcas lejos de mí. —Me giré y abrí la puerta—. Desearía... desearía no haber venido nunca a esta discoteca.

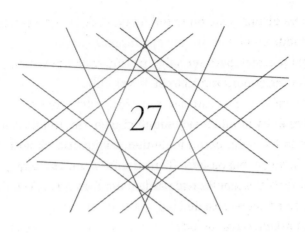

27

No fui a casa.

No fui al parque.

Conduje y conduje hasta que ya no pude concentrarme. A pesar de que mi vida era un tremendo desastre en ese instante, no quería atropellar por accidente a una familia de cuatro. Aparqué en un centro comercial y apagué el motor del coche. Apoyé la cabeza contra el asiento.

Ayer había estado preocupada por que un Origin psicópata pudiera matarme, y hoy toda mi vida se había hecho añicos.

Miré el techo.

—¿Cómo es posible?

Nada sonaba real, pero ¿por qué ella y Luc me iban a mentir? ¿Qué ganaban diciéndome que toda mi vida era una gran fachada?

Nada.

Una gran parte de mí sabía que era verdad. No había nada que ganar con las mentiras. Nada.

Cuando había sentido que el mundo estaba a punto de destruirse, no había notado que era mi mundo el que había estado a horas de la autodestrucción.

Cerré los ojos.

—Me llamo Evelyn. Me llamo...

No podía recordar cómo era ser una niña. En el silencio, hurgué a fondo en mis recuerdos. Había atisbos de aventuras y risas, el aroma a tierra húmeda y el sonido del agua que corría, pero nada concreto. ¿Cómo no lo había notado antes? ¿Podría ser tan simple como lo que

Luc había dicho? ¿Que no lo hubiera notado porque tan solo no había pensado en ello?

Sonaba irreal, pero no había pasado cada día rememorando los buenos viejos tiempos o algo así.

Me sonó el móvil, estridente en medio del silencio.

Busqué en la mochila y saqué el teléfono. Heidi. Pensé en responder la llamada, pero me detuve. Luc podría haberle contado a Emery lo que había pasado. O quizá solo era que no estaba en clase y Heidi se había escabullido al pasillo para llamarme. De todos modos, estaba demasiado cerca de Luc.

Demasiado cerca de todo.

Silencié el teléfono y luego vi varias llamadas perdidas y mensajes. Uno era de ella. Varios de Zoe. Uno de James. Metí el móvil en la mochila. ¿Heidi sabría lo que Luc me había dicho? Era posible. Podría habérselo contado a Emery y ella a Heidi.

Me ardía la garganta mientras inclinaba la cabeza hacia el volante. Intenté contener las lágrimas y cerré los puños, llevándome los codos hacia el estómago. El movimiento ni siquiera me causó dolor en el brazo.

El brazo que me había roto hacía menos de veinticuatro horas.

«Lo haría de nuevo porque la única otra opción sería que no estuvieras de pie frente a mí».

—Joder —susurré, el llanto me sacudió el cuerpo, pero no permití que las lágrimas cayeran. Me negaba a hacerlo.

Me sonó el teléfono otra vez. Maldiciendo, lo agarré y estuve a punto de lanzarlo por la ventanilla, pero vi que era Zoe. Miré la foto de ambas. Estábamos poniendo morritos en nuestra selfi.

Ella no tenía nada que ver con esto o con Luc.

Respondí, con voz ronca.

—¿Sí?

—¡Evie! Dios. —Hablaba en voz baja—. ¿Dónde estás?

Miré por la ventanilla.

—Fuera de Target. ¿Dónde estás tú?

—Escondida en el baño del instituto, llamándote. ¿Hay algún motivo por el que estés allí y no en clase? —preguntó—. Tu madre ha llamado a Heidi esta mañana, preguntando si habías venido.

«Mi madre».

—Hemos esperado hasta la hora de la comida para ver si aparecías, pero, como no has venido ni has respondido a ninguna de nuestras llamadas, hemos comenzado a asustarnos mucho —dijo—. Ya sabes, sobre todo teniendo en cuenta que están desapareciendo alumnas sin parar.

Debería haber pensado en ello.

—En especial porque he oído a alguien decir que un tipo te atacó en el aparcamiento después de las clases. Heidi me ha dicho que no era cierto, pero no estoy tan segura.

—No es cierto. —No quería preocuparla—. Estoy bien.

Hubo un segundo de silencio.

—Si estás bien, ¿por qué no estás en el instituto?

Me eché el pelo hacia atrás.

—Mi madre y yo... hemos tenido una discusión enorme esta mañana. No podía ir a clase.

—¿Sobre qué? —preguntó.

Apreté los labios mientras parpadeaba a través de las lágrimas calientes.

—Nada. —Tosí—. No es nada. Mira, no he comido. Iré a picar algo en Target.

—Espera. Puedo irme de aquí y reunirme contigo.

—No es necesario. Estoy bien.

—Evie...

Hice un gesto de dolor al oír mi nombre.

—Estoy bien. En serio. Vuelve a clase. Te escribiré después.

Sin darle oportunidad de discutir, corté la comunicación. Permanecí sentada durante unos instantes, y después tuve una idea repentina y desgarradora.

—Entonces, ¿quién se supone que es Evelyn Dasher?

Mejor aún, ¿existía siquiera?

Treinta minutos después, entré en mi casa. Estaba vacía y reinaba el silencio. El coche de mi madre no estaba. No era muy sorprendente que digamos. Conociéndola, seguro que estaba en el trabajo.

Me detuve en medio del salón. En realidad, no la conocía. En absoluto. Solo conocía lo que ella me permitía ver, lo cual era una mentira.

Tomé el candelabro de madera, el gris y blanco que aún no había usado en mis fotografías. Caminé hasta las puertas del despacho, las pateé y golpeé la ventana cuadrada de cristal junto al picaporte. El vidrio se rompió y cayó al suelo.

Introduje la mano en el agujero y abrí el pestillo la puerta. Una ráfaga de viento frío la abrió. Entré en la habitación y la vi por primera vez.

Parecía despacho normal. Había estanterías con libros de Medicina. Un escritorio impoluto de madera de roble oscura con un ordenador de escritorio junto a un calendario grande. Había cestos, cestos organizadores por doquier, debajo del alféizar de la ventana y en las estanterías.

Caminé hacia el más cercano, un cesto gris de tela que estaba debajo de la ventana. Me incliné, lo recogí, quité la tapa y vertí el contenido en el suelo. Los recibos volaron. Cientos de ellos. Fui a por el siguiente cesto, que pesaba más. Le di la vuelta y cayeron unos sobres junto a una pistola negra.

La pistola hizo ruido al caer.

—Madre mía —susurré, y dejé la pistola en donde había caído. Pasé sobre ella y me puse a trabajar. Le di la vuelta a cada cesto. A cada uno, y no encontré nada, ni una maldita cosa en ellos que me dijera quién era Evelyn Dasher o si existió.

No hasta que abrí el último cajón del escritorio, para lo cual tuve que usar un martillo que había encontrado en el garaje. En el proceso, la madera se astilló y no me importó en absoluto.

Un álbum de fotos.

Estaba viendo un puto álbum de fotos.

Se suponía que ninguno había sobrevivido a la invasión. Eso me habían dicho. Eso había creído que era la verdad. Sorpresa, sorpresa. Aquello también era una puta mentira.

Dejé caer el martillo en el suelo y luego recogí el álbum y lo llevé hacia la ventana. Me senté y grité. Me puse de pie y quité el cojín.

Otra pistola.

—¿Es una broma? —La agarré y la coloqué contra la pared. Después, volví a sentarme—. Joder.

Respiré hondo y abrí el álbum, y allí, en la primera página, había una foto de mi madre y de quien supe de inmediato que era Jason Dasher. Eran jóvenes, puede que tuvieran veintitantos años. Él vestía el uniforme militar con medallas y cosas brillantes en el pecho y el hombro. Ella tenía puesto un vestido blanco bonito y flores en el cabello.

No llevaba lentillas.

Sus ojos eran azules como esta mañana.

Con manos temblorosas, pasé las páginas brillantes. Había más imágenes de ellos en sitios que parecían lejos de aquí. Tropicales, supuse, a juzgar por las palmeras. Había algunas de ella vestida de verde militar. Fotografías espontáneas de ambos, y era evidente que habían tenido una relación. No sabía cuántas fotos había pasado antes de verla.

Evelyn Dasher era real.

Estaban los tres juntos.

Jason y Sylvia Dasher estaban de pie detrás de una niña que debía tener nueve o diez años más o menos. Ambos tenían las manos sobre los hombros de la niña. Despegué el plástico protector y sujeté la fotografía.

Tenía cara de querubín: redonda con mejillas grandes. También pecas como yo. Cabello rubio y largo. Ojos castaños.

—Dios mío —susurré. Se parecía a mí. La situación era como escalar el monte Everest del caos y clavar una maldita bandera en la cima.

No podía creer lo que estaba viendo.

¿Por ese motivo la puerta de su despacho siempre estaba cerrada con llave?

Dejé la foto a un lado y continué pasando páginas. Había más imágenes. Una fiesta con una tarta. Una vela del número ocho sobre ella. Había fotos de los primeros días de clase, fotos en las que ella llevaba un vestido azul con volantes y zapatos negros. Entre las páginas, había hojas en blanco, hojas donde debía haber habido fotos antes, porque las marcas perfectamente cuadradas resaltaban en contraste con el amarillo viejo del resto de la página.

Llegué a otra fotografía de cumpleaños. Ella tenía puesto un sombrero en forma de cono y a su lado estaba él: el hombre cuyo rostro no recordaba, cuya voz no oía. Pero esa no fue la parte de la imagen que fue como una puñalada innegable en mi pecho.

Detrás de ella, colgado del techo, había un cartel brillante. Tenía unicornios a cada lado de las palabras, palabras que decían: «FELIZ CUMPLEAÑOS, EVELYN».

Evelyn.

Esa no era yo.

Parecía yo, podríamos haber sido primas, pero no era yo.

«Todas estas fotos y no hay ninguna de tu infancia».

Luc me había dicho eso. Luc había dicho muchas cosas. Me tembló la mano mientras la foto se volvía borrosa. ¿Cómo se suponía que...? ¿Cómo se suponía que iba a procesar esto?

¿Cómo se suponía que lo iba a comprender?

Que sostenía una fotografía de Evelyn Dasher y que ella no... No era yo.

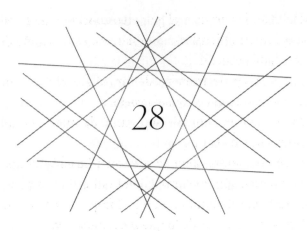

28

—Toma. —James colocó un vaso de plástico rojo frente a mí—. Parece que te vendría bien esto.

Sentí el fuerte olor a alcohol y fruncí el ceño.

—¿Qué es?

—Solo pruébalo. —James se sentó en una tumbona y estiró las piernas—. Hazme caso. Te olvidarás durante un rato de lo que sea que tengas en mente ahora mismo y de lo que te niegas a hablar.

Lo había olvidado, porque no iba a lidiar con ello en este instante. Nop. Era la Capitana Negación en ese momento.

Había dejado el álbum y aquella imagen de los tres juntos en el alféizar de la ventana y había salido de casa. A esa hora, las clases ya habían terminado y llamé a la única persona que rara vez me generaba la tentación de hablar de mis problemas.

James.

Había olvidado la fiesta de Coop hasta que James me dijo que nos reuniéramos allí.

Así que ahí estaba, sentada junto a una piscina como si toda mi vida no se hubiera destruido esa mañana, fingiendo que no había visto a Grayson por el espejo retrovisor mientras aparcaba. Lo ignoré y él me ignoró a mí. Perfecto.

No sabía qué iba a hacer esa noche, pero no quería volver a casa. Miré a James. Seguro que él me dejaba dormir en su casa; entraríamos a escondidas delante de las narices de sus padres.

Pero eso sería un poco raro.

Oír las risas, los gritos y el golpeteo constante de la música que provenía del interior de la casa también era algo extraño después de todo lo que había ocurrido.

Bebí un sorbo y me arrepentí de inmediato. El fuego me bajó por la garganta y cayó en mi estómago vacío.

—¿Qué tiene esta bebida? —pregunté de nuevo, sacudiéndome una mano delante de la cara.

James se rio mientras alguien se zambullía en la piscina del patio y llamaba mi atención. El clima no era tan cálido como para nadar, pero eso no había detenido a nadie. Tampoco la falta de trajes de baño. Veía muuucho más de lo que necesitaba ver.

Tomé asiento junto a las piernas de James, para mantenerme lejos del agua fría.

—Un poco de esto y un poco de aquello.

Fruncí el ceño.

—Sabe a gasolina... A gasolina en llamas.

—No está tan mala.

Fruncí los labios, negué con la cabeza y luego me incliné sobre sus piernas para apoyar el vaso en la mesa.

—Está horrible.

—Qué poco aguante tienes. —Me golpeó la cadera con el pie—. Bebe.

—Nah. Creo que paso. —Crucé los brazos en mi regazo—. Tengo que conducir.

—Siempre puedes quedarte a dormir aquí —sugirió—. La mitad de los presentes lo harán.

Moví la cabeza de un lado a otro mientras mis ojos regresaban a la piscina. Vi a April de pie al otro lado, con los brazos cruzados sobre el pecho mientras su boca parecía moverse a mil kilómetros por hora. Un grupo pequeño la rodeaba, evidentemente cautivados por la porquería odiosa que estaba escupiendo.

Aparté la mirada de ella hacia quienes estaban en el agua. Muchos rostros sonrientes. Era casi como si Colleen y Amanda no hubieran muerto. Quizás no era justo.

O quizá solo estaban divirtiéndose, relajándose para recordar que ellos aún estaban muy vivos. Bajé la vista al vaso, pero lo que fuera que el diablo había mezclado en esa bebida no probaría que yo estaba viva, que era real y no un fraude. Si bebía, era probable que lo empeorase todo.

¿Qué iba a hacer?

¿Podía irme a casa, dormir y despertar mañana fingiendo que todo estaba bien? ¿Cómo podría hacerlo?

—¿Puedo hacerte una pregunta?

—Claro —respondió James. Exhalé fuerte.

—¿Qué harías si descubrieras que no eres en realidad James?

—¿Qué? —Rio. Sonaba estúpido.

—Olvídalo.

Me miró un instante y luego enderezó la espalda.

—¿Si descubriera que soy adoptado o algo así?

Sí, no. Esa no era mi pregunta, porque el asunto no se parecía en nada a una adopción. No me hubiera molestado eso. Me hubiera sorprendido. Pero no me hubiera molestado. Levanté un hombro.

—Eso no es lo que estás preguntando. —Dejó caer los pies hacia el patio a mi lado—. ¿Te refieres a si descubriera que no soy yo?

—Sí —susurré.

Frunció el ceño bajo la luz titilante de una antorcha tiki cercana.

—¿Por qué preguntas algo así?

—No lo sé. —Fingí indiferencia casual—. He leído en internet un artículo sobre eso antes. Ya sabes, una de esas... historias de secuestros. —Vaya, estaba orgullosa de lo rápido que me lo había inventado—. Donde secuestran a un niño pequeño y, básicamente, le dan una nueva identidad.

—Ah. —Se deslizó los dedos por el pelo—. Supongo que querría averiguar quién soy y por qué me llevaron. Esperaría que hubiera una buena explicación para ello. No algo espeluznante. —Hizo una pausa—. Aunque dudo que alguna vez exista un motivo no perturbador para secuestrar a un niño.

No me habían secuestrado.

Me habían entregado... para salvarme.

Tragué con dificultad y dejé caer la cabeza hacia atrás. Las estrellas brillaban con intensidad, cubriendo el cielo. En alguna parte, allí arriba, estaba el lugar de donde habían venido los Luxen. Qué locura.

—¿Evie?

Respiré hondo y luego sacudí los hombros.

—¿Sí?

—¿Estás bien?

—Perfectamente. Solo estoy de un humor extraño. —Era hora de marcharme antes de que hiciera algo estúpido, como contarlo todo, por ejemplo. Me puse de pie, tenía que ir al baño—. Ahora vuelvo.

—Más te vale.

Agitando la mano, me giré y avancé alrededor de la piscina y a través del porche y entré en la casa. La cocina estaba llena y el aire era pegajoso y olía a perfume y a cerveza derramada.

Las fiestas de Coop eran populares, así que aquello estaba lleno de gente. No sabía de qué trabajaban sus padres, pero nunca estaban en casa los fines de semana, y su casa era inmensa. Por desgracia, había cola para el baño del piso inferior, así que atravesé lo que creía que era suelo de mármol y me sujeté con firmeza al pasamanos mientras subía las escaleras.

No me sorprendió mucho ver que el pasillo de arriba no estaba vacío. Me puse de lado y pasé junto a una pareja que parecía estar a segundos de hacer un bebé allí mismo y junto a dos chicas que parecían a punto de vomitar por todas partes. *Puaj.*

Un momento.

Me detuve y miré por encima del hombro. ¿El chico era Coop? A juzgar por el cabello claro y el rostro, estaba bastante segura de que era él. Era su casa. ¿Por qué no estaba en, no sé, su habitación? Por un instante, me invadió la envidia. Bueno, no por él. Solo por cualquiera que no hubiera descubierto que era una chica muerta.

Bueno, Nadia no había muerto. Ese era el quid de la cuestión. ¿No? Negué con la cabeza y comencé a caminar de nuevo.

—Baño, baño —susurré, manteniendo los brazos cruzados firmemente sobre el pecho—. ¿Dónde estaría si fuera un baño?

Quizás lejos, muy lejos de aquí.

Pasé junto a algunas puertas que estaban entreabiertas y vi una cerrada al final del pasillo que suponía que era el baño. Caminé más rápido, pensando que tal vez no llegaría. Por suerte lo hice, porque era un baño. Pocos minutos después, me estaba lavando las manos.

Me sequé las manos con una toalla cercana y miré mi reflejo. Tenía las mejillas un poco sonrosadas. Era mi rostro. Mi cabello. Mi boca. Era Evie porque... me habían dicho que era ella. Cerré los ojos.

¿Qué iba a hacer?

No podía permanecer en el baño toda la noche. Aunque al menos eso sería un plan. Abrí los ojos de nuevo y me aparté del tocador. Abrí la puerta y salí al pasillo. Coop y quien fuera la chica a la que prácticamente le estaba engullendo el rostro todavía estaban al final del pasillo, ignorándome por completo. Pero las chicas pálidas y nauseabundas se habían ido. Había comenzado a caminar y estaba a mitad del pasillo cuando oí una voz.

Zoe.

—Creo que no deberías estar aquí ahora —dijo.

¿Qué narices? Me detuve. Zoe nunca se pasaba por estas fiestas. Nunca. ¿Qué hacía aquí?

Coloqué una mano en la pared y me esforcé por oír lo que decía y con quién hablaba.

—Quizás lo mejor es que te hagas a un lado —prosiguió Zoe—. Dale tiempo. Esto es un problema gordo y lo tenemos controlado.

Contuve el aliento, esperando oír la respuesta.

Y llegó en forma de un tono grave y levemente melódico que era familiar, demasiado familiar.

—Lo único que he hecho es darle tiempo.

Se me quedó atascada la respiración en el pecho y, por un breve segundo, me quedé en blanco. Fue como si hubiera apagado un interruptor que apartara todos los pensamientos de mi cabeza. Conocía esa voz. No tenía sentido, pero conocía esa voz.

Era Luc.

—Lo sé —respondió Zoe en voz baja.

Dios mío, Zoe estaba hablando con Luc.

Ni siquiera sabía por dónde empezar. Luc nunca había mencionado a Zoe y ella a él tampoco, y yo había hablado sobre él con ella antes. ¿Por qué no me dijo que lo conocía?

¿Por qué Luc no...?

Un escalofrío me recorrió la columna mientras me alejaba de la pared. Solo había un motivo por el cual ella nunca me lo hubiera dicho. Caminé hacia la puerta y la golpeé con el puño hasta abrirla.

—¡Hola! —chillé, entrando en la habitación hecha una furia—. Qué curioso veros aquí.

La sorpresa atravesó el rostro de Luc, y verlo hubiera sido divertido en otras circunstancias.

—Mierda.

Todo el cuerpo me temblaba mientras centraba la atención en Zoe. Tenía los ojos tan abiertos que podrían habérsele salido del rostro.

—Bueno, supongo que esta amistad no es reciente, ¿verdad?

Zoe dio un paso al frente.

—Evie...

—¿Estás segura de que ese es el nombre que quieres usar?

Su bonito rostro se puso tenso.

La puerta se cerró detrás de mí y entrecerré los ojos mirando hacia Luc.

—Quiero saber qué narices está sucediendo aquí, porque estoy a punto de volverme loca. Y me refiero a la clase de locura que atraerá mucha atención.

—Estamos aquí porque tú has venido —habló Zoe—. Las cosas son un poco peligrosas ahora, con el Origin...

—Él no me importa. —Cerré los puños y miré a Luc—. No me importa nada de eso ahora mismo. Te dije...

—Sé lo que me dijiste —respondió él, con sus facciones afiladas—, pero no te dejaré desprotegida hasta que sepa que estás a salvo.

—Grayson me ha seguido hasta aquí. Así que no estoy desprotegida y no hay razón para que tú estés aquí. ¿O sí?

Luc apretó la mandíbula.

—Podemos explicártelo todo, pero creo que primero tenemos que ir a otra parte.

Estaba jadeando.

—No iremos a ninguna parte. ¡Quiero saber por qué estáis aquí hablando!

—Porque soy como él —respondió Zoe, y luego, por segunda vez en un día, vi a alguien quitarse las lentillas. Los ojos de Zoe eran del mismo tono que los de Luc.

Me quedé boquiabierta.

Sentí que había pasado un minuto entero antes de que pudiera hablar.

—Joder, ¿estás de broma? ¿Acaso no hay ni una sola persona a mi alrededor que no me haya mentido? Mi madre. Heidi. Él. —Apunté el dedo en dirección a Luc—. ¿Y ahora tú?

—¿Heidi? —preguntó Zoe, frunciendo el ceño.

—No me dijo que Emery era una Luxen.

—Ah —dijo ella, parpadeando—. Heidi no me lo ha dicho. No sabe lo que soy o que conozco a Emery.

Levanté las manos en el aire.

—¿Se supone que eso mejora las cosas?

—No. —Se avergonzó—. Pero tampoco es que todos lo supiesen menos tú.

Luc dio un paso al frente.

—Evie...

—Tú. Cállate.

Él dejó de hablar, pero no parecía contento al respecto.

—¿Y tú? ¿Eres una Origin? —Cuando ella asintió, reí y fue un sonido espeluznante—. Creía que todos los Origin...

—Te dije que algunos aún estaban por aquí. —Luc sabía a dónde iba con mis palabras—. Te dije que algunos estaban bien.

Ni siquiera podía lidiar con todo aquello. Centré de nuevo la atención en Zoe.

—¿Y hace cuánto conoces a Luc?

—Hace un poco más que tú —respondió y unió las manos frente a ella—. Y no me refiero a Evie. Os conocí a ambos aproximadamente al mismo tiempo.

Pasmada, lo único que podía hacer era mirarlos.

—¿Qué?

—Creo que este no es el mejor lugar para esta conversación. —La voz de Luc fue gentil—. Has pasado por muchas cosas hoy.

La presión me aplastó los pulmones cuando me giré hacia Zoe.

—¿Qué quieres decir, Zoe?

Su rostro se contorsionó con compasión y eso... me aterró.

—Te conocí antes de que fueras Evie.

—¿Qué? —chillé y abrí los puños a los costados de mi cuerpo. Ella asintió.

—Nos vimos tres o cuatro veces, cada vez que veía a Luc después de que él... Bueno, es una larga historia. Pero ¿nosotros tres? Solíamos jugar juntos al Mario Bros.

—Yo siempre ganaba. —Luc sintió la necesidad de añadir algo en ese momento.

—Y cuando... te convertiste en Evie y te quedaste con Sylvia, vine a Columbia —explicó—. Luc no podía estar cerca de ti. Ese era el trato que había hecho, pero el trato no me implicaba a mí.

Abrí la boca y las piernas por poco me abandonaron.

—¿Dices que...? ¿Dices que te hiciste mi amiga a propósito para poder vigilarme? Eso es...

—No —insistió rápido—. Nos conocíamos de antes. Ya éramos amigas. No extremadamente cercanas, pero te caía bien.

Luc asintió.

—Te caía bien. Todos... todos te caían bien. Incluso Archer. No recuerdas esto, pero lo conociste la primera vez que salió al mundo real y fue algo socialmente muy incómodo. Comiste picos de pan con él.

Recordaba al Archer de la discoteca. No al Archer con quien... había comido picos de pan.

—Creo que eso no ayuda, Luc —dijo Zoe.

Pasaron varios minutos en los que no sabía si quería reír o llorar. O gritar. Gritar hasta tener la voz ronca sonaba como un buen plan a estas alturas.

—Cuando me has llamado hoy, mientras estabas en el instituto..., ¿ya sabías lo ocurrido? —Me tembló la voz.

—Luc me había llamado y me lo había contado —admitió ella—. Debería haber dicho algo en ese instante. Iba a hacerlo. Lo juro. Pero no quería que fuera por teléfono.

—Sí, porque hacerlo en persona es más fácil. —Inhalé, pero no ayudó a disipar el mareo repentino—. Por esto nunca has venido a mi casa cuando mi madre estaba allí, ¿verdad?

Tuvo la decencia de parecer avergonzada.

—No podía arriesgarme a que descubriera qué era yo.

—¿Porque siempre supiste que era una Luxen?

Zoe asintió.

Mirándolos, noté que no los veía. Ya no.

—Necesito... necesito espacio.

—Lo entiendo, pero...

—No lo entiendes —interrumpí a Zoe—. ¿Cómo podrías comprender algo de... todo esto?

Comenzó a hablar, pero ya no podía estar en aquella habitación. No podía estar cerca de ellos. Era demasiado. Mis piernas avanzaron y me giré, aliviada cuando vi que la puerta estaba abierta.

Me topé con la pareja y pasé entre ellos. Susurré una disculpa y corrí por el pasillo. El corazón me latía desbocado mientras bajaba la escalera en espiral y sentí..., Dios mío, sentí náuseas. Como si fuera a vomitar.

El dolor salió a la superficie mientras me abría paso entre los cuerpos danzantes en dirección hacia la puerta. No podía lidiar con esto. Era demasiado. La decepción se arremolinó en mi estómago y me recorrió las venas como agua turbia.

Zoe era mi amiga más lógica. Era en quien confiaba siempre para que me detuviera antes de hacer algo estúpido y era la última persona que había esperado que me mintiera.

Pasé junto al borde de la piscina llena de gente, ignoré a los que me llamaban a gritos y continué caminando. Abrí la puerta y recorrí el sendero de la entrada, con las manos cerradas en puños otra vez. Llegué a la calle, me detuve y observé las casas oscuras en la acera de enfrente.

—¿Dónde narices he dejado el coche?

Al final de la calle.

No sabía a dónde iba a ir. Solo avanzaría. Quizás tomaría la interestatal y conduciría al oeste, sin parar, hasta quedarme sin gasolina. Suponía que...

«Evie...».

Se me erizó todo el vello del cuerpo. Mi nombre. Había oído mi nombre, pero no lo habían... No sonaba como si lo hubieran dicho en voz alta. Más bien había aparecido en mi cabeza, pero no tenía sentido.

Vale.

Habían pasado muchas cosas en las últimas veinticuatro horas. Un ataque. Un brazo roto y curado. Había descubierto que ni siquiera era Evie. Así que no debería sorprenderme por oír voces. Eso parecía lo más coherente que estaba sucediendo.

«Evie...».

Allí estaba de nuevo. Me detuve y fruncí el ceño. ¿Qué narices?

Despacio, me giré a pesar de que cada parte de mi ser gritaba que debería regresar corriendo a la fiesta, pero no hice eso. Me bajé de la acera.

—¿Hola?

Miré la carretera y la acera, pero solo vi coches. Caminé hacia la esquina, permaneciendo cerca de la pared. Llegué a la esquina y miré al otro lado. Nada. Nada en absoluto... Bajé la mirada.

Algo yacía allí. Como una pila de ropa. Me acerqué, entrecerrando los ojos. Los postes de luz proyectaban un resplandor tenue y me puse de rodillas. Las prendas parecían arrugadas, pero tenían forma. Inhalé de forma abrupta y percibí el olor a... carne quemada.

Retrocedí y trastabillé a un lado. No eran solo prendas. Dios mío, no era ropa en absoluto. Había dos piernas estiradas en un ángulo raro. El torso retorcido hacia un costado, la boca abierta y la piel con quemaduras. Había dos cuencas quemadas en donde deberían estar los ojos. Todo el rostro estaba incinerado.

Inhalé bocanadas de aire contaminado mientras giraba deprisa. El horror me invadió. Dios, era un cadáver, un cadáver como el de Colleen y Amanda, y los cuerpos de esa familia. Me giré y busqué a ciegas el teléfono y la picana, pero me había dejado ambos en el coche.

Porque era una idiota en medio de una crisis mental...

La farola de la calle estalló en una lluvia de chispas. Giré mientras la farola de la acera de enfrente también estallaba. Una detrás de otra, a lo largo de toda la calle, las luces explotaron y sumieron la calle entera en la oscuridad.

Con la boca seca, retrocedí y luego me giré. La oscuridad cubría la acera y ocultaba los vehículos estacionados a lo largo de la calle. Estaba tan oscuro que sentía que había perdido la visión. Exhalé fuerte, y mi aliento salió como una nube húmeda en el aire. Unos escalofríos me recorrieron la piel. Sentía que la temperatura había descendido seis grados o más.

Él había regresado... Madre mía, era una idiota e iba a hacer que me asesinaran.

De pronto, la oscuridad cambió y... latió, se expandió y se hizo profunda, y se acercó hacia mí en bucles espesos. El aire gélido se arremolinó a mi alrededor, elevó los mechones que me caían por los hombros y los empujó sobre mi rostro. Un grito de sorpresa brotó de mí mientras la cosa tomaba forma ante mis ojos.

Oh, mierda.

No era una sombra o mera oscuridad. Ni siquiera creía que fuera el Origin psicópata. Era algo salido de una pesadilla. ¿Era un Arum? Emery y Kent habían dicho que parecían sombras, pero oír cosas sobre ellos y ver algo parecido a ellos eran dos cosas distintas.

El instinto cobró vida de nuevo y exigió que lo escuchara, y esta vez, lo hice. Me di la vuelta y comencé a correr lo más rápido posible. Atravesé la noche, ciega en la oscuridad absoluta. Me invadió el pánico, pero continué avanzando...

Mis piernas y caderas golpearon algo rígido... algo metálico. El impacto me dejó sin aire en los pulmones y me fallaron las piernas. Grité mientras perdía el equilibrio y caía hacia atrás. Levanté los brazos, pero no había nada a lo que aferrarme excepto el aire frío.

Caí rápido, mi espalda y mis hombros golpearon la acera un segundo antes de que mi nuca chocara contra el cemento. El dolor intenso me estalló en la base del cuello y del cráneo, y me envió descargas de dolor insoportable hacia los labios. Vi un estallido luminoso detrás de mis párpados y... después no vi nada.

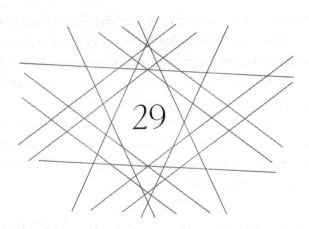

29

Por segunda vez en no sabía cuántas horas, desperté sin saber cómo había llegado a donde estaba, pero reconocí aquellas malditas paredes de ladrillo.

El apartamento de Luc.

Me incorporé doblando el cuerpo y miré la habitación poco iluminada. Por un instante, creí que estaba sola hasta que vi a Luc incorporándose del sofá como un fantasma.

—Estás despierta —dijo, con voz inexpresiva. Distante. Avancé hasta el borde de la cama.

—¿Por qué estoy aquí?

—Bueno... —Rodeó el sofá y se detuvo al borde de la plataforma elevada—. Creo que has perdido la conciencia al... chocar contra un coche aparcado mientras corrías.

—¿Ah, sí? —La imagen fugaz de mi carrera en pánico en mitad de la oscuridad apareció. Suspiré—. Así es.

—Has recibido un golpe muy fuerte en la cabeza. —Inclinó el cuerpo hacia el respaldo del sofá y permaneció en las sombras de la habitación—. No estabas herida de gravedad, pero... te he curado.

—¿Con tus dedos especiales, mágicos y curativos?

—Algo así.

Me eché el pelo hacia atrás. No podía creer que hubiese perdido la conciencia al chocar contra un coche. Era oficial: el universo me odiaba.

—Una vez, conocí a una chica que se chocó contra un camión que iba a toda velocidad —dijo—. Bueno, esa es la historia que oí.

Chocarse contra un camión en movimiento sonaba mucho mejor que chocarse contra un coche aparcado y perder la conciencia.

—¿Se supone que eso me hará sentir mejor?

—De hecho, no. —Hizo una pausa—. Estábamos detrás de ti. Zoe quería darte espacio. Bueno, la ilusión de espacio. No debería haberle hecho caso. Si tan solo hubiera ido a buscarte, no habrías visto eso.

Lo miré; el estómago me dio un vuelco.

—El cuerpo...

—Han llamado a la policía. Creo que aún están allí. Han cancelado la fiesta.

Un estremecimiento me recorrió.

—¿Has oído... quién era?

—Sí.

Cuando no dijo nada más, el pánico apareció. Me sujeté las rodillas.

—¿Quién era?

—Un chico que iba a tu instituto. Creo que se llamaba Andy. Al menos eso ha dicho Zoe.

—Joder —susurré, apartando la vista. Andy era uno de los chicos que había mirado con malicia al Luxen joven de mi instituto. Lo que sabía acerca de Andy no era bueno, pero no quería que ni él ni nadie muriera de ese modo. Era terrible.

Me crucé los brazos sobre el estómago.

—Eso empeorará mucho las cosas en el instituto.

—Probablemente —concordó—. El Origin debe haberte seguido hasta allí.

Fruncí el ceño.

—Pero no creo que haya sido él. Vi algo allí. Creo... No, sé que he visto a un Arum.

—¿Qué? —Se apartó del sofá y se acercó a la plataforma. Me apreté las rodillas.

—Era como Kent y Emery dijeron que sería. Primero pensé que eran sombras, pero luego las sombras se movieron y tomaron forma. Bajó la temperatura y... había algo allí. —Temblé—. Por eso corrí.

—Un Arum no puede matar a un humano de ese modo. Pueden asimilar parte de las habilidades de los Luxen si se alimentan, pero cuando matan a un humano, no es como lo ocurrido con ese chico. Tiene que haber sido un Luxen o un Origin. —Hizo una pausa—. O quizás un híbrido, pero consideremos los primeros dos sospechosos posibles. Y ya sabemos que hay un Origin furioso asesinando personas.

—Sé lo que he visto. No ha sido mi imaginación. Y antes de ver el cuerpo, oí mi nombre, pero...

—¿Estaba dentro de tu cabeza? —Me interrumpió—. Los Arum, cuando están en su verdadera forma, hablan en diferentes ondas sonoras. Suena como si estuviera en tu cabeza, pero ese es el modo en que tus oídos humanos procesan el sonido. Aunque eso no explica cómo es posible que un Arum sepa tu nombre.

—No. —Alcé un hombro—. Pero quizás otro de mis amigos sea un Arum. Podría ser James.

Resopló.

—Los Arum no interactúan con humanos a ese nivel. Permanecen con los suyos. En general en lugares oscuros y húmedos.

—Tendré que creer en tu palabra. —En cuanto dije esa frase, me puse tensa. No podía confiar en lo que decía. No ahora. Luc exhaló con brusquedad.

—El Arum podría haber percibido al Origin. Podría haberlo rastreado, pero en vez de encontrar al Origin, el Arum te encontró a ti.

—Y yo corrí.

—Y chocaste contra un coche aparcado.

Lo fulminé con la mirada.

—Correr fue inteligente. Es lo que tienes que hacer si alguna vez te encuentras cara a cara con un Arum o un Luxen que intenta hacerte daño —afirmó—. Es imposible que luches contra ellos. No existe un entrenamiento que un humano pueda hacer para ser capaz de vencer a uno. Sigues viva porque echaste a correr.

—Bueno, esta conversación me hace sentir mucho mejor sobre todo.

—Es solo la verdad. No lo digo para hacerte sentir mejor.

Muy bien, entonces. Miré el reloj de la mesita de noche y vi que aún no era ni medianoche.

—¿Dónde...? ¿Dónde está Zoe?

—Está aquí. No en la discoteca, dado que está abierta, pero está aquí. —Pareció que tensaba los hombros—. ¿Quieres que la busque?

—No —respondí rápido y me puse de pie—. No quiero verla.

Luc se cruzó los brazos en el pecho.

—No seas tan dura con ella.

—¿Perdona? —Me giré despacio hacia él.

—No seas tan dura con Zoe. Ella se preocupa por ti...

—¡Me ha mentido! ¿Estás hablando en serio?

—Zoe te ha mentido, porque ¿qué podría haberte dicho, Melocotón? No había nada que ella pudiera hacer sin que pensaras que estaba loca. Se suponía que nunca averiguarías la verdad.

—Pues, lo he hecho, ¿no? —La furia aumentó rápido—. Y no me llames así.

—El hecho de que ella sea una Origin y que sepa la verdad sobre tu identidad no cambia que sea tu amiga.

En lo profundo de mi mente, sabía que Luc estaba en lo cierto. Mierda, quizás tenía razón, pero no estaba lista para afrontarlo.

—La cosa es que todas las personas a las que conozco y que me importan me han estado mintiendo. Eso no es algo que sea fácil de perdonar.

—Pero podrías intentar comprenderlos.

Presioné los labios y moví la cabeza de un lado a otro.

—Lo que tú digas.

—¿Lo que yo diga? Bien. Hablemos de otro asunto importante.

—Oh, genial —repliqué—. No puedo esperar a oírlo.

Él me ignoró mientras subía a la plataforma.

—¿En qué se supone que estabas pensando? Hay un Origin psicópata suelto y ¿qué haces? Te pasas el día conduciendo por ahí, prácticamente con un cartel de neón que dice «VEN A ROMPERME EL OTRO BRAZO».

—Yo...

—Luego vuelves a casa, la dejas hecha un puto desastre, le das un susto de muerte a Sylvia y haces que piense que te ha pasado algo.

Abrí los ojos de par en par.

—¿Cómo sabes eso?

—Porque estaba allí, vigilando para asegurarme de que no terminaras muerta.

—Dios mío, ¡eso está mal! Te dije que no quería que tú lo hicieras. Podrías haber enviado a Grayson o a Daemon...

—Estoy bastante seguro de que la escena que has montado esta mañana ha sido castigo suficiente para Daemon —replicó con los ojos ardiendo—. Y luego te vas a una fiesta. A una fiesta, sabiendo que hay un Origin que parece que quiere usarte para cumplir con una especie de venganza de lo más cliché. ¿Estás loca?

Estaba a cinco segundos de estarlo.

—¿Por qué narices estoy aquí contigo? Te dije que no quería volver a verte.

Curvó los labios con una sonrisa de superioridad.

—Entonces, ¿quieres que te lleve a casa con Sylvia?

—No.

—Pues, felicidades, te quedas aquí conmigo.

Me volví hacia él y cerré los puños.

—Eso no significa que deba permanecer aquí de pie escuchándote.

—Joder, claro que sí. Lo que has hecho esta noche al irte a esa fiesta ha sido absoluta y completamente...

—¿Quieres usar otro adverbio más?

—Sí. —Apretó la mandíbula—. ¿Qué tal irresponsable, imprudente y negligentemente inmaduro?

Inhalé de modo irregular.

—Te comportas como si estuviera exagerando porque acabo de enterarme hoy de que mis padres se van a divorciar.

—No creo que estés exagerando. Ni siquiera puedo imaginarme lo que piensas o sientes, pero eso no significa que hayas tomado buenas decisiones hoy. —Los labios de Luc formaron una línea delgada y rígida—. ¡No me he pasado la mitad de mi vida intentando mantenerte viva para que lo tires todo por la borda, joder!

Inhalé, y algo, algo estalló en mi interior, como un perdigón, y me detuve frente a su rostro y coloqué las manos sobre su pecho. Él me sujetó las muñecas.

—¡No te pertenezco, Luc! ¡Mi vida no te pertenece! Sin importar lo que hayas hecho por mí.

Luc retrocedió como si lo hubiera abofeteado.

—Nunca dije que lo hicieras.

Me estaba temblando todo el cuerpo.

—Quiero dejarte algo muy claro. Me llamo Evelyn. Puedes llamarme Evie. Esa es quien soy, sin... sin importar quién solía ser.

—Lo sé —respondió, solemne; su mirada jamás abandonó la mía—. Nadia no existe. Ya no.

No supe exactamente qué ocurrió después. Quizás él tiró de mis manos hacia su cuerpo, o quizás fui yo, pero, de pronto, mis palmas estaban contra su pecho. Él llevaba puesta una camiseta, pero el calor de su cuerpo parecía arder a través de la prenda, quemándome las manos.

Ninguno de los dos hizo movimiento alguno.

Ambos parecíamos paralizados, y entonces Luc se movió. Movió una mano, la colocó sobre la mía, sobre la mano apoyada sobre su corazón.

Clavé la mirada en sus ojos y me resultó difícil respirar. El aleteo regresó a mi pecho alterado y sofocó la sensación devastadora que amenazaba con hundirme y nunca permitir que saliera a la superficie de nuevo. El aleteo se convirtió rápidamente en algo más, un ardor y un cosquilleo que se extendía mucho más abajo.

Me aferré a su camiseta con los dedos. ¿Qué estaba haciendo yo?

Luc, bueno, era Luc. Ni siquiera era humano. Mientras lo miraba, tuve que admitir que había dejado de importarme que no fuera humano después de la primera vez que lo había visto con el torso desnudo.

Era así de superficial.

Lo aceptaba completamente.

Como fuese.

Pero ¿en qué estaba pensando?

Estaba pensando en ponerme de puntillas y besarlo. En eso estaba pensando. Y ya no quería pensar en... quién era yo de verdad o en todas las mentiras que ahora conformaban mi vida.

Solo quería sentir, sentir lo que nunca había sentido cuando estaba con Brandon. Solo quería sentir, sentirme real. Sentir que era una persona que existía y que tenía un pasado y un futuro.

Los ojos de Luc ardieron de pronto en un tono violeta profundo e impresionante. Bajó la mirada hacia mi boca. Una emoción intensa le atravesó el rostro. Luc me soltó la mano y retrocedió, pero, por primera vez, fui más rápida que él. Estiré el cuerpo, deslicé las manos por su pecho hacia sus hombros y llevé mi boca a la suya.

Besé a Luc.

El primer contacto de nuestros labios fue como tocar un cable pelado. Dardos de placer salieron disparados por mis venas mientras el aleteo en mi pecho descendía más. Mis labios cosquilleaban debido al contacto y me ardía la piel, y Luc... tan solo permaneció de pie allí, quieto como una estatua.

No me estaba correspondiendo el beso.

No estaba haciendo nada.

Dios santo, ¿qué estaba haciendo yo? Estaba besando a Luc y él ni siquiera me estaba tocando. Tenía las manos a los costados del cuerpo, y yo me aferraba a él como un pulpo salvaje.

Necesitaba ayuda.

Mucha ayuda.

Lo solté y retrocedí un paso, y luego otro más. Mis piernas chocaron contra la cama. La clase errónea de calor (un calor turbio y abrasador) me sofocó mientras Luc me miraba como si me hubiera vuelto loca, y era muy probable que así fuera.

Sin duda era así.

El pecho de Luc subía y bajaba rápido.

La vergüenza se apoderó de mí y tartamudeé.

—No... no debería haber hecho eso. Ni siquiera sé por qué lo he hecho. Así que ¿por qué no fingimos que nunca ha sucedido? ¿Quizás no ha pasado? Quizás esto es un sueño extraño y nosotros...

Luc surcó la distancia entre nosotros en menos de un segundo. Me colocó un brazo alrededor de la cintura mientras me hundía la otra mano en el pelo, enredándolo.

Su boca aterrizó en la mía, se estrelló contra ella, y creo que dejé de respirar. Tiró de mí hacia él hasta que solo los dedos de mis pies quedaron sobre la alfombra y todas las partes interesantes estaban prácticamente alineadas, pecho con pecho, cadera con cadera.

Luc me besó... Me besó mientras un sonido grave brotaba de su garganta. Los pequeños escalofríos de placer aumentaron. Se me apagó el cerebro por completo mientras mis sentidos quedaban abrumados.

Él tembló contra mí, y lo rodeé con los brazos; hundí los dedos en sus brazos y luego en su pelo suave y sedoso. El beso se hizo aún más profundo cuando la punta de su lengua tocó la mía.

Saltaron chispas.

Su mano viajó por mi espalda hacia abajo, creando una oleada de sensaciones embriagadoras a través de mí. Vagamente, creí que la luz del techo se había encendido y apagado, pero no estaba segura y no me importaba. No cuando me estaba sujetando de las caderas con las manos y me elevaba unos centímetros del suelo y oh...

Pensar estaba tan sobrevalorado...

Sus besos me devoraban. Me besaba como si en cualquier momento fueran a separarnos y estuviera aprovechando al máximo aquellos valiosos segundos. Pero luego Luc se movió y ni siquiera supe cómo terminamos en la cama, pero caímos hacia atrás. Mi espalda entró en contacto con la cama, y abrí los ojos de par en par.

Sus ojos...

Eran de un tono violeta precioso, y tenía las pupilas blancas y brillantes como la nieve fresca.

Colocó una mano en la cama junto a mi cabeza y una rodilla junto a mi pierna para apoyar su peso mientras se cernía sobre mí.

—Este beso... —dijo, con voz grave—. También es precioso.

Se me contrajo el pecho. Sabía que estaba comparándolo con nuestro primer beso, el que no recordaba. El que nunca recordaría. Eran los buenos recuerdos que Luc poseía. Recuerdos que yo...

—No. —Luc me tocó la mejilla—. No vuelvas allí, Melocotón. Quédate aquí.

La presión aplastante se disipó y fue reemplazada por una sensación de urgencia distinta. Quería más que besos. Quería...

—¿Qué quieres? —preguntó, mirándome a los ojos.

—A ti —susurré, con las mejillas ardiendo.

—Me tienes. —Deslizó el pulgar por mi labio inferior—. Siempre me has tenido. Siempre.

Se me quedó atascado el aliento alrededor del nudo repentino que se me formó en la garganta. Las emociones crudas amenazaban con avanzar y consumirme mientras las lágrimas ardían en mis ojos. Agarré su camiseta y tiré de ella. Él inclinó la cabeza y permitió que le quitara la prenda. Mis ojos recorrieron su pecho, su vientre y más abajo.

Lo toqué con manos temblorosas. Le rocé con los dedos los huecos y los planos duros de su abdomen, hasta el botón de sus vaqueros de tiro bajo. La sangre rugió.

Luc me sujetó la mano y la empujó contra el colchón y luego comenzó a descender, sus caderas quedaron entre mis piernas y después me buscó los labios y me besó de un modo en el que nunca me habían besado antes.

Su mano abandonó la mía, me recorrió el brazo y luego avanzó debajo de mi camiseta. Me rozó la piel con los dedos e hizo que arqueara la espalda. Su boca abandonó la mía y dibujó un sendero ardiente por la línea de mi mandíbula y acto seguido descendió.

Emitió un sonido profundo y gutural mientras arrastraba el puente de su nariz contra mi cuello.

—Melocotón.

Me estremecí.

—Dios. —Me mordisqueó la piel e hizo que emitiera un sonido que nunca antes había producido—. Me encantan los melocotones.

Las cosas avanzaron más y más a partir de ese momento. Mi camiseta desapareció, nos quedamos piel con piel y enredé las piernas en sus caderas, que no paraban de moverse. Oí un estallido en la habitación y un repentino olor a plástico quemado apareció. Muy en lo profundo de mi mente, creí que debía preocuparme por ello, pero estaba ahogándome en Luc, en nosotros, y su piel... era vibrante. La sentía vibrando bajo mis dedos, contra mi propia piel y era la sensación más extraña y maravillosa que había sentido jamás.

No había espacio para pensar o sentir algo más que no fuera ese momento. No cuando su boca regresó a la mía, no cuando estaba jadeando contra sus labios hinchados, y supe que estaba en el abismo que llevaría a algo importante, algo hermoso y desconocido, y luego estaba cayendo por el borde, girando sin parar. Estaba vibrando.

—Luc —dije, sin aliento.

De pronto, él se detuvo sobre mí, su respiración bailó sobre mis labios y aguardé, esperando que hiciera más, quería más. Maldijo y se apartó; apoyó la espalda en la cama.

Abrí los ojos de par en par y una vez más estaba mirando el techo; todo el cuerpo me temblaba mientras la sensación placentera y abrasadora se desvanecía. Despacio, giré la cabeza hacia él.

Inhalé de manera abrupta.

Un resplandor débil y blancuzco le rodeaba todo el cuerpo. Tenía un brazo sobre el rostro. Apretaba la otra mano, apoyada sobre su pecho agitado. Bajé la mirada. Tenía los vaqueros desabrochados y bajados hasta sus delgadas caderas. ¿Yo había hecho eso?

Sin duda.

—Luc —repetí.

—Necesito un minuto. —Tenía la voz áspera, como una lija.

Esperé un minuto.

—Luc.

Sus nudillos estaban blancos como la nieve.

—No puedo.

Todo el calor líquido que me había invadido los músculos desapareció en un instante. De pronto, sentí frío y crucé los brazos sobre mi pecho desnudo y me senté en la cama. Mi pelo cayó hacia delante y sobre mis hombros. Temblé por una razón distinta.

—¿No puedes qué?

Luc se apartó el brazo de la cara. Estaba apretando los ojos.

—No puedo hacer esto contigo.

Una sensación de pavor enfermiza me invadió.

—No entiendo. Seguro... Parecía que podías. Que... que lo haríamos.

Habló como si estuviera dolorido.

—Tu cabeza está muy confundida ahora mismo. Hacer esto me hace sentir que estoy aprovechándome de ti, porque mañana estarás enfadada conmigo de nuevo —exclamó, apretando la mandíbula.

Odiaba pensar en ello, pero tenía razón en cierto modo.

Se incorporó a una velocidad abrumadora y salió de la cama. Se puso de pie delante de mí. Su pelo estaba enmarañado, tenía el torso desnudo y los vaqueros desabrochados.

—No puedo hacer lo que quiero hacerte, lo que quiero hacer contigo, cuando ni siquiera sabes quién eres.

30

Luc tenía razón.

Y Luc estaba equivocado.

Lo entendí quince minutos después de que él saliera de su apartamento. Sin su camiseta.

Después de recostarme de espaldas otra vez, miré las vigas expuestas del techo, preguntándome qué narices acababa de ocurrir entre Luc y yo. No podía creer que lo hubiera besado. No podía creer que él me hubiera besado. Que terminamos donde lo hicimos, en esa cama, y tan cerca de...

Me llevé las manos a la cara y gruñí. Si Luc no se hubiera detenido, yo tampoco lo hubiera hecho. Hubiera ido tan lejos como hubiéramos podido. Me hubiera zambullido sin pensar en ninguna de las tantas consecuencias.

Por ejemplo, no llevaba condones encima debido a mi vida sexual inexistente. ¿Él tendría? ¿Podía quedarme embarazada? ¿Contagiarme una ETS? Como si eso fuera justo lo que necesitaba en ese momento de mi vida.

¿Por qué pensaba en eso ahora, mucho después de lo que había pasado?

Porque era tonta.

Dejé caer las manos en la cama.

Se me encogió todo el cuerpo. Con todo lo que estaba ocurriendo en ese momento, mi cabeza no estaba en absoluto en el lugar correcto. Lo entendía. De verdad. Pero que él lo notara, que él hubiera dicho lo que había dicho era absolutamente vergonzoso y exasperante.

Si cometía un error, tenía todo el maldito derecho de hacerlo.

Y sí, aquello sonaba ridículo, incluso para mis oídos.

«Hacer lo que quiero hacerte, lo que quiero hacer contigo...».

Inhalé hondo mientras temblaba. ¿Qué significaba eso? ¿A quién engañaba? Sabía exactamente lo que significaba y a qué llevaba esa afirmación. ¿Importaba? No. Lo que importaba era el hecho de que ahora tendría que enfrentarlo tarde o temprano, sabiendo que me había visto sin camiseta.

Uf.

Rodé hacia un lado. La cama olía a él.

Doble *uf.*

No sabía cuánto tiempo había pasado mientras estuve recostada allí, con las rodillas en alto y la piel fría por el aire fresco. Debían haber pasado horas, pero, en algún momento, noté que Luc había tenido razón en otra cosa.

No sabía quién era. En absoluto. No era la Nadia que Luc recordaba. Y quien creía ser era una mentira. Tenía que lidiar con eso, porque no podía pasar un día más conduciendo por ahí sin enfrentar la verdad. Era Nadia. También era Evie. Y no sabía qué significaba eso para mí.

Pero lo que sí sabía era que debía ir a casa por la mañana y enfrentarla, y comenzar a comprender quién era.

Era más de medianoche cuando caí en un sueño intermitente y me desperté con un trueno que sacudió todo el edificio. Sobresaltada, rodé a un lado y abrí los ojos.

Zoe estaba de pie junto a la cama.

Con un grito ahogado, me incorporé hasta sentarme en ella.

—Ay, Zoe. ¿Qué estás haciendo?

—Lo siento. —Sonrió y juntó las manos. Aparté la vista y luego la miré de nuevo. Llevaba puesto ese jersey fucsia que April había dicho que la hacía parecer una niña. Sin duda, no parecía una niña—. No estaba aquí observándote. Lo juro.

—¿En serio? —Subí las piernas y parpadeé rápido. La luz sombría entraba por la ventana y la lluvia golpeaba el cristal.

—De hecho, he entrado en la habitación para despertarte, pero ha habido un trueno y, bueno, no ha sido muy oportuno. —Zoe se mordió el labio inferior y después se rio—. Pero tu expresión no ha tenido precio.

—*Uf.* —Me froté las sienes palpitantes—. ¿Por qué estás aquí?

Lo que no pregunté fue dónde estaba Luc, porque no lo había visto desde que se había marchado y no sabía si había vuelto después de que me quedase dormida. Era posible.

Se apartó algunos rizos definidos del rostro.

—Quería hablar contigo.

Miré el reloj. Era demasiado temprano para esa conversación, pero no se lo dije. Pensé en lo que Luc había mencionado anoche. Cuando habló de lo que Zoe era y dijo que el hecho de que supiera la verdad sobre mí no cambiaba nuestra amistad.

Quería con todas mis fuerzas que fuera cierto.

Apoyé la cabeza contra el respaldo y exhalé de modo irregular.

—Ni... ni siquiera te conozco.

Frunció el ceño.

—Me conoces, Evie. Sé que ahora quizás no lo parece, pero quien soy para ti... es quien soy de verdad. Eso no ha cambiado.

—¿En serio? —Miré rápido el apartamento de Luc, la bonita guitarra acústica que estaba junto a la cómoda me llamó la atención. Había una púa negra insertada entre las cuerdas, como si alguien la hubiera estado tocando hace poco.

¿Luc había vuelto y yo no lo había notado? Moví la cabeza de un lado a otro. Eso no era para nada importante. Me concentré de nuevo.

—¿Tu tío?

Se quitó de la muñeca una goma del pelo.

—No es en realidad mi tío.

Lo suponía.

—¿Es como tú?

—Es un Luxen mayor que yo. No quiere tener ninguna relación con lo que... Bueno, solo quiere llevar una vida normal. Así que eso hace.

Coloqué las piernas debajo de la manta.

—¿Y tus padres? Asumo que no murieron en un accidente de avión. No conoces a tus padres, ¿verdad? ¿Al igual que Luc?

Se recogió los rizos en una coleta baja.

—Nunca conocí a mis padres.

—Y Luc... —Negué con la cabeza—. ¿Cómo lo conociste? Es obvio que no eras uno de esos niños.

—No, pero conocí a Luc pocos años después de la invasión. —Mientras ella deslizaba los dedos sobre la cómoda, una expresión distante le apareció en el rostro—. Me tenían encerrada en un centro, junto a otros Origin. Luc apareció una noche y nos liberó. Así lo conocí.

Sentí nudos en el estómago.

—¿Estabas encerrada en un centro?

Mientras asentía, agarró lo que parecía un pequeño camello de madera.

—Desde que nací hasta que tuve unos diez años.

A pesar de estar furiosa con Zoe, con todo, la pena y el horror que sentía por lo que le había ocurrido crecieron en mi interior.

—¿Cómo era?

Se encogió de hombros mientras apoyaba el camello en su lugar.

—Había educación y entrenamiento, clases centradas en controlar nuestras habilidades y luego cosas ordinarias, ya sabes, Matemáticas, Lengua y esas cosas. Todo era normal para mí, para todos, porque no sabíamos lo que había fuera del centro. Joder, ni siquiera sabíamos dónde estaba el centro. Cuando creces en un lugar así, no... no cuestionas las cosas. Todo era del modo que era porque así era como era. ¿Sabes? No nos trataban mal. Al menos eso creíamos.

Zoe caminó hacia la ventana grande con vistas a la calle.

—Aún me sorprende —prosiguió—. Todo el asunto. Cómo pueden quitarte todos los derechos humanos básicos, pero si tienes una cama, un cuarto y comida en el plato ni siquiera notas que no tienes derechos. Y esa era la verdad. Éramos solo sujetos, experimentos. Ninguno de nosotros tenía derechos. No podíamos irnos si queríamos. Los sujetos... mayores no podían tener relaciones entre sí. Controlaban y restringían nuestro acceso a internet. Comíamos lo que nos daban, incluso si no nos gustaba el sabor. Despertábamos cuando nos lo indicaban, y lo mismo a la hora de dormir.

—Dios —susurré.

Una sonrisa encantadora le apareció en la cara.

—Éramos propiedad de los Estados Unidos y ni siquiera nos dábamos cuenta. No hasta que toda la pared del ala oeste estalló.

Me sacudí.

—¿Qué?

—Luc hizo explotar toda la pared... y a casi todo el personal. Él solo, y tenía apenas once años en ese entonces.

Abrí la boca mientras me imaginaba a un Luc de once años corriendo y derrumbando un edificio con sus dedos mágicos.

—¿Cómo puede ser eso posible?

Zoe miraba la ventana.

—Luc es diferente.

—Ni que lo digas —susurré.

Me miró con expresión seria.

—No es como el resto de nosotros, como la mayoría de nosotros. He oído... Bueno, sé que había otros como él. ¿Esos niños? Pero Luc es..., Dios, odio decirlo en voz alta, pero él es el Origin más poderoso de todos.

Abrí los ojos como platos. ¿El más poderoso? Eso era, bueno, bastante impresionante y un poco aterrador. En especial porque había amenazado con pegarle en muchas ocasiones.

De hecho, le había pegado.

—Sea como sea, Luc, básicamente, nos liberó. Nos ayudó a ubicarnos con Luxen que sabían lo que éramos. Así conocí a mi tío —explicó—. El resto es historia.

Tenía el presentimiento de que había omitido fragmentos enormes de la historia.

—Entonces, ¿tu mudanza a Columbia fue una casualidad?

Inclinó la cabeza a un lado.

—Nada con Luc es casual. Él quería que estuviera en Columbia y yo le debía un favor enorme.

—Muchas personas parecen deberle favores.

—Muchas lo hacen y a Luc le gusta cobrárselos. —Zoe se acercó más—. Pero le debía mi vida. No había ningún favor que compensara lo que había hecho por mí.

—Me parece que deber un favor es muy parecido a que alguien sea tu dueño.

—Piensas eso porque nunca has tenido dueño.

Hundí el cuerpo; sabía que no podía discutir eso. No sabía cómo era.

—Te conocí antes y sé que es extraño para ti oírlo, pero cuando Luc me pidió que viniera aquí a vigilarte porque él no podía, acepté. No solo porque le debía un favor, sino porque siempre me has caído bien y me alegraba de hacerlo.

Pensé en cómo, cuando Luc me había dicho que en verdad nunca se había ido, no había estado mintiendo. Había puesto a Zoe en su lugar. Todavía no sabía qué pensar al respecto.

—No fingí ser tu amiga. Era tu amiga. Soy tu amiga. —Pasó un instante—. Soy una Origin, pero sigo siendo Zoe. Sigo siendo la misma persona obsesionada con el canal de jardinería y hogar.

Sonreí mientras la miraba. Ambas dijimos «Jonathan» al mismo tiempo, en referencia a uno de los gemelos Scott que eran los protagonistas de varios programas.

Una mirada esperanzada apareció en sus extraños y preciosos ojos que se me hacía tan raro ver.

—Mi comida favorita sigue siendo las tiras de pollo... extracrujientes. Sigo pensando que April es una prueba piloto antes de tener un hijo que será una decepción constante.

Reí, pero luego dije sin pensar:

—¿Puedes tener hijos? —De inmediato, me puse colorada—. Lo siento. Es una pregunta fuera de lugar...

—Lo sería si no me conocieras. —Tomó asiento a mi lado en la cama y me dio un golpecito en el pie con el suyo—. Podemos tener hijos... si es con otro Origin. Creo que no podemos con un humano normal. Al menos, nadie lo ha hecho hasta donde yo sé, pero los Origin no han estado tanto tiempo libres como para que lo sepamos.

La miré. Zoe era... Bueno, era Zoe. Era la misma.

—No puedo creerme que nunca me diese cuenta. Soy muy observadora.

—Bueno...

Me froté despacio los brazos y alcé el mentón. A decir verdad, no sabía qué pensar al respecto acerca de todo esto. Era como si me estuviera cortocircuitando el cerebro, pues procesaba solo fragmentos de todo lo que pasaba. Suspiré con fuerza y miré la habitación sombría.

—¿Evie? —me llamó, y la miré. Los ojos de Zoe estaban húmedos mientras buscaban los míos—. ¿Me...? ¿Me odias ahora?

Me quedé sin aliento.

—No te odio. —Y era verdad—. Creo que ni siquiera estoy enfadada contigo. Lo estaba. Mucho. Pero ahora solo... No lo sé. Mi cabeza está en miles de lugares a la vez. Estoy furiosa primero y, un segundo después, confundida, y luego... —Dejé de hablar—. No te odio.

Zoe relajó los hombros.

—Menos mal, porque estaba preparada para, no sé, hacerte la cena para suplicar tu perdón.

Fruncí la nariz.

—Creo que eso no funcionaría. No eres ni siquiera capaz de hacer palomitas de maíz.

Rio, un sonido un poco más relajado.

—Es cierto. Haría que Luc las preparase por mí.

La sorpresa me atravesó el cuerpo.

—¿Luc cocina?

Zoe asintió.

—¿Hay algo que no pueda hacer?

Aquella sonrisa leve apareció de nuevo.

—No muchas cosas.

—Vaya —susurré—. ¿Le contarás la verdad a Heidi?

Asintió.

—Creo que sí. No tiene sentido mantener en secreto qué soy. Pero no creo que debamos contárselo a James. A ver, tendríamos que explicarle exactamente qué soy y, como seguro que te ha dicho Luc, nadie sabe demasiado sobre los Origin.

—Sí, me lo ha dicho. —No creía que a James le importara o que dijera una palabra al respecto, pero confiaba en la decisión de Zoe—. ¿Emery sabe... de mí?

—Sí —respondió—. No sé si conoce todos los detalles, pero sabe que eres importante para Luc.

Aquella afirmación me hizo sentir incómoda, así que aparté la mirada.

Zoe permaneció callada un instante.

—¿Tú y Luc estáis bien?

Resoplé.

—No lo sé. —El siguiente segundo, sentí su boca sobre la mía de nuevo, su pecho presionando mi cuerpo, sus caderas... Dios, necesitaba ayuda, terapia hasta los treinta al menos—. Luc y yo no somos nada.

—Ah. —Zoe inclinó el cuerpo y recogió algo del suelo—. Entonces, supongo que la camiseta de Luc ha aparecido en el suelo por arte de magia.

Me quedé paralizada. Mierda, estaba sujetando la camiseta que Luc había tenido puesta.

—Yo... —Parpadeé—. Es su apartamento. Se deja la ropa en cualquier parte.

Abrió mucho los ojos e inclinó la cabeza a un lado.

—Así que vino a casa anoche con su camiseta puesta, se quedó aquí contigo, se quitó la camiseta por algún motivo y luego se marchó de su casa sin la prenda. —Hizo una pausa—. Porque, sí, lo he visto con el torso descubierto... y los pantalones desabrochados; y si bien admiré la vista, no era exactamente lo que esperaba ver.

—No... no sé qué decir —respondí como una tonta.

Dejó la prenda sobre la cama y después se cruzó una pierna sobre la otra.

—Os escuché anoche.

Me ardió el rostro. Estaba en llamas, como si el sol me hubiera besado las mejillas. ¿Que nos escuchó? Ella levantó las cejas.

—Os escuché discutir, pero supongo que crees que escuché otra cosa. Algo mucho más interesante que los fragmentos aleatorios que oí desde el pasillo. ¿Qué sucedió anoche?

Quería que la cama me tragara.

—Supongo que si digo «nada», no me creerías, ¿verdad?

—A menos que «nada» implique que Luc se desnudó.

—Ay... —gruñí, inclinando el cuerpo a un lado—. Luc no estaba desnudo. No por completo. Solo se quitó la camiseta y yo... —Rodé de costado y apoyé el rostro de frente en la cama—. También me quité la mía... y sí.

Zoe no respondió durante un largo instante y luego dijo:

—¿Vosotros lo...?

—¿Que si lo hemos hecho? —La voz me sonaba amortiguada y los brazos me caían sueltos a los costados del cuerpo—. No, no lo hemos hecho. Se detuvo y dijo que no podía.

—¿No podía...?

—Sin duda parecía... y sentí que sí que podía, pero fue un error. En serio. —Sacudí los brazos inertes—. Empezamos por mi culpa porque me dio por pensar en todo y tan solo... tan solo no quería pensar más.

—¿Y cómo se relaciona eso con besar a Luc?

Me giré de nuevo.

—Porque no estaba pensando...

—Ah. —Zoe se calló.

—Está mal, ¿verdad?

Me dio un empujoncito en el brazo inerte.

—Bueno, a ver, si esa es la única razón por la que lo empezaste... Sin juzgar, pero si él..., eh, tuviera más sentimientos, quizás no quería, ya sabes, que lo usaras como distracción.

—¿Que lo usara? ¿Que yo lo usara a él? —Levanté la cabeza—. ¿Que él tuviera sentimientos? Se detuvo, Zoe. Y se fue... Salió del cuarto como si estuviera en llamas.

—¿Quizás porque es un buen tipo?

La miré.

—¿En serio?

Frunció los labios.

—Luc es... diferente. Es alguien a quien nadie querría tener como enemigo, pero es... es un buen tipo.

—*Uf.* —Me giré de nuevo.

—Pareces una foca —comentó Zoe.

—Cállate. —Empezó a dolerme el cuello, así que rodé hasta quedar recostada de espaldas.

—¿Te gusta...?

—No me hagas esa pregunta. Por favor. Porque no lo sé y no tengo el espacio cerebral suficiente para pensar en ello. —O los suficientes ovarios para responder con honestidad—. Lo que sucedió anoche, bueno, sucedió. Y no ocurrirá de nuevo. Se terminó.

—Ah —dijo ella otra vez.

La miré.

—¿Qué?

Alzó un hombro.

—Nada. —Hizo una pausa—. Entonces, ¿qué vas a hacer ahora?

Fulminé el techo con la mirada.

—Me iré a casa.

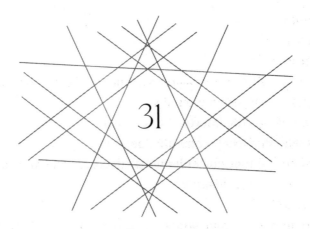

31

De algún modo, mi coche había llegado hasta Presagio, y Zoe vino conmigo hasta mi casa el sábado por la mañana.

—¿Cómo vas a volver a casa? —pregunté mientras permanecíamos en el coche con el motor arrancado en la entrada de la mía. Luego me di cuenta—. Corriendo, ¿verdad?

—Puedo correr muy rápido —respondió Zoe.

—En la clase de gimnasia del año pasado no podías —señalé. Siempre se quedaba atrás cuando teníamos que hacer carreras cortas y otras cosas molestas horriblemente temprano por la mañana. Zoe se rio.

—Conlleva más energía y esfuerzo bajar la velocidad que avanzar a ritmos normales para mí. —Me miró; se había puesto de nuevo las lentillas—. ¿Estás lista para entrar?

—¿No? ¿Sí? —Miré la entrada de mi casa y luego quité los dedos del volante—. No sé qué decirle.

Zoe siguió mi mirada.

—Puede que ella piense lo mismo.

—¿Tú...? ¿Nunca has hablado con ella sobre mí? —Sabía que Zoe nunca se había acercado demasiado a mi madre, pero eso no significaba que no hubieran hablado.

Movió la cabeza de un lado a otro.

—Sylvia no sabe lo que soy. Si lo supiera, estoy segura de que no hubiera aprobado nuestra amistad.

—¿Porque estaría preocupada de que me dijeras la verdad o de que me diera cuenta? —Un destello de furia apareció en la superficie.

—Sí, pero estoy segura de que no es por un motivo malicioso, Evie. Lo que te sucedió, lo que han hecho, no es normal.

Resoplé.

—Oh, ¿en serio?

Ignoró mi sarcasmo.

—A veces, ocultar la verdad es una manera de protección.

Aunque esa fuera razón para ocultar la verdad, no implicaba que lidiar con las consecuencias fuera más fácil, pero no podía permanecer sentada allí para siempre.

—Voy a entrar.

—Muy bien —contestó—. Te escribiré después, ¿vale? Grayson ocupará mi lugar.

Levanté las cejas.

—¿Te refieres a tu puesto de vigilancia?

Asintió.

—Ese Origin sigue suelto. No correremos ningún riesgo contigo. Me quedaría, pero Luc no cree que sea buena idea.

—¿Por qué? —Fruncí el ceño.

—Porque le preocupa que si sucede algo, puedas involucrarte por miedo a que mi seguridad esté en peligro —explicó—. No le preocupa eso con Grayson.

Casi me da la risa, pero, mierda, Luc tenía razón. De nuevo. Y empezaba a odiar eso de verdad.

—¿Por qué no me vigila Luc?

—Bueno, ¿quizás es porque le dijiste que permaneciera lejos de ti? —sugirió—. Aunque, sin duda, no permaneció lejos de ti anoche, con su camiseta...

—Basta —protesté, moviendo la cabeza.

—Creo que sabe que necesita darte tu espacio. Espacio de verdad.

—Eso... sería inteligente. —Suspiré. Miré a Zoe y luego admití algo importante—. A él... tampoco lo odio.

Una sonrisa suave le curvó las comisuras de los labios.

—Lo sé. —Miró la puerta—. Será mejor que entres.

—Sí. —Ya no podía postergarlo más.

—Buena suerte.

Nos despedimos y llegó la hora de salir del coche y enfrentar, bueno, lo que fuera que estuviera esperándome. Me colgué la mochila sobre el hombro mientras caminaba hacia la puerta de entrada y descubrí que no estaba cerrada con llave. Respiré hondo y entré.

La vi de inmediato.

Se levantó del sofá, con el rostro pálido y tenso. Vi que tenía puestas las lentillas. Sus ojos eran de nuevo como los míos.

Pero era una ilusión. Sus ojos nunca habían sido como los míos.

Ella nunca había sido como yo.

Tenía los hombros tensos mientras me observaba como si estuviera comprobando que estaba entera.

—Estaba muerta de preocupación.

Si esto hubiera ocurrido la semana anterior, es probable que me hubiera estrangulado por huir de casa y no regresar hasta el día siguiente. Pero ¿ahora? Sabía que estaba resistiendo la necesidad de hacerlo, y quizás eso me dio el valor para no disculparme de inmediato y suplicar perdón como haría normalmente.

Así que solo permanecí de pie allí, aferrándome a la mochila.

Apartó la vista y después se sentó despacio. Inclinó el cuerpo hacia delante y agarró algo.

—Sé que has visto las fotografías.

Miré la puerta del despacho. Había limpiado el cristal y las puertas francesas estaban cerradas. Me acerqué, dejé la mochila en el otro extremo del sofá y luego tomé asiento. Tenía muchas preguntas, pero hice la que sentía que era la más importante.

—¿Quién era ella?

Sylvia miró la foto, y era en la que estaban los tres. Pasó un largo minuto.

—Evelyn era la hija que Jason tuvo en una relación anterior.

Una oleada de sorpresa me atravesó. Parte de mí había aceptado que todo eso era verdad. Que mi nombre real era Nadia y que mi vida era la suya..., pero oír que Evelyn Dasher había sido otra persona hizo que sintiera que escuchaba todo por primera vez de nuevo.

—Jason y yo nunca pudimos tener hijos biológicos. Soy... una Luxen y él era humano —prosiguió—. La madre de Evelyn había muerto. De una enfermedad cardíaca. Ahora que lo pienso, veo que esa fue una de las razones por las que Jason se obsesionó mucho con hallar tratamientos para enfermedades como esa y el cáncer. Continuó enamorado de ella después de su muerte. Al principio no lo noté. —Apretó los labios—. Evelyn murió en un accidente de tráfico tres años antes de la invasión. Jason iba conduciendo. Fue un accidente extraño. Él solo tuvo heridas menores, pero ella... ella murió en el acto.

Me sujeté las rodillas y las apreté fuerte.

—¿Y la reemplazasteis conmigo sin más?

—Esa no era nuestra intención. —Colocó la foto sobre el sofá, boca abajo, como si eso de algún modo borrara la presencia de la imagen—. Pero no te voy a mentir ahora. Fue eso lo que ocurrió. Fue mi responsabilidad...

—Porque tú mataste a Jason.

Si a ella le sorprendía que supiera eso, no lo demostró.

—Luc estaba cumpliendo nuestro trato. Se marchaba, y Jason no pudo permitirlo. Jason siempre tenía que ganar. —Apretó los labios en una línea delgada—. Agarró un arma y estuvo a punto de dispararle a Luc por la espalda. No con un arma normal. Lo habría matado.

—¿Y decidiste matar a tu marido para proteger a alguien que ni siquiera te caía bien?

Alzó la vista hacia mí.

—¿Luc te ha hablado sobre Dédalo?

Asentí.

—Todo lo que te ha dicho sobre Dédalo es verdad... y hay más, cosas peores que ni siquiera él sabe. Quizás no me creas, pero te juro que no tuve nada que ver con las atrocidades que hacían.

Quería creerle, pero ¿cómo podía hacerlo?

—Vivo como una humana, pero soy una Luxen. Nunca hubiera podido participar de manera consciente en aquellos experimentos horrorosos y... —Dejó de hablar y movió la cabeza de un lado a otro—. Nuestro matrimonio estaba mal antes de la muerte de Evelyn, pero, cuando supe lo de los Origin y los híbridos, la relación se terminó por completo. —Endureció la mirada—. Matarlo no fue difícil.

Inhalé con dificultad. Joder.

—Quizá suene duro, pero no lo conociste.

Aquello dolía más de lo que era su intención. Cerré los ojos. No sabía cómo responder. Me llevó un momento hallar la voz.

—¿Por qué me diste su nombre?

—Me he hecho la misma pregunta un millón de veces. —Tenía la voz ronca, y cuando abrí los ojos, vi lágrimas en los suyos—. Creo... creo que simplemente la echaba de menos.

Empecé a ponerme de pie, pero descubrí que no podía hacerlo. ¿Qué se suponía que debía pensar? ¿Cómo debía sentirme al respecto?

¿Era alguien real?

Ya no me sentía real.

—Sé que es mucho que digerir. Lo entiendo, pero hay algo que necesito que sepas y que es lo más importante. —Inclinó el cuerpo hacia delante—. Te llamas Evie. Esa es quien eres. Comprendo la necesidad de saber más sobre tu pasado, sobre quién eras, y te apoyo. Pero ahora eres Evie, y te quiero. Eso no es mentira. Ninguno de los últimos cuatro años han sido mentira. Eres mi hija. Soy tu madre.

La emoción me cerró la garganta, y no fue hasta ese instante cuando noté cuánto quería y necesitaba oír eso, pero... ¿qué cambiaba? Nada parecía real ya.

Las palabras no podían cambiar eso.

Las palabras no podían hacer que fuera más fácil de aceptar.

Pero ella era la única madre que conocía.

—Yo... —Tosí—. No sé qué...

Un cristal se rompió en la planta de arriba. Me giré mientras mi madre se ponía de pie rápido.

—¿Qué ha sido eso? —pregunté.

—No lo sé. —Endureció las facciones—. Pero ponte detrás de mí.

Comencé a hacerlo, pero algo... algo bajó los escalones, una mancha de luz que golpeó la pared junto a la puerta e hizo vibrar las ventanas. La luz con forma humana avanzó y golpeó el suelo. La luz se desvaneció. Cabello rubio. Pómulos pronunciados.

—Grayson —dije con un grito ahogado y comencé a avanzar hacia él mientras él iba y venía de su verdadera forma.

—¡Evie! —gritó mi madre.

Me detuve en seco, pero no fui lo bastante rápida. El horror estalló.

El Origin estaba de pie frente a mí. Un hoyuelo apareció en su mejilla derecha cuando sonrió.

—Hola.

Mi madre reaccionó sin dudar.

Lo vi por el rabillo del ojo. El estallido de luz recorrió su brazo derecho. Saber lo que ella era aún no me había preparado para verlo. La estática cargó el aire y la luz chisporroteó al explotar de su palma.

El Origin era rápido.

Se giró, y el rayo de energía golpeó las puertas del despacho y rompió varias ventanas. Él se dio la vuelta y extendió el brazo. El impacto golpeó a mi madre en el hombro, la elevó en el aire y la lanzó contra una silla.

—¡Mamá! —grité y avancé hacia ella.

El Origin apareció delante de mí. No llevaba gafas de sol. Era él. Cabello castaño. Facciones apuestas. Un extraño.

—¿Mamá? Vamos, sé que eso es imposible —dijo él.

Di un paso tambaleante hacia atrás y maldije en voz baja.

—Sí, bueno. Bienvenido a mi vida.

—Mi mundo, sin duda, supera al tuyo. —El sofá flotó, voló hacia el otro lado de la habitación y golpeó la televisión. La pantalla se rompió—. ¿Le has dado a Luc mi mensaje?

Retrocedí, rodeando el sofá. Me choqué con la mochila.

—Sí.

—¿Y qué te ha dicho? —preguntó con amabilidad.

La furia era como un volcán en erupción.

—Me ha dicho que parecías un psicópata.

—Mentirosa —contestó y se rio, dando un paso hacia mí—. Conozco a Luc. No ha dicho eso. Debería haber despertado un recuerdo en él. Uno importante.

Lo había hecho, pero no se lo iba a decir.

—No estoy en absoluto de humor para esto.

Se detuvo y enarcó las cejas.

—¿Que no estás de humor?

—No. —Detrás de él, veía las piernas de mi madre. Una comenzó a moverse. Necesitaba ganar tiempo—. Mi vida se ha destruido. De verdad. ¿Sabías que ni siquiera existo?

Parpadeó.

—¿Qué?

—Sí. No me llamo Evie. Soy una chica muerta. Así que tengo mucho con lo que lidiar, y tú andas por ahí matando a inocentes.

Nunca había visto a alguien tan homicida parecer tan confundido.

—Sé quién eres. Nos hemos conocido.

Un dejo de incomodidad me recorrió la columna. Él había dicho eso antes y se me había olvidado.

—Es solo que no me recuerdas —dijo, e hizo una pausa—, pero yo a ti sí. Nos conocimos brevemente, después de que me liberaran. Estabas muy enferma.

Una sensación extraña me apareció en el estómago cuando vi a mi madre alzar una pierna.

—Apestabas a muerte. —Inclinó la cabeza—. ¿Qué te han hecho? Supongo que lo averiguaremos pronto.

No hubo advertencia previa. Se movió deprisa, con el brazo extendido. El impacto de su puño me hizo caer al suelo. El estallido de dolor me aturdió y el sabor a metal me invadió la boca.

—No me gusta hacer esto —dijo—. De verdad.

Rodé de costado y escupí sangre. Los dientes habían cortado el interior de mi mejilla. Con el corazón desbocado, alcé la cabeza mientras sujetaba la mochila.

Mi mochila.

¡La picana!

Abrí bruscamente el bolsillo delantero de la mochila, introduje la mano y hurgué hasta que mi dedo tocó el aparato delgado.

—Me gustaría decir que no es personal. —Me sujetó la parte trasera de la camiseta y me levantó del suelo con un brazo—. Pero lo es. Él te eligió a ti por encima de nosotros, por encima de mí.

Ni siquiera tuve tiempo de procesar sus palabras. Golpeé el sofá y rodé mientras deslizaba el botón hacia abajo y encendía la picana. Él se inclinó sobre mí mientras yo presionaba el botón. La picana escupió electricidad; sonaba como miles de fuegos artificiales a la vez. Abrió los ojos de par en par al entender lo que estaba ocurriendo antes de que golpeara su pecho con la picana.

Cayó al suelo como si todos los huesos y músculos hubieran desaparecido de su cuerpo. Cayó con un golpe y se retorció.

—¡Mamá! —La sujeté, pero el hombro de su blusa estaba quemado y humeaba—. Vamos, mamá. Te necesito. Por favor. Despierta.

Movió las pestañas, pero no abrió los ojos. Dios, no sabía qué hacer. Miré la puerta de la entrada. Grayson estaba en su forma Luxen y no se movía. Creía que aún estaba vivo, porque no tenía el mismo aspecto que los chicos de la discoteca.

Con la cabeza latiendo, me incliné hacia delante y miré por encima de la silla. El Origin aún seguía en el suelo, pero ya no se retorcía.

—¡Mamá! —Las lágrimas me llenaron los ojos mientras miraba a mi alrededor. Pensé en el arma que había visto en el despacho, pero no estaba segura de poder llegar a ella a tiempo. No sabía cuánto tiempo duraría el efecto de la picana en un Origin. No recordaba lo que Luc había dicho. ¿Minutos? ¿Más? ¿Menos?

Agarré la picana más fuerte. Podía usarla de nuevo. No le haría daño.

Estaba dispuesta a dejarlo inconsciente hasta el año próximo de ser necesario. Me puse de pie con dificultad, gimoteé cuando el dolor me atravesó la mandíbula. El estómago me dio un vuelco.

—Mierda —susurré.

El Origin había desaparecido.

Los escalofríos me recorrieron la columna mientras retrocedía. Se me erizó el vello de los brazos ante la conciencia repentina. Me giré despacio.

Él estaba allí.

—Eso no ha sido nada amable, Nadia.

La sorpresa me hizo perder el equilibrio. Sabía mi nombre, mi antiguo nombre. Encendí la picana, emití un grito de guerra que habría estado a la altura de *Braveheart* y lancé el brazo hacia delante.

Aquellos segundos me costaron caro.

El Origin me atrapó la muñeca y la retorció. Mis dedos se sacudieron y la picana se me cayó de la mano. Abrí los ojos de par en par y él me hizo un guiño.

—Esto no va a suceder de nuevo.

En ese instante, supe que esa vez él no solo me rompería el brazo. No se detendría allí. Quebraría cada uno de mis huesos antes de matarme. El horror no me dejaba respirar. No quería morir. No así. No ahora.

Ni siquiera sabía quién era o en quién me convertiría algún día. Apenas estaba descubriendo sobre mí misma, sobre mis amigos y, oh, Dios, sobre Luc.

Y cuando el Origin terminara conmigo, atacaría a mi madre. Era imposible que le permitiera vivir, y Luc... se culparía a sí mismo. No sabía en qué situación estábamos los dos, pero no quería eso para él.

No lo quería para ninguno de nosotros.

Sin entrenamiento, reaccioné basándome en el instinto de supervivencia puro. Solté una patada y le di en la pierna. El movimiento lo sorprendió y retrocedió. Me incliné e intenté con desesperación agarrar la picana.

Un puño me sujetó el pelo y me tiró de la cabeza hacia atrás. Grité. El Origin me arrastró hacia la cocina. El dolor punzante como un cuchillo emanó de mi cuello mientras se me resbalaban los pies sobre el suelo de madera.

Me arrastró hasta ponerme de pie y luego me soltó el pelo. El momento de alivio temporal terminó antes de que hubiera comenzado. Cerró una mano alrededor de mi garganta. Yo estaba en el suelo, luchando por respirar.

Fue mi último aliento. Terminó en un segundo. Cada célula estaba atónita y gritando mientras él cortaba el paso del oxígeno. El corazón se tambaleó en mi pecho y el pánico lo empeoró todo.

—Suelta a mi hija.

El Origin inclinó la cabeza justo cuando mi visión comenzaba a oscurecerse.

—Está bien.

Volando. De pronto, estaba volando hacia atrás y respirando de nuevo. Pero respirar no ayudó. En cuanto recibí un poco de oxígeno en los pulmones, mi cintura chocó contra la mesa del comedor. El impacto me sacudió hasta la punta de los pies. Me golpeé la cabeza con la lámpara de techo colgante e hice que se moviera de un lado a otro. Caí hacia delante, me golpeé las rodillas contra el suelo. Doblada sobre mí misma, luché por respirar entre las olas de dolor.

Un grito de furia pura brotó de mi madre mientras me caía la sangre por un lado de la cabeza. Alcé el mentón y la vi adoptar por completo su forma Luxen. Estaba bañada en una luz blanca intensa y hermosa.

El aire chisporroteó con poder. Lo sentía en mis huesos y tejidos. Ella se soltó, extendió...

Él fue demasiado rápido.

Se lanzó hacia delante hecho una furia, agitando el brazo. Sujetó el hombro de mi madre y un rayo de energía pura golpeó la pared. El polvo cayó, mi madre golpeó el sofá y él lo alzó en el aire.

Grité mientras ella se estampaba contra el suelo. Giró el sofá y lo hizo caer sobre ella. Joder, eso no podía ser bueno. Tenía que levantarme. Tenía que...

Él estaba allí, de nuevo con la mano apretándome la garganta. Me levantó la cabeza y me obligó a mirarlo. Era el fin. Era...

—No, no te voy a matar. —Su sonrisa encantadora siempre presente apareció—. Pero, por desgracia, voy a tener que hacerte daño.

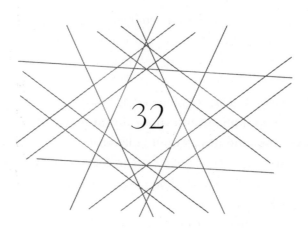

32

Temblando en el aire frío, obligué a mis ojos a permanecer abiertos. No podía permitir que se cerraran. Él... se ponía impaciente cuando los cerraba. Pensaba que no estaba prestando atención, y... tenía problemas con eso. Problemas.

Ese chico tenía muchos... problemas.

Estaba sentado en el césped a pocos metros de mí, cruzado de piernas, y yo estaba donde él me había depositado, contra un árbol. Me había arrastrado fuera de la casa, y todo era borroso porque se había movido increíblemente rápido, pero creo que no fuimos muy lejos. Estaba segura de que estábamos en el bosque que rodeaba la zona residencial.

Había perdido los zapatos en alguna parte. Creo que en la calle fuera de mi casa. Tenía una pierna del pantalón completamente rota hasta la parte superior del muslo porque se me había enganchado en una rama. Parte de mi piel también estaba rasgada. Eso no lo había detenido. Tampoco lo hizo el momento en el que se me enredó el borde de la camiseta con una rama. Mantenía unido el material roto con mis manos temblorosas.

Intentaba no pensar en mi madre y en qué condiciones estaba, porque, si lo hacía, perdería el valioso control que tenía y no podía permitírmelo ahora mismo si quería sobrevivir.

—¿De verdad que él no sabe quién soy? —preguntó, arrugando la nariz—. ¿No tiene ni idea?

—No —susurré, haciendo una mueca de dolor. Hablar hacía que me palpitara la cara. El Origin exhaló haciendo ruido.

—Bueno, es un golpe a mi ego. Pero no debería sorprenderme. —Inclinó la cabeza hacia atrás y miró las estrellas que se asomaban entre las ramas desnudas—. Se olvidó de nosotros más de una vez, pero no lo hará otra vez.

Había recibido varios golpes en la cabeza. Quizás demasiados, porque a veces sentía que el suelo se estaba moviendo debajo de mí, pero estaba comenzando a unir las piezas.

—¿Por qué...? ¿Por qué estás haciendo esto? —Ignoré el dolor insoportable de mi mandíbula—. ¿Por qué has matado a esas personas?

—Ya te he dicho por qué.

—Pero la familia... y Andy...

Frunció el ceño.

—Yo no los he matado. Me ofende un poco que pienses que voy por ahí matando a cualquiera.

Abrí la boca, aunque no estaba segura de cómo responder. Pero ¿por qué iba a mentir? Había admitido sin rodeos haber asesinado a Colleen y a Amanda.

—Por cierto, ¿cómo debería llamarte? ¿Evie? ¿Nadia? ¿Evelyn? —Hizo una pausa y vi que le ardían las pupilas bajo un intenso color blanco—. ¿Melocotón?

Tragué con dificultad y grazné:

—Evie.

—Mmm. Interesante.

Un temblor me recorrió los brazos.

—Me conociste cuando...

—¿Cuando eras una niña enferma al borde de la muerte? Sí. Te conocí de pasada. Entraste al cuarto en donde me habían puesto, donde nos habían puesto a todos, y nos leíste.

—No...

—¿No lo recuerdas? Ya veo. —Inclinó el torso hacia delante y me puse tensa. Podía hablar con calma y de un modo amistoso, incluso encantador, pero era como una cobra a punto de atacar—. Yo recordaré por los dos. Leíste *Donde viven los monstruos* después de que el mundo comenzase a desmoronarse. Nos caíste bien.

—No... no tiene sentido.

Colocó una mano en el suelo junto a mi pie.

—¿Qué no tiene sentido, Evie?

—Eres... uno de ellos. Uno de esos niños... —Proferí un grito ahogado cuando movió la mano y me sujetó el tobillo.

—Entonces, ¿te ha hablado de nosotros? —El interés invadió su voz. Me presionó fuerte la piel—. ¿Evie?

—Sí —contesté sin aliento, sacudiendo las manos sobre la tela de mi camiseta rota.

Deslizó la mano hacia arriba y hundió los dedos en la piel lastimada de mi pantorrilla.

—Dime, ¿qué te ha contado?

—Es imposible —repetí, temblando cuando el dolor me subió por la pierna—. No puedes ser uno de ellos.

—¿Por qué? ¿Porque nos mató a todos? —Rio—. ¿O porque no soy del modo que esperarías que fuese un niño de diez años?

Lo miré. Su sonrisa no desapareció.

—Todos éramos estrellas negras, pero Luc... Luc era la más oscura. ¿Sabes a qué me refiero?

No.

Pero luego miró a un lado. Separó los labios.

—Por fin. Te lo he dicho. —Su mirada regresó a mí—. Te he dicho que nos encontraría. Después de todo, en algún momento ese Luxen rubio no aparecería y Luc... Bueno, no es estúpido.

Despacio, me retiró la mano de la pierna y después se puso de pie con una fluidez elegante que me resultó sorprendentemente familiar. Se giró, de pie frente a mí.

Una parte extraña de mi ser sabía cuándo Luc estaba cerca. No sabía cómo, pero así era. Sentí alivio. Y también horror puro.

Vi a Luc avanzar entre los grupos de árboles, vi un atisbo de él antes de que el Origin frente a mí se moviera y me bloqueara la visión. El corazón me palpitó en el pecho mientras buscaba con la mirada alguna clase de arma a mi alrededor. Había rocas. No harían mucho, pero servirían para algo.

El Origin movió las manos a los costados del cuerpo y juraría que temblaba.

—Déjame verla —ordenó Luc, su voz apenas era reconocible. Era furiosa y gélida.

El Origin se puso rígido como si le hubieran vertido acero en la columna.

—Siempre siempre ha sido ella. Algunas cosas nunca cambian. Bien. —Dio un paso al lado—. Da igual. Aún está viva.

Lo vi y no pude explicar la sensación cruda que se expandió en mi pecho. Había habido muchos muchos momentos en los que pensé que no lo volvería a ver. Al igual que a mi madre. Y a mis amigos, pero él estaba allí, con los hombros rectos y las piernas separadas como si fuera alguna clase de ángel vengador a punto de destruir un mundo de pecadores y santos.

Luc posó los ojos en mí, me miró las mejillas cubiertas de tierra y mi cara hecha un cuadro. Tensó la mandíbula y la rigidez ardió en sus ojos abrasadores. Dio un paso hacia mí.

—No —dijo el Origin—. No me obligues a hacer algo de lo que te arrepentirás.

Luc se detuvo, pero no apartó los ojos de mí.

—Me arrepiento de mucho. —La camiseta negra que tenía puesta se le tensó en los hombros—. Debería haberlo sabido.

—¿Ah, sí? —preguntó el Origin, girando de lado. La fascinación pura, al igual que cierta satisfacción, invadió su rostro.

—Creo que parte de mí lo sabía. Solo que no quería creerlo. —Luc me sostuvo la mirada—. Es obvio que Dédalo no te dio el mismo suero que a mí. No estás envejeciendo bien. ¿Qué te dieron?

—¿Qué no nos dieron? Quizás si hubieras permanecido cerca el tiempo suficiente, hubieras notado que éramos distintos a ti, a Archer y a los demás. Que lo que nos dieron nos hacía envejecer rápido —explicó el Origin—. Una versión mejorada que incluía una pizca más de hormonas de crecimiento. Después de todo, si crecíamos más deprisa, seríamos más útiles, ¿no? Imagina atravesar años de pubertad en meses. Cambiaría un poco tu humor.

—¿Y te convertiría en un psicópata? ¿Esa es tu excusa? ¿Por ese motivo hasta el último de vosotros se convirtió en un miniasesino en serie en entrenamiento?

—Sin duda está relacionado con ello, imagino. Nos liberaste y luego nos abandonaste. —Miró por encima del hombro—. Por ella. Después regresaste y perdiste la fe en nosotros.

Luc se encogió en su sitio.

—No perdí la fe en ti. Te dejé marchar. Te dejé escapar porque pensé que estaba haciendo lo correcto.

—Los mataste a todos y me dejaste marchar. —El Origin se apartó de mí; toda su atención estaba en Luc—. No me buscaste. Ni siquiera te tomaste un segundo para encontrarme. Regresaste corriendo aquí por ella.

Luc no dijo nada durante un buen rato mientras me miraba.

—Te busqué. Desapareciste.

—¿Sí? Eso debes creer. Al igual que crees haber destruido Dédalo. Me quedé sin aliento.

—¿Dónde crees que he estado todo este tiempo? —preguntó él, y Luc no mostró ningún rastro de reacción ante la sugerencia de que Dédalo aún estuviera en funcionamiento—. Me llevó mucho tiempo llegar hasta aquí, aunque eso no lo sabes. Tenías otras prioridades más importantes. Pero he estado aquí. Siguiéndote. Observando. He estado tan cerca intentando comprender cómo pudiste... —Alzó la vista hacia el cielo y se encogió de hombros— dejarme marchar. Pero luego, la vi a ella en la discoteca y lo supe.

—Te permití escapar porque tenía la falsa creencia de que no eras un sociópata. Que de todos esos pequeños monstruos, tú serías él que estaría bien. Es obvio que me equivoqué. Eres igual de psicópata que ellos.

Abrí los ojos un poco.

—Entonces, ¿cuál es la cuestión? Has venido, me has encontrado, luego has esperado y ¿ahora qué? Estamos aquí. Tú y yo. Eso es lo que querías —prosiguió Luc—. Déjala marchar y entonces tú y yo podremos resolver esto.

—Si la dejo irse, no creo que llegue demasiado lejos —respondió—. No me refiero a lo que yo le he hecho. Me refiero a lo que tú hiciste que ellos le hicieran.

Me sobresalté.

Luc giró la cabeza un poco.

—¿A qué te refieres?

—He visto cosas. Me he enterado de cosas —dijo él, y oí la provocación en su voz—. No tienes ni idea de lo que viene en camino. Yo sí.

Luc enarcó una ceja.

—Vaya, eso es bastante confuso y vago.

—De hecho, no lo es. —Hizo una pausa—. Por cierto, le he leído los pensamientos. Ella piensa que he matado a esa familia y a ese chico en la fiesta. No he sido yo.

—¿Y se supone que debo creerte? ¿Porque obviamente eres un individuo confiable y cuerdo?

—Quizá sería confiable y cuerdo si tú hubieras prestado atención. Si te hubieras esforzado conmigo como lo hiciste con...

—Tienes razón. —El arrepentimiento tensó las líneas en el rostro de Luc—. Quizás, si hubiera hecho algo diferente, hubieras resultado ser distinto.

—Tal vez —concordó el Origin, pero luego hundió el mentón y sonrió—. Pero siempre fui más listo que los demás, ¿verdad? Lo oculté mejor. Incluso de ti, el gran y poderoso Luc. El Origin más poderoso jamás creado. Lo más preciado y la mayor decepción de Dédalo.

—Comienzas a sonar como un fanático —replicó Luc, con tono aburrido.

—Pero sé la verdad. —Caminó alrededor de Luc, pasó por detrás de su espalda, y Luc seguía sin apartar la vista de mí—. Hubo un fallo fatal que Dédalo no corrigió al diseñarte.

—¿Ah, sí? —susurró Luc, bajó la mirada hacia mis manos.

—La humanidad —respondió—. No la erradicaron en ti. Por ese motivo me permitiste huir.

Luc se quedó en silencio mientras el Origin pasaba a su lado y se detenía a pocos metros de él.

—Quiero que lo digas. —El Origin inclinó la cabeza a un lado, centrado por completo en Luc—. Di mi nombre.

Solté el lado de mi camiseta y extendí la mano; la apoyé sobre el suelo revuelto y rocoso. Cavé hasta encontrar una roca de tamaño decente.

—Tu nombre ya no importa. —Entonces, Luc miró al Origin—. Y te equivocas respecto a la humanidad. Va y viene. Solo que lo oculto mejor.

Di un grito ahogado cuando Luc atacó.

Se dio la vuelta, sujetó al Origin del cuello de la camiseta. Por un segundo, estuvieron cara a cara, y luego el Origin voló hacia atrás. Golpeó un árbol y el impacto hizo caer varias ramas al suelo. El Origin cayó y el suelo tembló.

En un instante, Luc apareció frente a mí y me extendió los dedos sobre las mejillas.

—Melocotón. Dios. —Me inclinó la cabeza hacia atrás mientras yo sujetaba la roca. La calidez brotó de sus dedos y me calmó el dolor latente de la mandíbula.

Estaba curándome.

—Necesito que te levantes y salgas de aquí —dijo mientras la calidez me recorría la columna—. Dolerá. Será difícil, pero necesito que corras lo más rápido que puedas...

De pronto, Luc se movió y cubrió todo mi cuerpo con el suyo, protegiéndome mientras algo brillante y ardiente le golpeaba la espalda. Todo su cuerpo se estremeció mientras el olor a ropa y piel quemada molestaba a mis ojos. El dolor invadió los rasgos de su atractivo rostro. Solté la roca.

—Luc —susurré al comprender que le habían dado, que le habían dado con algo malo. El pánico floreció en mi pecho mientras extendía la mano y le sujetaba la parte delantera de la camiseta.

Él emitió un rugido de furia que hubiera espantado a cualquiera y se volvió con los brazos en alto. Un temblor terrible sacudió el suelo y me hizo caer de costado. Trozos diminutos de rocas y porciones de tierra flotaron en el aire. Los árboles a nuestro alrededor temblaron mientras lo que quedaba de sus hojas flotaba hacia el suelo. Un crujido fuerte hizo eco a través de los árboles.

El Origin estaba de pie a varios metros frente a Luc.

—Ahí está. El gran y poderoso Origin conocido como Luc. Tengo mucho miedo.

Cuando Luc habló, su voz era grave y resonante, e hizo temblar mi caja torácica.

—Ah, deberías tenerlo.

Me arrastré hacia atrás en el suelo sin que me tocaran.

Corrió hacia el Origin y se detuvo en seco mientras los árboles temblaban con furia. Varios de ellos se quebraron y flotaron, trozos de tierra caían de sus raíces nudosas mientras el aroma intenso a tierra llenaba el aire.

Dios mío...

Me puse de rodillas justo cuando uno de los árboles se arrancó. No veía al Origin. No sabía si el árbol lo había golpeado o no, pero otro más surcó los aires. Varios continuaron haciendo lo mismo, uno sobre el otro, sacudiendo la tierra con cada aterrizaje.

Luc bajó los brazos y comenzó a retorcer la cintura.

Los árboles estallaron y dispararon rocas y corteza en todas direcciones. Ni siquiera vi a Luc moverse. De pronto, tenía la espalda en contacto con el suelo y su cuerpo estaba sobre el mío mientras los escombros irregulares y afilados caían desde el cielo. Se movió y las manos le cayeron a los costados de su cuerpo cuando se desplomó a mi lado.

—Luc. ¡Luc! —La confusión cedió ante el horror mientras veía las manchas oscuras expandiéndose muy rápido en la parte delantera de su camiseta—. ¡No! ¡No!

Tenía los ojos cerrados y no se movía. Bajo mis manos, su pecho estaba inmóvil, demasiado quieto. El pánico amargo estalló en mí.

—¡Luc!

—Oh, creo que quizás lo he roto. —El Origin rio en voz baja—. Un poquito.

Con manos temblorosas, sujeté las mejillas de Luc. La sangre le caía de los labios.

—Por favor. No, Dios, no. —El horror intenso me ahogó—. No. No. Por favor.

—No creo que Dios te esté escuchando. —Estaba más cerca. El aire a mi alrededor subió de temperatura—. Creo que Dios dejó de escucharte hace mucho tiempo.

La piel de Luc cobró calidez bajo mis palmas. Aparecieron unas líneas blancas imperceptibles, un resplandor suave en la oscuridad, y grité al recordar cómo era un Luxen al morir. ¿Era lo mismo para los Origin? No lo sabía.

El odio brotó de lo más profundo de mi ser, tan feroz y brillante como la estrella más luminosa del cielo nocturno mientras miraba el rostro de Luc. No. No era lo correcto. No era justo. Él me había salvado hacía años y ahora moriría porque yo no podía luchar. Moriría intentando protegerme, moriría y se llevaría todos nuestros recuerdos. Recuerdos que, de pronto, supe desesperadamente que necesitaba conocer, para saber si aquellos buenos recuerdos de los que él había hablado me incluían a mí.

—Esto habría sucedido en algún momento —dijo el Origin—. Ya lo verás.

Sentí las mejillas húmedas. Las lágrimas caían sobre ellas. Mis manos cayeron del pecho de Luc hacia el suelo. Bajo las palmas, tenía varios trozos de corteza. Trozos afilados. Los mismos que habían apuñalado a Luc una y otra vez, y quizás lo habían matado. Agarré uno de ellos entre los dedos.

—No quería nada de esto. —La voz del Origin sonaba como un rayo—. De verdad.

Nunca pensé que pudiera matar a alguien.

Quizás quien había sido antes hubiera podido hacerlo. No lo sabía, pero era algo que nunca creí ser capaz de hacer a conciencia.

No hasta ese instante.

Me volví y levanté la mirada. El Origin estaba de pie allí, aquella cosa que era una especie de creación que había salido fatal.

—No tenías que haber hecho nada de esto.

Inclinó la cabeza a un lado y frunció el ceño.

—¿Tú qué sabes? No recuerdas nada.

Tenía razón. No recordaba nada, pero sabía lo necesario.

No me di tiempo suficiente para pensar en lo que hacía. Me puse de pie y extendí el brazo hacia atrás. La sorpresa le atravesó el rostro y luego eso fue lo único que permití que mi cerebro registrara mientras lanzaba el brazo hacia delante con todas mis fuerzas y le clavaba la corteza profundamente en el ojo.

Interrumpió su grito cuando aparté el brazo y le clavé la corteza en el otro ojo, ignorando el sonido y la sensación. Cayó de rodillas, y lo seguí mientras comenzaba a arrancar la corteza, que se partió y se quedó clavada en las profundidades de su ojo.

Se movió debajo de mí, una masa sólida y caliente. La luz brillante me rodeó y luego me travesó. Lancé la cabeza hacia atrás, grité mientras el dolor profundo, intenso y latente aparecía en el centro de mi pecho. No podía respirar. No podía pensar. El dolor y la luz me engulleron.

Y entonces, estaba volando, girando en el aire. Vi atisbos del cielo y los árboles. Cuando caí al suelo, sacudí cada hueso, pero a duras penas... a duras penas lo sentí.

Intenté incorporarme, pero no podía mover nada, solo girar la cabeza, y cuando lo hice, cayó de lado.

Sentía... sentía algo húmedo en mi interior, como si estuviera ahogándome desde dentro.

El cielo estalló en una luz brillante e intensa, y creí oír al Origin gritar. El aire chisporroteó y escupió fuego. Las siluetas tomaron forma y se desvanecieron mientras parpadeaba, intentando mejorar mi visión, pero había algo blanquecino en la esquina de mis ojos. El día se hizo noche. Un rugido me ensordeció mientras el mundo entero parecía inclinarse ante el poder que electrificaba cada milímetro. La luz ardió y latió. El aire... olía extraño.

Entonces, vi a Luc.

Golpeó al Origin contra el suelo, a través del suelo. La tierra voló por los aires, una nube espesa con olor a lodo. Luc agarró al Origin una vez más antes de hundirlo más hondo en el suelo duro.

—¿Por qué? —preguntó Luc, apretando la garganta del Origin mientras lo sacaba fuera del agujero que su cuerpo había cavado. Los brazos le colgaban inertes del cuerpo—. ¿Por qué has hecho todo esto, Micah?

El nombre. Recordaba a Luc mencionando ese nombre cuando me contó lo de los niños.

Micah tosió y emitió una risa rota y sangrienta.

—Porque sabía que no podía vencerte. Haz lo que yo no he podido hacer.

Un momento aterrador pasó, y luego Luc lo soltó como si quemara.

—¿Qué?

Desapareciendo a medias en el suelo, Micah gruñó.

—No tienes ni idea de lo que se avecina. Todo terminará. Todo. No estaré aquí para verlo. Llegará un momento en el que tú... —Bajó la voz y no pude oír lo que dijo hasta que subió el tono de nuevo—. Ya están aquí.

Vi la respuesta de Luc.

Miró a Micah, horrorizado. Pasó un segundo y después la mitad de su brazo desapareció en el suelo, dentro del hueco en el que Micah había caído. Hubo un destello de luz incandescente y supe... supe que Micah ya no existía.

Alivio... El alivio agridulce me atravesó el cuerpo y cerré los ojos. Sentía el corazón lento y el frío me calaba los huesos.

—Melocotón, abre los ojos. —Unas manos me sujetaban las mejillas. Manos fuertes. Cálidas y vivas. Abrí los párpados.

—¿Cómo...? ¿Cómo es que estás vivo después de esto? —Lo había visto, había visto la sangre. ¿Cómo era posible que estuviera de rodillas a mi lado?—. ¿Cómo?

—No era mi hora. —Su mirada me inspeccionó mientras me tomaba en brazos y me llevaba hacia su pecho—. Melocotón, ¿qué has hecho? Mírate.

—Le he... apuñalado los ojos.

Un sonido ahogado salió de él mientras colocaba un brazo alrededor de mi cintura.

—Lo he visto. No lo olvidaré en mucho tiempo.

Sentía la boca rara, como si tuviera la lengua hinchada.

—No..., no me encuentro bien.

Luc inclinó la frente sobre la mía mientras deslizaba una mano desde mi mejilla hasta el centro de mi pecho.

—Haré que te sientas mejor, ¿vale?

Creí haber accedido. No estaba segura. El mundo era un caleidoscopio de dolor y calor... y Luc. Tuve la impresión clara de que él había estado allí antes, sosteniéndome mientras mi cuerpo se rendía, pero aquel fragmento desapareció.

—Te he dicho que corrieras. —Su voz era ronca mientras el calor brotaba de su palma y me invadía. Reconocí la sensación, le di la bienvenida mientras disipaba el frío. El calor se expandió entre los tejidos y los huesos—. ¿Por qué no has corrido? ¿Melocotón? Háblame.

Tuve que esforzarme mucho por centrarme en él.

—Creí... creí que te estabas muriendo. No podía permitir que ocurriera. Quería...

Algo húmedo bailó en mi mejilla y no sabía si eran mis lágrimas o las de él.

—¿Qué querías?

Sentía la cabeza pesada.

—Quería saber si... si yo era parte de... tus buenos recuerdos.

Luc tembló al inclinarse y me rodeó el cuerpo con el suyo. Su calidez estaba en todas partes, invadiendo cada célula de mi ser.

—Sí —contestó, moviendo los labios sobre los míos al hablar—. Tú eras todos mis recuerdos felices.

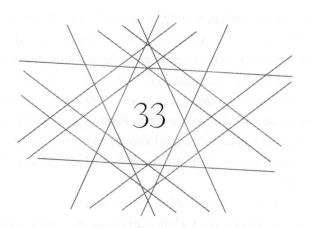

33

Mientras estaba en mi cama el domingo por la mañana, le envíe un mensaje a Heidi para decirle que no me iba a reunir con ella y con Emery luego. No tenía ganas de socializar por ahora, en especial porque sabía que Heidi tenía muchas preguntas.

No podía culparla, pero no estaba segura de estar lista para hablar sobre todo.

No tenía recuerdos claros de haber regresado a casa anoche. Sabía que Luc me había curado en el bosque, reparando el daño que Micah había causado, y tenía un recuerdo vago de Luc llevándome en brazos a casa y de encontrarme al entrar el salón lleno de…, bueno, alienígenas y personas que no eran del todo humanas. Tenía atisbos de mi madre sentada, con Zoe a su lado. Vi a Daemon y creí ver a Archer con Grayson, pálido y callado.

Sin embargo, recordaba con claridad despertar en medio de la noche y encontrar a Luc a mi lado, descansando de costado hacia mí, dormido. Me había sujetado la mano. O yo le había sujetado la suya. No estaba segura.

No tenía ni idea de si mi madre sabía que él había estado aquí, pero Luc se había marchado cuando me desperté desorientada por la mañana.

Estaba preocupada. Sin importar lo genial que él decía que estaba, sabía que había sufrido mucho daño anoche. Luc era poderoso, quizás la criatura más poderosa que había visto, pero Micah lo había lastimado mucho.

Por poco lo había matado.

Por poco me había matado.

Aún había zonas que me dolían; por ejemplo, si me movía demasiado rápido, sentía una punzada de dolor, pero el agotamiento intenso que había experimentado al despertar por fin estaba desapareciendo. Sentía que acababa de recuperarme de una gripe. No sabía por qué sentía eso después de una curación. Luc afirmaba que los humanos solían recuperarse rápido y que se sentían mejor que nunca después de una curación.

Me pregunté si era por lo que me habían dado antes de que... fuera Evie. Si eso afectaba a cómo me sentía después de una curación o si evitaría que mutara, porque anoche me habían hecho mucho daño.

Así que tenía muchas preguntas.

Miré la puerta cerrada de mi cuarto y me pregunté qué... estaba haciendo mi madre. Más allá de ver cómo me encontraba por la mañana, estaba dándome espacio. Sabía que ella ya había llamado a alguien que reparara la ventana que Grayson había atravesado, literalmente. Había sido la ventana del pasillo de arriba. Pero abajo también había trabajo por hacer.

Un golpeteo suave llamó mi atención hacia la ventana de mi cuarto y el corazón me dio un saltito raro. Solo había una persona que llamaría a la ventana de mi cuarto.

Pero ¿en plena luz del día?

Pensando que sería mejor que lo sacara del tejado antes de que los vecinos lo vieran, me levanté de la cama y caminé hacia la ventana. El entusiasmo burbujeó en mi interior, al igual que algo más... intenso y poderoso. Descorrí las cortinas y lo vi agazapado allí, increíble con sus gafas de aviador plateadas.

Luc sostenía una Coca-Cola.

Luchando contra el impulso de sonreír, descorrí el pestillo de la ventana y la abrí.

—¿Por qué no has entrado por la puerta principal?

Alzó un hombro.

—Me gusta más entrar por la ventana.

—Ajá. —Di un paso a un lado para dejarle espacio. Aterrizó delante de mí. Cerró la ventana e ignoré el aleteo ansioso en lo profundo de mi estómago.

Se quitó las gafas de sol de la cara, las apoyó en la cómoda y luego me entregó la Coca-Cola.

—Gracias. —Estaba fría. La apoyé en la cómoda. Comencé a decir algo, pero mis ojos encontraron los suyos y la habilidad de hablar saltó por la ventana por la que él había entrado.

Era el modo en el que me miraba, sus rasgos afilados y sus ojos intensos. Como si estuviera viendo en mi interior.

Luc avanzó hacia mí y luego se detuvo. Cuando habló, su voz era áspera.

—¿Puedo? ¿Puedo tocarte?

Me quedé sin aliento y asentí.

Se movió con cuidado y lentitud; me tocó el rostro primero solo con la punta de los dedos. Abrió la mano y la deslizó por mi cuello, lo que envió un escalofrío intenso por mi cuerpo. Aquellas manos llegaron a mis hombros mientras se acercaba más a mí, y su muslo rozaba el mío. Respirando su aroma, cerré los ojos mientras deslizaba una mano hacia mi espalda. Luc me rodeó los hombros con el otro brazo y tiró de mí hacia él. Su aliento cálido bailó sobre mi sien mientras permanecimos de pie, pecho contra pecho, y mis manos tocaban los costados de su cuerpo. Estábamos tan cerca que sentí que se estremeció. Ninguno de los dos se movió durante varios minutos. Solo nos abrazamos, y luego sentí que presionó sus labios contra mi sien antes de apartarse.

—¿Cómo te sientes? —preguntó, retrocediendo y colocando las manos en los bolsillos del pantalón.

—Bien. —Tosí, notando que perdía un poco el equilibrio—. ¿Y tú?

Apartó la mirada y me perdí observando su perfil, el modo en el que el músculo se le movía cuando apretaba la mandíbula.

—Perfecto.

Aún no podía creer que él estuviese de pie allí, que estuviese bien. Apreté los labios, preguntándome por qué se había marchado esta mañana sin decir nada. Creía que después de lo que había ocurrido, se quedaría.

Su mirada encontró la mía.

—Lo único que tienes que hacer es preguntar, Melocotón.

Entrecerré los ojos.

—Deja de leerme los pensamientos.

—Me lo pones difícil.

Retrocedí y me senté en la cama. La calidez me invadió las mejillas.

—Creía... Me preguntaba si estabas bien.

—¿Estabas preocupada?

Pensé en mentir, pero me detuve.

—Sí.

—No necesitas preocuparte por mí. —Tomó asiento a mi lado—. Me fui porque no sabía si querías que estuviera aquí.

Se me revolvió el estómago. No podía culparlo por pensar así. No habíamos tenido la oportunidad de hablar después de..., bueno, de lo que había sucedido entre nosotros.

—¿No es eso lo que quieres? —preguntó.

Había momentos en los que no sabía lo que quería respecto a Luc, pero mentiría si dijera que no quería verlo.

Miré hacia él y mis ojos encontraron los suyos.

—No... no necesito espacio —susurré, sintiendo calor en las mejillas—. De ti.

Su mirada contempló la mía de aquel modo intenso propio de él, y luego sonrió a medias.

—Qué bien.

—¿Ah, sí?

—Sí.

Moví el cuerpo, junté las manos y aparté la vista.

—Gracias —dijo en voz baja.

—¿Por qué? —Lo miré a los ojos de nuevo—. ¿Por qué me las das?

Inclinó la cabeza a un lado.

—Si no fuera por ti, probablemente no estaría sentado aquí, Melocotón. Si hubieras corrido como te dije, creo..., creo que el final hubiera sido muy distinto. Cuando lo atacaste, ganaste el tiempo que necesitaba para curarme. —Hizo una pausa—. Me has salvado la vida.

No tenía palabras y luché por encontrar qué decir.

—Supongo que te lo debía, ¿no es cierto?

Una sonrisa débil se le extendió por los labios.

—Supongo que me alegra que no me hicieras caso.

—De nada. —Nos miramos a los ojos y pasó un rato. Un estremecimiento me recorrió la nuca—. Entonces, eh, no tuvimos oportunidad de hablar después, pero ¿Micah...? Era él, era uno de esos niños. Lo... lo siento mucho. No puedo imaginar lo que debes...

—¿Pensar? —interrumpió—. No sé lo que pienso, pero sé que he intentado... olvidarme de ellos. De Micah. Eso está mal, ¿verdad?

Fruncí el ceño y negué con la cabeza.

—No creo.

—¿En serio? —Sonaba sorprendido.

—Sí.

Luc suspiró fuerte.

—No puedo... Ni siquiera sé qué decir sobre eso, sobre él. Había una parte de mí que pensó en él cuando me dijiste lo que te había dicho en el aparcamiento del instituto, pero no sabía nada sobre las hormonas de crecimiento. Ahora algunas cosas tienen sentido. Ya sabes lo violentos y agresivos que eran sus cambios de humor. No sé si el hecho de saber que ellos en realidad no tenían la culpa de ser tan peligrosos habría cambiado algo o no.

—No entiendo por qué ha hecho esto —admití en voz baja—. Lo que ha dicho no tenía sentido. ¿Por qué ha pasado por todo esto y para qué? ¿Para desafiarte? ¿Provocarte? ¿Lograr que le prestaras atención? ¿Entiendes algo de todo esto?

—Sí. No. —Se recostó de espaldas y extendió los brazos. El borde de la camiseta se le subió y un atisbo de piel firme apareció—. Bueno, no sé siquiera si él sabía lo que estaba haciendo. Como un puto sociópata. ¿Saben en realidad por qué son como son? Por supuesto, él tenía...

—¿Problemas? ¿Muchos problemas?

Luc sonrió, pero la sonrisa desapareció rápido.

—Permití que escapara porque, como te dije..., creí que él estaba bien. Que de todos ellos, él lo lograría. Me equivoqué. Me engañó.

Ahora que lo pienso, me pregunto si él siempre estuvo detrás de los otros, ya sabes, manipulándolos. No lo sé. —Hizo una pausa—. Pero lo busqué, Melocotón. Después. No me olvidé de él.

—Lo sé —susurré, pensando en la acusación que Micah había hecho—. No pensaría que lo hubieras hecho.

Permaneció en silencio y cerró los ojos.

—¿Lo escuchaste? ¿Al final? Dijo que sabía que no ganaría una pelea contra mí. Era como si él... —Movió las manos y luego las deslizó sobre su rostro—. Joder.

Pensé en lo que Micah me había dicho sobre Luc. Que él necesitaba que Luc hiciera algo por él. ¿De verdad quería que Luc lo matara? De ser así, ¿por qué luchar contra Luc y no permitir que lo matara sin más? Nada tenía sentido.

Pero no necesitaba poseer la habilidad de leer mentes para ver que aquel asunto carcomía a Luc. Con el corazón encogido, extendí el brazo y toqué despacio el suyo. Hubo una chispa de estática que pasó de su piel a la mía. Abrió los ojos y me miró.

—Sin importar cuál fue su motivación, ninguna fue tu culpa, Luc.

—Sí —susurró.

—Hablo en serio. Has hecho todo...

—Pero ¿lo he hecho? —Rio, pero el sonido era áspero—. Lo que debería haber hecho era asegurarme de que él nunca dejara ese centro.

—Luc...

—Si lo hubiera hecho, esas chicas estarían vivas. Esa familia...

—Él dijo que no mató a esa familia ni a Andy.

Frunció el ceño.

—¿Y le crees?

—¿Por qué mentiría? A ver, fue bastante sincero sobre todo lo demás que había hecho. —No pude evitar que los recuerdos aparecieran en mi mente. Comencé a apartar la mano. Luc la sujetó.

—Joder, siento muchísimo que te haya sucedido esto —dijo. Su voz se volvió áspera—. Cuando te vi sentada contra el árbol, cuando vi lo que él te había hecho, quise... Bueno, al final hice lo que quise. Nunca, jamás quiero que experimentes algo semejante de nuevo.

Cerré los ojos mientras me encogía. Prácticamente podía saborear el miedo y el dolor. Desde que me había despertado esta mañana, el terror era una sombra acechándome. Ni siquiera estaba lista para hablar al respecto con Luc, quien había estado allí y había visto lo ocurrido.

—Sé que no quieres hablar al respecto —comentó en voz baja, apretándome la mano—. Pero estoy aquí para cuando estés lista.

Inhalé temblando y abrí los ojos de nuevo. Luc entrelazó sus dedos con los míos. Aparté esos recuerdos para reflexionar más tarde, porque sabía que lo haría en cuanto estuviera sola.

—¿Qué te dijo Micah? Susurró algo, pero no pude oírlo.

Bajó la mirada a nuestras manos unidas, y pasó un minuto.

—Más locuras, Melocotón. Nada más.

¿Más locuras? No lo creía. Había visto la reacción de Luc. Micah le había dicho algo. Liberé mi mano. Luc se incorporó.

—¿Melocotón...?

Me apreté las rodillas con los dedos.

—¿Qué haremos ahora?

Sus ojos encontraron los míos.

—Creo que hay un maratón de *El Padrino* en la televisión ahora mismo. Podemos verlo.

—No me refería a eso.

—Lo sé. —Se inclinó hacia mí—. Pero no hay nada que podamos hacer más que vivir con la promesa del futuro mientras sabemos que quizás no llegará. Es lo mejor que puedes hacer. Lo mejor que podemos hacer.

Lo miré.

—A veces suenas... sabio.

—¿Qué te dije? Soy omnisciente.

—Y luego lo estropeas.

Se rio.

—Hacemos lo que solemos hacer habitualmente. ¿Lo que ocurrió? No puede dominar tu vida y controlar cada segundo de ella. Si permites que eso suceda, entonces, ¿no será una derrota?

Lo miré. Tenía razón. De nuevo. Mierda.

La sonrisa ahora familiar apareció.

—No será fácil, pero tengo mucha práctica en lidiar a la vez con lo estúpido, lo inútil y lo importante.

—De acuerdo —dije y luego asentí. Había muchas cosas dando vueltas, pero tendríamos que vivir día a día.

—He estado pensando en todo —añadió después de un minuto. Me puse tensa.

—Es una afirmación capciosa.

—Lo es. —Hizo una pausa—. ¿Tú has estado pensando?

Sabía a qué se refería. Pensar en quién era en verdad. En qué había significado para él. En qué significaba aún para él, quizás. En el viernes por la noche. En él. En mí. Semidesnudos.

—Sí —admití.

Luc colocó la mano sobre la cama a mi lado y se acercó.

—Hay algo que quiero dejar claro entre los dos. ¿Vale?

—Vale.

—Sé que ahora eres Evie. Lo supe desde el instante en el que entraste en Presagio. Parecías Nadia, sonabas como ella, pero siempre supe que no eras ella. Ya no —dijo en voz baja, clavando su mirada en mí y dejándola allí—. Nadia era quien solías ser. Evie es quien eres ahora.

Tragué con dificultad.

—¿Sabes quién era la verdadera Evie? Existió, Luc. Me dieron su nombre. Era la hija de Jason. Murió en un accidente de tráfico. No soy...

—No eres esa Evie. Eres tú. —Alzó la otra mano y me sujetó un mechón de pelo que estaba suelto. Me lo colocó detrás de la oreja. Sus dedos permanecieron allí un instante muy breve—. Y tú te conoces a ti misma como Evie. Eso es lo único que importa.

Me tembló el labio inferior mientras cerraba los ojos para reprimir las lágrimas repentinas.

—¿De verdad es tan simple?

—Puede serlo.

Pero no lo era, porque hacerlo tan simple significaba fingir que todo era normal. Abrí los ojos de nuevo.

—No puedo olvidar lo que ya sé y... —Era algo importante, difícil de admitir—. Quiero saber más de mí misma, de quién solía ser.

Abrió los ojos un poco más.

—¿Estás segura?

Asentí.

—Lo estoy.

—Entonces, podemos hacerlo —dijo él, su voz era tan baja como la mía—. Tú. Yo. Zoe. Los tres podemos hacerlo, pero quiero que sepas que eres real.

El nudo regresó a mi garganta mientras la emoción en estado puro me invadía, y asentí de nuevo. Hice un movimiento repentino y rodeé a Luc con los brazos. Era obvio que la acción lo sorprendió, porque se quedó paralizado. Aquello duró solo un segundo antes de que me rodeara el cuerpo con los brazos y me sujetara con fuerza.

Tenía el rostro contra su pecho.

—Gracias.

—¿Por qué, Melocotón?

Emití una risa áspera.

—Creo que hay una lista larga.

Me recorrió la espalda con una mano suave y me envolvió la nuca.

—No tienes que agradecerme nada.

Había mucho, quizás demasiado, a juzgar por el modo en el que me ardía la garganta.

Luc se apartó; pareció percibir que necesitaba espacio físico en ese instante, y así era. La verdad de quién solía ser todavía era una maraña de emociones desordenadas. Podía desenredarla con un poco de tiempo, pero quizás nunca del todo.

Alguien llamó a la puerta y un segundo después se abrió. Mi madre asomó la cabeza y me puse tensa, esperando que sacara un arma. Su mirada pasó de mí a Luc.

—¿Sabes, Luc? Podrías haber entrado por la puerta principal.

—Podría —respondió en voz baja—. Pero ¿qué tendría de divertido?

—Mmm. —Mi madre respiró hondo y pareció prepararse para lo que iba a decir a continuación—. ¿Por qué no bajáis, chicos? Estoy haciendo la comida.

Los ojos prácticamente se me salieron de las cuencas. ¿Mi madre estaba preparando la comida y esa invitación incluía a Luc? ¿Qué estaba pasando?

El interés invadió el rostro de Luc.

—¿La comida incluye sándwiches de queso fundido?

—Pues sí.

Abrí la boca. Él avanzó hacia el borde de la cama.

—¿Y sopa de tomate?

—Luc —dijo ella y suspiró.

—En serio. Porque si dices que sí, seremos mejores amigos, y sí, sería extraño por la diferencia de edad, pero lo superaremos. Lo sé.

Ella movió los labios.

—Acabo de poner la sopa en el fuego.

—Genial —susurró Luc.

Mi madre me miró.

—Cinco minutos. —Un poco atónita, asentí.

—Bajaremos enseguida.

Ella se fue y dejó la puerta un poco abierta, y, por algún motivo, el gesto me hizo gracia. Era algo típico de madre.

Y tenía sentido.

Porque ella era mi madre.

Sentía el pecho un poco más liviano, menos tenso.

Miré a Luc, en absoluto sorprendida de verlo observándome con atención.

—Creo que empiezas a gustarle —comenté.

—¿Cómo podría ser de otro modo? —respondió—. Soy irresistible.

—Yo no iría tan lejos.

—Oh, apuesto que sí.

Mis comisuras se curvaron hacia abajo.

—¿Sabes qué más sé?

Suponía que iba a decir una tontería y suspiré.

—¿Qué?

Aquellos preciosos y tentadores ojos amatista se clavaron en los míos.

—Creo que a ti también empiezo a gustarte.

Recordando lo que había ocurrido entre los dos el viernes por la noche, aquel asunto parecía bastante obvio.

Cierto, había estado desbordada de emociones y lo había besado por el motivo incorrecto, pero era innegable la atracción que sentíamos o el deseo... o la curiosidad creciente cuando se trataba de él, de nosotros.

No sabía qué deparaba el futuro para nosotros, si es que había uno. Luc conocía a Nadia. Incluso la había amado. No me conocía a mí en realidad, pero, de algún modo, aquí estábamos de nuevo, y, cuando vi aparecer su media sonrisa, inflé el pecho y mi interior se llenó de nudos de un modo delicioso y aterrador.

Sonrió.

—¿Me estás leyendo la mente? —pregunté.

—Nunca, Melocotón.

Me ardieron las mejillas.

—Vale. Tienes que empezar a hacer dos cosas. Dejar de llamarme Melocotón y no entrar en mi cabeza.

Luc bajó la mirada y luego levantó las pestañas.

—¿Quieres bajar?

—Claro. —Avancé hasta el borde de la cama—. No querría que te perdieras tu sándwich de queso fundido.

—Y la sopa de tomate. No la olvides.

—Qué horror.

Luc se puso de pie con elegancia, se volvió hacia mí y extendió la mano. La miré y él movió los dedos. No necesitaba agarrarle la mano. Podía levantarme sola, pero, de todos modos, la acepté y le di la bienvenida a la descarga eléctrica que latía entre nosotros.

Una cascada de ondas color bronce cayó sobre su frente mientras entrelazaba los dedos con los míos. Sonrió, y la sonrisa llegó a sus preciosos ojos y tocó algo en mi interior. Luc se giró.

Entonces, me permití sonreír cuando él no podía verme, y era una sonrisa amplia e inmensa que reflejaba todos los sentimientos extraños, caóticos, excitantes y desconocidos que revoloteaban en mi interior. Sonreí como no lo había hecho en días. Quizás en semanas.

—Lo sabía —susurró.

Me solté de la mano y le golpeé la espalda con fuerza.

—¡Joder, Luc!

Se rio.

—No entres en mi cabeza.

Luc me miró por encima del hombro. Curvó los labios en una sonrisa juguetona mientras sus maravillosos ojos violetas miraban los míos.

—Lo que tú quieras, Melocotón. Lo que tú quieras.

ÅGRADECIMIENTOS

Nada de esto hubiera sido posible si no fuera por las personas que me leéis. Sin vuestro apoyo, la historia de Luc nunca habría terminado en vuestras manos. Gracias desde lo más profundo de mi corazón. Espero que esta historia sea digna de vuestro apoyo.

Gracias a mi agente Kevan Lyon, quien, simplemente, es maravillosa; y mil gracias a Taryn Fagerness, mi agente de derechos extranjeros que publica mis libros en la mayor cantidad posible de países. Estas dos mujeres son el equipo de mis sueños. En serio.

La estrella más oscura fue un esfuerzo en equipo y la saga Origin encontró su hogar en Tor Teen con mi maravillosa editora Melissa Frain, quien creo que deseaba ver una historia sobre Luc tanto como muchas de las personas que me leen. Gracias a Melissa y al equipo maravilloso de Tor por creer en esta historia y apoyarla.

Jen Fisher, amiga, me has ayudado a arreglar este libro y a crear, ya sabes, un argumento. Así que gracias.

Gracias a mi asistente y amiga, Stephanie Brown por haber estado siempre a mi lado y por conseguir la mayor cantidad humanamente posible de objetos de llamas para mí. Escribir libros puede ser una experiencia solitaria, así que no sé cómo agradecérselo a mi familia y amistades: Andrea Joan, Hannah McBride, Laura Kaye, Sarah Maas, Stacey Morgan, K. A. Tucker, Jay Crownover, Cora Carmack, Drew y muchos muchos más.

ACERCA DE LA AUTORA

Jennifer L. Armentrout es una de las autoras más vendidas del *New York Times*, del *USA Today*, de Amazon y de iBooks, y, además, es la autora de la saga Lux, superventas internacional, y de otros libros para adolescentes y adultos. Es una de las autoras más vendidas en Alemania e Italia y en otros mercados alrededor del mundo.

Sus novelas para jóvenes y adultos han vendido más de un millón de copias desde 2011 solo en los Estados Unidos y han sido finalistas del premio Goodreads Choice Awards y ganadoras del premio RITA 2017 y de muchos más.

Jennifer vive en Virginia Occidental con su marido y sus perros.

¿TE GUSTÓ ESTE LIBRO?

escríbenos y
cuéntanos tu opinión en

f /Sellotitania   **𝕏** /@Titania_ed

⊙ /titania.ed

#SíSoyRomántica